JN174634

関釜連絡船 上

李炳注（イ ビョン ジュ）

橋本智保 訳

藤原書店

이병주
관부연락선

Original Korean edition published by HANGILSA Publishing Co., Ltd.

関釜連絡船　上巻　目次

下巻目次

関釜連絡船　上

本書関連略年表（一八九四―一九六五）

一八九四年　日清戦争勃発
一八九五年　下関条約（清国は朝鮮の独立を認める）
一八九七年　大韓帝国に国号変更
一九〇四年　日露戦争勃発。日韓議定書（韓国領内での日本軍の行動の自由）。第一次日韓協約（日本政府推薦者を財政・外交顧問に）
一九〇五年　第二次日韓協約（外交権を掌握し、韓国統監府設置。初代統監・伊藤博文）。下関～釜山間に「関釜連絡船」壱岐丸、対馬丸が就航
一九〇七年　ハーグ密使事件。第三次日韓協定（韓国軍解散、内政権を掌握）
一九〇九年　伊藤博文、安重根に暗殺される
一九一〇年　韓国併合（朝鮮総督府設置。初代総督・寺内正毅）
一九一九年　三・一独立運動。大韓民国臨時政府樹立
一九二三年　関東大震災、多数の朝鮮人が虐殺される
一九三九年　国民徴用令施行、朝鮮人の集団的強制連行開始。「朝鮮人の氏名に関する件」公布（創氏改名）
一九四五年　関釜連絡船、事実上の消滅（六月）。第二次世界大戦終結（八月）
一九四六年　大邱（テグ）十月事件
一九四八年　済州島四・三事件。麗水・順天事件。国連臨時朝鮮委員団（UNTCOK）監視下で初代総選挙実施（五月）。初代大統領・李承晩が大韓民国政府の樹立を宣言（八月）。朝鮮民主主義人民共和国が樹立を宣言（九月）
一九五〇年　朝鮮戦争勃発
一九五一年　サンフランシスコ講和条約
一九五三年　朝鮮戦争停戦
一九六〇年　四・一九革命により李承晩政権打倒
一九六一年　五・一六軍事クーデター
一九六三年　第五代大統領に朴正熙就任
一九六四年　ソウルで日韓会談に反対する大規模デモ、政府は非常戒厳令を宣布
一九六五年　「日韓基本条約および諸協定」調印

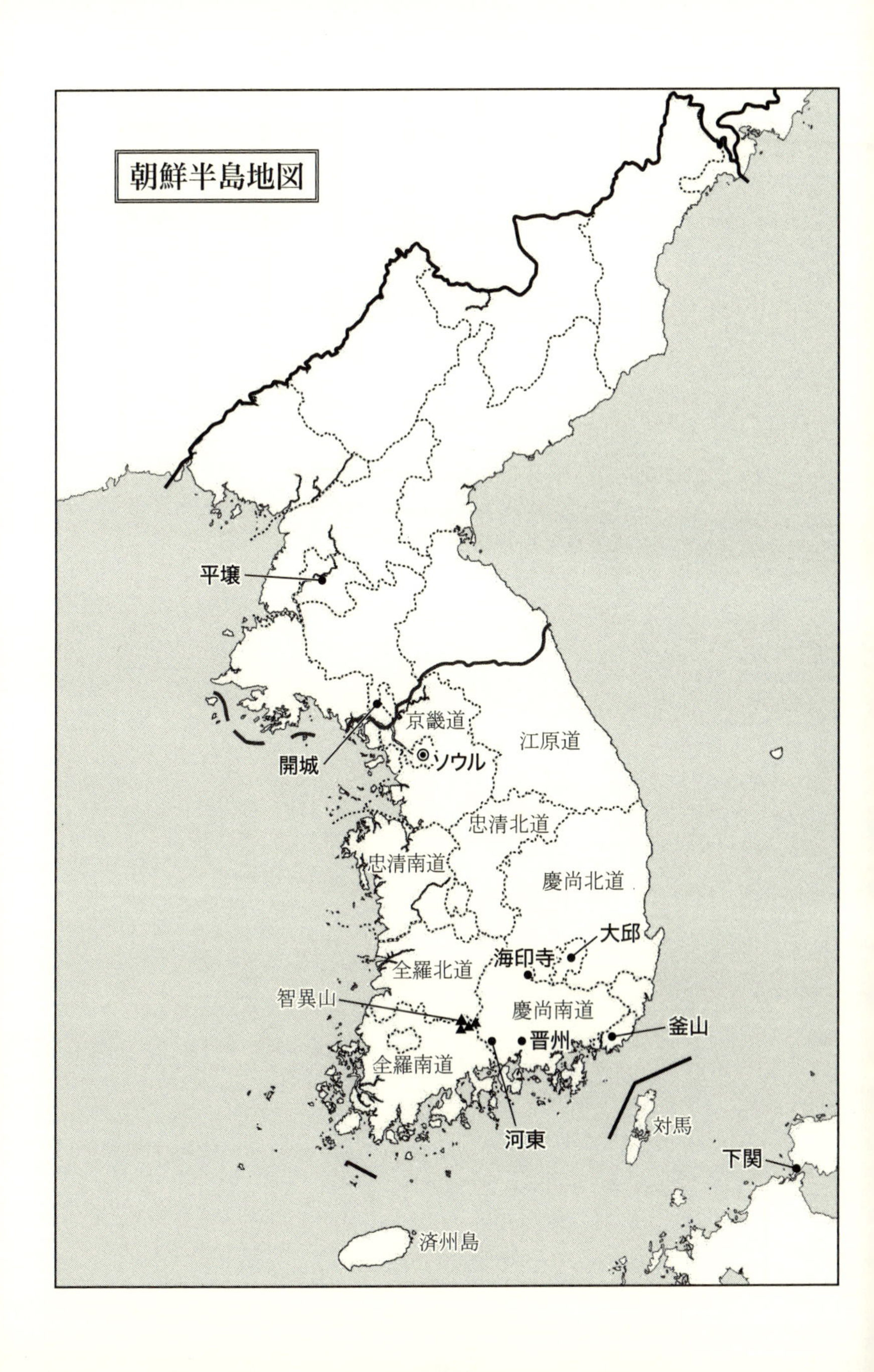
朝鮮半島地図
平壌
開城
京畿道
ソウル
江原道
忠清北道
忠清南道
慶尚北道
大邱
海印寺
全羅北道
智異山
慶尚南道
晋州
釜山
全羅南道
河東
対馬
下関
済州島

書状

一通の手紙が故郷から転送されてきた。日本から来たものだった。手紙の差出人はE。度のきつい眼鏡の陰で自虐的に光る目と、薄い唇の周りに染み付いた我の強さ、額にいつも一握りほどの髪が垂れかかっている、青白いいかにも日本人らしい小さな顔が、一瞬、鮮明に脳裏を過（よぎ）った。あのEであることは疑うまでもなかった。こうして突如、三十年近い歳月の彼方から過去が舞い込んで来たのだった。

Eはかつて私が東京のある私立大学に通っていた時分の同級生である。聞くところによれば彼はいま、母校の大学で教鞭を取っているらしい。在学中にも卒業したあとにも、私は彼から手紙をもらったことなど一度もない。つまり同級生ではあるが、いまさら三十年近い空白の時間を遡ってまで、私に手紙を寄越してくる理由があるほど親しい仲ではなかった。

怪訝に思うよりも先に一種の狼狽を覚えたのは可笑しなことだった。私は手紙の封を切った。そこには日本人がしばしば使う形式的なあいさつや、本人の近況を伝える短い文章があり、それから次のような頼みが記されていた。

おそらく君も覚えているだろう。アンドロスというアルゼンチン出身の留学生が同じクラスにいたことを。専門部ではなく学部の時だ。その彼がいまアルゼンチンで上院議員の役職に就いており、その他にも栄職を任されているらしい。ぜひとも僕と柳泰林君を自国に招待したいから柳君の住所を教えてほしいと手紙を寄越してきた。そこで僕は柳君の昔の住所に二度ほど手紙を送ってみたのだが、いまだ何の返事もない。もし君が彼の居所を知っているなら、連絡して僕に手紙を書くよう伝えてくれるなり、あるいは直接君が柳君の住所を僕に教えてくれないだろうか。

手紙を受け取った時に感じたこと、つまりなぜ怪訝に思うより先に狼狽したのか、その理由が読み終えてようやく分かった。手紙を寄越してきたのは、私にではなく、柳泰林君に用があってのことではなかろうかという、直感のようなものが働いていたのだ。

アンドロス！　もちろん覚えている。だが、大層な長身で髪の毛も目も東洋人と同じように黒かったこと、駐日アルゼンチン大使の息子だったということ以外は、色褪せた絵葉書のごとくぼんやりとしか記憶に残っていない。柳泰林とは親交があったようだが、私とはさほど接触もなかった。

それはそうと、なぜここで柳泰林の話が出るのか。忘れてしまいたい名前、できれば忘却の彼方に葬ってしまいたいその名前が、思いもよらぬ方向から頭をもたげたという気がして、胸が締めつけられた。柳泰林という名前を思い出すだけで息が詰まりそうになる。私は簡略に、手短に返事を書いた。

母校で教鞭を取りながら学問の道に弛みなく精進しているとのこと、喜ばしく、また羨ましい限りだ。ところで、不本意ながら悲しい知らせを伝えなければならないことを残念に思う。君とアンドロス君が消息を知りたがっている柳泰林君は、朝鮮戦争が勃発した翌年の秋、行方が分からなくなった。あれから十六年が過ぎたが、いまだ生死すら分からない。遺体が見つかっていない状態で断言することはできないが、諸般の事情からして十中八九死んだであろうというのが大方の結論だ。アルゼンチンのアンドロス君にもそう伝えて欲しい。その際には、彼の成功と出世に対する私の祝意も共に伝えてもらいたい。

こう書いて投函したのが昨日のことのように思われるが、早くも東京のEから返事が届いた。筆致に彼の興奮している様子が覗われ、文面は柳泰林の悲報を聞いた悲しみで溢れていた。「将来偉大な人物になるであろうと信じて疑わなかった柳泰林君が、このような悲運に遭ったと聞いて深い衝撃を受けた」という文句があり、「柳君の悲劇をとおして朝鮮の悲劇をより痛切に感じた」という節もあった。そして祖国解放後――彼の言葉によると終戦後、柳君が行方不明になるまでの動向をできるだけ詳細に教えてくれまいかという頼みのあとに、次のような説明が付け加えられていた。

柳君が東京を発つ前、僕に預けていった物の中に「関釜連絡船」というタイトルの付いた、かなり分厚い原稿の束がある。当時読んだ時もなかなか興味深いものだったが、いままた取り出して読んでみたところ、興味深いだけでなく、実に重要な資料になるという確信を得た。僕はこれを柳君が取りに来るまで一切公開せず大切に保管しておくつもりでいたが、柳君が今後取りに来ることはないと思うと、悲しいことこの上ない。かといって、これをこのまま放って置くわけにもいかない。適切に整理し、解説をつけて公開したいのだが、そのためには柳君の生涯を知っておかなければならない。終戦前の柳君については、幼年期と兵役時代を除いてはある程度知っているつもりだ。終戦直後から行方不明になるまでの動向さえ分かれば、柳君にとっての「関釜連絡船」の意味を明らかにすることができるのではないかと思い、こうして頼む次第だ。それからそちらにも柳君が発表したものや書いたものがあれば、朝鮮語で書かれたものでも構わないから送ってもらえないだろうか。僕は君からの便りで柳君の消息を知ったあと、東京にいる柳君をよく知っている人たちを招いて一晩中追悼した。その時集まった全員の意見が、あの立派な朝鮮人を記念する本を出そうということで一致した。こうした意味もあって、僕たちの誠意を意義あるものにするためにも、柳君に関するできるだけ詳細な記録を送ってもらいたいのだ。

「関釜連絡船」というタイトルの原稿の束がEのところにあるという事実を知ったのは大発見であった。私はすぐにどういう内容のものなのか知りたいと思ったが、何より柳泰林がそういうものをEに預けたということ、私にはそれについて仄めかしたことすらなかったことに対し、恨みのような、嫉妬のような感情を抱いた。しかしよく考えてみると、柳泰林自身も、Eに原稿を預けたことはもちろん、Eの存在すらきれいさっぱり忘れていたのではなかろうか。仮にそうだとしても、日本にいる日本人の朋友が柳泰林を記念するために本を出版するという知らせは、私の良心を目覚めさせた。私もそのくらいの記念事業はとうに企画し、実践しておくべきだったのだ。平和な国で平和に暮らしている連中とは立場が違う、という弁解だけでは埋められない失策だった。だが柳泰林が私たちの胸の内に植えた友情の根がそれだけ浅いものだったとしたら、過ちはこちらではなく、柳泰林側にあるのだ。事情はどうであれ、柳泰林の遺稿になるかもしれない原稿を、このまま日本にいるEのところに置いておくわけにはいかない。私は、こちらでも柳泰林に関する記念事業をするためにその原稿が必要だと嘘をついて、いますぐ送って欲しいという旨の手紙を書いた。

数日経ってEから返事が来た。いますぐ送れないことへのくどくどとした言い訳と、柳泰林の動向をつぶさに教えてくれという再度の頼み、そしてそれを催促するものであった。

この原稿を東京で読むと意味を客観的に納得することができるが、いま韓国に居ながらこれを読んだ場合、ひょっとしたらその意味が曖昧になり、まかり間違えば歪曲される恐れがあるのではないかと思って言っていることなので理解してくれたまえ。そしてこの「関釜連絡船」という原稿は文字どおり原稿であって、小説でもなければ論説でもなく、ましてや体系の整った記録でもない。ただの片々たる資料に感想を混ぜたものに過ぎず、このまま公開したところで何の意味もないのだ。この原稿の成立過程をよく知っている人間の説明がなければ、どうしようもない未完成の原稿だ。僕は柳君がこれを書いている時に手助けしたこともあるし、彼の次に事情に詳しいと自負している。もし彼が生きていれば、当然自分の思うように資料を整理したり補完したりすることもできようが、彼がいないいま、これを公開し、価値あるものにするには、僕の説明を付け加えざるをえない。僕が終戦後の彼の動向を知りたいのは、それが分からなければ本人の考えに沿うよう整理することもできなければ、補充説明もできないからなのだ。重ねて頼む。柳君と僕に対する友情の名のもとに、柳君に関する詳しい記録を送って欲しい。君の誠意を無駄にはしないと誓ってもいい。

私は「柳君と僕に対する友情」という件に若干抵抗を感じた。私と柳泰林との間には確かに友情があった。しかし単純に友情と言ってしまうには、柳泰林という存在が放つ輻射によって受けた私の感情はあまりに複雑だった。それが仮に友情だとしてもである。いま柳泰林と私との間に親交が続いていたとしたら、どのように発展し、どう変化しているだろうか。考えるとそれは決して容易い問題ではなさそうだ。Eとの友情に関してはその可能性の有無すら考えたくない。ふと、二十七、八年前の教室の情景が甦った。

二十七、八年前、私が通っていた学校は、誤解を恐れずに言うと奇妙な学校だった。A大学専門部文学科というのが正式の名称である。専門部商科やら専門部法科、せめて専門部工科ならそれなりに価値があるだろうが、この専門部文学科とやらは一体何を教えるために学生を募集するのか、学生たちは将来何がしたくて入って来るのかさっぱり分からない学校、学校というよりは講習所、しかし講習所かというとやはり学校でしかないという、そんなところだった。

大学の格から言えば三流どころか四流で、そのうえ学科がこんな有様とくれば、集まってくる学生の質の低さは言わずと知れていた。彼らにとって旧制高校は高嶺の花であり、にもかかわらず、三流大学の予科に受かる自信もないくせに法科や商科などを見下すような傲慢さだけは身についていた。

学部に進む際に運良く傍系入学ができればいいと期待している学生はまだしも、ほとんどがただ学校に通っているという口実を得るためだけに来ていた。知的レベルは低いが、その分個性の強い者ばかりが集まっていた。大方が中学時代に不良じみたことをしたようだが、こういう学校に通えるということは家庭が経済的に恵まれているからであり、誰もが天真爛漫で、三十人余りのクラスは比較的、和気藹々としていた。

この学科――とくに私が属していたクラスのもう一つの特徴は、競争意識がまったくないということだった。成績にこだわらない劣等生の習性が身に付いていて、成績を上げたいとか、教師に認めてもらいたいというような意識がまったくなかったといっても過言ではない。優越感をひけらかす者もいなければ、それ故に劣等感を抱く者もいなかった。

モーパッサンの短編一つ原書で読めないくせにフランス文学を論じたり、カントとコントの区別もつかないくせに哲学を語るなど、騒々しい連中ではあったが、素質や能力はなくても文学を愛する気風だけはいつも新鮮で、不良学生はいても悪人はいなかった。

この雀の楽園のような平和なクラスに異質分子が入ってきたのは、二年生になって間もない頃だった。Eという学生とHという学生が、ひと月を前後して現れたのである。

Eの出現によってクラスに旋風のような噂が広がった。Eの故郷は東北の日本海に面した酒田港。実家は明治時代からその沿岸一帯の舟運を独占する運送業を営んでいるばかりでなく、日本全国でも名の知れた美林を数十万町歩、農地を数万町歩も持っていた。つまり東北きっての富豪の一人息子だったのである。Y高校に通っていたのだが、恋愛事件を引き起こし、周囲を散々賑わした末に自ら退学し、その後わがクラスに転入してきたのだった。当時の高等学校はよほどの秀才でなければ入れなかった。従ってEは東北きっての富豪の一人息子であるうえに、眩しいほどの秀才という後光を背負って登場したのである。わがクラスの仲間、即ち一年生から通っている学生たちは、富豪の息子であることには無関心でいられたが、秀才だということにはそうはいかなかった。劣等生ばかりの集団に秀才が現れたのだから、それだけでクラスの平和が崩れてしまう。昨日まで秀才などという存在を意識することなく天真爛漫に過ごしてきた彼らが、急に秀才を意識するようになり、それによって己の鈍才を否応なく認めざるを得なくなったのだから、面白くないというわけだ。

休み時間になると、手拭(てぬぐ)いを頭に巻きつけて額でぐっと結び、「都々逸(どどいつ)」やら「浪花節(なにわぶし)」やらを歌っていたやつらが、その癖を控えるようになった。デパートで女性用パンツを盗んだことをアムンセンの北極探検を超える冒険だったと言い触らしていたやつが、その宣伝を中断してしまった。何をして遊べば一番愉快なのかという理法を研究することこそが、百人のソクラテスよりも人類に貢献するところが大きいと日々説いていたやつも、その説教を止めた。「猟奇娯楽東京辞典」を作るのだと、毎日のように真否も見極められない材料を収集しては披瀝することに情熱を注いでいたやつも、その情熱の火を消してしまった。そしてみな一斉に深刻な表情になり、誰にも認めてもらえない不遇の天才を装うようになった。

日本人の学生がこれほど秀才に弱いということを知ったのは一つの収穫であるともいえるが、決して愉快な雰囲気ではなかった。かくいう私もEの出現で少なからず萎縮してしまった。自ら秀才ぶっている時にEの視線を感じると、気が挫け、意気消沈したものだった。

こう言うと、教室の真ん中で目に嘲笑の色を浮かべて座っているEの姿を想像するかもしれないが、そうではなかった。実際は、吹けば飛んでしまいそうな小さな体軀を教室の隅に沈め、時折怯えたような目を天井に投げかけるだけで、いつも机の上ばかり眺めていた。むしろ巨人の国にやってきたガリバーのような心情だったのではないだろうか。秀才は秀才どうし、一緒にいてこそ力を発揮するものだ。

ひと月ほど経ってHが現れた時も、Eの時ほどではなかったが、少なからず波紋は起こった。Hは、現在日本の文壇の大家で、当時もすでに名声の高かった中堅作家H氏の弟にあたること、それに加えM高校に入るなり不穏思想の団体運動に飛び込んだ経歴が後光となって——もし彼の兄が名の知れた名士でなかったら、少なくとも十年は懲役生活をさせられていただろうという華々しい噂も立っていたくらいだ——当然、我々には眩しい存在だった。しかしEが神経質の塊のような人間で近づき難い反面、Hはその浅黒い肌からして親しみを感じさせた。Hの出現でEにも変化があった。いつも陰気臭くしょげていたEが、水を得た魚のように生気が漲ったのだ。教室の雰囲気もめっきり和み、興に乗って歌う「都々逸」の声が再び教室の中に響き始めた。

柳泰林（ユテリム）が現れたのは二学期に入ったある日のことだったと記憶している。ちょうど二時間目の始業ベルが鳴った時だった。私は戸が開くと反射的にそちらを見てしまうのだが、そのとき開いた戸から入ってくる人を見て驚いた。故郷の家の近所に住んでいた、私より二学年上の柳泰林だったのだ。初めは目を疑ったが間違いなかった。私は嬉しさのあまり、彼のそばに走っていき手を握った。「一体どういうことですか」と。柳泰林は曖昧な笑みを浮かべて「李君、ここにいたんだね」と言うと、空いている席を見つけて座った。

柳泰林が同じ学校の同じクラスに来たということは、私にとって大事件であった。柳泰林は故郷でも有名な秀才である。彼の光彩が強烈なあまり、私を初めとする朝鮮人留学生たちの存在は相対的に薄くなった。そんな人と同じ学校のクラスメートになったのである。これはむしろ故郷での私の面目を施すことではないかと、かつてなかった虚栄心が芽生えた。

今度は私が噂を広めた。授業が終わるなり、私は柳泰林のことを宣伝した。まず故郷一の富豪の息子だということ(ここでEに負けないほどの金持ちだという点を強調した。これはとんでもない嘘じゃないかと内心気が咎めたが、最後までそう言い通した)、Y高校やM高校とは格の違うS高校に通ったこと、独立運動結社に加担して退学処分になったこと(ここにも若干のでっち上げがある)、退学になったあとヨーロッパを周遊したことなどを得意げに話した。

類は類を嗅覚によって識別するのだろうか。誰かが紹介したわけでもないのに、柳泰林はいつの間にかEとHのグループに入った。それが朝鮮人留学生たちの神経を逆撫でした。私もこれにはかなり失望した。EとHに対抗するという意味で、朝鮮人どうし密かに柳泰林の肩を持つつもりでいたのに、すっかり目論見が狂ってしまったのだから当然腹が立つというものだ。気性の激しい平壌(ピョンヤン)出身の尹(ユン)は、

「あいつめ、つるつるの能面顔が貴族みたいだが、根は賤民じゃないか」

と言って舌を鳴らした。

「あんなんで本当に独立運動をやったのか?」

ソウル出身の林(イム)も口を添えた。同郷である上に口を極めて宣伝した責任もあり、私はこう擁護した。

「あの事件で退学になったくらいだから、監視がついてるかもしれない。もしかしたらわざとああやっているんだろうから、僕たちがわかってやろうよ」

「黙れ！」と尹はいきなり腹を立てた。

「あの事件で懲役に服している人間もいるというのに、自分だけヨーロッパに行って遊んで来ただと？　おかしいじゃないか。たかが秀才のくせに。ああ、汚い。今後は知らんふりしようぜ。自分を何様だと思ってやがる」

こういうことがあったからといって、柳泰林がまったく朝鮮人学生と交わらなかったわけではない。朝鮮人学生は全部で五、六人しかいなかったので、時には癪に障ることも、喧嘩をすることもあったが、大抵は身内のように連れ立って遊んだ。柳泰林も時折、仲間に入った。私たちの誘いに応じることもあれば、自分から私たちを誘って豪華な宴会を催してくれることもあった。柳泰林としては、同族である私たちに自分なりの配慮をしていたことだけは確かだった。

それがその後、思いもよらぬ事件で柳泰林と朝鮮人学生は永久に仲違いしてしまった。

私たちが通っていた学校のすぐ隣にM学院という名の女子専門学校があった。そこの音楽科に朴(パク)ムンヒという平壌出身の女学生がいた。繊細でかつ華麗な美貌を備えたその女学生に、わが校の学生は、日本人朝鮮人を問わず、また濃淡の差こそあれ、多少の恋情を抱いていた。朴嬢を一目見たいがために学校に通っているのだと告白する日本人学生もいたほどである。その中でも一番熱烈に恋焦がれていたのは、彼女と同郷の尹だった。尹は私たちだけになるといつも口癖のように言った。

「おまえたちの目標はボードレールだかガードレールだか知らないが、俺の目標はただ一つ。朴ムンヒ嬢だ。だが俺一人の力ではどうも心もとない。大した学校に通っているわけでもなけりゃ、俺の見てくれがいいわけでもない。金もないし、自慢できるものは何一つない。あるのはみんなの友情だけだ。まずはムンヒに悪い虫がつかないように監視すること。それから彼女の前では俺のことをヒーローのように、指導者のように持ち上げてもらいたい……。俺もおまえたちが望むなら同じようにしてやる。ムンヒ嬢は見てのとおり美人だし、父親は金持ちときた。だから俺が彼女と結ばれるのは、まさに一石二鳥だ。結婚もして、就職もする。至極ロマンチックで、至極実利的だろ？　そうなったら俺は成功したウェルテルであり、成功したジュリアン・ソレルだ……」

それで私たちはムンヒと一緒にいる時は、それぞれありったけの演技力を駆使して尹君をクローズアップさせた。この世に尹君のような立派な男はまたとないと言わんばかりに。その効果あって、尹は私たちの集まる場所に同郷のよしみを口実にムンヒを招待したものだが、そこで彼女は柳泰林とも道で会えば言葉を交わすくらいに親しくなった。そのうち柳泰林は、有名な音楽会があれば彼女に入場券を買って送ったり、EやHにも紹介したり、時折、一緒に交流する機会も設けるようになった。それがある年のクリスマス、Eがついにムンヒに豪華なグランドピアノを贈ったのだ。

この噂が尹の耳に入らないはずがない。尹は狂ったように興奮して、三学期が始まった日に、教室で柳泰林に詰め寄った。

「Eとかいうやつを殴ってやりたいのだが、君の意見を聞きたい」

「Eを殴るのに僕の意見を訊く必要はないだろう」

柳泰林は、

「しかし別に殴らなくてもいいじゃないか。口で言うのは無理なのかい?」

と聞き返した。

「問題はあいつがムンヒにピアノを買ってやったことだ。なんでまたピアノを贈ったんだ?」

声を荒げて食いかかってくる尹を見つめる柳泰林の表情は冷ややかだった。そんなことで騒ぎ立てて恥ずかしくないのか、その話は学校が終わってからゆっくりしようじゃないかと言う柳泰林の低い声が聞こえた。

その日の夜、私たちは朝鮮人が経営する料亭の二階に集まった。そこでの柳泰林の釈明をかいつまんで言うと、こういうことだった。いつかの音楽会でEとHと柳泰林はムンヒとその友人に会った。音楽会がお開きになったあと、しばらく喫茶店で茶を飲みながら話をした。その時Eがムンヒに、どんなピアノを使っているのかと尋ねた。彼女はピアノは学校のものを使っていると答えた。そのあと二人を先に帰らせて、彼らは飲みに行った。そこでほろ酔い機嫌のEが、音楽をやっているのにピアノがなくていいものかと呟いた。それを聞いて、そんなに可哀想だと思うなら君がピアノを一台買ってやればいいじゃないか、と言ったのは他でもない柳泰林だった。するとEは、それなら僕が将来有望な音楽家のためにピアノを贈ろう、だがチャンスと名分がないことにはおかしなことになりかねない、ならクリスマスプレゼントにしよう、と言った。ちょうどクリスマスになる三月前のことだった。クリスマスが近づいてきたある日、柳泰林はEに約束を思い出させた。Eは、男たるもの自分の言ったことは守らなければならないと、その足で楽器店に行った。どうせならいいものをと、豪奢なピアノを買ってムンヒに贈った。つまり、ピアノをムンヒに贈ったのが悪いことだとすれば、その責任は柳泰林にあった。

「金のあるところを見せびらかしたというわけか。それにしても何の下心もなしにピアノを贈るのか」

尹の言葉は依然として荒々しかった。

「人の行動にはいろいろ動機があるもんだよ。悪い方にばかり考えることはないと思うんだが……」

柳泰林の言い方はあくまで冷ややかだった。

「単なるあいさつを交わすくらいの女に、不純な下心もないのにそんな物を贈るということが俺には納得がいかない」

「殴って気がすむのなら、この僕を殴れ。責任はこの僕にあるのだから」

「大層な義理じゃないか。日本人のやつらに媚びるざまは見たくもないね。くだらない真似をしやがって。彼らに朝鮮人女学生を取り持つのに一役買ったというわけか。愚かなことをしてくれたもんだな」

柳泰林の顔から血の気が引いていった。興醒めした重苦しい空気が澱んだ。こういう空気に片時も我慢できないのは全羅道（チョルラド）出身の姜（カン）だった。

「おい、尹。そんなに憎まれ口を叩くなよ。柳君が充分に説明したじゃないか。さあさあ、早く柳君に謝って、愉（たの）しく酒でも飲もうぜ」

姜がそう言うなり、尹はすくっと立ち上がって姜の横っ面を張った。

「謝れだと？　俺の未来の女房を日本人野郎に売り飛ばそうとしているやつに謝れだと!?」

姜も負けずに立ち上がり、

「こいつ、手を出したな」

そう言って尹を蹴飛ばした。

この光景を冷ややかな目で眺めていた柳泰林は席を立つと、黙って障子を開け、出て行ってしまった。私は慌てて立ち上がり、彼を追いかけた。行かせてはいけないと思ったし、いま出て行ってしまえば柳泰林と私たちの仲はもうおしまいだという気がした。それで、

「仲直りもせずに帰ってしまうんですか」

と言ったのだが、柳は、

「僕にも喧嘩に加われとでも言うのかい？」

吐き出すようにそう言うと階段を下りていった。階段を下りた柳は勘定台に行って金を払い、十円札を二枚余分に出して、

「彼らが酒を追加したらこの中から勘定してくれたらいいし、殴り合いをしているから皿もかなり割れただろう。これはその弁償代として受け取ってくれ」

そう言うと、私には見向きもせずに出て行ってしまった。

過度に興奮した尹に過失がなかったとは言えないが、私はあくまで冷静で、落ち着き払っている柳泰林に、その時初めて憎しみを感じた。若者の間ではありえないことだ。朝鮮人女学生を日本人野郎に売り飛ばそうとするのを取り持ったなどという尹の言葉は行き過ぎだとは思うが、喧嘩をしたのなら和解するべきなのだ。終始一貫、俺はおまえたちとは違うという意識、常に自分を一段高いところに置いて行動する心持ち、そもそもそれ自体が間違っているのではないかと思うのである。

だが結果的には尹の行動が正しかったような気もする。ピアノ事件以来、Eはもちろん、柳泰林も朴ムンヒに会った痕跡はない。もし尹の激しい反発がなかったら、ムンヒと柳泰林の関係が、あるいはEとムンヒとの関係がその後どうなっていたか、いまでは友人の奥方になっている彼女には恐縮だが、分からないからである。

それからかなりあとのことになるが、尹とムンヒは結婚した。だが尹が冗談交じりに言っていた一石二鳥にはならなかった。祖国解放を迎え三十八度線が引かれると、ムンヒの家族は全財産を捨ててソウルに逃げた。尹は妻の家族も養わなければならなくなり、かなり苦労したという話である。

ピアノ事件があってから、柳泰林は朝鮮人学生のグループとは目に見えて疎遠になった。私とはいままでどおり付き合いがあったが、気まずい感情を私の方で消化するのにかなりの時間を要した。いままでどおりと言っても、そう大した付き合いではない。その後三年間、同じ学校で過ごしたが、私は彼の下宿がどこにあるのかも知らなかった。学校以外の、彼の東京生活に関して私が知っていることは白紙に近かった。

柳泰林は私たちと疎遠になるにつれ、EやHら日本人との交誼は一層厚くなっていったようだ。私たちは「朝鮮人がそんな真似をして」というような不平不満を言わないことにした。それはその言葉を文字どおり受け取らず、劣等生の秀才に対する妬みだと解釈される恐れがあったからだ。

「柳君と僕に対する友情」というEの手紙に書かれていた文句に若干抵抗を感じたのは、このような当時の状況が私の記憶に残っているからである。だがこれではあまりに度量が狭すぎやしないかとも思った。三十年近い歳月が過ぎたのだ。未熟だった頃の感情はもうきれいさっぱり洗い流してもいいはずだった。仲違いしていた時期があったからこそ、のちに再会してより親しくなれる場合もあるだろうし、実際そうあるべきなのだ。

Eからの再三の頼みを聞いてやれなかったのは、実はその頃の感情が蘇ってきたからではなく、私なりに忙しさに雁字搦めになっていたからだ。また長くはない年月とはいえ、五、六年にも渡る他人の動向をつぶさに、しかも要領よく記録するということは生易しいことではないため、なかなかその気になれなかったからであって、決してないがしろにしていたわけではなかった。

そうこうしているうちに多少の時間が過ぎた。今度はHから手紙が来た。Hは、たまに日本の雑誌を読むと、その活躍ぶりが覗える気鋭の日本の作家である。日本人ではあるが、あんなつまらない学校でHのような人物と知り合えたのは幸運なことだ、と私は思っている。若い頃は不穏な思想運動に情熱を注いだようだが、最近彼が自分に関して書いたものを見ると、その思想をより広く深く人生を認識することに発展させているように思われる。

Eの排他的な態度とは異なり、Hは時々私たちとも交わった。同人誌をやらないかと提案してきたこともあった。私が難解な文章を見せながら解釈してくれと頼むと、恥ずかしそうに「よくは分からないけれど、こういうことじゃないでしょうか」とていねいに教えてくれた。Eと共に学内の雑誌の編集委員をやっていたのだが、何かの集会でこんなことがあったらしい。Eが、朝鮮人学生が差別扱いだと騒ぐと困るから朝鮮人学生の作品も一つくらいは載せてやるべきではないかと言った時、Hは、そういう考え方がすでに差別ではないかと反駁し、いい作品がなければそれきりだし、いいものがあればすべて朝鮮人学生のものでも構わないではないかと言ったそうだ。些細なことかもしれないが好感の持てる態度だと思った。

そんなHからの手紙に、私はEの手紙に対する時とは違って懐かしい気持ちで封を切った。

君のことをEから聞いて、まずは懐かしい気持ちで筆を執った。新生祖国のために健やかに活躍しているとのこと、喜ばしい限りだ。柳泰林君のこともEから聞いて胸が痛んだ。卓抜な天稟に恵まれていたというのに、実に惜しい人物を失ったものだ。美しい薔薇には虫がつきやすいと言うが、美しい人ほど苛酷な運命を背負っているのではないだろうか。度重なる戦争によって人類は優秀な人物を数多く失った。貴国の動乱でもどれだけ多くの人材を失ったことだろう。柳泰林君の悲劇をとおして改めてそういうことを考えさせられた。ともかく柳君の失踪（僕は最悪の場合でもこう思いたい）は残念でならない。時折僕たちの間で柳泰林君の話が出ると、あいつは思いもよらない時に突然姿を現すかもしれないぞ、と冗談交じりの期待をしたものだったが、いまとなってはそんな漠然とした期待すらできなくなってしまったとは、何とも理不尽な話ではないか。朝鮮戦争の勃発した年の一月だったか、僕は柳泰林君から手紙を受け取った。自国の運命に対する柳君なりの考えを抽象的に記したものだったが、いま思うと自らの運命を予見して書いたような沈痛な文言だった。その手紙への返事の中で、僕が何か作品はないか、あれば送って欲しいと言ったところ「酩酊の街」という短編を送ってきた。南朝鮮のある都市の政治的な生活環境をチェーホフ風に、ユーモラスに書いた逸品だった。それはその年の九月、文芸誌Gに載せたが、その時はすでに動乱の火が朝鮮半島全体に広がっていたので、雑誌はもちろんのこと、手紙を送る術もなしに三、四年が過ぎてしまった。休戦になった翌年、僕は再三、柳君に手紙を出した。「酩酊の街」が好評だったこともあり、今後更に柳君の作品を日本に紹介したいと思っていた。しかし一向に便りが来なかった。そんな凄惨な運命を辿っていたとは想像すらしていなかったし、そもそも怠惰な僕たちは、柳君はきっと東京の旧友を忘れるほど公私共に多忙な日々を送っているのだろうと思い込んで、こちらから再度手紙を出そうともせず、時間だけが過ぎていった。だが最近は日韓両国の国交も開け、行き来も盛んになったようだから、そろそろ姿を見せてもいいのではないかと思っていたところに、E君から青天の霹靂のような知らせを受けたというわけだ。

E君が君に、柳泰林君に関する詳しい動向の記録を送って欲しいと言ったらしいね。忙しいとは思うが、どうかEの頼みを聞いてやってはくれないだろうか。Eは君の機嫌を害したのではないかと心配しているようだが、それくらいのことで機嫌を損ねるほど君は狭量な人間ではないと、ちゃんと慰めておいた。Eは相変わらず内向的で無口だし、考え方に融通性というものが少しもないやつだが、学者としてはそれなりに使い道があり、根は悪くない。とくに柳泰林君に対する誠意は並大抵ではないということを知ってやって欲しい。

君が柳泰林君の原稿「関釜連絡船」を送ってくれと言ったらしいが、もちろんいつかは送るつもりでいる。もしいますぐ必要なら、順番に写真を撮って送るのはどうだろうかと、僕とE君とで話し合った。だがそれを送るに先立ってこちらでやるべきこともあるから、どうかEの希望だけは叶えてやってくれたまえ。Eはいまだ結婚もせず独身で、今後しばらく自分のやるべきことは不遇な柳泰林君のイメージを再生し、世に知らしめることだと熱を上げているからだ。

それと、Eが「関釜連絡船」の原稿を見せるのを渋っている訳も分かってやって欲しい。あれを書くための資料収集を朝鮮人である柳君がすると危険だという理由で、ほとんどEが請け負ったのだ。僕も少し手伝ったが、九牛の一毛に過ぎない……。それからもう一つ知っておいてもらいたいのは、あの原稿は柳君が帰国する時に置いていったのではなく、万が一特高刑事らの家宅捜索があった場合のことを警戒して、最初からEの家に預けておいたのだ。だが、Eが原稿を渡すのを渋っているのは、これらの事情によって生まれた愛着心のせいだけではない。全体的に日韓併合や朝鮮の独立運動に関して新しく解釈している原稿が、書かれた時点では日本側で不穏視されるような内容だったかもしれないが、貴国が独立したいまとなっては、むしろ貴国側で不穏視される恐れがあるという点だ。だからEが解説をつけない限り、原稿の価値が生かされないというわけだ。この点を解決するのには自分をおいて他にいないと思っているEの自負心くらいは、認めてやっても構わないのではないか。

我々の天下無類の母校、A大学専門部文学科（僕はこの学校で過ごした日々に強い郷愁を感じている）から文学部に進学したのは、君と柳君、それから僕、E、A、M、Sだったね。だがAは戦死したし、僕とEは君も知ってのとおりだ。Mはいま売れっ子のシナリオライター。君と親しかったSは古本屋の主だ。僕とEは時々その家で世話になっている。暇があったら一度東京に遊びに来たまえ。できる限りの歓迎はするつもりでいる。君がもし柳泰林君に関する記録を書くつもりでいるなら、Eに頼まれたからというのではなく、できれば作品としての筋書きを考えて書いて欲しい。そうすることが色々な意味で有用ではないかと思うのだ。

もう一つ知らせたいことがある。柳泰林君の息子が早くも医科大学を卒業し、インターンも終え、大学病院の医者として活躍している。君も知ってのとおり、彼の母親は柳君が下宿していた家の長女で、いまは東京でも名の知れた婦人病院の課長になっている。日本一の私生児を育ててみせると強情を張っていたが、空襲で破壊された時に、養子として入籍させたらしい。生涯独身を貫きながら密かに柳泰林君が東京に現れるのを待っている様子だが、三十年余り待ち続けた彼ら親子に、今回のことを知らせるのはとても忍びない。まして柳泰林が死んだと断言できるわけでもないのだから。荒唐無稽な映画を作るのが上手いMは、その荒唐無稽な空想を餌に、いまに見てろ、そのうち柳君がタヒチやサモアの辺りから、俺は生きてるぞ、と便りを寄越してくるかもしれないと言ってはケラケラ笑うのだが、いつかそんな日が来ればどんなにいいだろう。君の今後ますますの活躍と健康を祈っている。

Eからの手紙には冷淡でいられたが、Hから来た手紙を受け取ってからはじっとしていられなくなった。最善を尽くして柳泰林に関する記録を作って送る旨をEとHに伝えた。その手紙には、柳泰林が朝鮮戦争が起こった年にHに送ったとかいう短編「酩酊の街」が載せられた雑誌を数冊送って欲しいということと、「関釜連絡船」の原稿がそういう経緯なら、原本はEのところに置いておいて、いますぐでなくてもいいし、一遍に送ってくれなくてもいいから、写真に撮って送ってくれないかという旨も記した。

このような手紙を送ったものの、考えれば考えるほど困ったことがあった。どうせ書くのならきちんとしたものを書きたい。できるだけ立派な伝記を書きたいと思う。このような気持ちが切実になるにつれ、焦燥感に駆られた。日本の学友らが柳泰林をあれほど高く評価し、また彼のために誠意を示しているというのに、彼をよく知っている私が、これまで彼に対して無関心を装ってばかりいたことを考えると、恥ずかしくなった。

柳泰林は日本人の朋友たちの間だけでなく、故郷でも、彼を知っている人たちの間でしだいに神話的な人物になっていった。私はこのような傾向に反発を感じている自分の思いを正直に表明した。彼を神話的人物に作り上げるために、周りの人たちを不当に矮小化させ、卑小化させるという弊害が伴うからでもあるが、いまもし彼が死なずに生きていたら、ということに対する想像力が、あまりに貧弱だという点を指摘したいからでもあった。

おそらく大抵の人間は、神話を豊かな想像力の所産だと考えている。だが柳泰林の場合を見ても分かるように、想像力が乏しいがために神話を作り上げることもあるのだ。

あるいは、三十で死んだからこそ神話になり得るのかもしれないとも思った。三十までの短所は欠点に見えず、長所だけがカウントされる傾向があるからだ。人間の短所が短所として決定的な意味を持ち始めるのは三十を過ぎてからである。卑小になるのも三十以降だ。私は柳泰林という人間の中にある傾斜について熟知している。三十を過ぎた頃からその傾斜が荒廃した環境の中でどう変形していくのか、およその見当がつくのだ。

例えば、三十を過ぎた柳泰林が家産を蕩尽（とうじん）してしまったとする。彼はおそらく詐欺に近い手段を使ってでも金を稼ごうとするだろう。詐欺とまでいかなくても、これまでの柳泰林の、篤実なヒューマニストとしてのスマートなイメージを自ら壊す方向に歩むことになるのは確かだ。あるいは国会議員の選挙に出馬して、愛国心を実際の四、五倍に膨らませ、心にもないことをしゃべりまくり、自らの純真な威厳を損ねるような愚かな真似をしでかさないとも限らない。

三十を過ぎても相変わらず教職に就いたままだとしたら、昔のフレッシュだったイメージは枯れてしまい、陳腐な常識だけを繰り返すペダゴーグ〔知ったかぶりの教師〕になっているかもしれない。多くの女性たちを口車に乗せ、たぶらかしては最後に弊履(へいり)のごとく捨てるというような、下品で卑劣極まりない行動をしないという保証はどこにもないのである。だとすると柳泰林神話というのは、三十までの若さ輝くイメージに惑わされたあまり、三十を過ぎて現れるかもしれない邪悪な可能性を予見できなかった、枯れ果てた想像力の結果だともいえる。あるいは若くして死んだという口惜しさの中で芽生え、もしかしたら生きているかもしれないという漠然とした期待の中で育ったものだとも考えられる。

こんなことを考えていると、柳泰林のイメージはしだいに悪くなり、彼の不幸、彼の不運すらも妬んでいる私の度量の狭さだけが浮き彫りになってきて、ひどく憂鬱だった。不幸や不運を嫉妬してまで伝記を書く必要があるのだろうか。真実を歪め、自分自身を汚す結果を生むだけではないか。だが、避けることはできない。人間は自らの可能性を試していくしか他ないのである。

一九四六年夏

必然的だと言われると、人はわりとすぐに諦める。たとえば豪雨が降れば洪水は免れない。だが、運命だといわれると諦めたくてもなかなか諦めきれないものだ。運命という言葉には、もしあの時あの場所にさえいなければという嘆き、あの時あんなことをしなければよかったという憂いが込められている。

私と柳泰林（ユテリム）が再び運命的な接触を持ったのは、一九四六年の秋のことだった。

その頃、私は母校のC高校で英語の教師をしていた。英語の教師というと相当聞こえはいいが、アメリカ人に会っても英語でろくにあいさつもできず、翌日の授業のために徹夜で辞書と格闘をしなければならない、いわゆるインチキ教師だった。

言い訳をするようだがインチキは私だけではなかった。私以外にも英語教師が五人いたのだが、その中には「イエス」と「ノー」の区別もできず、奨学士〔教育公務員〕の失笑を買った教師もいれば、黒板に大きくAとZの二文字を書くと、さも超然と、これさえ覚えたら英語を最初から最後まで習ったも同然だと言って、端っから授業をする気のない教師もいた。

これは英語教師に限ったことではなかった。もちろん実力と徳望を兼ね備えた教師がいなかったわけではないが、学校の規模を日本植民地時代の四、五倍に拡大したせいで、教師の数は絶対的に不足していた。履歴書を立派に書いて出しさえすれば猫も杓子も教師に採用されたので、当然のごとくインチキ教師でごった返していたのだった。学歴偽造など日常茶飯事だったこの時期、原子爆弾が落ちたのをいいことに、全国各地の学校に広島高等師範出身を騙る教師が溢れていた。

ハエがなぜ前足を擦るのかという問題に丸一学期をかけた動物学の教師がいた。本人としては動物学ではなく、動物哲学を教えたつもりだった。一年が三百日、あるいは二百日なら便利なのに、なぜ三百六十五日に区分されなければならないのか納得がいかないと言う地理教師もいた。その日暮らしをするのは実存主義で、こつこつと貯金するのが理想主義だと説く社会生活科教師もいれば、徒手体操もろくに指導できない体育教師が、柔道五段という嘘か本当かわからない肩書きを鼻にかけて威張っていた。

ある数学教師は、参考書の数式と答えをノートに写してきたところまではよかったが、それを黒板に移し書いてみるとおかしなことになった。答えは合っているが、その答えに至るまでの数式に異変が起きたのだ。前の晩、参考書を写している時に、数式を一つ見落としたせいだった。その教師は授業の最中に泣きそうになりながら、職員室まで失われた数式を探しに行った。参考書は家に置いたまだし、折り悪く他の数学教師が席を外していたので、果てはインチキ英語教師にまで助けを求めた。数式を失った数学教師がインチキ英語教師のところにまで数式を探しに行った話には、その正直さや誠意からしてまだそれなりに愛嬌があった。

こうやって思い出していると、軽く漫画一冊分くらいになりそうだが、それよりも興味深いのは、こんなインチキ教師たちがどうやって教壇に立っていられたかという点である。

C高校といえば、日本の植民地時代から、数十年の伝統を誇る学校だ。田舎の学校だが、当時の学生は低学年を除いては、植民地時代に十倍以上の競争率を勝ち抜いて入学した、その地方では指折りの秀才たちだった。戦争末期に報国隊やら勤労奉仕やらでろくに勉強できなかったせいで学年相応の学力はなかったにしろ、教師の真面目さえ分からないと判断してしまっては彼らを不当に見下すことになる。むしろ彼らが教師たちを見下していたと言った方が正しい。彼らは明らかに、立てるべき教師と、見くびってもいい教師とを区別していた。教師たちもこのような風潮を敏感に感じ取り、実力のない教師たちは、強い発言権を持っている教師と学生に迎合することで保身を図っていた。

また当時の学校は、ただ学園としての生理的機能を果たすだけではなかった。一種の政治的な役割も担っていた。よって学生は教師としての資格を問う以前に、対象となる教師が自分たちの側なのか、そうでないのか、ということを重視する傾向があった。インチキ教師たちは、学生の側についていれば、あるいはそういう振りさえしていれば、楽に生き延びることができた。

インチキ教師だからといって肩身の狭い思いをしていたわけではなかった。職員会議の際は、インチキであればあるほど騒ぎ立てた。会議の議題は主に民主学園の建設と、教師の生活保障の問題だった。聞いていると大抵の場合、おかしな結論に発展していった。民主学園というのは学生の意思を尊重するものである、従って彼らの要求する集会を無条件に承認しなければならない、そうやって一年中授業もせずに集会ばかり開いていれば、百パーセント民主学園になる、などという結論がそのよい例だ。生活保障を要求する発言にも色々なものがあった。その中には例えば次のようなものがある。

「我々教師は修行を積んで悟りを開いたので、水と露さえあれば生き延びることができますが、修養不足で悟りの浅い妻子たちは、飯を食い、服も着なければなりません。いまもらっている給与では洪吉童（ホンギルトン）〔李朝時代に活躍した、神出鬼没する技を持った義賊の頭〕のような技があったとしてもやりくりできないので、給与を上げていただきたいと思います」

また、こういうのもあった。

「仮に我々が夜学の講師よりも劣っているとしましょう。それでもイートンやハローカレッジの教師並みの待遇を受けたいわけです。蚤（のみ）にも面子があり、南京虫（なんきんむし）にも体面があるというではありませんか。待遇がよくなればそれだけ勉学にも研究にも励み、いい教師になれると思います」

こういう時、校長はくどくどと言い訳ばかりした。いまの状況では不可能だ、とか身の程をわきまえろ、というような説教が混ざると火花が飛び散った。

「校長は機密費やら何やらで、生活の心配をする必要がないからそんなことを言うんだ」という声がどこからか沸き起こり、その後は決まって、

「我々みんなで学校の経理帳簿を監査してみようではないか」という声が続いた。

こんな状況だったので学内の秩序は滅茶苦茶だった。しかし、学内の秩序が正せないことを特定の学校の、個人の責任にすることはできない。民族解放直後の情勢、それに続く一九四六年の国内外の情勢が、どの学園にも同じように反映されていたと見なさなければならない。

一九四六年は世界的には第二次世界大戦の戦後処理問題をめぐり、その方向性と内容において米ソ

の対立が次第に浮き彫りになってきた時期である。東欧における旧秩序の崩壊、中国での国共内戦への発展、東南アジア諸国の独立の気運、勝利者による処断をただ待つだけの敗戦国の焦燥。このような事象が絡まり合い、激しい動揺を経て、徐々に新しい力関係が築かれていった。

このような世界の動揺とともに、朝鮮も自国の生理と規模に応じて動揺し、混乱していた。解放の溢れんばかりの歓喜が感激の混乱となり、この感激の混乱が分裂と対立という敵対関係として凝結し始めたのが一九四六年であった。日本軍を武装解除するために便宜的に引いた三十八度線が、恒久的な分断線になりはしないかと漠然と抱いていた恐怖心が、決定的に厳しい現実の壁として感じられるようになったのも一九四六年である。

モスクワでの三国外相会議が下した朝鮮信託統治案をめぐって、国論が賛否両論に分かれ、時まさに左右両翼の衝突が熾烈化し、国中に広がっていた。

おまけにこの年の夏にはコレラが蔓延したせいで、民心が分裂し、混乱を煽り立てた。

このことは生徒を刺激し、しかも彼らを利用しようとする勢力にも悪影響を与えた。他の学校とて大した違いはないだろうが、当時のC高校は、表向きは米軍政庁の監視下にいるように装いつつも、主導権は完全に左翼勢力に握られていた。校長と教頭、数人の教師を除いては、ほとんどが学校の体面とはまったく異なる政治団体の組織に入っており、学生もほとんどが学生同盟という左翼団体に属していた。つまりその組織においては、教師と学生は師弟関係というより同志の絆で結ばれていた。

右翼の中にも左翼のそのような動向に批判的な態度を取った人間がいないわけではなかったが、強く押せばその分抵抗してくる力も強くなり、しかも学生による排斥決議の対象になって結局は追放されるのが目に見えているので、一九四六年の夏までは、C高校において右翼はたいした勢力を発揮できなかった。

しかも左翼系列の動きに反対する言動は米軍政に追従することを意味し、米軍政に追従するのはすなわち日本植民地時代の奴隷根性をいまだ清算していないからであり、祖国の民主的独立に反対する言動だという一種の通念のような見解が強かったため、反動・売国奴・民族反逆者という烙印を押されてもものともしない勇気がない限り、下手に身動きできなかった。

そういう理由で一週間に一回は学生会が開かれ、三日に一回は学級集会があり、その他にもなんだかんだと言い訳をつけて学生が授業を拒んでも、教師は為す術もなかった。それどころか教師の中にはむしろ学生をけしかけて、荷の重い授業から逃れる手段として利用する者もいた。

わが校はこうした中でも何とか大事に至ることなくやってこられたが、七月に入ってからは嵐に巻き込まれた船のように騒然とし始めた。校長をはじめ数人の教師を反動教育者として煽り立て、排斥しようという大々的な同盟休学を、左翼系列の教師と学生が企てたのだった。校長は植民地時代に役人……左翼の言葉を借りて言うと親日派だった。そういう理由もあって、これまでも何度か排斥の対象になったが、「我々の言うことを聞かなければ本当に排斥するぞ」という恐喝的なジェスチャーを使うことで左翼が実利を得てからは下火になっていた。ところが今回は、脅しで済ませてはならないという上部組織の指令を受けて計画を立てたものだという情報が流れてきた。

この危機をうまく切り抜けられたのは、このC地方にまで蔓延し始めたコレラを口実に夏休みを早めてしまったからだった。休みに入ってひとまず安心はしたものの、禍根は依然として残ったままであり、しかも間違いなく国を揺るがす大騒動になるであろう国大案反対運動[1]とかち合うとなれば、九月からの新学期は極めて騒然とした学期になりそうだった。

校長が教頭と私とA教師、それに私の先輩に当たるB教師を呼んで、柳泰林氏をわが校に迎えることはできないだろうかと相談を持ちかけてきたのは、このように不安な二学期を一週間後に控えた、八月のある午後のことであった。

校長宅の狭苦しい応接間に、我々五人は汗だくになって座っていた。窓を大きく開け放しているのに一筋の風すら入って来ず、むしろむせ返るような外の熱気が時折ふっと過ぎるのだった。庭の木にいる数匹の蟬が鳴いているせいで、一層蒸し暑さが増した。校長はどう話を切り出そうか迷っている様子だった。沈黙もまた重くのしかかり、蒸し暑く感じられた。

「コレラはすっかり落ち着いたようですね」

A教師が急に話を切り出した。

誰もそれに答えなかった。いまはコレラが問題ではないとでも言いたげな表情が校長の顔を過った。

「私個人の身の振り方はどうだってよいのです。問題はこの騒ぎをこれ以上放置しておくわけにいかんということです。新学期が始まる前に何か対策を打たねばならないのだが……その対策というのが……」

校長は玉のような額の汗を拭いながら、ようやく重い口を開いた。

「おっしゃるとおりです。何かよい策を講じなければなりません」

教頭が口を合わせた。かといってこれという方法があるわけではなかった。A教師が文句を言い出した。

「簡単なことではありませんか。P、M、S先生を罷免すればよいのです。校長先生はお人がよすぎて困りものです。果断な処置が必要なのです。そのお三方を首にしてください。他の教師や学生は手も足も出なくなりますから」

校長はそんな話はもううんざりだとでも言いたげに、窓の外に目をやった。A教師はさらに青筋を立てて言った。

「何度も申し上げていることではありますが、P、M、Sをこのままにしておいては、百年経ってもこの混乱を鎮めることなどできやしません」

「なんてことを言うんだね、A先生。そんなことしてみなさい。蜂の巣を突くようなことになりかねない。校長先生はいまこの混乱を避けようとおっしゃっているのであって、騒ぎを大きくしようとしているのではありませんぞ」

教頭も不機嫌な顔をして言った。

「やつらは本物のアカ、つまり共産党なんですよ。一刻も早く禍根を絶つべきです。やつらの首を刎ねたらしばらくは騒々しくなるでしょう。だがそれもいつまでも続くわけじゃない。やつらが学校

(1) 一九四六年、米軍政学務局が発表した国立ソウル大学設立案に対して、一九四八年まで、該当する学校だけでなく、全国津々浦々の学校の教師や学生らが猛烈に反対した事件を指す。

を担っていくわけでもあるまいし。恐ろしい熱病を退治するつもりで片付けてしまおうと言っているのです。百年経ったところで、やつらをいまのまま放っておいたら……」

A教師が喋り続けるのを教頭が遮った。

「罷免するには条件が要るんじゃないのかね」

「条件？　共産党と内通しているのも、学生たちを扇動しているのも確かなんですよ。これ以上どんな条件が必要ですか？」

「証拠が必要だと言っておるのです。確かな物的証拠が……」

教頭は吐き捨てるように言った。

「証拠というのは？」

A教師はますます興奮した。

「この学校の現状そのものが証拠になるじゃありませんか。すでに警察で内偵したものもあるはずです。それと合わせて道庁に内申すればいいと思います」

「私とてわざと彼らの首を繋げているわけではない」

つまらない口喧嘩はいい加減にしろと言わんばかりの語調で、校長はきっぱり言い放った。再び重い沈黙が流れた。一オクターブ高い蟬の鳴き声が聞こえてきた。私は校長の心中を推し量ってみた。校長もA教師以上に過激な手段を取りたいと思っているはずだ。だが仮に彼らの首を切ったとしよう。同盟休暇がさらに悪性化するのは目に見えている。他の学校とも連合するだろう。そして学生会長らが道庁にわんさか押しかけて行く。そこで気勢を上げて籠城するのである。そうなると……植民地時代のように系統立っているわけでもなく、結局は自分を保護してくれる縁故もない軍政庁の役人らは、とりあえず静かになってくれればそれでよしという心積もりで、生徒らの要求を受け入れるに違いない。つまり……校長にP、M、Sの首を切ってくれと説くのは、あたかも自殺を勧めるようなことなのである。

しかもPとMは教師としての実力がある上に、同志としての絆ではないとしても、学生の信任を得るだけの資質を備えているので甘っちょろい相手ではなかった。Sは教師としての実力はなかったが鋭い弁舌の持ち主だった。植民地時代に校長のもとで下級役人をやっていたことから校長とは互いに無視できない間柄だったが、「公私混同してはならない」という校長の口癖を逆利用して自分の存在を学生の間でクローズアップさせている、悪く言えば狡賢く、よく言えば誠実な人だった。この三人が校長の反対派の指導者であることを、校長自身もよく心得ていた。にもかかわらずこのような禍根をすぱっと断ち切れないところに校長のジレンマがあり、苦悩があった。

「要するにすべての禍根は人材不足にあるのです。教育者としての我々はあまりに無力です。あらゆる混乱は我々が無力であるが故に起こったのです」

校長はいつものようにそう言って嘆息を漏らした。

「時代の風潮ですからね。わが校だけが混乱しているわけではありません」

校長が嘆息をついたあとは、決まって教頭がこう言うのである。

「時代の風潮も指導できてこそ、教育者としての資格があるといえるのです。いずれにせよ、学力もあって指導力もあって、感化力のある教師をできるだけ多く迎えたいものです。ところが……」

校長は一度言葉を切ってから、私の方を見て尋ねた。

「李先生は柳泰林君とはどういう関係かね？」

思いもよらぬ名前が飛び出したせいで戸惑った私は、

「どういう関係かとおっしゃいますと？」

と訊き返した。

「よく知っている間柄なのかどうかを訊いているのです」

「よく知っています。この学校では私より二年ほど先輩になりますが、私が入って来たときはすでに他の学校に転校したあとでした。大学では同じ学年でした。ところで、柳泰林君がこの学校にいたとき校長先生はここにいらっしゃいましたか」

「私が道庁に転勤になる前の一年間、柳君のクラスを受け持ったことがあってね」

「そのとおりです」とB教師が口を添えた。

「私と同じクラスでした」

「そうだった。ならB先生も柳泰林君をよく知っているだろうね。どうだろう。柳君をこの学校に連れて来られないだろうか。あれだけの教師ならかなり力になってくれると思うのだが……」

「彼が来てくれたらそりゃ力になりますよ」

B教師がそう言った。

「どういう人なのか知りませんが、その人が来たところで新学期からの事態を収拾するのに助けになるでしょうかね」

教頭のこの言葉は、私の意思をそっくりそのまま代弁してくれたも同然だった。

校長は愁いを帯びた顔を厳しくして言った。

「新学期の事態のためだけに言っているのではありません。根本的に学園を改造しなければならない。そのためにはよい人材が必要なのです。ところで柳泰林君はどうしていますか」

「今年の三月、私とほぼ同時期に中国から戻って来ました。その後しばらく故郷にいましたが、いまはソウルにいると聞いています。私は学徒兵のときも、帰って来てからも会ったことはありません」

こう言いながら、もしやB教師がもう少し具体的なことを知っているのではないかと思い、そちらを見やった。するとB教師が次のように付け加えた。

「柳泰林君が中国から戻ってきたという知らせを聞いて、一度訪ねて行ったんです。そのときの口ぶりでは、ソウルで学問を続けていく意向があるように見受けられましたが」

「私は何としてでも彼を連れてきたい。ソウルには後日改めて行ってもいいし、学問をするのに何もソウルにいる必要もあるまい、世の中が落ち着くまで故郷にいるのも悪くないのではないか――こう言って二、三年でいいからこの学校の面倒を見てもらえるよう説得できないだろうか。どうでしょう。李先生とB先生に責任を持って取り次いでもらいたいのだが！」

私はもともと人に媚びる質なので、上司に何か頼み事をされると断れない。結局、あれこれ言葉を交わしているうちに、気がつくと柳泰林をC高校の教師として連れて来る責任を私一人で負う羽目になっていた。

新学期の事態にどう備えるかという問題に戻った。どんな手を使ってでもP、M、Sを消すべきだと、A教師がまたひとしきり騒いだ。主導的立場の学生を懐柔する手段はないものかという意見も出た。夏休みを延長するのはどうかという案もあれば、警察に依頼して恐怖心を煽る雰囲気を作ろうという提案もあった。だが、どれも現実味のないものばかりであった。

「為す術もありません。校長先生がP先生とM先生を呼んで丁重に頼んでみる他ないのではありませんか」

落ち着いた声でB教師が言った。それに対して教頭は、そうしたところで彼らは学生たちが自分たちの言うことを聞くはずがないと言うに決まっている、と答えた。

「ではどうしろというのですか。我々も我々なりに説得にかかってみますから、校長先生はP先生とM先生を説き諭してください」

ふだんから意見が穏健で派手ではない分、B教師の言い分には説得力があった。

「彼らの意見は聞かずとも知れたこと。話すまでもない。前に一度頼んだことがあるのだが、校長先生の言うことも聞かない学生たちが私たちの言うことに耳を貸すはずがない、そう言うのだ」

校長の口元に悲しそうな笑みが残った。

「日本人が言うように、赤心(せきしん)を推して人の腹中に置く、という言葉があるじゃないですか」

とB教師が再び口を開いた。

「赤心か！　それが通じりゃいいのだがな！」

校長は力なく呟いた。

だがこれといった妙案があるはずもなかった。校長がPとM、そしてSを呼んで、酒でも一杯交わしながらあらゆる手段を試みて説得するというところで会合を終えた。

暑苦しく重苦しい会議は終わったが、私は依然として気が重かった。責任を持って柳泰林を連れてくると言ったものの、心のどこかでそうなってくれるなと願う気持ちが潜んでいたからである。それにまさか柳泰林がソウルを捨てて、たとえ故郷の学校とはいえども、教師になりたければ大学教授の口もあるだろうに、C高校の教師になるためにわざわざ帰ってくるとは思えなかった。国に人材が不足していたため、柳泰林より劣った者でもよい職を得て母校の切実な勧誘を断っている状況だった。

正直言うと、柳泰林がC高校にやって来るのは学校や生徒らにとっては有益なことかもしれないが、私個人にとっては喜ばしいことではなかった。徹夜で辞書と睨み合う立場ではあったが、当時私は実力ある教師として認められていた。それが柳泰林が現れることで実力派を装っている私の化けの皮が剝がされるのは目に見えていた。しかも校長のスパイだとか灰色分子〔左翼にも右翼にもつかない〕、反動などと憎まれ口を叩かれながらも、四流ではあるが東京の大学に通ったという後ろ盾と、適当にはぐらかす才能でもって、左翼系列の教師や学生の間でぶつかりながらもうまくやってきたというのに、柳泰林の出現でそんな後ろ盾なぞ朝日に溶ける露のように消えてしまうだろうし、はぐらかす才能も花を咲かせなくなるだろうから、私はそれこそ苦しい立場に置かれることになるのである。

かといって校長と約束をしておいて何もしないわけにもいかなかった。校長宅を出るとその足で、私とB教師はまず柳泰林の父親を訪ねることにした。校長宅と柳泰林の家とはそれぞれ反対方向にあったので、そこから柳泰林の家に行こうものなら市街を端から端まで歩かねばならない。途中私は、仮に柳泰林がC高校に来たとしても果たして校長の思惑どおり力になってくれるのか疑問だ、まかり間違えるとP先生やM先生のグループと結託する恐れもあるのではないか、と言ったところ、B教師は「まあ、そんなことはないでしょうが……」とただ控えめに語尾を濁すのであった。

市街を南方に見下ろす山の麓の広い敷地にぽつりと佇(たたず)む、柳泰林の家に辿り着いた頃には、長い夏の陽もいつしか傾いており、黄昏時の夕焼けが鬱蒼とした木々とともに家を覆い包んでいた。私は苔の生した純朝鮮風の家屋を夕焼けの中に眺めながら、激動する時流に遅れを取り頽落(たいらく)していくしかない運命を見たような気がした。その一方で、この家を見るたびに感じてきたこと——何代にも渡りこの地方に君臨してきた家門としての威厳をあらためて感じさせられた。

柳泰林の父親は不在だと小間使いの小僧が言った。H村にある山亭にいるとのことだった。

H村はC市からJ山の方に二十キロほど入ったところにある。そこには私の生家もあった。私の生家から柳家の山亭がある東谷(トンゴク)までは、わずか二キロほどの距離である。私はそこに住んでいる親戚へのあいさつがてら、翌朝早々に起きてH村に向かうバスに乗った。

東谷に行くためには西浦洞(ソポ)という村の入り口で降りて、長い小路を上っていかなければならない。西浦洞は百戸余りのかなり大きな村で、住人はみな柳家の下人だ。柳家では彼らを解放しようとしたが、彼ら自身が聞く耳を持たなかったという。言ってみれば当時の彼らは自由意思で、柳一家に隷属することを選んだのである。だがいまこの時期にはどうだろうと、私は長い小路を上りながら考えた。年寄り層は昔もいまも変わらないだろうが、若い層はそう見くびったものでもないであろうに。

当時のH村にも強い左翼の風が吹いていた。もし左翼が政権を握るようなことがあれば、この村の奴婢たちの態度は一変するんじゃないだろうか、とも思った。

西浦洞の小路を抜けると裏山の中腹に出る。この中腹から東方に歩いて行くと小川があり、その向かいの谷間には瓦葺きの家屋がぎっしりと並んでいる集落がある。この集落はすべて柳一族の家であり、その一番上に腰を下ろしているのが山亭だった。そこまでは村の中を通っても行けるが、ぐるっと外回りをしてもよい。

周辺の山々はどれも剝げて赤くなっているが、東谷を囲む山は鬱蒼とした松林である。私は一抱えもある松の木の間を縫うようにして伸びている外郭の道を歩きながら、枝の隙間から見えるひときわ青々とした空と、夕立のように降り注ぐ蟬の声に導かれて、初めて父とともにこの道を歩いた遥か十数年前のことを思い出していた。

その時の私は九歳か十歳だったか。柳泰林の父親は夏休みを山亭で過ごす息子が退屈しないように、私の父に頼んで泰林の話し相手として私を連れて来させたのであった。

私はいまでも柳泰林に初めて会った時のあの強烈な印象が忘れられない。柳泰林は私より二歳年上だったが、私はそれまでその年頃の少年を前に恥じらいを感じることなどなかったのに、柳泰林の前ではこのまま消えてしまいたいような羞恥心を覚えたのである。麻のチョゴリとパジを穿いたみすぼらしい私の目の前に、真っ白な苧（からむし）の半袖のシャツに半ズボンを穿き、白い運動靴を履いた明るく気品のある少年が現れたのだから無理もなかった。幼い時はいい服を着ているか着ていないか、優れた人間なのか劣っているのかに敏感である。私はその時ほど父を恨んだことはなかった。いま考えてもあんな仕打ちは許せない。子どもをあのように卑屈な境遇に追いやるのは残酷なことである。もし父にそんな話をすれば「大地主の一人息子と貧しい家の息子を比べるのか」と私の頑是無（がんぜな）さを咎めるだろうが、いまでも憤りを感じてならない。

私は柳泰林に会うまで金持ちがどういうものか知らずに育った。わが家とてそれほど生活に窮している方ではなかったので、貧富の差というものがこれほど甚だしいものだとは思いもよらなかったのである。

大人ふたりで抱えるほどの大きな柱が立ち並んだ家。軒の高い屋根の四隅に風鈴が掛かっている大層なその家の前庭には、名前も分からない花が盛夏の緑陰を背景に華やかに咲き、後庭には、黒い竹が風にそよいでいる風景の中に描かれた貴公子のような柳泰林の姿――。その時私が受けた印象をいまの意識で翻訳すると『アラビアンナイト』から飛び出してきた王子に会ったような夢心地だった。

その時、柳泰林と私の間にどういう話が行き交ったのか覚えていない。柳泰林の父親にもう少ししたら家に連れて行ってやるからと引き留められ、父にはもっと遊んで来いと叱られたが、私は父が帰る時に無理やりついて帰ったことしか記憶にない。

私は柳泰林に出会ったために将来の夢を失った。たとえ勉強ができ努力してもあんな非の打ち所のない境地に至ることはできないという、そういう境地を事前に知ってしまったのだから、少年にとってこれほど苦い経験があるだろうか。どれだけ必死になっても、彼の前では頭が上がらないだろうと自覚する経験ほど、過酷なことがあるだろうか。

その後私は父がどんなに強要しようが柳泰林のところに行こうとはしなかった。ところがそれから数日後、柳泰林が下男を連れて突然わが家にやって来た。

「遊びに来たよ」と柳泰林は愛想よく笑って見せたが、私はかなりうろたえた。初めて会った時のように圧倒される感じはなかったが、その代わり大いに狼狽した。わが家は粗末なものだった。何の風景もなければ季節の花も咲いていなかった。そのうえ母がみっともない食べ物を出してくるのではないかと思うと恐ろしくなった。私は一刻も早く彼をわが家から連れ出さなければならないと思い、近くの小学校に遊びに行かないかと唆(そそのか)した。

学校に行く途中、私は別の不安に駆られた。C市の立派な学校に通っている柳泰林の目にわが校がどれだけみすぼらしく映るかということだった。だが学校に入るなり柳泰林が意外なことを言った。

「僕はこの学校が好きだな。こぢんまりして静かで……うちの学校は好きじゃない。大きくてうるさいだけだし……僕もこの学校に通いたいんだけど、おばあさんが承知しないんだ」

裏門から入り正門の方に回った時、木陰に板椅子を持ち出して座っている日本人校長の夫人に会った。校長夫人は柳泰林を見て誰だと訊いた。私が下手な日本語で説明すると、校長夫人は雑事係に言いつけて、井戸に浸けてあるサイダーを持って来いだの、西瓜(すいか)を持って来いだのと大騒ぎをした。柳泰林は丁重なもてなしに慣れた態度でサイダーを二口ほど飲み、校長夫人の質問には元気よく答えたが、いくらすすめられても西瓜には手をつけなかった。私も柳泰林にならってサイダーは飲んだが西瓜には手をつけなかった。

しばらくして学校を出る時に柳泰林が私を見て、

「ハエのたかった西瓜をあんなにすすめるなんて、あの校長先生の奥さんは気の毒なお人だね」と言った。

それを聞いた私は、わが家で食べ物を出す前に彼を連れ出したのは幸いだ、彼にならって西瓜を食べなくて本当によかったと思った。そして私の目には見えなかったハエを彼は一体いつ見たのだろうと思いつつも、一方でとても痛快な気分になった。二言目には朝鮮人は不潔だという意味の言動をよく見せる校長夫人に、柳泰林が朝鮮人を目にもの見せてやったような気がしたからである。

あれこれ思い出しながら歩いているうちに、いつの間にか山亭の前に立っている自分に気づいた。十数年前に見た時と少しも変わらない立派な門構えであり、佇(たたず)まいだった。門をくぐると、柳泰林の父親は板の間で籐椅子に座り、ひとり新聞を見ていた。あいさつも終えないうちに私に気づいた柳泰林の父親は大喜びで迎えてくれた。すでに故人となった父の話を持ち出しては悼みつつ、私の近況を訊いた。柳泰林の父親は十数年前に会った時と少しも変わっていなかった。

柳泰林は見た目からして貴公子のような匂いを醸し出し、その分冷たいところがある反面、彼の父親の印象はまったく違った。見るからに福々しく柔らかな中年の田舎男という表現がぴったりの風采であり、態度だった。

私は彼を訪ねて来た用件をざっと話した。柳泰林をC高校に迎えたいという校長の意向を伝え、そうなれば学校としては光栄であり、私にとっても大きな助けになるだろうと付け加えた。柳泰林の父親は自分としては無条件に賛成だが、泰林は親の言うことを聞くような子ではないと嘆いた。その嘆きに頷けるだけの予備知識が私にはあった。聞くところによると、柳泰林は彼の祖母の絶対的な寵児だった。彼の祖母はこの地方ではかなり名高い男勝りで、泰林の養育に関しては他人のいかなる干渉も受け入れなかった。それで柳泰林の父親は息子が幼い頃から一切干渉できなかったし、干渉するつもりもなかった。むしろ柳泰林が成長するにつれ、息子の言うがままになっているという風評が立っていた。

「泰林は十五歳の時から他郷暮らしだ。十二年間ずっと外にいたわけだ。二、三年でいい。一緒に暮らせたらいいが……。だが父親の言うことなど聞くまい。私の方からも手紙を書いてはみるが、君からもすすめてくれないか。いまのような乱世には、できるだけ家族は一緒にいるべきだろう」

これだけの返事をもらえれば校長に対する責務も半分は果たしたことになるだろうと思い、立ち上がろうとした時、柳泰林の父親は私を無理やり座らせた。十数年前中国で買ってきた五加皮酒（ごかひしゅ）があるので、一杯やって行かないかと言うのであった。友人の父親と酒を飲むなど、この地方の風習上ありえないことだった。私は頑として断ったが、柳泰林の父親はそんな私の気持ちを見抜いてか、

「これからは老若ともに楽しまねばな。民主主義の世の中じゃないか。民主主義というのはある意味で『老少同楽』するという意味だろう？」

そう言うと、酒の膳を持って来るようにと下男に言いつけた。

寂しく暮らしているところに、息子の友人であり、また友人の息子でもある私がやって来て喜んでいるのを、冷たく振り払うこともできず、一杯また一杯と交わしているうちに、その五加皮酒とやらを二本も空けた。盃を酌み交わしながら時勢の話もしたが、母親の威勢に圧されるままに息子を前面に立たせ、自分は息子の影となって生きてきた泰林の父親の見識が並大抵なものでないことに驚いた。酔いが回ってきた頃、彼は私の手を取ってさすりながら、およそ次のようなことを言ったと記憶している。

「泰林をよろしく頼む。幼い頃はばあさんの言うことを聞いて育ち、成長してからは自分のやりた

い放題で、私は不安でたまらんのだよ。京都では危うく刑務所に入れられるところだったというじゃないか。君も同じだが兵隊なぞにさせられて。あってはならぬことだ。かろうじて一命は取り留めたものの、今度は世の中がこんな有様だ。生まれつき運が悪いんだ。そうでなければこんな目に遭わされるはずがない。君も気をつけたまえ。祖国が解放されたんだ。こういう時は気を引き締めておかなきゃならん。私はこの先もう長くはないから心配は要らんが、君らは哀れなもんだ。本来年寄りは若者を羨ましがるものだが、哀れだとしか思えんとは呆れたことだ。何としてでも泰林を呼び戻さねばならん。ソウルはいま、人間の住むところじゃない。私にはまだ自分の思いどおりにできる財産が残っているから、泰林は故郷に戻って来てそれで学校を作るなり、社会事業なりすりゃいい。ただ党だけはいかん。党でなくとも多くの人々の役に立てる事業をすればいい。君に何かいい考えがあれば、泰林と相談してやってみたまえ。私は朝鮮王朝が滅びるのをこの目で見てきた。日本が滅びるのも見た。『権不百年、勢不十年』〔いかに権勢ある地位にあっても、それがいつまでも続くわけではない〕というではないか。百年経っても千年経っても価値のあることをしたまえ。泰林をよろしく頼む。いくら偉そうにしていても頼りにできる友人が必要だ。おそらくあいつの運命は平凡ではあるまい。生まれつきの悪運か、その厄が解けないのだ。墓の位置が悪いわけではあるまい。私の代で災いがあっては先祖の御霊に面目ない。もし泰林が不愉快なことをしでかしても、君が理解してやってくれ。君がやりたいことがあったら私に話してくれ。泰林が反対しても私が聞いてやる。金で解決できることならいつでも言ってくれ。とにかく泰林のことを頼む」

話の途中で、世話になっているのは私の方だと何度も慌てて私の気持ちを伝えようとしたが、泰林の父親は自分は単なる外交辞令でこんなことを言っているのではないと真顔になった。ひょっとしたら泰林に対する私の複雑な感情を見抜いたのではあるまいか、とも思った。だが泰林の父親の言葉は、むしろそんな微妙な感情を解すのに大きな助けとなった。心から柳泰林をC高校に迎えたいという気持ちになったのである。

母への土産だと言って包んでくれた高麗人参を提げて山亭を出た時には、すっかり暮色が迫ってきていた。柳泰林の父親は村の入り口を流れる小川の辺りまで送ってくれた。

その晩私は久しぶりにH村にある親戚の家に泊まったのだが、そこで大変な話を聞いた。柳泰林の父親が、息子の意思だと言って約五千石分の土地を下人と小作人に無償で分け与えたというのである。私は柳泰林の意思であるというよりは、父親が息子の将来を気遣ってやったことではないだろうかという気がした。生まれながらに運の悪い息子の厄を払ってやるつもりで英断を下したのであろう。だがもともと父親の意思だったとしても、息子と相談もせずにそんな大英断は下せないだろうから、やはり柳泰林の意思だといえるのであった。

それはそうと後味が悪いのは、下人と小作人らが柳家親子の徳を称えて碑を立てようとしたところが、某層の者たちが「もともと搾取して貯めた財産じゃないか。そのうち没収されると聞いて利口な行動に出たに過ぎないのだから、大した徳でもあるまい」と妨害したという話だった。このような騒ぎのせいで碑を立てるという噂を知った柳泰林の父親は、万が一碑を立てるようなことがあれば自分はこの村から出て行くと言い張ったため、それは中断されたままになっているということだった。

搾取して貯めた財産、没収されると聞いて出た利口な行動、という言葉が心に引っ掛かった。

柳泰林の財産はどういう形のものであれ、搾取して得たものだという事実は誰も否定できない。確かに人情厚い地主という名望はあるが、それは搾取の度合いが緩かったということを指すのであって、搾取した事実がなかったという意味ではないはずだ。しかも村一帯に広がっている言い伝えによると、小金持ちに過ぎなかった柳氏が一瞬にして富豪になったのは、柳泰林の五代前の祖が、村が深刻な飢饉に見舞われた時、米一升に田を百五十坪、麦一升に畑百坪、という風に土地を買い占めたためだといわれている。いわば天災につけこんだ収奪だったというわけである。

だからといって、子孫がそれだけの理由で易々と財産を手放すことができるはずがない。没収されると聞いたうえでの行為だったとしても、柳氏親子のやり方をそう解釈する他ないのだろうか。

またこの地方には金持ちは十代以上続かないというジンクスがあるが、柳泰林はちょうど十代目の当主に当たる。もしかしたらそのジンクスと関係があるのか。

私はC市に帰って来るとすぐに柳泰林に手紙を書いた。校長の意向と彼の父親の意向を丁寧に書き記し、私自身もぜひ君に指導を仰ぎたいということも忘れずに書いた。そして、学校の事情が知りたければ私が直接ソウルに行って説明してもいいと書き添えた。

私が手紙を出した数日後に柳泰林から短い返事が届いた。近いうちに故郷に戻るつもりでいるから、わざわざ自分に会いに上京する必要はないと書かれていた。

この手紙が届いた日か、あるいはその次の日か記憶は定かではないが、とにかくある日の午後、私は大邱(テグ)から柳泰林に会いに来たというある女性の電話を受けた。あいにく柳泰林はソウルにいると伝えると、彼の友人である私に頼み事をしたいというのだった。

断る理由もなければ好奇心も働いて、私はTという喫茶店で午後五時頃会う約束をした。だが一人で会うのは何となく不自然な感じがした。私は婚約者の崔英子を連れて行った。店に入って、一人で座っている見知らぬ女をさがせばよいだけのことだった。

T喫茶店に入るなり、私は隅の方に一人で座っているその女性に気づいた。

「徐敬愛と申します」

私が大邱から来た方かと尋ねると、その女性は返事をする代わりに、立ち上がって軽く頭を下げながらそう言った。私もまず自己紹介をし、婚約者の崔英子を紹介してからその場に座った。

その女性はベージュのサージツーピースに身を包み、年齢は二十六、七くらいに見えた。当時としては贅沢な身なりだったが、それに似合わず化粧気はまったくなかった。どうかするとその浅黒い顔が田舎臭く見えた。だが、しばらく対座している間にその田舎臭さがきれいさっぱり消え去り、何かしら高尚な気品が感じられるのだから不思議なことだった。

「柳泰林先生とは東京で知り合った仲でした」

静かに、それでいて一言一言はっきりとそう言ったが、「知り合った仲」と言ったことに気まずい思いがしたのか、

「兄の友人だったので、実の兄のように慕っていました」と言い直した。

「ところでその後、お互い何の便りもなかったのですか」

「私はずっと東京にいたにはいたのですが、外にいられたのは前後合わせて一年にもなりません。

ずっと刑務所にいたものですから……」

「刑務所ですか?」

私は驚きのあまり、無礼を犯してその女性を正面から見据えた。切れ長の大きな目の輪郭、時折輝きが増し光を放つ瞳には、その歳ですでに人生の深みを知ったような才知が淀んでいた。

「しかるべき事情があったのです。私が刑務所から出てきたのは昨年の末のことでした。故国に帰ってきたのは今年の五月ですけど」

「私たちよりも二月遅く帰って来られたんですね」と私は無意味なことを呟いた。

「そのあとすぐ柳先生も戻ってらっしゃるという噂を耳にしました。それなら一度は私を訪ねて来てくださるのではないかと待っておりましたが、何の消息もないので勇気を出してここまでやって来たのです」

「柳泰林さんからの手紙によると、彼はここ数日の内に帰って来るそうです。それまでここで待っていらっしゃってはどうですか」

「そんな時間はないんです。ただ私がここに来たということだけ伝えてくだされば」

「せっかくいらっしゃったのだから、数日留まって柳先生に会ってからお帰りになればいいではありませんか」

崔英子も口を添えた。

「やっとのことで抜け出して来たんです。申し訳ありませんが、私が来たということだけをお伝えください」

そして住所を記した紙切れのようなものを私に差し出した。

「昔のあの家だといえばおわかりになると思いますが、もしかしたら住所を忘れているかも知れませんから」

私はその紙切れを懐に入れながら尋ねた。

「さっきから忙しいとおっしゃいますが、何がそんなに忙しいのですか」

徐敬愛の顔は何かためらっているようにも見えた。それから、

「この頃は忙しくない人なんていないでしょう」と言葉を濁した。

私は勘で、この女は政治運動をやっているなと思った。

「しかし今日のところはここに泊まってください。汽車は明日までありませんから」

「うちにいらしてください」と崔英子が勧めた。

私もそう勧めた。徐敬愛は礼を言いながら、そうすると答えた。

私は徐敬愛がどういう経緯（いきさつ）でそれほど長い時間を刑務所で過ごしたのか知りたかったが、訊くこともできず、ただ押し黙ったまま湯飲みを持ち上げたり下ろしたりしながら、目の前の女性の顔色をうかがった。だが徐敬愛はこれで用件は済んだとばかりに、それ以上口を開かなかった。

私はなぜかその時の状況を詳細に覚えている。西側のステンドグラス窓に染み込んで来た夕日が、浅黒い徐敬愛の顔を淡い琥珀色（こはくいろ）に染めていた。電蓄ではベニャミーノ・ジーリというテノール歌手が「人知れぬ涙」の染みったれた節をパセティックに歌っていた。

（おそらくこの女性にも人知れぬ流した涙があるのだろう。いまもそうだろうし。これからもどれ

だけ人知れぬ涙を流すことか)
そんな思いに耽りつつ、私はジーリの甘美な声色に染められた心持ちで、しばらく我を忘れて徐敬愛に見とれていた。徐敬愛を前にすると、わが恋人の姿は悪戯半分に作った造花のようだった。顔の輪郭や色だけでは誰が見ても崔英子の方が勝っていると思うだろうが、顔だけでなく、もっと深いところから漂ってくる徐敬愛の魅力には到底かなわなかった。
その翌日、私は徐敬愛を見送ってきたという英子に会い、川辺の竹林を歩いた。英子は徐敬愛と前日の晩、夜を明かして語り合ったと言った。英子から聞いた徐敬愛の話はかいつまんで言うと次のとおりである。

徐敬愛の兄と柳泰林は京都のS高校の同窓生だった。朝鮮人学生が全員退学処分になったある事件を機に、それに衝撃を受けたからではないが、徐敬愛の兄は病にかかり故郷に戻って養生していた。

その後、徐敬愛は東京の某女子専門学校に入学することとなった。病に伏している兄が、東京に行ったら柳泰林を訪ねて指導を仰ぐように言い聞かせた。徐敬愛は兄の見舞いに来たことのある柳泰林とはすでに面識があった。

東京で徐敬愛は一週間に一度の割合で柳泰林の下宿に遊びに行った。遊びに行っても何かあるわけではなく、主に学問に関する固い話を聞いたり、勉学に励むようにと激励されて帰って来るだけだった。

晩秋のある日曜日、徐敬愛はいつものように柳泰林を訪ねて行った。

ところが彼は部屋にいなかった。ひとり無聊を紛らすために書架を眺めていると、分厚い書物の中に小ぎれいに装丁された小さな本が目に留まった。取り出して見ると *New Russia Primer*（『新ロシア入門』）と書かれていた。著者はミハイル・イリーンという人だった。薄っぺらな上に比較的易しい英語で書かれていたので、その本そのものに関心があったというよりは手っ取り早く英語を勉強するのにちょうどいいと思った。しばらくして帰ってきた柳泰林にその旨を告げると、彼は「女学生なら女学生らしい本を読むんだね」と言いながらも自由に持って帰らせた。

自分の下宿に戻って読んでみると、その本はミハイル・イリーンがロシア語で書いた『偉大な計画』という書を英語に翻訳したもので、反体制的な内容が含まれていた。だが徐敬愛は読みながら少しも危険だとは感じなかった。だからこそ柳泰林も何のためらいもなく貸したのだろう。

徐敬愛は早く読んでその内容を話題に柳泰林と話がしたかったので、辞書を引きながら一生懸命読んだ。ちょうどその頃、高等警察の刑事が二人、徐敬愛の下宿を訪ねて来た。高等警察の刑事が朝鮮人学生の下宿に時折訪ねて来るという話は聞いていたが、徐敬愛としては初めてのことだったのでひどくうろたえた。特に変わったことはないかと一言二言訊いてから、引き返そうとした刑事の一人が、最近どんな勉強をしているのかと机の上に広げていた *New Russia Primer* を手に取った。「英語の勉強か」と言ってその本を置こうとしたが、ふと、同僚であるもう一人の刑事の方を振り返って「君はたしか英語ができたよな」と訊いた。「さて何の本かな」と言いながらもう一人の刑事が本を受け取った。そして「ロッシア、ロッシア、こりゃロシアじゃないか」と言うと、署に持ち帰ってみなければならないというのだった。

徐敬愛は目の前が真っ暗になるような幻聴を聞いた。一瞬にして顔から血の気が引き、その場にばったり倒れてしまいそうだったが、刑事らが出て行くまで何とか持ち堪えた。その本を持って行かないでくれと言う心の余裕も体の力もなかった。大変なことになったという恐しさが、大きな鼓動となって心臓の壁を打ちつけるだけだった。

柳泰林に早くこのことを知らせなければと思った。電話をしようにも徐敬愛の下宿には電話がなかった。公衆電話の方に走って行く途中で金を持っていないことに気づいた。踵を返して部屋に戻った。いや、電話をするより直接、柳泰林のところに行くべきだと思った。ざっと部屋を片付けて表に飛び出した。長い路地を抜け電車通りで電車を待っているところに、さっきの刑事の一人が息せき切って走って来ると、徐敬愛を取り押さえて、署まで来てもらおうかと言った。

警察署に向かう間、徐敬愛はできるだけ落ち着いた態度を装った。大したことはない、ちょっと訊きたいことがあるだけだと言う刑事の言葉を鵜呑みにしたわけではないが、その本に共産ロシアを批判した部分があるということに曖昧な望みを託していたのだ。だが警察署に着くなり、さっき予感していた恐怖が的中したことを悟った。署に着くまでは快活な振りをし冗談も言っていた刑事が、署に足を踏み入れるなり急に強張った表情になったかと思うと、徐敬愛を殺風景な地下室に連れて行った。続いて二、三人の刑事が入って来た。百燭（しょく）の裸電球が照らしている二坪ほどのコンクリートの床の部屋には、凹んだ机と椅子がいくつか置いてあった。四面の壁は振り回した棍棒の痕跡があちこちに残っており、無残にも傷痕の癒えない皮膚のようだった。

徐敬愛をぎしぎし軋む椅子に座らせ、

「この本を誰からもらった?」

と、刑事の一人が眼鏡の奥で鋭い目の玉をぎょろつかせながら、徐敬愛の鼻先に本を突きつけ、低い声で訊いた。

「その本は危険な本ではありません。読んでみれば分かります」

怖気づいた徐敬愛はこう答えた。

「危険なのかそうでないのかを訊いているのではない。この本を誰にもらったのかと訊いているんだ」

刑事の語調が若干荒くなった。徐敬愛の脳裏に柳泰林の顔が過(よぎ)った。優しそうな目、広い額、物静かな態度。その名前を出せば柳泰林はすぐにでもここに連れて来られ、いまの徐敬愛と同じ屈辱を味わわされることになる。徐敬愛はただ同じ言葉を繰り返すしかなかった。

「この本は危険な本ではありません。悪い本ではありません」

「そんなことを訊いているんじゃない」

徐敬愛は目から火が出そうになった。くらっとした。横面を思い切り殴られたのだった。

「危険な本じゃないなら、この本をくれた者の名前を言ってみろ」

束ねた鋭い針の先で刺すような、残忍で鋭い叫びだった。

「誰にこの本をもらったんだい?」

今度は別の刑事が柔らかい語調で諭すようにして言った。

「それさえ教えてくれたら無事に家に帰れるんだよ」

徐敬愛は泣きじゃくりながら、その本は悪い本でもなければ危険な本でもない、読んでみれば分かると叫び続けた。

どれだけ長い間殴られたり、言い聞かせられたりしたことだろう。留置場に入れられたことすら気づかなかった。

初日は単純な殴打に留まったが、その翌日からは本格的な拷問が始まった。誰かにもらったものではないと言うと、じゃあどこで手に入れたと訊いてきた。丸善という書店で洋書を取り扱っていると聞いたことがあったので、そう嘘をついてしまった。その嘘が事件を大きくしたのだった。

数日後、夜遅く刑事らに引っ張り出された徐敬愛は恐ろしい話を聞いた。丸善はもちろんのこと、日本国内で洋書を輸入している店をすべて調査した結果、その本を輸入した書店は存在しないどころか、輸入リストにも記入されていないということだった。そして言うことには、

「よく聞け。この本の原書であるロシア語版が出たのは一九三〇年。英訳の初版が出たのは一九三二年。これは英訳の第三版だ。ほんの一年前に刊行されている。いまのご時勢に、こんな本を輸入する非愛国的な書店は日本中さがしてもどこにもない。したがってこの本は公式ルートを通らず、スパイのルートを使って入って来たものに間違いないというのが結論だ。おまえにこの本を貸した者がスパイでなくても、その者を辿っていけばスパイを捕まえることができる。これは重大問題だ。つまらん体面など捨てておとなしく話してもらおうか」

当時はゾルゲやら尾崎秀実（おざきほつみ）事件が物議を醸し、騒然としていた。頑として口を割らない徐敬愛はとうとう、国際間諜団の一員ではないかという容疑をかけられた。よって拷問もまた残酷極まりないものだった。

こうなった以上、徐敬愛は永久に柳泰林の名を出せなくなった。もし仮に当初、刑事らが徐敬愛に本を返す時に話の流れで本の主を訊いていたら、この本が危険なものではないと信じていた徐敬愛は、すぐに柳泰林の名前を明かしていたかもしれない。

だがいまとなって柳泰林の名を出せば、彼を死地に追い込むことになる。徐敬愛には到底できないことだった。

だが、それほど危険なものであったとすれば、柳泰林はなぜいとも簡単に本を差し出したのか。そのあまりに無責任な態度を思うと、恨めしくて胸が張り裂けそうだった。だがその一方で、柳泰林が平気で書架にそのような本を並べて置くはずがないから、やはり本の主を見つけるために警察がでっち上げた恐ろしいトリックではないかと思うことで、恨みで膨れ上がった興奮を鎮めた。

ある時の拷問は、東京にいる知人をすべて言ってみろというものだった。その都度無難な学友の名を挙げるだけで、柳泰林の名前は用心深く除外した。それでも徐敬愛は拷問で意識を失っている間に柳泰林のことを喋るのではないかと思うと恐ろしくなった。また、自分と柳泰林との間に往来があったことがばれて柳泰林が捕まりでもしたら、と怖気づき悶えることもあった。

だが、自分の口からは柳泰林の名を出さないと心に決めていた。人間は拷問にも慣れていくものだ。いや、拷問も度重なると築き上げられた功績のようになっていく。次第にひどくなっていく苦痛も、それまでの功が惜しくて耐えられるのである。徐敬愛は、人間はどんな苦痛であれ、これに耐え抜くぞと堅く決心すれば耐えられるものだということを学んだ。

このような覚悟と修練は、自分一人の力で得たものではなかった。徐敬愛は最初に入れられた本富(もとふ)

士署の監房で、蒲田という中年女性に会った。何かの思想問題で連れてこられたという彼女も連日ひどい拷問を受けていた。数時間の拷問を受けたあと、ぼろ雑巾のように引きずられて戻って来ると、苦痛で体もまともに動かせないくせに、隣の人に聞こえるほどにぎしぎし歯軋りをして「あたしゃ死んだっておまえらなんかに屈服するもんか」と呟くように誓った。

その人は徐敬愛を励ますのも忘れなかった。

「見たところあんたもどっかの男のためにこんな目に遭わされてるんだろう。思想なんかよりずっと大事なのは愛さ。あんたも自分の愛を試練をとおして育てるんだね。愛というのは愛する人のために険しい山を越えること。強風だろうが怒濤だろうが飛び込んでいくこと。この世の誰も経験したことのない愛を、あんたは自分の試練をとおして学んでいるという自負心を持ちなさい。誰も培えなかった愛を、この苦しみをとおして培ってやるぞいう誇りを持ちなさい。きれいな家できれいな服を着て、やりたいことをやりながら平和に暮らしてこそ維持できる、そんな愛なんか足元にも及ばない高貴な愛がこの世に、この人生にあるということを自ら証明するんだよ。野獣と人間が戦って人間が野獣に食われてしまうことだってある。だが力が足りなくて食われるのと、力があるのに屈服するのとは違う。屈服すれば犬死にしてしまうが、食われるのは堂々とした戦死だ。どう死んだって同じことだと思っちゃいけない。愛の極限で死ぬのと屈辱の奈落で死ぬのとは、勝利と敗北ほどの違いがあるんだから。私たちがここで屈服さえしなければ、生きていても勝利者、死んでも勝利者だ。屈服すれば、生きていても敗北者、死んでも敗北者だ。どうかあんたにはこの試練の中で偉大な愛を育ててほしい……」

徐敬愛は柳泰林への愛を育てることにした。それだけが過酷な拷問に耐えられる力の源泉だった。だが柳泰林には幼い頃、結婚した妻がいることを徐敬愛は知っていた。

（妻がいる人への愛はどうすればいいのかしら。それよりも柳泰林自身の考えは？　いまの柳泰林は？）

だが徐敬愛はたとえ一方的であれ、柳泰林への愛を育て培うことに決めた。

拷問に虐げられながら、徐敬愛は東京各地の警察署の監房を一年以上もの間、転々とした。それから拘置所でさらに一年、祖国解放まであと一年という時に裁判を受けた。スパイ容疑は証拠不充分で免れたが、最後まで本の出所を言わない不逞さに改悛の兆しが見えないという理由で、懲役五年の宣告を受けた。上訴をしたが原審同様の判決だった。大審院に繋留している間に八月十五日を迎えた。十二月に出所してからは、本富士署で知り合った蒲田女史の家に留まっていた。そこで衰弱した体を癒し、帰国したのは一九四六年の五月の初旬だった。

大体こういう内容だったのだが、私はその話を聞いて全身に疲労感を覚えた。つまりあの深い目の光はそのような苦難の中で磨かれたものだったのだ。全身から漂う聡明な気品も、つまりはあまりに高い代価を払って培ったのである。

私はこのことを柳泰林は知っているのだろうかと呟いた。英子もそれを訊いたらしいが、徐敬愛は自分には分からないと答えたそうである。

「刑務所から出てきてもっとも衝撃的だったのは、柳泰林さんが学徒兵として出陣したことを知った時だったらしいわ」

「それはまたどうして？　死んだかもしれないから？」

「そういう意味じゃなくて。朝鮮人学生がみんな志願しても、柳泰林さんにかぎってはありえないと思っていたようですよ」

「誰も行きたくて行くわけじゃありません」

「いいえ。いくら強制的でも志願という形式を踏んでいるのに、なぜ抵抗できなかったのか、そういう意味でしょう」

竹林の影がいつの間にか川の半分ほどを覆っていた。私と英子は砂の上に腰を下ろしたまま、しばらくの間、黙々と川の流れを見つめていた。

「おそらく柳泰林は知っていたんでしょう。本当にそうなら彼は一生拭いきれない罪を犯したことになる」

私は突然こんなことを口に出した。

「知ってたとしてもどうしようもなかったでしょうよ。だから苦し紛れに学徒兵に行ったのかもしれないわ」

私は英子の柳泰林を庇うような言い方が耳に障った。だがそれを咎めることもできなかった。それで次のように言ってみた。

「徐敬愛さんの心境としては、柳泰林が離婚して、自分の出所する日を待ってくれていたらという具合でしょう」

「柳先生は徐敬愛さんの当時の心情など知るはずもないわ。もし知っていたらそりゃ……」

私は英子の態度がしだいに不快になり、思わず激しい語調になった。

「それはそうだとしても、帰国したならまず徐敬愛さんの安否を訊くべきじゃないですか。彼女の兄さんとは友人どうしだというし、しかも兄さんは重病を患っていたらしい……。まったく冷たいやつだ」

突然、興奮した私の態度に恐れをなしたのか、英子は口をつぐんで川の方ばかり見ていた。

私は徐敬愛の目をもう一度脳裏に浮かべてみた。年齢よりも先に人生を知ってしまったような深みが淀んだ目を。そんな女性をおいていまだ安否も訊いていない柳泰林は、いい人間とは断じていえない。彼の父親が息子を心配するのは決して根拠のないことではなかった。「知子不如父」。息子の最大の理解者は父親である、という古人の言葉があらためて胸に刻まれた。

私は川の上を柔らかく手で覆うようにして黄昏色に染まった影を見つめながら、柳泰林の秘密を知っているのは私にとって決して不利なことではないと考えた。だがこの秘密のせいで私の運命に激しい変化が起こるとは、その時は夢にも思わなかった。

流れていった風景

古い文書の中に昔の日記帳を見つけた。書いてはやめ、また書いてはやめた、軽率で怠慢な私を証明する材料でしかないその日記を開いてみると、一九四六年九月五日の欄に次のような記録があった。

> 春の気配を感じる晴れた日。柳泰林（ユテリム）が帰って来たという電話があり、午後、Ｂ教師とともに泰林の家を訪問。何より彼の変わりように驚く。学徒兵時代の話、上海にいた頃の話に花が咲く。教師就任の件をその場で承諾。夜は料亭でひとしきり興に乗じる。

日記とはなかなかよいものだ。こんな取りとめのない文面でも、読んでいると当時の状況がおぼろげながら記憶の中に浮かび上がってくるのだから。

泰林が帰って来たという電話がかかってきて、Ｂ教師と私は学校が終わるやいなや彼の家を訪ねて行った。Ｂ教師は春に泰林が帰国した時に会ったらしいが、私は東京にいた時以来、四年ぶりの再会だった。そのせいか、泰林は私たち二人を見るなり私の手を引っ張って、家の中に入れようとした。

私は何よりもその変わりように驚いた。東京にいた頃、彼は青白い顔をして生気がなかった。いつも物静かで、活気などまったく感じられなかった。だが目の前にいる彼の顔色は明るく、生き生きしていた。

目の色からして違った。東京時代の彼は冷たく鋭い目をしていた。女性に対して、あるいは他の友人に対してはどうだったか知らないが――私が見る限りではそんな風だった――、どうしたわけか彼の目はつややかな光沢を放つようになり、人当たりもよくなっていた。

過剰な自意識をどうしてよいかわからず疲弊し、あるいは故意にそう装っているような、冷ややかでぎこちなかった昔の面影は嘘のように消え去り、目の前にいる彼は、溢れんばかりの情熱を持て余している、快活で凜々たる青年そのものであった。

東京にいる時とて、いつも憂鬱で活気がなく疲弊していたわけではなかっただろうが、なぜかそういう印象が私の記憶の中に刻まれていたせいで、四年後の、どこから見ても凜々しい彼の姿に驚かざるを得なかったのである。

「どうして上海で会えなかったんだろう」

腰を下ろすなり柳泰林はそう言った。あどけない少年のような声だった。その声も口調も昔とは違っていた。

東京にいた頃の泰林は、極力声をひそめて、単語一つ一つ、念を押すような口調で話していた。

「上海で会っていればよかったのになあ」

上海で会えなかったことが泰林にとっては残念でならないようだ。

「そうかい？　僕はキャンワンから出なかったからね」

私は弁解でもするかのように呟いた。

「キャンワンってのは日本軍の収容所のことじゃないか」

「そうだ」

「逃げ出さないでずっと閉じこもってたのか⁉」

「まあな！　勇気がなかったんでね」

私は苦笑いをせずにいられなかった。

「勇気だって？　逃げ出せばいいだけじゃないか」

「そう簡単なことじゃないさ」

柳泰林は何のことやら訳がわからず呆然としているB教師を見て、次のように事のあらましを説明した。

キャンワンというのは漢字で「江湾」と書く。黄浦江岸の呉淞方面にある地名だ。日本軍が降伏したあと、日本軍の収容所をそこに設けたため、その頃キャンワンと言えば捕虜になった日本軍の収容所を指した。朝鮮出身の兵隊の中には、日本が降伏すると同時に正式に除隊をしてから脱出し、個人または集団で上海を自由に歩き回った者もいた。ところがそうできなかった一部の者たちは、日本軍とともに捕虜扱いされながら、帰国する日まで収容所にいた。柳泰林は自由行動を取った部類であり、私は収容所に留まった部類に属した。柳泰林が私に言ったのは、つまり「なぜ自由行動を取らず収容所で捕虜扱いされていたんだ？」という意味だったのである。

説明を聞いたB教師は、

「李先生はもともと肝っ玉がかなり小さいようだな」と言って笑った。

「肝っ玉の大きさなんか関係ないさ。ただ逃げ出せばすむことなんだから。逃げて僕に会いに来てくれればよかったのに」

柳泰林はそう言って陽気に笑うが、実際そんな容易いことではなかった。

私とて好んで収容所にいたわけではない。毎日食うものといえば塩汁や黴臭い粟飯しかなく、兵業はなくなったとはいえ、依然として残っている日本軍の規律に縛られて暮らしたいはずがない。しかも多くの朝鮮出身の兵隊らが自由の身になって上海の街を闊歩しているのを目撃したり、その中には柳泰林のように食い物、着る物に不自由なく遊んでいる者たちもいるという噂も聞こえて来るのだから、一日に何度脱出しようと思ったことか。脱出といっても降伏前とは状況が一変していたので脱出するのは難しいことではなかった。外出の許可が下りた時に、再び収容所に戻らなければ済むことだった。

だが私が脱出を考えていた頃には、すでに上海の街は日本軍から抜け出した朝鮮人の若者で溢れており、彼らをどう食わしていくかが上海に居住している同胞たちの悩みの種になっていた。それだけではない。同胞の同情と好意を乞い、何とか抜け出たとしても、独自の行動を取るには仲間どうしの関係が微妙だったのである。柳泰林の噂も聞いて知っていたが、すでに百人余りの仲間たちとともにある人の世話になっていたようなので、仮に私一人、個人行動を取り彼を頼って行ったとしても、好ましい結果が得られるとは思えなかった。そのうえ上海の街は危険極まりないという風評が立っていた。どこの路地でどういう霊に取りつかれるかもしれないというのだった。これはまんざら根も葉もない誇張された噂でもなかった。

こんな冒険をするくらいなら、むしろ窮屈なキャンワンの収容所にこもって生き長らえながら、帰国できる日を待つ方がましだと思ったのである。

こう説明しても泰林は残念そうに言った。

「もう二度とあんな機会は来ないさ。上海というところは一度くらいは踏み込んでみる価値がある都市なんだ。今後また行く機会があるとも思えない。行けたとしても一九四五年の上海とは違うだろうから、まったく惜しいことをしたもんだよ。李君は小心者過ぎる……」

「小心者だって？　そうかもしれないな」

私は仕方なかったという意をそう言い換え、次のような冗談を飛ばした。

「俗に運のいい女は転んでも茄子畑〔男のことを比喩していう〕に転び、運の悪い男はただ水を飲んでも歯が折れると言うじゃないか」

「おいおい、そんなこと信じてるのか？」

泰林はからから笑った。

「一九四五年の上海か！　聞いただけでも興味をそそられるな」

B教師がこう言うと、泰林は、

「もともと上海は興味深いところだからね。東洋と西洋の奇妙な混合、昔といまの並存、各人種の対立、その混血、豪奢と汚辱との鮮明なコントラスト、世界中の問題と矛盾を集約した都市。とくに僕が一九四五年の上海といったのは、その前もその後も寄生虫のような存在でしかない朝鮮人が、主のいない隙に少しの間だけ主人として、いや、主人顔をして浮かれていた時期だという意味だったんだ。ちゃんちゃら可笑しいことだが、八・一五直後の上海で朝鮮人がいい気になっていた様子は記憶しておく価値がある。敗北した日本人やその他の国の人々、勝利を収めた中国人ですら呆然としている時に、朝鮮人だけがわが天下のように浮かれていたんだから。見られたもんじゃないさ」

と上海にいた頃の話をした。

続いて学徒兵時代の話も出た。こういう話をおよそし終わった頃、B教師が泰林にC高校に来てはくれないだろうかと尋ねた。泰林はそのつもりで帰って来たのだと言った。

「正直ソウルにいたところで何の意味もないからね。騒々しいだけだし、埃だらけだし。毎日何かと理由をつけて酒を飲むことにもなる……。故郷で静かに教師でもやりながら勉強するよ」

「静かではないと思うけどね」

B教師は混乱した学校のこと、教職員の構成、学生らの動態などを詳しく説明し、ある程度の混乱は覚悟しておいた方がいいと付け加えた。

「誠意を尽くせばいいんだよ。僕は日本の兵隊にまでなったんだぞ、そんじょそこらの混乱で驚きゃしないさ」

泰林はおおらかに答えた。

私は泰林にかけた校長の期待と、その期待の性質について話した。すると泰林は、

「ともかく教師として最善を尽くすつもりでいる。その努力が校長先生の期待に添えたら幸いだが、そうならなければ仕方ないことだ……。それより問題は、修養と実力の足りない僕が教師としてどれだけ成功できるかということにあるんじゃないだろうか」

といい、教師をやってみようという心の奥底にしたたかな抱負を秘めているのがうかがえた。

いつの間にか陽が傾いていた。夕飯はどういたしますか、と尋ねる下男に、泰林は目の前に散らかっている酒の膳を片付けるよういいつけながら立ち上がった。それからB教師と私を交互に見て、「表に出てもう一杯飲もう」と言い、優しそうな笑みを浮かべた。

せっかく柳泰林に関する記録を書くからには、学徒兵時代、上海時代の柳泰林に関する記録を欠かすことはできない。それならこの記録を書き留めた方がいいだろう。これから書くことは柳泰林から直接聞いた話や、当時の柳泰林をよく知っている人から聞いた話を、私自身の経験を踏まえて推測したことを土台にまとめたものである。

一九四四年一月二十日、午前九時。柳泰林は約一千人の学徒兵とともに、大邱（テグ）にある八十連隊に入営した。簡単な身体検査を終えたあと、黒い学生服を脱ぎカーキ色の軍服に着替えた。軍服に着替えた友人の姿に反射した自分の姿を見て、はじめて過酷な運命を頭と胸と骨と皮膚で実感した。日本軍の軍服には妙な作用があった。将校服は、たとえ劣ったやつでも身につけさえすれば立派に見えるよう考案されたものに違いない。これとは逆に兵士の着る軍服は、いくら秀でた者でも劣って見えるように作られたものである。

人格なぞは学生服を包んだ荷物とともに故郷に送り返し、自らの肉体と精神を兵力の一単位として規制しなければならない、奴隷としての日々がその時から始まったのだ。

(何のために、誰のために、どうしろというのだ!)

いっそのこと監獄を選ぶべきだった。

一月二十八日。出発。どこに向かっての出発なのか、新兵らは知る由もなかった。八十連隊から大邱駅まで相当の距離があった。沿道は見送りに来た市民らで雑然としていた。市を挙げての見送りだった。気のせいか子ども以外はみな暗い顔をしていた。目の前を通り過ぎて行くカーキ色の群像は、わずか数か月前まで、全体としても個人としても、様々な希望を胸に抱いていた青年たちだった。明るく希望に満ちていた光がカーキ色に変わり、いままさに絶望の彼方に流されていく。暗い顔をしているのは当然のことだった。

軍用列車があらかじめ用意されていた。機関車は北に向かって走った。夕闇が迫ってくる頃、汽笛が大きく鳴り響いた。そして列車は暗闇の中へと駆けて行った。迫力に満ちた車輪からは運命の音がした。外を見ようにも真っ暗な窓はこちらの顔をぼんやりと映すだけで、山河の姿は見えなかった。だが目を閉じると、暗闇の中に黙然と広がる山河の姿がありありと浮かぶのであった。

「心を慰め、言葉なく旅立って行く時、山河はこれほどまでに美しいものなのか。いま僕が歌を歌わないのは永久の勝利を歌うためだ。いま僕の心に花を咲かせないのは久遠の若さで輝いていたいためだ」

鴨緑江を渡る時、雪が降ってきた。空襲に備えるためだといって下ろしていたシャッターの隙間から、暗い川の上を吹きすさぶ雪を見ながら、誰もが胸の内に溜息交じりの問いを刻んでいた。

(再びこの川を渡る日があるだろうか)

夜が明けると、列車は満州の荒野を走っていた。どこからか湧き起こった歌声が嵐のように列車を襲った。「珍島(チンド)アリラン」「陽山道(ヤンサンド)」「強羌水越来(カンガンスウォルレ)」「六字(ユッチャ)ペギ」、ありとあらゆる民謡が登場する大合唱が止むことなく鳴り響いた。さすが若さにはかなわない。溜息も彼らの若さにかかると歌になる。だがそれは慟哭よりもはるかに哀しい歌だった。その哀しみに見て見ぬふりしようとするのもまた若さである。

日が暮れ夜が明けること以外、時間の観念がなくなってきた頃、列車は奉天から西に向かった。列車の中には終日、安堵の溜息が微風のように起こった。ソ満国境の方に行くのではないかという不安が解消されたからであった。当時、ソ満国境では戦争がなかった。警備体勢が敷かれているだけだった。中国本土では戦争をしていた。それなのに戦争がないソ満国境に行くことを恐れ、戦争をしている中国本土に向かうのがわかるやいなや安堵の溜息を漏らすのは、一体どういう訳なのか。

熱河を過ぎ山海関に差し掛かった時、山の稜線に沿って伸びた城壁のようなものが目に留まった。誰かが叫んだ。「万里の長城だ！」まぎれもなく万里の長城である。柳泰林は遥か昔、華奢(きゃしゃ)な指先で地図に描かれた万里の長城の記号をなぞった記憶が昨日のことのように蘇ってきた。荒唐無稽な昔話が突然現実となって姿を現したのだ。かつて見たこともない先祖の故国にやって来たような奇妙な感傷に浸り、目頭が熱くなった。

太原で約半数の学徒兵が降りた。停車したままの列車の窓から、陰鬱な空のもとへと行進していく彼らに向かって、誰もが狂ったように手を振りながら涙を流した。軍用列車に乗って初めて流す涙だ。

（いつかまたどこかで会えるだろうか！）

済南を通り過ぎる時には雪が降り、向かいに南京が見える港に着いた時には小雨が降っていた。港で軍用列車とはおさらばだった。遠く大邱（テグ）から揚子江の岸まで乗ってきた列車。その列車との離別は、故郷を離れる悲しみに勝るとも劣らなかった。

小雨に濡れながら揚子江を眺めた。滔々たる濁流が荒波を起こしながら果てしなく流れていく。歴史書の中に立っているような幻覚と、長旅に疲れた現実感の混じった目で、岸を渡ったところにあるという南京を眺めてみたが、紫金山に聳える中山塔という尖塔の先がかすかに見えるだけだった。

南京に渡ると、港では雨が降っていたのに、冬の明るい陽の光が街を照らしていた。崩れ落ちそうな家々が立ち並ぶ通りで、くすんだ紺色の服を着た中国人男女が生気を失くした目を惚（ほう）けたように開け、日本軍が通り過ぎるのを眺めていた。泰林は彼らの目に敵意を読み取ろうとしたが無駄だった。あたかも口裏を合わせたようにみな無表情だった。だが店には表情があった。まだ冬だというのに店先にまで溢れるさまざまな果物、皮を剝がれ足の指を下にして吊るされた豚。日本軍が来ようが去ろうがお構いなしに何としてでも生き延びようという意志を、人間ではなく物から感じ取った。

兵站宿舎というところで昼食兼夕食を済まし、南京駅で汽車に乗った。汽車とは名ばかりの貨車である。柳泰林らは荷物のごとく貨車に積まれ、南京をあとにした。一同はこの貨車の中ではじめて自分たちの向かう場所は蘇州であることを知った。蘇州！　そこは戦争がないと聞いている。いいところらしい。泰林は蘇州に行くことになったのを幸いに思った。

東の空が白む頃、蘇州駅に着いた。全員師団司令部に行って部隊の配置を待つことになっていたが、泰林のいる六十名ほどの一隊はすでに所属する部隊が決まっているらしく、師団司令部に行く必要がなかった。別の場所に行ってしまう知人と別れのあいさつをする暇もなかった。泰林の属する一隊は指揮者に率いられて、蘇州の城壁を左回りにとにかく歩き続けた。石を削って舗装した道に軍靴の音がけたたましく響いた。まだ夜も明けていないというのに、軍靴を鳴らして歩きながら、「ここがあの蘇州か」と感懐に浸ろうと思ったが、柳泰林の疲れ果てた肉体と意識は一切の反応を拒否した。

ようやく目的の地に辿り着いた。故国を離れて九日目、一九四四年二月五日のことであった。

柳泰林の属する部隊は防諜（ぼうちょう）名を矛（ほこ）一三二五部隊と言った。正式名称は第六十師団輜重隊（しちょうたい）。その原隊は近衛師団東部第十七連隊である。この部隊は中支（ちゅうし）〔中国大陸の中部地方〕においてインテリ部隊として広く知られていた。

部隊の上層幹部はみな職業軍人だったが、中堅将校、下士官、兵卒の中には小説家や童話作家、漫画家、演劇人、大学教授、中学教師など数多くの知識人がいた。

三つの中隊で編成された、平常の総員が四百人にもならない小さな部隊に、朝鮮出身の学徒兵が六十人も入った。他の部隊では各中隊ごとにせいぜい三、四人程度だったらしいが、柳泰林のいた部隊では、一つの中隊に二十人もの朝鮮人学徒兵が配置されたのだった。北支徐州の部隊に配置された朝鮮人学徒兵の過半数が脱出してしまったせいで、残りの学徒兵をこの部隊に合流させたこともあり、朝鮮人の数は部隊の総員の五分の一に達した。どういういきさつで一般志願兵と徴兵された朝鮮人が一人も混ざることなく、学徒兵だけをこれほど多く配置したのか謎である。ちなみにいまはみな退役したようだが、朝鮮の前陸軍総参謀長をはじめとする数名の朝鮮軍将軍が、この部隊に所属していた学徒兵であったことは特に記録しておく必要がある。

インテリ部隊とはいえ、日本の軍隊であることに変わりはない。比較的インテリが多いというだけで、やはり多くは知識のレベルが低かったため、日本軍としての生理と病理を正した。初年兵の訓練はどこも同じく、過酷なものだった。頰は常に打たれっぱなし。靴底を舐めたり、床の上を這いながら犬の鳴き真似をさせられたりもした。

しかも柳泰林がいたのは馬部隊だった。馬部隊の兵卒は他の兵科の兵卒より常に一時間早く起きなければならない。就寝時間は同じなのに起床時間が一時間早いというのは不公平なことだが、馬の世話をするにはそれだけの時間が必要だった。

馬の世話、または馬の面倒を見ること――日本の軍隊用語で「厩動作（うまや）」という――は兵業の中で最も辛い仕事の一つである。ふつう兵士一人当たり平均五頭の馬の世話をし、五つの馬屋を掃除しなければならない。具体的に言うと、五頭の馬に水を飲ませ飼料を食わし、毛並みに艶が出るまで櫛を入れ、ひづめをきれいに掃除し、油まで塗ってやらなければならない。それから馬屋に敷いてある糞小便のついた藁を手で――必ず手でしなければならない、器具を使ってはいけない――取り出して糞と藁を分け、糞は一定の場所に捨て、藁は二寸以上の厚さにならないようにして敷いて乾かす。馬屋の床は落ちた米粒を拾って食べられるほど、水を撒いて洗い、磨いておかなければならない。体力のある働き者の作男がやっても半日はかかる作業量を一時間の内にやってのけなければならないのだから、厩動作はそれこそ戦争である。そのため馬の足の爪を洗う時間はあっても自分の顔を洗う時間がない。どうかすると厠に行く時間も逃してしまうが、出るものを我慢するわけにもいかず厠に行って戻ってくると、頬を殴られ、蜂に刺されたように腫れぼったくなる。馬部隊での序列はまず将校、下士官、馬、そして兵士の順だった。これは決して誇張ではない。

馬屋から戻って来るとすぐに服を着替えて、靴をきれいに磨く。自分の靴だけでない。古兵たちの分もである。粗末な靴を一日に二回磨かなければならないのだが、中でも癪に障るのは、そんな靴底に土でもついていた日にはそれを舐めさせられる境遇にあったことである。

それからようやく朝食。まだろくに箸も動かしていないのに演習開始のサイレンが鳴る。慌てて飯を口に詰め込み、靴を履き、脚絆（きゃはん）を巻きつけ、銃を担いで、外に走り出て練兵場に整列する。続いて秋霜烈日（しゅうそうれつじつ）のごとき号令のもと息せき切って走る。精根尽き果てた頃に昼休み。だがすぐに昼食というわけではない。兵卒は馬に昼飯をやらないことには自分の飯にありつけないのである。昼休みのわずかな余裕を惜しんで洗濯をする。冬場であれば氷を砕き、それで揉んだり擦ったりする。下着や靴下が少しでも垢じみていると、夕方恐ろしい体罰が待ち受けているからである。「天皇陛下の手足がこんなに不潔でいいと思っているのか」という怒声とともに、拳骨や棍棒が容赦なく飛んで来る。彼らの言うように、天皇陛下の手足をそんなに無闇に殴っていいものかと反問したいところだが、そんな論理など通用しないところが日本の軍隊なのである。

午後の演習が終わったら、再び厩動作が始まる。朝引っ張り出して乾かしておいた藁をもとどおり馬屋に入れ、馬に水を飲ませ飼料を食わせる。夕飯を食べて掃除を済ませると、今度は地獄の拷問が始まる。武器の点検、服装の点検をはじめ軍人勅諭の暗唱、内務令の暗唱、その他ありとあらゆるいいがかりをつけられ殴られたあとは、また馬屋に引き返す。四回目に馬屋から戻って来ると、就寝準備。時間がある時は手紙を書く。寝床に入れ、という号令が下ると、封筒のごとく折り畳んだ毛布の中に潜り込む。そしてようやく就寝を知らせるラッパの音が鳴り響く。「初年兵らはむごいもんだ。今晩も泣き寝入りか」。そのラッパの音を翻訳するとこういう意味だそうだ。いっそのこと死んでしまおうと切実に思っても、とりあえず今晩はもう寝床に入ってしまったから明日死のうと思い直し、眠りに就く。だが翌日もまた起きるなり鞭に打たれ、目が回るほど忙しく駆けずり回らなければならないので、死ぬことなど考えている暇もなく終わってしまう。

この他に勤務というものがある。衛兵勤務、不寝番勤務、馬屋当番勤務、城門・野戦倉庫・師団・燃料倉庫などの営外勤務。そもそも兵力が足りないのに、必要と格式を充足させなければならないため、このような勤務が二日と空けずに回ってくる。勤務がある時は寝ることさえできない。これが最大の苦しみである。いつしか食べることと寝ること以外に何も考えない動物になっている自分に気づく。だがそれにも驚かないほど神経は鈍くなっていた。

このような状況に置かれた朝鮮人学徒兵の境遇は、経験したことのない者には想像すらつかないだろう。とくに柳泰林の境遇には、悪趣味かもしれないが興味を持った。ハエが一匹とまったからとせっかく出してくれた西瓜(すいか)にも手をつけようとしなかった柳泰林が、靴の底を舐めさせられるのである。些細な侮辱にも耐えられない傲慢な柳泰林が毎日のように頬を打たれるのである。案の定、日本の軍隊での柳泰林は決して優秀な兵士ではなかったようだ。新人の訓練に耐えられず、仮病を使って三か月もの間、病院で寝ていたという。柳泰林に好意を持っていた担当の看護婦が泰林の病床日誌をどこかに仕舞いこんでしまったせいで、軍医が治癒診断を下せなかったため、病はとっくに治っていたにもかかわらず長いこと入院していられたらしい。その看護婦との恋愛関係が発覚し、強制的に退院させられたという説もある。退院したあと自暴自棄になったあまり、外出した日に約一斗の酒を煽(あお)り、路上で師団の巡察将校に殴りかかろうとして危うく憲兵隊に連れて行かれるところを、中隊長の積極的な庇護により難を逃れたこともあるという。

ただし、これらは本人から直接聞いた話でもなければ、昔の彼の性分からしても想像がつかないことだったので、仮に事実だとしてもかなり誇張されていると思われる。

初年兵の教育期間が終わると、周囲の空気が嘘のように一変した。気候さえも熱帯、または寒帯から温帯に変わったようだった。そのうえ部隊に補充兵が入って来た。これで柳泰林たちより一段下の階級ができたのである。

日本の軍隊では兵士どうしが団結して上層部に反抗するなどあり得ないのは、兵士の階級が細分化され、各階級がまったく異なる利害関係にあったからだ。初年兵の抱く敵愾心は、二年兵になり新たに入って来た新兵らに君臨することで失せていくのがその例である。

初年兵の教育期間も終わり補充兵も入って来て、柳泰林たちがようやく一息ついたある日のこと、同郷のよしみだからというわけではないが親しくしている許鳳道(ホボンド)という男が、泰林を近くの防空壕の中に連れ込んだ。そして安達永氏が教養会を計画しているのだが、それには泰林が管理している倉庫が必要だというのだった。泰林はその頃、部隊の消耗品倉庫を管理する任務を負っていた。

泰林がどういう教養会なのかと尋ねると、許君は、おそらく共産主義の教養だろうと答えた。泰林は許君の顔をじっと見ながら、おまえは正気なのかと言い放った。ふだんから許君の言動には突拍子もないところがあったが、その答えには開いた口が塞がらなかった。

許君はかっと腹を立てて、愛国者であり思想家である安氏が間違ったことをするはずがない、と言い張った。大学時代に思想問題で何度も刑務所送りになったために、年を取って学徒兵として連れて来られたのだと説明したあと、日本の敗亡と祖国の独立を目前にしたいまこそ、安氏を中心とした教養会を、ひいては結社を作らなければならない、とさも熱っぽく語った。

この場で諍いを起こしたところで何の意味もないと思った泰林は、しばらく考えさせてくれといって許君と別れた。しかし困ったものだ。よりによってこの時局に、しかも日本の兵営内で共産主義の集まりを持とうなどとは、その思想に同調するしないは別として、大した勇気だといわざるを得ない。仮にそれが本物の勇気だとしたら、自分はそれに応ずることができるだろうかと泰林は考えた。だがたとえ二〇〇%、三〇〇%本気だとしても、その勇気には同調できないという結論に達した。泰林はそんな自分が卑怯者かもしれないという思いもした。

だが可笑しなことだった。なぜよりによっていまここでそんな集まりを持たねばならないのか。単なる教養や純粋な修養を目的とするのなら、命を懸けるような危険は避けて自らの胸の内で考えればよい。同志が必要なら集まりを持たずしても、心が通う者どうし一対一で対話をすればすむことではないか。もし政治的な目的があるとしたら、まず考慮すべきことはその効果についてである。万が一捕まった場合も考えて、損益の勘定もしておくべきだろう。いずれにせよ、泰林は安達永の意中を尋ねることにした。

その日の晩、点呼まであと一時間という時に、柳泰林と安達永は倉庫の奥まったところで向かい合った。電気はつけなかったので、互いの顔色をうかがうことはできなかった。十月も半ばを過ぎ、肌寒くなっていた。高い格子窓から射し込んできた月の光が、天井にうっすらと二本の線を引いていた。

「その集まりの意図は何ですか」

柳泰林は単刀直入に尋ねた。安氏は柳泰林よりも五歳年上だったので、互いに礼儀を持って接していた。

「近いうちに日本は滅びます。それと同時にわが国は独立するでしょう。我々はその独立に備えなければなりません。それが集まりを持とうとする意図なのです」

静かだがはっきりとした物言いである。秘密集会にかなり手慣れているなと泰林は思った。

「独立に備えるのと共産主義の教養とはどういう関係があるのですか」

「共産主義の他にわが国が歩む道があるとでも？　それ以外に道はないのです。だから共産主義の教養こそが独立に備えることになるのです」

「それは安先生個人の意思ですか、それとも……」

「歴史が決めたことです。世界の潮流だといってもいいでしょう」

「歴史は人間が作るものです。わが国の歩むべき道は国民の全体意思で決まるでしょう」

「その全体意思というのが共産主義でなければならないのです。だからこそ教養をつけなければならない」

「国民の全体意思が共産主義でなければならない！　相当な独断ですね」

「独断ですと？　これこそ客観的な真理であり、同時に絶対的な真理なのだ」

「私が独断だと言ったのは、国民全体に尋ねもせずに全体の意思だと決めてかかる、その考え方がどうかと思ったからです」

「尋ねるまでもない！　真理なのだから。マルクスによって資本主義の崩壊が証明された。レーニンによって帝国主義は打破されるべきであり、打破できるものだということが証明された。スターリンによって共産国家としての繁栄が可能だということも証明されたではないか」

「そういうことでしたら私は反対の証拠を挙げてみましょう。『資本論』が出て八十年近くの月日が過ぎましたが、資本主義はこの間ずっと成長してきました。レーニンは帝国主義は打破されるべきだといいましたが、その後三十年近く増え続けた。スターリンによって共産国家としての繁栄を成し遂げたというが、その繁栄は認めるにしても、果たしてそれ以外に道はなかったのだろうか。結局、国全体を監獄に仕立てあげて民を弾圧してしまった。スターリンが証明したのは、監獄さながらの国を作り、民の自由を奪い取ってはじめて共産国家を作りあげることができるという事実ではありませんか」

「日本の皇国臣民教育を徹底して受けた者はそんなことしかほざけないのはわかるが、今後はもう少し謙遜したほうがいいいな」

「私は安先生が信じておられる共産主義に反対しているのではありません。ただ初めから国民の全体意思を決めつけてしまうのは、独断ではないかと言ったまでです」

「そのうち分かることだが、中国は日本が滅んだら共産国になります。わが国は大陸の絶対的な影響下に置かれる。そうなればわが国も自ずと共産国家として独立することになるのです」

「絶対的な影響下にあるのと独立、互いに矛盾しやしませんか」

「同志的な立場と独立とは矛盾しませんね」

「自ずと共産国家として独立するとおっしゃいましたが、もしそうなら前もって備えることもないでしょう。ましてやこんな時期にこんなところでそんな集まりを持つ必要もないではありませんか」

「とんでもない。できるだけ障害物を少なくし、時間を短縮するために精神的武装が必要なのです」

「唯物主義のために精神的な主義が必要だというのはなかなか面白いですね」

「唯物史観を理解していなければそういうことを言うでしょう」

「冗談ですよ。しかし、いまここでそんな集まりを持つことで、どれだけの障害物を無くし、どれだけ時間を短縮できるんでしょうかね」

安は押さえていた堪忍袋の緒がとうとう切れてしまった。わなわなと身を震わせているのが暗闇の中でも見えるようだった。

「柳君！　あんたには愛国心ってものもないのか。若者らしい正義感もないのか。学生らしい真理への情熱もないのか。何十年も前から愛国者は自らを犠牲にする覚悟で祖国と人民のために戦っている。無理だとわかっていながら、大義と名分のために無数の指導者が肺腑(はいふ)を抉(えぐ)られるような思いをしている。私は柳君にそこまで期待しているわけではない。だが祖国の解放が目前に迫ってきているというのに、石ころ一つ拾う努力すらしないのか。柳君がそんな人だとは思わなかった。まったく失望したよ」

静かな声が怒りに震えていた。柳泰林も興奮した。

「それは安先生ご自身の信念です。その信念に口を出す気は毛頭ありません。私は私の考えを話したいと思います。独立運動はただ独立することに目的を置くものでなければならない。特定の思想や主義が介在してしまうと、団結して独立運動をする過程で接着力を失ってしまいがちです。これはアイルランドやインドの例を見ても明らかでしょう。どういう政体を選ぶかということは、独立できる環境を勝ち取ったうえで多数の意思に従って決める問題ではないでしょうか。共産主義者たちは彼らなりに団結を強め同志を包摂するにしても、独立できる環境を作り上げるまではその主義と思想を前面に出しては困るというものです。民族主義も然り、米国式民主主義を信奉する人も、フランスの政体を好む人もそうでなければならないと信じています。そういう意味で、わが国が歩むべき道はただ一つ、共産主義であるという思想を、それを追求する人以外には強要してはいけないのです。強要してどうなるというものでもありませんが」

「それこそてんで話にならん妄想というものだ。主義も思想もなしにどうやって力を結集できる？　ただ独立させろと叫んでいれば独立するのか？　もし本気でそう信じているのなら愚劣極まる戯言（たわごと）であり、わざと言っているのなら卑怯で陰険としかいいようのないこじつけだ」

「国と国が戦争をする際、思想や主義でもって戦いますか。国を愛する気持ち、自分の国を守らなければならないという義務感、そういうものによって戦うのではないでしょうか。宗教も意見も職業も階級も異なる人々が、ただ国を守ろうという一念で戦うのです。独立運動も同じことです。国を失った人々が、国を取り戻したいという気持ちや感情によって戦えるものでなければならない。共産主義思想なしでは独立する力を結集できないとすれば、アメリカ合衆国はどうやって独立したのでしょう。フィリピンのアギナルドはどうやって戦ったのでしょう。インドのガンジーとネルーはどうでしょう。アイルランドの独立運動は共産思想がなかったがためにあのように弱いとでも？」

「共産主義として武装しなければ、言葉を換えていうと、階級闘争の意識が徹底していなければ、せっかく手にした独立の機会を邪悪な帝国主義の勢力に奪われる危険があり、反動分子に横領される恐れがあるのだ。それに基礎のしっかりした社会に人民大衆を住まわせ、多くの民が平等に暮らせる国になってこそ独立した甲斐があり、反動分子に横領されずにすむというものだ。そのためには共産主義国家としての独立を果たせねばならないと言っているのだ」

荒々しくなっている安の息遣いを聞きながら、泰林は自分の息も荒くなっていることに気づいた。できるだけ沈着冷静を装いつつ、静かに口を開いた。

「共産主義国家として独立できないくらいなら独立する必要もないという意味に聞こえます、安先生のおっしゃることが。私はその考え方に納得がいかないのです。私には共産主義を批判する力もありませんが、その必要性も感じられません。ただ、独立運動をするなら独立運動だけに徹するべきですし、政体の採択は国民の自由意思で決まるよう余裕を残して然るべきだと思っているだけです。もちろん共産党が内的に一致団結して、政体採択の際に国民大多数の意思を変えさせようと努力することまでは阻むことはできません。同時に共産党に反対する勢力の努力も阻止することはできないのです。それはそうと、私のことを卑怯者呼ばわりするのはかまいませんが、この倉庫を集まりに使うのはお断りします」

「結局は倉庫を貸したくないと言わんがための長広舌だったのか……」

安達永の言葉に人を侮蔑するような冷笑が混じった。

「何とでも言ってください。私は倉庫を貸すことだけでなく、そのような集まりを持つことも反対するつもりですから」

「何だと？」

「何があってもそんな集まりには反対だといったのです」

「他人の信念には干渉しないんじゃなかったかね？」

「これは信念の問題じゃない。私は思想よりも主義よりも、極端な言い方をすれば、独立運動よりも、いま私とともにこの部隊にいる仲間たちの命が大事なのです。安先生は万が一見つかった時のことを考えたことがおありですか」

「大層なヒューマニズムだな。そんな腐ったセンチメンタリズム、犬にでもくれてやる。ばれたらその時は潔く死ねばいい。どうせ犬死するような命だからな。いっそのこと祖国と人民のために尽くして、うまくいかなけりゃ死ぬのが崇高だというもの。柳先生！　卑怯な真似はよしたまえ」

安の言葉は毒気を含んでいた。

「センチメンタリズムを犬にでもくれてやれるのなら幸いです。犬にやらなければ、あなたたちのような人が先に食いつくでしょうから。それより私たちを侮るような言葉は控えていただきたい。自分たちの覚悟だけは犬死にさせたくありませんから。私は共産主義をけなすつもりはまったくありません。しかしここで共産主義の教養会を持つことが、あたかも祖国と人民のための行動と直結するかのように捏造してくれるなという忠告はしておきたい。それから、得体の知れない教養会を開いて、捕まり死ぬことが崇高な死に方だと断定するつもりはありません。ともかく、私は仲間たちの命を守るためにも、あなたの計画には反対です」

「おまえのような卑怯者がいるから万が一のことが起こるのだ。まったく土着ブルジョア根性なんてものは……」

「共産党が政権を握った日には殺してやる、ということですか。そもそも共産主義というのは戦略に重点をおいた主義です。共産主義の立場でも、あなたのような無謀なやり方を許さないでしょう。争いはもうこのくらいにしましょう。毎日日本人に横っ面を殴られても耐えてきた私たちが、少しばかり意見の食い違いがあったくらいで争っていては話にならない。私のことを卑怯だというのはかまいませんが、ここにいる仲間たちを卑怯者にさせないでほしい。東京にいる時さんざん見てきましたが、思想運動をやっているのがばれて警察に捕まり、何発か殴られると、助けてくれと泣き叫びながら、やってもいないこと、ありもしないことまで吐き出すざまは惨たらしくて目も当てられません。ここで安先生が速成教養会をやったところで、万が一そういう目に遭わないともかぎりません。殴られても泰然とし、ひどい拷問に耐え抜くためには、内面が熟していなければなりません。それを承知でもし自分の足で安先生を訪ねてくる者がいたら、その時は鍛錬して鋼鉄に仕立てたらいい。熟していない者を下手に鍛錬すれば、かえって一生恥を晒す結果を生むだけです」

「なるほど卑怯者には卑怯者なりの論理があるわけだな。だがこの世の中はおまえのような者ばかりではない」

急激に込み上げてきた怒りに柳泰林は辛うじて堪えた。そして歯を食いしばったが、次のような言葉を言い放ってしまった。

「これだけは言わないでおこうと思ったが仕方ない。はっきり言いましょう。卑怯なのはあなたの方だ。よりによってこんな時期にこの場所で共産主義の集まりを持つのが祖国と人民のためだと？　そんないんちきに騙されるとでも思っているんですか。それはあなたが信奉するふりをしている共産主義に対する忠誠でも何でもない。日本が敗亡する日が近づいてきているのを見て、この危険な時期に、この危険な場所で共産主義のサークルを作った証拠を残しておこうという魂胆でしょう。そういう世の中になった時にそれを餌に少しでも上の地位にのぼろうと、あなたなりに計算を済ませているはずだ。敗亡する日と、万が一捕まった時のタイミングも段取ってね。もちろんその際の戦術も考えてあるでしょう。日本の警察に捕まっても身柄を解く能力があなたにはあるのではないですか。お陰でひどい目に遭うのは、あなたのいいなりになっていた仲間たちだ。そんな出世主義の小英雄主義と奸悪な計算で仲間を陥れようとする人間が卑怯者なのか、それともそういう卑劣なことをやめさせようとする私の方が卑怯者なのか、そのうち分かるでしょう……」

何かが柳泰林の顔を過った。目から火花が散った。安が殴ったのだ。息を切らした声が聞こえてきた。

「何だと？　こいつ。黙って聞いてりゃいい気になりやがって」

その刹那、泰林は立ち上がって安の向こう脛を蹴りつけた。そして吐き出すように言った。

「いざとなったら真っ先に同志を売り飛ばす野郎だ、おまえは」

安達永が倒れていた体を起こして泰林に飛びかかろうとした時、点呼を知らせるラッパの音が響いた。

このことがあってから数日後、今度は許鳳道が柳泰林のいる倉庫に訪ねて来た。ひどくしかめっ面をした許を見て柳は、

「どこか具合でも悪いのか」

と訊いた。

許は煙草を吹かしながら、しばらく押し黙ったまま座っていたが、

「おまえがそんなに卑怯なやつだとは思わなかった」

と藪から棒に言い放った。

「どういう意味だ」

泰林が聞き返した。

「とぼけるな」

許の口調は依然としてつっけんどんだ。

「僕がどうしたっていうんだ」

泰林は数日前の安とのやり取りと何か関連があるな、と思いながらそう言った。

「おまえには感受性もないのか」

許の言葉には、あくまでも柳泰林の機嫌を損なわせたいという底意が見え透いていた。

だが、柳泰林は許を相手に腹を立てるつもりはまったくなかった。怒りを見せるつもりもなかった。

許鳳道は体格も小さい病的な男で、日本軍の中でも保護兵扱いを受けており、その言動にはアブノーマルなところがあった。寝台の上に両足を組んで座り、煙管(きせる)に挟んだ煙草をすぱすぱ吸いながら、取るに足らないことをさも一大事であるかのように取り澄まして話す様子は、髷(まげ)は結っていないが舎廊(サラン)〔主人の居間〕に座している田舎の両班そのものだった。許鳳道に「許生員(ホセンウォン)」〔低い階級の両班〕というあだ名がついたのもそのせいだった。そのうえ彼の話は飛躍しすぎた。そういう理由で柳泰林は彼を病人扱いしていた。だが、

「よけいな前置きはやめて、言いたいことがあれば言えよ」

と泰林は声高に言った。

「柳君は安先生に対して言ったことを正しいと思っているのかい?」

許は厳かな口調で訊いた。

「正しいことを言ったとも、間違ったことを言ったとも思っていない」

「安先生は愛国者だ。闘士だ。学生のときから日本に抗(あらが)ってきたんだ。おれたちとは人間が違うんだぞ。そういう人にはそれなりの礼儀を尽すべきじゃないか、ってことさ」

「べつに彼の経歴に関してとやかく言ったわけじゃない。意見が食い違っただけだ。それとも僕が自分の意見を言ったのが間違いだっていうのか」

「意見をいうのと脅迫とは別問題だ。おまえは安先生を脅迫したんだろ？」

「脅迫？」

「そうだ。教養会をやることに反対だって脅迫したんだろ？」

「反対するのが脅迫なのか。僕はただ、仲間を危険な目に遭わせるわけにはいかないといっただけだ」

「それこそ暴露してやるぞって脅迫してるんじゃないか」

「反対するのがなぜ暴露になる？　それになぜそれが脅迫に繋がるんだ？」

「結果的にそうなるからだ」

「飛躍にもほどがある」

「飛躍だって？　どこが飛躍だ。当然のことを言っているだけだ」

「どうやら僕が誰かに告げ口するんじゃないかと怖気づいて、おまえをここに寄越したようだな。

柳泰林はそんな汚い人間じゃないと伝えてくれ。もうその話はよそう」

「だめだ。おまえが安先生に謝罪しろ」

「謝罪？　僕は謝罪するほどの過ちは犯していない。少し興奮しただけだ。それも相手が先に興奮して僕を侮蔑するようなことを言ったからだ」

「おまえがばかばかしいことを言ったから安先生が興奮したんだろ」

「許君、なら一つ一つ説明してやる。いまこの状況で彼らは共産主義の教養会をやろうとしている。すんなり承諾できると思うかい？　思想そのものの良し悪しは別として、もっと物事を現実的に考える必要があるんだよ。仮に朝鮮人だけでやることにしたとしよう。正直、同じ朝鮮人だからって一概に信じられると思うかい？　自ら進んで裏切るような人間はいなくても、何か嗅ぎつけられた時に気弱なやつが引っ掛かりでもしたら、一挙にばれてしまうじゃないか」

「そんな理由をつけること自体が間違っているんだ。勇気がないなら正直にそう言えばいいじゃないか」

「勇気？」

柳泰林は呆れて笑ってしまった。

「なぜ笑う？」

「なら泣こうか？　安氏を大層な人物だと思い込んで、無条件に服従しているおまえのそのざまが可笑しくてな」

「何だと？　どこから見てもおまえよりは立派な人だ、安先生は……」

「そうだろうな。話が終わったなら出て行ってくれ」

「出て行くとも。たかが日本軍の倉庫番のくせに威張りやがって」

「おまえは計画的に僕を侮辱するためにやって来たんだろ？　怒ったりしないから帰ってくれ」

「おれはおまえがそんな人間だとは思わなかった。見損なったよ」

「安氏も同じことを言っていたよ。僕をよっぽど過大評価していたんだな。だがそれは僕の責任じゃない」

「友人として忠告するが、安先生に楯突くとは早まったことをしたもんだ。彼の影響力がどれだけ強いか知っておくべきだった。いずれわが国が独立した際には素晴らしい指導者となられる人に、おまえは大きな過ちを犯したんだぞ」

「くだらない話はそれくらいにして、僕の代わりに安氏に忠告してくれないか。本当のことを話すのはいいが下手な細工はやめろとな」

「この卑怯者めが」。許は立ち上がって舞台で演技でもするかのように重々しく宣告した。

「僕はおまえほど卑怯な人間じゃない」

と泰林も許を睨みながら断固として言った。

「本気でそう思ってるのか」

「本気でそう思っている」

「いいだろう。いつかおまえの勇気を試す時があるだろう」

柳泰林はもう何も言い返したくなかった。だが許は止めを刺さんとばかりになじった。

「試験だろうか実験だろうが好きにすりゃいい。僕はおまえほど卑怯ではないからな」

「試してもいいんだな」

「いいだろう」。そう言うと、許は右肩を少し怒らせたようにして倉庫を去って行った。

そのあと知人が相次いでやって来て、安達永が会う人毎に柳泰林は卑怯者だと非難しているがどうなっているんだと尋ねた。柳泰林はその執拗な謀略にうんざりした。何もかもが億劫になった。かといって黙っているわけにもいかず、しかたなく一通りの話はするのだが、その度に「いまに見てろ、あいつを防空壕に連れ込んで思い切り殴ってやる」という復讐心が胸の内にふつふつと込み上げてくるのだった。

そんなある日のこと、安達永に転属命令が下った。長沙にある新編の軍隊に行くことになったのだ。学徒兵の間で俄然議論を呼んだ。

「なぜ安にだけ転属命令が下ったのか！」

安達永一人の転属ということに疑惑はさらに膨らんだ。

「柳泰林が密告したせいだ」

安がそう言ったという噂があっという間に部隊を駆け巡った。それがまた泰林の耳に入った。

泰林はすぐにでも安を呼んで力ずくで懲らしめてやりたかったが、その衝動をなんとか抑えた。その代わり安の送別会には行かなかった。送別会に出なければそれだけ誤解を招くと言う友人もいたが、酒の席に行けば騒ぎが起きるに決まっている。だから敢えて断ったのである。

しかし柳泰林も不思議に思った。なぜ安達永だけが転属になったのか。どうしても理解できなかった。将校でも下士官でもなく、まして特技を持った兵士でもない。安達永だけが転属になる条件や理由があるとは到底思えない。誰かが部隊の上層部に何らかの事情を話したのだろう。

「密告説」を否認する人もいた。

密告をするのならその内容を話さなければならないし、そうなれば転属くらいで落着する問題ではない。安達永は老兵である。しかも新編部隊の方から兵力を選ぶようにといってきたので、とりあえず体面を取り繕うために行ったことだろうという推測だった。

もっともらしい話ではあるが、泰林はそれだけではないと思った。やはり誰かが告げ口をしたのだろうという方に気持ちが傾いた。

日本の軍隊には厳格なところが多い反面、無責任なところもあった。部隊の体面と無事のためには上部の命令、または軍隊の規則を無視するようなことを平気でやってしまう傾向もあった。

安達永をこのまま部隊に置くと問題が起こるかもしれないという判断を下し、こっそり他の部隊に送ることもあり得るのだ。部隊の内部でこれを問題にすれば当然ある程度事が大きくなるだろうし、そうなれば部隊の名誉に関わってくる。大事に至らないうちに他の部隊に隔離してしまうのが一番だ。こう判断して処理したことだろうと泰林は推測したのだった。

(一体誰が告げ口したのだろう)

泰林は教養会に場所を貸してやらなかったことは賢明だったと確信した。仮に一度でもそのような集まりを開いていたら、ただでは済まなかっただろう。

だが仲間の中には訝しげな目で見る者もいて、泰林は憂鬱だった。他の部隊に入れると言いつつ、実は憲兵隊に連れて行ったのではないかとも思われたが、じきにそれは憶測に過ぎないことが分かった。転属された部隊から安達永の手紙が届いたからである。

時間が経つにつれ、泰林はそんな人間ではないと主張する仲間もいて、泰林が密告したという説はしだいに下火になったが、泰林の胸の内にはその後も長い間、この事件による不快感が燃え滓(かす)のように残った。

(筆者注：この安という者は、本文では名前は変えたが、朝鮮戦争を前後に特異な役割をして歴史に登場した実在人物である。彼は帰国するなり朝鮮共産党に加入し、党の幹部として活躍したが、朝鮮戦争が勃発する数か月前に逮捕され、転向したあとは李舟河と金三龍を捕まえて大韓民国の官憲に引き渡したという事実が、呉制道という検事が書いた『赤い群像』に記録されている。また、一九六三年八月三日から六日までの四日間にわたって開かれた「朴憲永・李承燁等に関する平壌裁判の記録」には次のような一節がある。

「……被告李承燁は一九五〇年七月初旬、彼らの売国的犯行の秘密を知っている者、または彼らの邪魔になる者を虐殺する目的で、安××を頭とする殺人団体、即ち土地調査委員会を組織した。その後上部でこの団体の解散を命令したにもかかわらず、李承燁一党はその後もテロ・虐殺の陰謀を維持させるために、自分の掌握下にあった義勇軍の本部内にいわゆる特殊部を設置し、この団体を存続させた。この二つの団体によって多くの人々が虐殺された。

一九五〇年七月下旬、被告李承燁は安××が李舟河と金三龍を捕まえたという事実が明るみに出ると、朴憲永と協議した末、彼らの犯行を隠蔽する目的で戦線に動員される朴鍾煥部隊に安××を配属させ、その部隊に安××を処断する任務を負わせた」

この裁判の記録がどの程度の信憑性があるのかは分からないが、安に関する部分だけは呉制道検事の記録と一致している。

呉制道検事の『赤い群像』は、前記した裁判記録より二年ほど先に発表されたものだという事実も参考として記しておく。）

安達永が転属してからひと月半経った頃、つまり一九四四年十一月の末のことである。柳泰林にまた一つの難問が降りかかってきた。許鳳道が泰林に会いに倉庫にやって来たのだ。

「また面倒な話を持ってきたな」

そう思うと厭わしかった。鳳道と泰林は同じ内務班なので大抵の話は部屋の中でもできた。倉庫まで訪ねて来るということは、彼なりに大事な用件があるに違いなかった。だが泰林にとっては鳳道のその大事な用件とやらがうっとうしかった。とはいえ、そんな素振りも見せるわけにもいかず、泰林はわざと嬉しそうに一つしかない椅子を許に勧め、自分はそばにある箱に腰を下ろした。

鳳道はいつものように象牙の煙管に挿した巻き煙草に火をつけ、左側の口元に斜めにくわえると、ものすごい秘密を握っている者がその秘密を明かす前にもったいぶってみせるような態度で、倉庫をぐるっと見回してから重々しく口を開いた。

「おまえを信用して言うんだが……」

幼い子どもが大人の真似をするようにぎこちなく滑稽だったが、泰林は黙って聞いているしかなかった。

「ぜったい秘密を守ってくれるものと信じて言うんだが……」

泰林は叱りつけようかと思ったが我慢し、それとなく言った。

「そんなにすごい秘密ならおまえ一人で守れよ。またとんでもないことが起こったら困るからな」

それを訊いた鳳道は、その神妙な顔をさらに厳かにし、審問するような語調で泰林に向かって言った。

「たしか以前、おまえはおれほど卑怯じゃないと言ったことがあったな？」

「あった」

「それからおまえの勇気を試してもいいかと聞いたとき、試験だろうか実験だろうが好きにすりゃいいと言ったな？」

「そうだ」

「よし。じゃあこれからおれが尋ねることにイエスかノーではっきり答えてくれ」

泰林は面倒だから早く帰ってくれと言いたかったが、それを我慢するのが病んでいる友人に対する友情ではないかと思い、気持ちを入れ替え、笑みを浮かべながら鳳道を見つめた。

「柳君、わが民族の独立を望んでいるか」

恥ずかしくなったが、返事をすることに決めていた泰林は、

「望んでいる」と言った。

「なら独立のために努力する覚悟はあるのか」

「ある」

「独立のためなら何でもできるか」

「可能なことならやる」

「それなら誰だってできるじゃないか」

「だからといって不可能なことはやれないだろ？」

「不可能を我々の努力で可能にしたら？」

「そんな雲を摑むような話はやめて、もう少し具体的に話してみろよ。そうじゃないと判断できな

いじゃないか」

「おまえの覚悟を確認するまで具体的なことは言えない」

「ならよせ。具体的な話もしないで覚悟だのなんだのと。そんな漠然とした抽象的な問題を風船のように膨らませて、どんな覚悟をしろってんだ」

「よし、なら言おう。ここから脱出しないか」

「……？」

「脱出して光復軍(こうふくぐん)(2)に行こう」

「日本の憲兵隊が僕たちを光復軍に連れて行ってくれるのか？」

「いいや、確実なルートがある」

「この蘇州がどんなところかおまえも知ってるだろ」

泰林は呆れてそう言った。

「実は半年前から工作しておいたんだよ、安先生と一緒に。当初の計画では安先生とおれとで決行する予定だったが、残念なことに安先生は出て行ってしまったし。だが他に煙草や石鹸、タオル、薬、金を渡してかなり信頼できる人脈を作ってあるんだ。確実なルートだよ」

許はさっきまでの重々しく厳粛な態度と語調とは打って変わり、性急でしどろもどろになりながら、くどくど説明をし続けた。ただ確実だと繰り返すだけで、何が確実なのか具体的な条件は示さなかった。とにかく確実で間違いないというのであった。だが、いくら説明を聞いても感動する気配もない柳泰林の顔を見て、許鳳道は腹を立てた。

「何だ？　それでもおまえはおれほど卑怯じゃないといえるのか」

「足を踏み出したとたんに捕まるだろうに、それでも脱出劇を謀らなければ卑怯者なのか？」

「絶対に間違いないんだよ。おまえはいつからそんな人間になったんだ？　この世の中、みんなおまえみたいだと歴史なんか存在しないだろうな。独立運動もあり得ない」

柳泰林はすっかり困り果てた。可能、不可能というのは決行したあとの結果である。先回りして許鳳道を納得させるだけの材料がない。ただ蘇州の地理的状況が脱出を不可能にしているという話を繰り返し言うほかなかった。

「大森部隊では脱出に成功したそうじゃないか。おれは彼らよりも準備万端なんだぞ」

許鳳道はすっかり興奮していた。そして光復軍に行って歓迎される話、日本軍と堂々と戦って祖国の独立を成し遂げる話、その後栄え栄えしい帰国をする話を次々と繰り広げていった。

許のいう大森部隊の脱出というのはこういう話である。

朝鮮出身の学徒兵七人が大森部隊で集合教育を終えたあと、跡形もなく集団脱出をしたのは三か月ほど前のことだ。彼らは大森部隊を離れ、汽車に乗り込むまでの五時間を利用し、その内の一人が分隊長に、残りは分隊員になって分遣隊の出動を装い、日本軍占領地区から中国軍地区に入った。軍はすぐに師団作戦を繰り広げ彼らを追撃したが、すでに前線にある分遣隊をいくつか壊して逃げたあと

（2）一九四〇年九月十七日、中華民国の支援のもとに同国臨時首都重慶で創立された大韓民国臨時政府の軍隊。

だった。

許鳳道はこの事実を持ち出して自分の脱出計画の成功を信じていたのだが、許の場合は大森部隊のそれとはまったく違うものだった。

柳泰林が最後まで反対すると、許は、なら自分一人でも決行すると言い張った。その態度を改めさせようとすると、

「卑怯者はおまえ一人で充分だ。おれまで卑怯者にさせる気か」と怒鳴りつける始末で、泰林はすっかり気が挫けてしまった。

「この次におまえが深夜の馬番をする時に脱出するつもりだから、その時は網を見張っていてくれ。それすらできないなら、おまえは人間じゃない」

どんなことがあっても自分の覚悟は変えない、脱出して捕まって殺される方が日本の軍隊で屈辱的な生活を強いられるよりはましだ、と言い張り、しかも独立闘士になった自分の勇ましい姿を思い描き、少年のように興奮している許鳳道の頼みを振り払うだけの勇気が泰林にはなかった。

三日が過ぎた。泰林が深夜の馬番をする日になった。深夜の馬番というのは零時から午前三時までの当番のことをいう。その夜、許鳳道は泰林に馬屋に行く時に起こしてくれと頼んで床に就いたが、泰林が目を覚ました時にはすでに起きていた。泰林はあとで悪態をつかれるのを覚悟で鳳道を起こさず馬屋に行くつもりでいたが、こうなればもうどうしようもなかった。泰林も覚悟するしかなかった。

泰林は万が一の時のために故国を離れる際に持ってきた金（きん）を懐に入れ、鳳道と並んで夜の練兵場を歩いて馬屋に向かった。練兵場を歩きながら最後にもう一度引き留めてみたが、無駄だった。馬屋に

着いて当直の引継ぎをする間、鳳道は暗闇の中に隠れていたが、前任の当番が出て行ってしまうと姿を現した。そして馬の糞を捨てるところを指差して囁いた。

「あそこの鉄条網の下を掘って干草でカムフラージュをしておいた。もうじき動哨が帰る時間だ。それが過ぎたらおれは出て行く」

泰林は金を取り出し、何も言わずにそれを鳳道の手に握らせた。

「何だ、これは」

鳳道の声が震えた。

「金だ。必要なときがあるかもしれないから持ってろ」

許鳳道は、まずは鉄条網を越えたところにある民家に行くと言った。その家の主を唆しておいたというのだ。どうも信用ならなかったが極端な手段を使うわけにもいかないので、許鳳道の行動を阻むことはできなかった。

動哨が行ってしまうと、許は暗闇の中に消えた。泰林は慎重にそのあとをつけて行った。許は無事に鉄条網を抜け出したようだった。泰林に「あの家」だと指差していた家の門の開く音が聞こえた。一瞬そこで灯りが漏れたが、すぐに消えてしまった。

泰林は熱病患者のように馬屋の中を歩き回っていたが、次の当番と交代し部屋に戻ってくると、そのまま失神したように眠りこけた。煩悩も深い疲労には勝てないようである。

起床のラッパとともに起き上がるなり、泰林は許鳳道のベッドを見た。あたかも人が寝ているかのように毛布が盛り上がっていた。どういうことだ。だが、すぐに不寝番の目を誤魔化すための擬装だろうと考えた。寝具を畳んで点呼場に出ていく時も、鳳道のベッドの方が気になって仕方なかった。

鳳道はベッドで寝ていた。近寄ってきたのが泰林だと分かると喘ぐような声で、

「具合が悪いと言っといてくれ。点呼にはいけそうもない」

泰林は胸を押さえつけていた氷の塊が一気に溶けてしまうような気がした。降りしきる涙が頬を伝って流れるのを拭おうともせず、足取り軽く点呼場に駆けて行った。

実は泰林が失神したように眠りこけている間に、とんでもない事件が発生していたのである。まだ暗くて厩動作をする時には気づかなかったが、太陽が昇ってから泰林は奇妙な光景を見た。馬の糞を捨てる場所にある鉄条網の向かいで人々がざわめいていたのだ。朝飯を済ませ倉庫に向かっていた泰林は、踵を返してそこに行った。鉄条網の向こうで騒いでいた一人を呼んで尋ねてみたところ、夜明け前に許鳳道が入った家の若夫婦が銃に撃たれて死んだというのである。隣人は夜中に銃声を聞いたが恐ろしくて出ていけず、夜が明けてみると、見てのとおり凄惨たる様子だったというのである。

泰林は唖然とした。

(いったいどういうことだ。許鳳道が殺したはずはあるまい)

どう考えても解けない謎だった。

(誰かが死んだということは殺した人がいるはずだ。許鳳道があの家に入る時、確かに誰かが門を開けた。僕は鳳道が出て行ったあと二時間も馬屋にいたが、それまで鳳道は戻って来なかったし銃声も聞こえなかった。ということは……)

泰林は鳳道のところへ行った。額をタオルで冷やしているのを見ると、寝ていろという許可が下り

たようだった。泰林は鳳道の寝台のそばに黙って座った。部屋の中には誰もいなかった。

やがて目を開けた許鳳道の目を見て泰林は驚いた。虚ろな目。許鳳道は気が違ってしまったのか。泰林の直感は正しかった。許鳳道はその事件を境にしだいに狂っていった。正常に戻る時もあれば、再び錯乱を起こすこともあったが、時間が過ぎるにつれ正常の状態が短くなり、錯乱の状態が長くなった。だが何しろ静かな狂人だったので、日本人たちは気づかなかった。それにもともとんでもないことをよくしでかしていたこともあり、その癖が悪化したのだろうとしか思わなかったせいでもある。

その後正気に戻った隙に、ありとあらゆる手を使って許鳳道から聞き出した。それは次のとおりである。

鳳道がその家の門を叩くと、黒い中国服を着た見知らぬ男が門を開けた。鳳道と付き合いのあった主（あるじ）夫婦は奥の部屋のテーブルの前に座っていた。鳳道が部屋に入っても夫婦は黙ったままだった。黒い服の男は手前の部屋にあるテーブルの方を顎で指しながら座れと合図した。そしてその男も座った。男はしばらくの間、鳳道をぼんやりと眺めていた。そして口を開いたのだが、それは日本語だった。鳳道は目の前が真っ白になった。その男は鳳道の名前と故郷、学歴を尋ねると再び黙って鳳道を食い入るように見つめた。かなりの時間が経ったあと、男は鳳道に向かって馬鹿だと言った。蘇州で脱出しようと考えること自体が馬鹿である第一の証拠。日本部隊の周辺に住む人民を脱出するために利用しようと思ったことが第二の証拠。大学に通っていた人間の知能がその程度だとは情けないと言うと、自分は憲兵だと身分を明かした。だがこんな愚か者を憲兵隊に連れて行ったところで気分も弾まないので、鳳道に二者択一する機会をやろうと言った。二者択一というのは、鳳道が憲兵隊に行くことを望むならこの中国人夫婦は生かしておくが、鳳道が憲兵隊に行くのが嫌だというならやむ無くこの夫婦を殺すというものであった。せっかく逃亡兵を捕まえたのに逃がしたという噂を立てられでもしたら自分の立場が苦しくなる、そうでなくとも情報員からの情報を無駄にすると、その情報員は誠意を裏切られ、後患を残すことになる、というのが理由だった。鳳道は憲兵隊に行かなくても済むようにしてくれと哀願した。憲兵隊に行けばそれこそ反日だと後ろ指をさされるだろう、それに口ではそう言っていてもまさか本当に夫婦を殺したりはしないだろうと思ったからだという。憲兵はもう二度と馬鹿なことは考えるなと言うと、鳳道を生かしてやるのは、彼が長男であるということ、数日前に戦死した自分の弟に似ているところがあるからだと付け加えた。それから動哨が通り過ぎた時間を見計らって、さっき抜けた穴に入れと言った。その時、許鳳道はすでに腰を抜かしていた。背後から弾が飛んで来はしないかとおろおろするあまり、さっき抜け出てきた穴を見失っていると、憲兵がフラッシュで照らした。鳳道が銃声を聞いたのは、練兵場をほとんど抜けて便所の近くまで来た時だった。銃声を聞くや許鳳道はズボンに糞を漏らし、がくんと崩れるように座り込んでしまった。それからかなりの時間が経ってからようやく正気を取り戻し、地べたを這うようにして戻って来たというわけだった。

（筆者注：許鳳道のことは私もよく知っている。帰国してからしばらく小康状態にあったが、朝鮮戦争の時、完全に発狂してしまった。その後は自分の部屋に閉じこもっていたらしいが、いま現在その生死は分からない。大森部隊の七人の脱走者のうち、筆者が消息を知っているのは成東準（ソンドンジュン）（前文教部次官）、朴英（香港総領事）、崔龍徳（全羅南道順天某病院事務長）の三人だけである。逝去した人の中には金映男氏がいる。レスリング選手、柔道六段という実力者であり、往年の日本の学生体育会に朝鮮人学生の威力を見せつけた好漢だった。ここにその名を記し、友情の証としたい。）

一九四五年になった。この年の一月一日、蘇州に雪が降った。

柳泰林はこの日の明け方、吹きすさぶ雪をかぶって、蘇州の城壁の上に立っていた。

雪が舞い散る元旦の明け方に、春秋時代以来の、数千年にわたる古都の城壁に立っていたといえば、ロマンチックな風情がなくもない。だが、柳泰林の場合はそのような風情とはかけ離れたものだった。雪をかぶり寒さに耐えながら城壁に立つ彼は、まぎれもなく日本軍の歩哨だったのだ。

蘇州城は周囲二十三キロメートル。城門は金門、西門、北門、平門の四か所であり、平門近くの城壁の内側に六十師団の燃料倉庫があった。柳泰林はその時、その倉庫と平門を守る歩哨として城壁に立っていたのだった。

明け方とはいえ、まだ濃い暗闇の張り詰めた空から、音もなく雪が吹きすさんでいる。城外の壕水の向かいにある停留所の方から、時折、機関車を始動させる音が点滅する灯りとともに伝わってくるだけで、城内は寂莫たる静けさに包まれていた。雪片の舞う暗闇に電灯の光が冷たく明滅している、死んだように静まり返った町……。泰林は、少なくとも六十万人の眠りが雪の舞う明け方の静けさを作り上げているという事実に意識が及ぶと、あたかも凍りついていた脳味噌の片隅に灯が点るように、ボードレールの詩の一節が浮かんだ。

「諸君、獣の眠りを眠れかし」

六十万の眠り。六十万の獣の眠り。その中には獅子の眠りもあるだろう。豚の眠りもあるだろう。犬の眠りも、毒蛇の眠りもあるだろう。

師団長の眠りも、兵士の眠りも、捕虜の眠りもあるだろうし、工作隊員の眠りもあるだろう。清らかな少女の眠りも、淫蕩な娼婦の眠りも、孤高な哲人の眠りもあるだろう。師団長の眠りは獅子の眠りだろうか。

なら兵士の眠りは豚の眠りか。獅子の眠りであれ、豚の眠りであれ、犬の眠りであれ、毒蛇の眠りであれ、おまえたちの望むがままに思い切り獣の眠りを眠れ、と叫びたい衝動に柳泰林は駆られた。

そう叫びたい衝動の陰に、眠っている者に対する目を覚ましている者の傲慢さを感じた。

「獣の眠りを眠れ」と叫んだボードレールには、獣の眠りはおろか、人間の眠りもろくに眠れなかった異端者としての傲慢さがあった。

柳泰林は突拍子もない局面で、ボードレールの異端を模倣した自らの傲慢さに奇妙な感懐を抱きつつ、自分が取るに足らない日本軍の歩哨であることに改めて気づいた。そんな眠れない歩哨が眠っている者たちに対して、目を覚ましている者の傲慢さを模倣するのは、通りを引きずられていく死刑囚が自分の後をついてくる見物人に対して感じる虚しい傲慢と似てはいないかと思ったりもした。

口の中が苦かった。

泰林はあらんかぎりの力をふりしぼって、頭の中の灯を消すまいとした。

(もしボードレールにこの日本の兵士の帽子をかぶらせ、銃を持たせてこの城壁に立たせたら?)

想像できなかった。

（ゲーテにこの兵士の帽子をかぶらせたら？）

それも想像できない。

（カントには？　ベートーベンには？　トルストイには？　ニーチェには？）

やはり想像すらできない。

（ならドストエフスキーには？）

彼には似合いそうだった。シベリアの刑務所で、兵営で、ちゃっかりと苦痛に耐えた彼には、この日本軍兵士の帽子が似合いそうだった。しかも平然としていて品位を失わない。

他人に動かされているだけなのに足と腕はすでに感覚が麻痺し、感覚が残っているのは目と鼻の穴と脳の一部だけだった。柳泰林は頭の中で、分厚い氷を割りながら進んでゆく砕氷船のごとく、歩哨の思想を作り上げていた。

（歩哨！　軍事的には一番重要なものだが、人生においては最も哀しい職務。おまえたちは歩哨の目を知っているか。険しく勇ましい目を想像しているのならとんでもない妄想だ。そういう目をした歩哨は戦争小説や戦争映画にしか登場しない。おまえたちの夫、おまえたちの恋人、おまえたちの息子、おまえたちの兄弟、おまえたちの友人である歩哨の目には、悲しみが満ちている。ただ死を待つ者の目のように焦点が定まらない。近づいてきているのが死であるとも知らず、漠然とした恐怖に慄(おのの)く雄牛の目のようにうろたえている。疲れて血走っていても、閉じることさえできない奴隷のような目。前を見ているが自分の内面に傾く、つまり行き場を失った空虚な目だ。外も内も見ない、ただぼかんと開けているだけの、釣り針にかかった鮒の目。そうだ。歩哨の目は十中八九この鮒の目だ……。このような数万個の目がいまこの瞬間も、地球上の、数十万か所で眠れずにいる。最前線、後方、第一線、第二線の戦闘があるところ、兵站があるところ、軍事施設があるところ、軍需工場があるところ、宴楽と淫佚に疲れて娼婦を抱いたまま寝ていても司令官がいるところには、必ず歩哨という哀しい目がある。もしこの瞬間、地球上に立っているすべての歩哨の銃剣の先に灯りをつけ、それ以外の灯りを一切消し、地球の外のある町から地球を眺めたら、その灯りだけでも燦爛たる一塊の光芒を放つことだろう……)

泰林は襲ってくる極寒に耐えようとこのような妄想に走った。またこんなことも考えた。

(中国人はこの蘇州を、天上に極楽あり地上に蘇州杭州あり、といってこよなく愛している。仮に僕が中国人で、ここの民六十万人を敵から守る立場にあったら、この歩哨の任務を胸を張って遂行できるだろう……。

また仮に僕が日本人だとしよう。この蘇州はつまり先人が占領した城だ。それならこの城を守る任務にやり甲斐を感じるか。だが同じ日本人でも意識の次元によって状況は違うだろう……)

泰林はまた、岩崎という班長と時折交わした会話を思い起こすことにした。

(筆者注：岩崎氏は前職、日本の第一高等学校哲学教授。現在は東京大学の教授である。彼と柳泰林との間には特別な交誼があったようだ。)

泰林はいつか岩崎に「哲学者は兵士になりえるのか」と訊いたことがある。岩崎はこう答えた。

「可能だ。ただし解放戦争や革命戦争に志願した場合は不可能だ。つまり大義名分が明確ではない戦争に強制動員される時のことだ」

泰林は、岩崎先生はこの戦争が大義名分において明確だと思うかと問い質した。

これに対する答えは、

「答えられない」

だった。泰林はもう一度訊いた。答えられないというのは大義名分が明確ではないという意見を沈黙でもって表現したのではないか、もしそうならこれに反発しないのは哲学者らしくない態度ではないか、と。岩崎は静かに言った。

「人間の気質には二種類ある。どんな体制であれそれを肯定する体制内的気質と、どんな体制であれ否定してかかる反体制的気質がそれである。この二つの気質が一人の人間の中に共存する場合もあれば、別の人格として分裂することもある。私の場合は体制内的気質だ。どんな体制であろうと私は自分の城を作ってしまう。そうやってアカデミックな世界に生きることにしている」

泰林は、反発すべき体制を肯定してしまうのは哲学者として自滅を意味するのではないか、と訊き返した。

「水を見てみろ。水は泰山を動かそうとはしない。岩があれば遠回りする。断崖があれば滝になる。山があれば土の中に染み込んでいく。孤独な時は滴(しずく)となって落ちていく。浅いところに浸って蒸発する。それから再び滴になる。大河に合すれば滔々たる流れになり、太平洋に臨めば数万トンの船を呑み込んでしまうほどの激浪になる。いかなる場合にも水の質は変わらない。水はあくまで体制内の法則に忠実だ。だが結果的には山の形を変えることもあれば、反体制の方向に作用することもある。私自身はせいぜい一滴の水に過ぎないと思っている」

それなら兵士としての自分を肯定しているかという泰林の問いに対しては、

「私は召集された時は上等兵だった。それがいまでは伍長になっている。この階級の昇進こそが、私が兵士としての自分を肯定している証拠であろう。哲学者としての兵士とまでは言えまい。平凡な言葉になるが、哲学者である前に日本人としての兵士であるだけだ」

泰林はまたこう訊いたこともある。日本全体があらゆる錯覚の上に立っているというか、強い迷信に取りつかれて揺れ動いているようだが、このような錯覚や迷信に振り回された勢力の下敷きとなって戦死する場合、そこにも安らぎはあるのか。

「そう言ってしまえば全世界が錯覚の上に立っており、全人類が迷信に取りつかれている状況だから、日本だけを例に挙げていえることではない。生命の領域は、いまだ我々の理性が到達できない、我々の知性が行き届かない部分により多く閉ざされている。死というものは戦死だけでなく、いかなる場合にも『安らぎ』などありえない絶対的な結末だ。ただ安らぐふりをし、あきらめるふりをするだけだ。安心して死ねるなど私には想像できない。どうしようもなく死ぬのである。夢を残し、恨みを残し、死にたくないと足掻きながら死んでいくのがもっともらしい死であり、正しい死であり、私もそうやって死んでいくだろうと思っている」

岩崎との対話を思い出すと気持ちが和んでくる。岩崎は学問がそのまま知性となり、それがまさに人格を定めてしまったような優しくて温かい、知恵深い人物だった。岩崎にはこんな逸話がある。今年の夏、二百キロを強行軍した時のことだ。炎天下で給水車の到着が遅れ、行軍の途中にいた将兵らは水飢饉に見舞われた。ある場所で休息をとっているところに、前線から部隊長の伝令兵が走ってきて水をくれと言った。だが水はなかった。部隊全員の水筒が干上がっていたのだ。ちょうどその時、泰林の中隊で日射病患者が出た。一口でもいいから水があればと衛生兵が嘆息を漏らすと、岩崎は快く自分の水筒を差し出した。彼の水筒には水が半分ほど残っていた。他の者たちは数時間前すでに水筒を空にしていたが、岩崎だけは急ぎの患者が出ることを予想して水を残しておいたのだった。それを部隊長にではなく、日射病にかかった兵士に直接飲ませたことに泰林は二重に感動した。かといって無条件に岩崎に学ぶ気にはならなかった。岩崎は哲学者としての兵士は無理だとしても日本人としての兵士にはなれる位置にあったが、柳泰林はいろいろな面で兵士としての可能性を定めることのできない境遇にいたからである。

近いうちに日本は敗亡すると信じ、その敗亡が一日でも早ければいいと望んでいる人間が、日本のために歩哨に立ち、寒さに耐え忍ばなければならない。歩哨に立つたびに感じるそのような矛盾によって、泰林の苦しみはさらに耐えがたいものになっていた。

(いま目の前に中国人の工作隊が現れたとしよう。誰だと三度訊いても何の返事もなければ、そのとき僕は歩哨の守則どおりに銃を撃つことができるだろうか……)

このような考えが脳裏を過った時、泰林は数か月前に外出した際に、歩兵部隊に配置されたRという男から聞いた話をふと思い出した。

Rたち初年兵の訓練も最後の段階に入ったある日のこと。Rの部隊では捕虜として連れて来た七人の中国人を生きたまま柱に括りつけ、銃剣術の練習台にしたというのだ。Rに当てられた中国人捕虜は、まだあどけなさが残る痩せ細った青年だった。はだけた胸元にはあばら骨が浮き出ており、垢まみれの体には粟(あわ)のような鳥肌が立っていた。口に轡(くつわ)を嵌(は)められ柱に括りつけられていながらも、その青年は目を剝いてRたちの方を見ていた。

捕虜を一人ずつ括りつけた七本の柱。その柱と向かい合うようにして七人ずつ列を作っている。命令が下れば七人の兵士は一人ずつ順番に柱に向かって走っていき、銃の先につけた銃剣で捕虜の胸元を刺さなければならないが、第一陣は目標に向かって駆けてはいったのはいいが、銃剣を前に突き出すことができず、柱の前で怯み立ち竦んでしまった。すると教官や助教、助手が走ってきて彼らをぶん殴った。

「敵も刺せん兵士は軍人精神がなっておらん」と怒鳴りつけながら……。

進退に窮まったRは、自分たちが何をやっているのか見境もつかない錯乱状態に陥り、銃剣を捕虜たちの胸に刺した。Rは前から四番目だった。Rが走り出た時には中国人青年の胸から赤黒い血がだらだら流れていた。彼は轡を嵌められて悲鳴を上げることができない代わりに目で無言の叫びを上げながら、自分を目がけて走ってくるRを睨みつけていた。Rは勢いにまかせて、えいっとひと思いに銃剣を突き出した。何かが音を立てて砕けるような奇妙な感触だった。

その晩、Rたちは悪夢にうなされた。あちこちから「おれのせいじゃない」という寝言が聞こえてきた。考えただけでも背筋が凍るような話である。

泰林はそのような演習を訓練計画の中に入れなかった自分たちの教官に感謝した。

（もし僕がそうなったら？）

そう考えているうちに、泰林はまたさっきのことが頭に浮かんだ。

（いまもし僕の前に中国人の工作隊員が現れたとしよう。僕は彼らを撃つことができるだろうか。彼らは祖国に忠実な愛国者であり、僕はしがない用兵である。用兵が愛国者を撃てるか。僕自身の命が危うくなったら？　おそらく撃つだろう。いや、僕は撃たない。僕を殺さないと約束するなら僕も撃たないというつもりだ。日本軍はこの蘇州城に、自分たちのために一発の銃も撃つつもりのない歩哨を立たせていることになる。だが……？）

空が白んできた。うんざりするほど長い夜が、二度と明けることもなさそうだった夜が、ようやく明けようとしていた。雪も小降りになってきたようだ。暗闇が消えていくにつれ目の前に白一色が広がる。泰林は努めて一九四五年の元旦であることを意識した。この一年、この白無地の上にどのような運命や出来事が展開されるのだろう。戦争なんか終わってしまえばいい。故郷に、家に帰れたらどんなにいいか。

交代兵が来た。石原一等兵だった。石原は泰林より十五歳年上の老兵で、柳泰林たちよりも半年後に入って来た補充兵である。東京商科大学の英語教授だったという。

石原と形式的な引継ぎを終えると、泰林は彼の肩をぽんぽんと叩きながら、

「新年いいことがあるように！」と新年のあいさつをした。

大学教授としての威信と体面はすでに跡形もなく、新兵としての卑屈さだけが残っている石原は、

髭の絡まった黄ばんだ顔に泣きそうな笑みを浮かべながら、

「古兵殿にも新年いいことがありますように」と言って語尾を震わせた。

（いいこと！）

泰林は何度もこう繰り返し呟きながら、真っ白な雪の上に足跡を残しつつ衛兵司令部に向かった。

何はともあれ年が明けて一九四五年になった。これまで辛抱して待っただけの価値がある年だった。

待たずにはいられない年だった。


多忙な兵業とともに時間は流れた。湖南作戦に参加するために泰林のいた部隊で編成し出動していた一中隊が、機雷に当たって揚子江で全滅したという知らせが入ってきた。その中隊には泰林によく嫌がらせをした青木という兵長や、泰林のためなら何でもしてやりたがっていた元木という上等兵も含まれていた。何より泰林と同期の日本人が三分の一も入っていたのである。

不思議なことに朝鮮出身は一人も入っていなかった。

慶尚南道の蔚山（ウルサン）出身の鄭（チョン）君が粟粒（ぞくりゅう）性結核にかかり蘇州陸軍病院で息を引き取った。泰林の部隊で初めての朝鮮人犠牲者だった。

開封（かいふう）で黄（ファン）インスという柳泰林とは同郷の友人が戦死したという知らせが、故郷から伝わってきた。

三月になって新兵が入って来た。東京を中心に千葉、埼玉出身の新兵たちである。彼らの身形（みなり）はみすぼらしかった。柳泰林らが新兵として入って来た時は、正式な服装、革靴、アルミニウム製の水筒、新しい銃、その他格式に応じた装備を整えていたが、この新兵たちは革靴の代わりに地下足袋（たび）を履き、アルミニウム製の水筒ではなく竹で作った筒を提げて現れた。日本国内の物資事情がどれだけ苦しいかを歴然と証明するものであった。

四月に入ると師団演習があった。対戦車と対空訓練に重点を置いたものだった。情報戦への配慮が少しでもあれば、やっても意味のない演習だということが分かるだろうに。師団全体をとおして大砲なるものが歩兵砲三門しかない事実を、戦車といってもたかが三トン級のものと、いわゆる豆タンクが二台しかないという実情を暴露してしまっただけのことだった。

この戦車は水深一メートルにもならない川に落ちてしまい、対戦車演習はおろか、引っ張り上げるのに大半の時間を食ったというユーモラスな光景もあった。その後の対戦車演習は、TNT（高性能の爆薬の一種）を一箱ずつ背負って、リヤカーの下に潜り込んでは這い出てくる動作をすることになった。「こりゃ、ふざけてるのか」と諧謔（かいぎゃく）を飛ばす始末だった。

日に日に武器の供給が深刻になり、一年前までは銃の手入れに新兵一人につき二、三本の銃があてがわれたものだが、いまでは銃架は空っぽになり、十人に一本あるかないかといった具合で、銃の手入れは古兵たちが暇潰しにする有様だった。

そうしているうちに米軍が沖縄に上陸したという報道が伝わった。ソ連軍がベルリンを攻撃し始めたという報道もあった。

米軍の空襲が激しさを増し、日本の本土は連日のように火の海になっているという噂も広がった。だが、蘇州は嘘のように静かだった。『大陸新報』という中国の中部地域に駐屯している日本軍の機関紙をとおして、激動する世界の情勢を肌で感じ取れるという時に、蘇州の天地はただただ平和だった。それで蘇州の兵士たちは、

「こうなったら俺たちはここに避難しているのも同然だな」

と苦笑いして見せた。ただ苦笑いになるのは、いつどこに出動命令が下るか分からないという不安と危惧の念が心の片隅に潜んでいたからである。

依然としてくだらない兵業のせいで寧日がなかったが、訓練期間に失っていた心と肉体の余裕を取り戻した柳泰林は、軍隊の中での自分の位置、すでに時間の問題でしかない日本の敗亡が現実になった際の身の振り方について、じっくり考えざるを得なくなった。こんなことを考えていると、共産党の細胞を作ろうとした安の意図や、必ず脱出してみせると慌てて狂ってしまった許の心情が理解できた。随従することはできなかったが、そうやって身悶えないことには耐えられない一種の焦燥感が、発作のように泰林を襲ってくることもあった。これは柳泰林にだけ当てはまることではない。朝鮮出身の学徒兵のほとんどが、癒されない、いや、癒されるはずのない傷を負っていた。それはまさに、強制であれ何であれ、志願という手続きを踏んで望んでもいない日本の兵隊になったという事実であった。

「自分たちを犠牲にして同胞を生かす」

または、

「我々が日本の兵隊になることで、日本の朝鮮人に対する差別待遇をなくす」

こう言ったり考えたりもしたが、自らの卑屈さを馬鹿らしい詭弁で合理化させようとする、二つの顔

をした卑屈な行動であったことはいうまでもない。日本の敗色が濃くなるにつれ、このような卑屈さが浮き彫りになるのだから、何か確かな行動をとおしてその卑屈さから自らを救おうとする発作が起こるのも当然である。

柳泰林は自分が日本兵に志願せざるを得なかった動機を三つに分けて分析していた。

一つは徐敬愛（ソギョンエ）の事件である。柳泰林が徐敬愛が捕まったことを知ったのは、そのことがあって十日ほど経った日のことだった。一体どういうことなのか調べようと思い某友人に頼んだところ、その友人は、内幕は一切分からないが、警察は徐敬愛と少しでも関わりがあれば無条件にその者を追い込むつもりらしいから、徐敬愛と知り合いだということさえも仄めかしてはならないと言うのだった。泰林は自分の力ではどうすることもできないこの事件による衝撃で自暴自棄に陥った。どんな手段を使ってでも逃げ道を作らないことには到底耐えられない状態だった。

二つ目は、泰林がS高校にいた時、学友はみな投獄されたというのに泰林一人だけ免れた。それは学校所在地の警察署の通牒（つうちょう）を見た本籍地の警察署長大矢（おおや）が、自分の職位をかけて泰林を保護しただけでなく、ヨーロッパ旅行まで斡旋（あっせん）したからだったのだが、学徒兵に関する総督府の命令が発表されると、当時、地方に飛ばされていた大矢が今度は自分の面子を立ててくれと哀願したのである。

三つ目は、柳家がその地方では人々の目に留まる地位にあったために、最後まで兵役を拒否した場合に、その特殊な地位を利用して自分だけ難を免れたという印象を同じ境遇にいる人たちにあたえる恐れがあったからである。

このように考えてみると泰林の志願は避けられないものであった。だが泰林は釈然としなかった。

朝鮮人学生の学徒志願兵令が下る直前に、日本人の学友の一人が「カイロ宣言」の原文をそっくり書き写して泰林に渡した。泰林はその宣言に中に朝鮮が独立できる唯一の機会を見た。実感はできなかったにしろ、祖国を独立させようとする勢力に抗する陣営で銃を持ち、祖国を独立させようとしている陣営の人々を殺さねばならない立場に自分がいるということに、奇妙な矛盾を感じざるを得なかった。

それだけではない。同族どうしであれば暗黙の了解のようなものが成立するが、日本人のものの見方は新鮮だった。泰林には次のような経験があったのだった。

東京での泰林の下宿は営業用の下宿ではなく、上流階級に属する家庭だった。ある日家族と夕飯を取っている時、泰林はうっかり当時、朝鮮半島を騒がせていた創氏改名のことに触れた。その話を聞くなり女子大学に通っていたその家の長女が「奴隷根性はどうしようもないわね。朝鮮人の姓にはそれなりに歴史もあれば伝統だってあるでしょ。柳という姓にしてもそうよ。格調もあって立派なのに、あなたには爪の垢ほどの自負心もないようね。誰かに言われたからってやすやすと姓を変える？　そんな民族だから日本みたいな島国に虐げられるのよ」と鋭く言い放った。泰林は興奮のあまり茶碗をひっくり返して暴れたが、冷静になって考えてみると何も言い返せるはずがなかった。

この経験から泰林は、気骨ある日本人の朝鮮人を見る目を知った。

そうかと思うと、柳泰林はある将校が転属する際、当番の者に燃やしてくれと言い残した紙束の中から「半島出身の学徒兵を扱う要領」という題のついたプリントを手に入れた。それは朝鮮出身の学徒兵を迎えるために師団本部で将校らに配布した教育資料だった。そこには次のような内容の文面があった。

朝鮮人は卑屈な反面、狡猾だ。だがその卑屈さを利用しさえすれば、彼らの狡猾さが引き起こす被害を未然に防ぐことができる。朝鮮人はよく嘘をつく。いったん疑ってかかり必ず確認を要するが、あくまで彼らを信用するふりをしなければならない。

一対一で操るにしても、必ず「朝鮮人のうちでおまえを一番信用している」という風に煽(おだ)ててやれ。そうすれば彼らどうしの秘密を容易く知ることができるだろう……。

これを読んだ泰林は顔がかっと火照った。狡猾なのは一体どっちだ、そう思うと憤りが込み上げてきた。そのことがあってから、日本の軍隊の中での身の振り方に気を遣うようになったのである。

五月八日、ドイツが無条件降伏をしたという知らせが飛び込んできた。兵営内には落ち着きのない空気が漂っていたが、朝鮮人学徒兵は嬉しさが顔に出ないよう必死で努めた。性急な者は泰林のところにやって来て、祝いの宴を設けようと急き立てた。だがそんな暇もなく軍指令部より丙号作戦命令が下り、泰林のいる中隊は常熟に移動しなければならなくなった。

軍司令部ではすでに甲号、乙号、丙号の作戦命令が準備されていた。米軍が中国本土に上陸する事態に備えたものである。丙号は米軍が中国本土に上陸する公算が大きいと判断された場合、一線、二線、三線を設定し、陣地構築に着手せよという命令であり、乙号は米軍が中国本土に向かって出動した際、一線、二線、三線にわたって戦闘態勢を取れという命令、そして甲号は一線に設定しておいたところに米軍が上陸作戦を開始した際、下される命令である。

蘇州や常熟は軍の作戦計画によると、第三線に該当した。丙号命令が下るやいなや泰林のいる中隊は常熟に移動し、そこで陣地構築に取り掛かった。陣地というのは大別して、大砲を設置する砲台作り、機関銃を備えつける銃座作り、兵士一人一人が包囲して銃撃できるよう塹壕を作ることだった。

汗と泥にまみれ化け物のような形相をして砲台や銃座を作りながら、置く大砲も機関銃もないというのにこんなもの作ってどうするんだと兵士たちは文句を言ったが、一方、どうせ作るのなら最善を尽くすべきだとせっせと働く日本軍の姿はどうかすると大きな教訓にもなった。

五十基の砲台、二百基の銃座、千本の塹壕を百四十名あまりの兵力で三か月内に作れというのだから、あまりに過重な作業量だった。しかも雨季と重なり、昼夜兼行で作って置いた砲台が一晩のうちに崩れることもあり、八月末の検査をどう執り行うのかが、肉体のみならず精神的な負担にもなった。だが検査を恐れる必要はなくなった。八月十五日、常熟一帯の野をモグラのように掘っていた泰林たち中隊は、いっせいに手を止めた。日本人は敗戦を迎え、柳泰林らは解放を迎えた。

常熟から蘇州に戻って来た柳泰林は、朝鮮出身の学徒兵らと相談して、現地での除隊を断行する計画を立てた。だが、

「いますぐ決行しよう」

「もう少し様子を見てからにしよう」

「日本人とともに行動しよう」

などと三つの意見に分かれて、なかなか合意に至らなかった。

柳泰林は、日本が降伏する前にあらゆる危険を冒して脱出した者もいたというのに、この場に及んで日本人とともに捕虜になるなど卑屈なことだという理由を挙げて、いますぐ現地除隊を断行すべきだと主張した。

こうして仲間どうしの意見は合意したが、部隊長が難色を示した。現地除隊をさせておいて何か不祥事でも起こしたらその責任を誰が取るのかと、もっともらしい理由にかこつけた。

「現地除隊を許してくれないのなら私たちは集団で脱出します。その時部隊長はどうやって止めるおつもりですか。私たちを営倉にでも監禁しますか。憲兵隊に引き渡しますか。それとも銃で撃って殺しますか」

このように強硬な態度に出られると、部隊長も承認するしかなかった。同時に部隊長は幹部会議を開き、除隊する朝鮮人の兵士一人当たりに米一俵、麦米一俵、豆一俵、毛布五枚、若干の衣服と下着、医療品等を支給することを指示した。

同じ時期に、日本人の兵士にも、中国内に近い親戚や友人がいる者には、現地除隊を許すという指示が出た。

日本の降伏は朝鮮出身者だけでなく、日本人の兵隊にとっても喜ばしいことだった。誰もが沈鬱な面持ちを装いながらも、内面から湧き上がってくる喜びの色は隠せないでいた。降伏後、目に見えて現れた変化は、彼らが馬の世話をする誠意をすっかり喪失してしまった点であった。馬を叩くのは日常茶飯事で、せいぜい水を飲ませたり飼料をやったりするくらいで、馬屋の掃除や馬の手入れには見向きもしなかった。

相談の末、馬の世話は朝鮮人が受け持つことになった。馬屋をきれいに片付け、馬の毛並みを整え、ひづめを洗って、油を塗るなど、ともに苦労してきた馬に対する最後の奉仕だと思って精魂を傾けた。朝鮮出身のこのような自発的な行動には日本人もかなり驚いた様子で、彼らも以前のような態度で馬に接するようになった。

泰林らが日本陸軍第六十師団輜重隊の営門を辞めたのは一九四五年九月一日のことだった。除隊人員の数は五十五人。その内二十人は一刻も早く故国に帰るのだと言った。そんなに慌てず蘇州で数日遊んで行くように勧めても、聞く耳を持たなかった。彼らはその日の午後、北に向かう列車に乗るために蘇州駅に向かった。

柳泰林ら三十五人は上海に行く予定を立て、とりあえず蘇州城内の民家を借りることにした。除隊を翌日に控えた日の晩、部隊では送別会があった。敵意やら恨みやらそれに似たような感情はみな消え失せ、ただともに苦労した仲間たちに情懐の念が感じられ、涙ぐましい送別会であった。送別会が終わると部隊長が泰林を呼び、万が一の場合を思って、彼が愛蔵している拳銃を泰林に手渡した。モーゼル三号という拳銃だった。それを受け取ったあと、柳泰林は岩崎班長の部屋に立ち寄った。岩崎はその拳銃を見るなり、置いて行くように言った。

「部隊長の気持ちはありがたいが拳銃を身につけるな。拳銃だけではない。今後は一切武器を持ち歩いてはいけない。私もそうするつもりだ。私自身、戦争は罪悪だと思っているが、すべての戦争を否定する自信はない。今後また戦争が必要だといって争いを起こす人たちは必ずいるだろうが、それに反対して出る勇気は私にはない。だが、私はいかなる場合においても自分だけは戦争に巻き込まれないように身を処するつもりだ。自分だけでも武器は持たないつもりだ。そのせいで死ぬことになっても、この信念だけは貫き通すつもりだ。勝手なことを言うようだが、君も武器を持つような人間ではない。いつかまた会う日がくるかもしれないが、たとえ二度と会うことはないにしても、我々二人は今後何があろうと武器を持たないという約束だけはしておこう。この約束は君にとっては相当な困難を要すると思われる。君の国は今後独立するだろうし、その過程には少なからずの騒動が起こるだろうから、武器を持つ必要性に迫られる時が来るかもしれない。独立したあとはあとでまた武器を持たねばならない場合があるだろう。だからこそいま私と約束しよう。自分の主義や信念を生かすにしても、武器は持たない方法を選べという意味だ。これは可能なことだ。不可能な話をしているのではない。マハトマ・ガンジーを見てもわかる。真の勝利はガンジー、またはガンジー的な実践をとおした勝利でなければならない。君と私の世界ではそうするよりほかないではないか。それで勝利を得ることができなければ、他のいかなる方法を使ったとしても不可能だ。勝利は人生としての勝利でなければならない。平和的な手段ではない方法では平和に至らない。平和のための戦争とは欺瞞である。戦争によって得た平和というのは、君の好きなポール・ヴァレリーが言ったように、異なった形態の戦争状態であり、戦争と戦争との間の間奏曲に過ぎない。だがこのような私の考えをすべての人に強要するつもりもなければ、広く主張しようとも思わない。まず君と私だけで約束しよう。君も、私も、学問をしなければならない人間だ。学問をする過程、その結果をもって謙虚な態度で我々の生きがいを見つけ、その生きがいによって社会にわずかながらでも寄与することができればそれで充分だ。護身用とて拳銃は持つな。護身用が必要な場所に行かなければいい。護身をせねばならない状況を作らなければいい。不意の災いというのもあるだろうが、そういう時は拳銃があったとて何の意味もない。護身用の拳銃を持つということは、漠然とだが敵を仮想する行為だ。自分自身を誰かの敵として仮想する行為でもある。誰の敵でもなく、どこにも敵のいない者が武器を持つということは愚かなことであり、危険なことだ」

泰林は岩崎のいうことを素直に受け入れた。拳銃は泰林が除隊して去ったあと、丁重に岩崎の手から部隊長に返すことにした。

起床のラッパなしに目を覚まし、就寝のラッパなしに眠る生活。泰林らは雀のように快活で自由だった。連日仲間どうしで、呉の王夫差(ふさ)が西施(せいし)とともに遊んだという虎丘、楓橋夜泊の詩碑がある寒山寺、獅子林などの名所や古跡を訪ねて回った。そしてあらためて蘇州の風水が美しいことに驚いた。泰林が北に向かう者たちと行動をともにせず蘇州に残ったのは、虜囚の身ではなく自然人の立場で蘇州の風光を見て回ろうという意図もあったのだが、実際そうしてよかったと思うのだった。

そうしている間に、上海の事情を探るために派遣していた三人が妙な帽子をかぶって戻ってきた。中国の軍人の帽子に可笑しなバッジをつけたものだった。それは何だと訊く泰林に、彼らは誇らしげに、光復軍の帽子だと答えた。そして上海では李素民(イソミン)将軍が入城して空前の歓迎を受けたということ、数万人の光復軍が集結している上海にいますぐ行って彼らと合流するべきことを力説した。

もう少し蘇州に留まって状況を判断したうえで上海に行こうという柳泰林の慎重論は、いますぐ行かなければ光復軍にも入れてもらえない、そうなれば故国に帰る合法的ルートがなくなる、という上海帰りの三人の意見にはかなわなかった。すでに賽は投げられたのだ。

どうせ上海に行くのなら一刻も早い方がいい。泰林らは売れるものは売り払い、持って行けるものは持って、日本軍を除隊してから十日目にして上海に向かった。

いわゆる光復軍司令部は、北四川路、共同租界へと渡る橋の五百メートルほど手前の右側にあった。貧弱な建物に似合わず、看板に書かれた文字は雄渾（ゆうこん）で太かった。看板には「光復軍第一支隊上海先遣司令部」と書かれていた。かなり長い看板だった。

泰林らはその看板を見て、不透明な印象を受けた。

「支隊というのは連隊に該当するものだろうか。もしそうなら司令部という呼称は正しくない。日本の軍隊だろうが中国の軍隊だろうが形式においては大同小異だ。大隊とか連隊と呼ぶ場合は本部になることはあっても、司令部にはなりえない。司令官がいてこそ司令部があるものだ。上海先遣司令官もいて、第一支隊の司令官もいるのだろうか……」

だがそれ以上問い詰めることもできなければ、その必要もなかった。司令部ともあれば歩哨くらいはいるだろうと思い周囲を見回したが、どこにもいなかった。そのまま入ろうか入るまいか迷っていた矢先、中国兵の服を着た男がどこからか現れ、何のためらいもなく中に入って行った。泰林らの一行はその男の後に続いた。まるで洞窟にでも入ったような心持ちだった。薄暗い倉庫の中からざわめきが聞こえ、同時に油のような匂いを放っていた。自動車の跡はないが、かつて自動車修理工場だったところに違いない。よく見ると、油の跡がまだ乾いてもいない床に叺（かます）〔藁むしろの袋〕やアンペラを敷き、そこに兵士たちがたむろして食事を取っているところだった。日本軍の飯盒（はんごう）に入れて食べている者もいれば、手のひらに直にのせて食べている者もいた。

誰もが狂ったようにみすぼらしいにぎり飯にかぶりついていた。どう見ても司令部ではなく難民収容所だった。

泰林はその中の体毛が際立って見える男に話しかけた。

しかしまったく要領を摑めなかった。李素民将軍に会いたいと言ったところ、その人は、自分もまだ将軍の顔すら知らない、ここの責任者が誰なのかも知らない、飯は僑民会から運んでくれるものを食べているがそれも定期的なものではないというのだった。

泰林は開いた口が塞がらなかった。

隅の方に場所を取って一行をそこで休ませ、泰林は一人で表に出た。外は残暑の午後の陽射しが眩しいばかりに照りつけていた。電車が通り過ぎ、自動車が行き交い、人力車が通り抜け、三輪車も頻繁に往来した。柳泰林は壊れた夢の残骸を見るように、ただぽかんと通りを見ながらつっ立っていた。何の計画もなしに蘇州を飛び出してきたことが悔やまれたが、いまとなっては後の祭りである。インフレが天井を突き抜けるほどの勢いだという時に、米や麦をすべて売り払って出てきた蘇州に引き返すことなどできない。さっそく今晩、三十五人分の寝床を心配しなければならない状況だ。どんなことがあってもあんなところに一行を泊まらせるわけにはいかない。上海に送った三人にいまさら責任を問うても仕方のないことだ。彼らは光復軍という名に酔い、李素民将軍を歓迎する上海駅頭の雰囲気に酔い、朝鮮籍士兵は自分について来いと言った彼の演説に酔い、北四川路に堂々と掲げられた光復軍の看板に酔いしれて、内情を調べる必要性も感じないまま蘇州に戻って来て、泰林の慎重論を覆したのだから、いまとなってあれこれ言い立てたところで仲間どうしの関係を傷つけるだけである。

ところが奇跡が起こった。運命という言葉はこういう時のためにあるのだろう。泰林がぼんやりと眺めながら立っている道の向かい側に、こちらに渡って来ようとしている紳士が泰林の目に留まった。泰林は、間違いなく朝鮮人だと思った。そして自分に話しかけてくると思った。案の定、自動車の流れが滞った隙を見て、その人は泰林に向かって走ってきた。

「ここの方ですか」

その人が泰林に話しかけてきた最初の言葉だった。確かに朝鮮語であり、朝鮮人だった。

泰林は答える代わりにこう訊いた。

「どういうご用件ですか」

「李素民将軍に会いに来ました」

「私も李素民将軍に会うために蘇州からやって来たのですが、どうやらここにはいないようです。ところで先生は李将軍にどういう用件がおありなのですか」

「たいしたことではありません。ただ李将軍が朝鮮出身の兵士たちの世話で苦労しているという話を聞いて、何か手伝えることはないかと思ったのです」

「ということは、李素民将軍に会えなければ手助けはできないということですか」

「いや、何としても手助けをしたいのだが、その方法がわからないので相談に来たしだいです」

「なら私たちを助けてください。私は蘇州から三十五人の朝鮮出身の学徒兵を連れてきました。みな専門学校や大学に通っていた者なので、みっともない真似はしないと思います」

「いいでしょう。連れてきなさい。私の家はここから近い乍浦路（チャポロ）というところにあります。倉庫の二階が事務室になっているので、そこを片付けて畳を敷けば三十五人くらいは寝起きできるでしょう」

泰林はその人を待たせて急いで中に入ると、市場に運ばれてきた鶏のようにきょとんとしている一行を連れ出した。

奇跡の主人公は、姓を蔡（チェ）といい、大邱（テグ）出身だという。
三十七、八歳くらいに見える信頼のおけそうな人物だった。
蔡氏はかなり大きな家と倉庫を持っていた。倉庫の二階の事務室は瞬く間に片付けられ、いつの間にか畳も敷かれていた。乍浦路通りを見下ろせる窓のついた明るい部屋だった。この部屋で柳泰林らの上海生活が始まったのである。

当時の上海生活を記そうものなら長たらしくなる恐れがあるので省略することにし、柳泰林の主な行動だけを要約することにする。

柳泰林はその後いかなる軍隊にも属さないという態度を取った。

もう二度と武器を持たないと岩崎と約束をしたからではなく、光復軍は日本が降伏する前は功績と意味を持っていたが、解放を迎えたあとは、各支隊がそれぞれ特定の政党を私兵化する傾向にあったためである。

泰林はまた、いかなる政党にも加担しないという態度を取った。

政治に関心がなかったわけではないが、政治をやろうという気はなかったし、どんな政治的係累にも束縛されない白紙の状態で故国に帰りたいと思ったからである。

あるのは中国で知り合った多くの知人と純粋な友情で繋がっていたいという思いだけだった。そこで泰林は上海の本屋をめぐり、フリーメイソンに関する本を買って研究もした。だがそのような行動は、思いもよらぬ誤解を受ける恐れもあるので途中であきらめた。

一日も早く軍服の匂いを消したい一心で、泰林は蔡氏の助けを借り、冬に備えるべく、行動をともにする仲間たちに一律的に黒いジャンパーを買って着せたところ、政治に過敏な者たちの間で「黒いジャンパー隊」だと物議を醸したこともあった。

このような柳泰林の態度に同調する者たちの数は日に日に増えていき、帰国する頃には数百人に達した。だが、いかなる軍隊にも、いかなる政党にも、いかなる組織にも加担しないという態度を貫きつつ数百人を率いるのは、当時の上海の事情からしても決して容易いことではなかった。

拳銃を真正面から向けられ脅迫されたこともあったし、暴行寸前の危険を免れたこともあった。ともかく、当時の上海の町は朝鮮人のせいで物騒だった。日本刀に拳銃をつけるという過剰武装をして闊歩する連中がいるかと思えば、宿所の屋上に機関銃を掲げて騒ぎ立てる輩(やから)もいた。

このような騒ぎの最中、一時は英雄のごとく上海の同胞社会に君臨していた李素民が、中国の官憲に逮捕されるという事件もあった。

解放された故国への帰還を前に、このような恥さらしな包摂(ほうせつ)工作が繰り広げられたのは、中国の軍閥の考え方に影響を受けたせいでもあった。

中国の軍閥の慣行によると、兵士を百人を集めたら領官〔佐官に当たる〕に、一千人以上集めたら将官になれた。いってみれば解放された祖国に対する認識の錯誤が甚だしく、時代錯誤もまた常識では考えられないほどであった。

このような狭間で多少の苦労はあったが、柳泰林の上海生活はおおむね華やかだったようだ。中国各地で様々な経験をした人たちとつきあう中、彼らの経験を学んだり、旧日本軍の間諜（スパイ）が愛国者に豹変した事例などをとおして人生を学んだりもした。

蔡（チェ）氏をはじめとする何人かの後援者がいたお陰で物質的に窮することもなければ、非加担という態度を前面に押し出し、党ならぬ党、組織ならぬ組織のボスとして愛情と尊敬を一身に受けたようであった。これらのことは別途に記すべき話である。

上海生活も半年余りが過ぎた頃には、数千人にものぼる朝鮮籍士兵を養っていく方法がなくなった。国共の内戦は本格化する様相を帯び、上海の街は殺伐としていった。それとともに戦後の激動する社会の波をいつまでも第三者的に傍観するには、若き血潮が黙っていなかった。そのうえ望郷の心情も重なった。何の根拠もない主張の対立で敵と同志に分かれて日々争いごとに明け暮れていた者たちも、迫りくる現実に対処していかざるを得なくなった。

帰国工作を急いだ。帰国を果たすためには、みなが一致団結しなければならない。『上海ヘラルド』という新聞もキャンペーンに参与させた。そしてついに一九四六年二月下旬、朝鮮の米軍政庁は二隻のＬＳＴ（戦車揚陸艦）を上海に送った。

責任者としてテイラーという大尉がやって来た。

その船に乗って柳泰林一行が釜山に入港したのは、一九四六年三月三日のことだった。

柳泰林は満二年二か月ぶりに故国の地を踏んだ。解放と帰国の喜びで彩るには、故国の山河はあまりにも荒涼たるものであった。しかし柳泰林の胸の内には希望があった。

（著者注：本文の中に出てくる蔡氏というのは蔡基葉氏のことである。上海にいた頃は蔡琮基といった。現在もソウルで健在で、炭鉱業、造船業などを経営している。上海でこの人の世話になった朝鮮人はおそらく百数十人にのぼるであろう。だがいまだに多くの者は当時の恩を返せないでいる。それどころか累を及ぼし続けている。「恩なぞどうでもいい。皆が健康で仕事に精を出してくれればそれで満足だ」と言うが、なんとも心苦しいことである。世に稀な人物であることをここに特記しておきたいと思う。）

ここまで柳泰林に関して書いたことを、とりあえず東京にいるEに送った。Eは折り返しすぐに柳泰林の手記の一部を写真に撮って送ってきた。同封された手紙には次のように書かれていた。

君の柳泰林君に関する記録をありがたく受け取った。続きも書いて送ってほしい。柳泰林君の手記の一部を写真に撮って同封する。一枚一枚写真に撮るのはなかなか時間がかかるという点を承知してもらいたい。この前も話したが、柳君の手記はそれが書かれた当時は日本側で危険視される恐れがあったが、あらためて読み返してみると、貴国の事情はよくわからないが、このまま発表すると思いもよらぬ誤解を招くことにもなりかねない。これが書かれた時代の状況、その状況が心理的にどう影響を及ぼしたのかを理解しないことには真意を把握できないものであるから、この点を留意してもらいたい。この点さえ留意すれば、当時の息の詰まるような情勢の中でも、できるかぎり良心的かつ学究的な態度でもって生きていこうとした真面目な朝鮮青年の姿を垣間見ることができる。それから、いまは容易く手に入る資料だが、当時はこれだけの資料を集めるためには相当な精力と時間、そして金を要したという点もともに考慮に入れなければならないだろう。柳君の手記を貴国においてどうするのかは君の一存に任せるつもりだ。今後も彼に関する記録を送ってくれるよう重ねて頼む。自重自愛のほどを。

泰林の手記を読んで、Eが憂慮していたことが理解できた、日本に対する批判に若干のためらいが見えるからである。しかも日本語で書かれているのが、いまとなっては不自然な感じがする。だが、日本人の読者を想定し、資料を集めるにも日本人の助けを借りたというのだから、日本語で書くほかなかったのだろう。

私は日本の植民地時代を生きた、朝鮮の知識人の一つの「パターン」を示すという意味で、柳泰林の手記をそのまま直訳してみようと思う。手記の題名は「関釜連絡船」となっているが、これはすでに表題として用いているので、「柳泰林の手記」という題をつけることにする。

柳泰林(ユテリム)の手記 一

これを書いた動機

関釜連絡船は一つの象徴的な通路である。これが象徴する意味をとおして、朝鮮半島と日本との関係を僕なりに把握し、整理しようと心に決めたのは、ドーバーからカレーに渡る船の上でのことだった。

一九三八年十月。英京ロンドンはミュンヘン会談をめぐって賛否両論に分かれて沸き立っていた。広場という広場は演説会で溢れ返り、街頭にはデモがあった。僕はロンドンにいる間、観光などはやめにして、連日ハイド・パークに出掛けていって色々な演説を聞くことを日課にしていた。

「何とかして平和を守ろうとするチェンバレンの態度は正しい。立派である」という結論に持っていくために、ありとあらゆる証拠を立てる兵士もいれば、

「ヒトラーの策略に巻き込まれたチェンバレンは、今後この国に大きな禍をもたらすであろう危険

人物である。いますぐ下野させるべきだ」と興奮している兵士もいた。

そうかと思えば、

「我々はいかなる目的、いかなる主義のためにも武器は持たない。たとえ大英帝国を丸呑みしてしまう輩（やから）が現れたとしても、我々は決して銃を握らない」と叫ぶオックスフォード大学の学生もいた。

どの主張が正しく、どの主張が正しくないかを判断するには、僕はまだ若かった。当時十九歳の僕に、それを見極めるほどの見識があるはずもなかった。だが、国家の一大事に対して誰もが自由闊達に自らの意見を主張できる環境があるということに驚いた。

「大英帝国を丸呑みしてしまう輩が現れたとしても、我々は決して銃を握らない」という言葉もそうだが、そのうえ、

「国王のために武器どころか石ころ一つ握るつもりはない」と叫んでも、誰一人咎める者はいないのである。僕は日本の東京を、そして僕の祖国である朝鮮半島を思い出した。先進国と後進国の格差は、都市の美観や建築物の豪壮さにあるのではないということを身に沁みて感じた。

ある日、またハイド・パークに行ってみると、一人のインド人学生の周りに大勢の聴衆が集まっていた。

「英国はヒトラーの侵略政策を糾弾する前に、インドを独立させよ。エチオピアに対するムッソリーニの侵略を反対する前に、インドを独立させよ。インドだけでなく数多くの植民地を略奪し侵略している分際で、どうしてヒトラーの態度を非難し、ムッソリーニを糾弾することができようか。英国は彼らをなじり攻撃したいのなら、まずインドをはじめとするすべての植民地を独立させ、ドイツとイ

タリアに模範を見せなければならない。英国がこれまで犯してきた罪科を既成事実として過去に葬り、ドイツとイタリアの侵略行為ばかりを是正したところでどうにかなるわけでもなければ、何の意味もない。英国が先に模範を示せば、ヒトラーもムッソリーニも悔い改め、反省し、侵略行為をやめるであろう。ゆえに世界の平和とヨーロッパの平和は、インドを独立させることによってその基礎を固めることができるのである。いますぐインドを独立させよ。すべての植民地を、その住民の意思に従って解放せよ。そうできなければ、戦争が勃発した場合、すべての責任を英国が負わねばならない」

僕は息を潜めてその演説に耳を傾けながらも、すぐにでも大変なことになるのではないかと気を揉んでいたが、演説が終わるや、なんと聴衆たちは彼に拍手を送ったのだった。大部分の聴衆は明らかに白人であり英国人であるが、彼らは自分たちの国を罵るインド人の学生に拍手を送っていた。

十月九日の午後、ドーバー・カレー間の連絡船シーガル号の中央にあるデッキのベンチに座り、僕は短い間だったが英国滞在中に受けた強烈な感動を思い返していた。パリにいる間、フランス人の自由な言動にも少なからず驚かされたが、フランス人はどんな過激な主張をしても、結論だけは自分たちなりの愛国観を掲げた。英国で見たような自分の主張のためには祖国をも根こそぎ否認するような言動に触れることはなかった。

それに船の中の雰囲気にも感じるところがあった。英国に向かう時に乗ったル・アーブルからサウサンプトン間の汽船の中でも同じことを思ったが、船全体の雰囲気が一種の遊覧船のようだった。自由闊達で快活な雰囲気、孤独めいた姿勢にも暗い影はなく、もの悲しく見える人にも抑圧されたような陰気臭さがなかった。

おのずと関釜連絡船と比べざるを得なかった。関釜連絡船では三等客は自由にデッキを歩くことは許されなかった。船が出港する直前に船倉の扉は固く閉められてしまう。乗客たちはその倉庫のような船底に荷物のごとく積まれ、目的地に着くまでは解放されない。乗る時も降りる時も、刑事の前を用心深く通らなければならないし、船の中では些細な話をする時でさえ周囲の目を気にしなければならなかった。

関釜連絡船はドーバー・カレー間の船や、ル・アーブルからサウサンプトン間の船に比べると、紛れもない囚人船である。連絡船が朝鮮人を囚人扱いするということは、支配者である日本人が被支配者である朝鮮人を囚人扱いしているという集約的表現だといえる。

シーガル号のデッキに座って関釜連絡船のことを考えざるを得なかったもう一つの理由は、S高校に在学していた僕の同期十三名の朝鮮人が日本の警察の監視と追及を受け、ついには刑務所に入れられたが、僕一人だけヨーロッパを彷徨（ほうこう）することになった事件の動機が、まさに関釜連絡船だったからである。

咸鏡道（ハムギョンド）の鏡城（キョンソン）高等普通学校を出た崔鐘律（チェジョンニュル）は、北国の男子らしく勇ましく激しい気性の持ち主だった。三年間の浪人生活の末、高等学校に入った崔君は、僕たちとはそれだけ歳の差があったが、これまで守ってきた童貞を捨てたくないという理由で、遊郭に行こうという友人の誘惑を振り切るほど天真爛漫な少年だった。

そんな崔君が新学期を控えたある日、連絡船に乗った。いつものように刑事が彼を呼び止めた。そしてトランクを調べ始めた。シャツを引っ張り出したり、本を一冊一冊、ページまでめくったりしてからんできた。だが結局何も出てこなかった。刑事は足でトランクを蹴りつけながら、元どおりに片付けろと言った。崔君は怒りを堪えて、シャツや本を一つ一つトランクに入れ始めた。その時刑事が「何をぐずぐずしておる。さっさとしろ」と咎めた。崔君はその刑事を横目でちらっと見た。その目に憎悪の色を見たのか、刑事は「きさま、俺に歯向かう気か」と怒鳴りつけた。どうにかして崔君の神経を逆なでし、事件を引き起こそうという魂胆に違いない。崔鐘律はトランクを持って立ち上がり、静かに言った。「同じ朝鮮人どうし、あんまりではないですか」。刑事はこの言葉の揚げ足を取った。「同じ朝鮮人どうしだと？ それなら何か？ ともに独立運動でもやろうってのか」。繰り返しこんな言い掛かりをつけながら、刑事は崔鐘律をなかなか放そうとはしなかった。そして釜山の水上署に連れ戻してやると脅した。このような押し問答をしているのを見た日本人の刑事が間に入って、釜山に連れ戻されるという難は免れたが、この時の恨みでその刑事は、S高校所在地の警察に注意通報をした。それが引き金となって、純粋な読書倶楽部が何やら大層な秘密結社であるかのようにフレームアップされたのである。

僕は英国の自由を、そしてフランスの自由を考えながら、シーガル号のデッキを楽しそうに走り回っている子どもたちを見つめた。その日はちょうど日曜日だったこともあり、対岸のドーバーに遊びに行った帰りのカレーの子どもたちが乗っていた。ドーバーは英国の港で、カレーはフランス領である。外国人であるにもかかわらず自由に往来できるということが、再び関釜連絡船のあの不自由な状態を思い起こさせた。同じ国であっても朝鮮半島の人は、一般人の場合、渡航証明という面倒な手続きを踏まなければ日本に渡れないのである。だから子どもたちが遊覧の目的で行き来するというのは到底ありえないことだった。

僕は国に戻ったら、関釜連絡船の象徴的な意味を研究して、朝鮮半島と日本との関係を納得がいくよう解き明かそうと心に決めた。

パリに戻ってくると、日本大使館から、ヨーロッパの雲行きが怪しいのでいますぐ帰国せよ、という指示があった。これによって偶然同行することになった金亨洙（キムヒョンス）君は、スイスに逃げないかと誘ってきた。だが僕にはそんな勇気はなかった。金君は兄弟が多かったので永遠に帰国しなくてもよかったが、跡取り息子である僕の場合はそうはいかなかった。しかも半年近く暮らしても依然としてヨーロッパ生活の孤独に耐えられなかった。それに何より獄中にいる友人たちが心配だった。スイスに発つ金君を見送ったその足で、僕はマルセイユを経て箱根丸の三等船に乗った。日本に戻って来て、まず身元を保証するために某大学の専門部に籍を置いてから、関釜連絡船と日韓関係に関する資料収集に着手した。

栄光と屈辱の通路

関釜連絡船は栄光の象徴であると同時に、屈辱の象徴でもあった。栄光だの屈辱だのというパセティックな表現を排除して、必要な手段といってもよいが、必要な手段としての関釜連絡船は僕の関心の対象ではない。

栄光であり屈辱であるといっても、日本人には栄光で半島人には屈辱だと区別するつもりはない。

ただ、ある人にとっては栄光で、ある人には屈辱の通路だったという意味である。例えば日韓併合の功労を認められ、栄爵と財物を手に入れにいく半島人にとっては栄光の通路になりえるが、貧しさのあまり大陸に売られて行く娼婦たちにとっては、たとえそれが日本人であっても、屈辱の通路になるのである。

関釜連絡船がこの名称で初めて就航したのは、一九〇五年九月二十五日である。最初の連絡船の名前は壱岐丸（いきまる）。一六九二トンの新造船だ。続いて十一月五日に一六九一トンの対馬丸が就航し、その後は一日一回、釜山と下関の両港から出航するようになった。

関釜連絡船が初めて就航した一九〇五年前後の時代状況を見てみると、この連絡船の栄光的な意味と屈辱的な意味を知ることができる。

この年、ロシアとの戦争で勝利を収めた日本は、九月にポーツマスで江華条約を結び、世界の列強国から朝鮮に対する優越権を認められた。朝鮮半島をめぐって露・清・日の三か国がそれぞれ自国の勢力圏の中に入れようと角逐を繰り広げたが、日清戦争の結果、朝鮮から清の勢力を追い払い、日露戦争によって、ロシアを追い出したので、朝鮮における日本の発言権がそれだけ強くなったのは当然のことだ。この当然の結果を全世界に公認させるために、さらにポーツマス条約の条文の中に日本の優越権を規定したのである。

つまり関釜連絡船はこの戦勝の栄光とともに就航し、日本の大陸経営への栄えある通路として登場したのだった。この通路から多くの日本人が朝鮮半島に流れ込んだ。

当時の『茨城新聞』に竹内錬之助（たけうちれんのすけ）という人が書いた次のような記事がある。題名は「我々同胞はいかにして朝鮮で成功するか」。

我々同胞はいかにして朝鮮で成功するか。これがいままさに研究すべき大問題である。朝鮮における同胞の成功者は、朝鮮に居住すること数十年の歴史があり、短い人でも十年は超える。したがって日露戦争後に渡航した人の中には成功したといえるだけの人はほとんどいない。かといって朝鮮がわが同胞の活躍の舞台にはなりえないと考えるのは大きな間違いである。貧弱な韓人の知能はいまだ我々の下層にあり、事業を起こし天然資源を開発するには我々同胞の手が必要なのである。

内地ではわずか五反歩の地主でもここに来れば五町歩、十町歩の大地主になれる。内地で一千、二千円の資本ではまともな商売もできないが、千円の金を朝鮮で活用すれば巨富を稼ぐこともできる（……）最近の『大阪朝日新聞』の論説に、朝鮮人に我々と同じ教育を施すことは野で虎を育て、帝国の基礎を危うくさせることになるのではないか、と書かれていたが、統監政治が新教育を奨励したせいで、京城を中心とする十三の道に八百余りの公私立の学校が設立され、朝鮮人の知識は日に日に上昇している。しかし、ある程度の識見とそれ相応の資金を持って来さえすれば、朝鮮内の何処であれ、成功の花を咲かせることができるだろう。（……）

朝鮮は無尽蔵の宝庫である。だがアメリカ大陸とは違って労働によって飯を食っていくことはできない。貧弱で無能な朝鮮人は日本人を使うことができない。むしろ日本人が朝鮮人を使うべきなのだ。朝鮮人は労働者としては比較的欠点の少ない民である。彼らはいかなる苦役にも随順し、賃金も多くは望まない。今回、釜山に住む日本人某氏が内地の鉄道工事に従事させようと朝鮮人人夫数千名と契約したのを見ても、その利用価値がわかるというものである。(……)

朝鮮の人口は一千五百万を算しているにもかかわらず、政府の歳入はわずか七百万円に留まっている。最近政府が発表した三税案というのは①家屋税、②煙草税、③酒造税を指すのだが、このような増税策によって加わる金額は二十万円余りだ。それでも人民たちはこの二十万円の増加に反対して、ある地方では税吏を殺害するなどの暴動が起こり、我々官憲の力を借りて鎮圧したほどである。彼らは金があるのに反対しているのではなく、ないために反対しているのだから哀れなことこの上ない。たかが二十万円の増税も賄えないほど貧弱な彼らには、金力をもって接しなければならない。無知蒙昧(むちもうまい)な彼らは金を見ると朝鮮伝来の田畑を平気で売り払う。紙幣で頬を殴られても喜ぶのが朝鮮人の特性だ。従って朝鮮に渡航しようと思っている者は①金、②健康、③覚悟が必要である。この三つさえ備わっていればどんな手を使ってもよい。商売をするつもりなら雑貨屋でも飲み屋でもよい。経験があれば土建業もいいだろう。利子が高いので高利貸し業でもかまわない。農業に従事しようと思っている者は、先にも言ったとおり「内地の五反歩」の土地代で五町歩、十町歩の大地主になることもできる。朝鮮はこのようにわが同胞にとっては有望な場所である。十円、百円の小資本で利殖の計を立てることが可能なところが朝鮮であり、一千円、一万円、十万円の資金を利用できるところは朝鮮をおいて他にない。(……)

このように扇動され、関釜連絡船の開通以来、野心満々たる日本人が朝鮮に渡ってきた。金儲けが目的でない人もいた。朝鮮を日本に併合させる目的でやって来る者もいた。内田良平、菊池忠三郎(ちゅうざぶろう)、武田範之（のりゆき）らがその代表的人物である。

一方、朝鮮から日本に渡る人たちもぐっと増えた。留学生は少数で、大多数が労働者たちだった。労働者たちはあらゆる屈辱が待ち構えている日本に渡り、危険な仕事を引き受けた。日本人が関釜連絡船に乗って朝鮮に渡るのは、支配するため、君臨するのが目的であるが、朝鮮人が日本に渡って来るのは、露命（ろめい）をつなぐ策として奴隷になるためであった。

僕は昨年の夏、東武電車に乗って裏日光に行った。鬼怒川、川治（かわじ）を経て川俣（かわまた）温泉まで行く途中、発電所ダムを拡張する工事をしているのを見た。見下ろしても見上げても千尋（せんじん）の絶壁である。手前の山頂と向かいの山頂の間に蜘蛛の巣のように掛かっているものがあったので、何だろうと思って見てみるとトロッコのレールだった。そのレールで労働者がトロッコを押していく。きわどい曲芸のようである。聞くところによると、そのような危険な仕事に従事しているのはほとんどが朝鮮人だという。事故はないのかと尋ねたところ、毎日何人かは犬死にするらしい。昨日死んだ人夫のあとに続き、今日もまた別の朝鮮人がトロッコを押しているのである。

このような危険な労働に従事するために苦労して渡航証を手に入れ、畜生同然の扱いを受けつつも関釜連絡船に乗らなければならないとは、なんと悲惨なことであろう。

関釜連絡船の就航当時の状況に関する資料を集めている時に、僕はその頃、宋秉畯（ソンビョンジュン）〔一八五八〜一九二五／親日政治家・民族反逆者といわれている〕が下関に逗留していた事実を知った。

記録によると、宋秉畯は山口県の萩（はぎ）で野田平治郎という名で蚕産業などに従事していたが、日露戦争が起こると、日本軍の通訳として従軍するために一九〇四年朝鮮に戻って来たことになっていた。ところが意外なことに、関釜連絡船が就航した頃、萩にいた形跡があったのだった。

調査の結果、宋秉畯は下関に隠れ家を構えていたことが分かった。自分の身に不利なことが起こるとしばらくそこに隠れ、旗色がよくなると国内に戻ったようだ。

宋秉畯の隠れ家は日清戦争の際、江華条約を結んだ春帆楼（しゅんぱんろう）近くの高台にあった。向かいの門司（もじ）や瀬戸内海が目の前に広がる景色のいい場所に、津田屋という看板を掛けて旅館をやっている家がそれである。

宋の隠れ家にはいまでも家族が暮らしていた。宋秉畯先生のお話を聞きたくて訪ねて来たのだと言うと、息子とおぼしき中年の男が僕たちを二階の部屋に案内した。しばらく待っていると、七十近い老婆が年のわりに矍鑠（かくしゃく）たる姿で僕たちを歓迎してくれた。夫を尊敬する者たちが来たと錯覚している様子だった。

僕たちはその錯覚をかえって幸いに思いながら、宋秉畯に対してあれこれ尋ねた。最も長く一緒にいたのは三か月ほどで、それ以外は長くて一週間、大抵は二、三日ほどの滞在に過ぎず、それも一年に一、二回あるかないかのことだったという。だが宋秉畯に対する尊敬の念と愛情は相当なものだった。多くの名士と接触する機会があったが、日本人の中にもあれほどの偉丈夫はいなかったと言うのである。

「男前で胆力があって、弁は立つわ、活発で頭はいいわ……」

野田季子（すえこ）という名に誇りを持っているように見えるその老婆は、放っておけば男を持ち上げる形容詞という形容詞をすべて並べ立てる勢いだった。

「あの方のお陰で日韓両国民が兄弟のようになったのですから、こんな嬉しいことはありませんよ。神社でも一つ建てて差しあげてもよさそうなのに、なんせこんな薄情な世の中ですから……」

こんなことを言ったかと思うと、

「下関市長は歴代に渡って私のことを大事にしてくれるんですよ。警察署長もそうですし。たとえ正室ではないにしろ私はれっきとした華族、それも子爵夫人ですから」と自慢げに言った。

聞きたいことに対する返事はまったく具体性に欠けており、ただの自慢と称賛だけだったが、話の中で壱岐丸だか対馬丸だかよく分からないが、連絡船会社の社長に一等賓客のもてなしを受け、宋秉畯とともに釜山まで行ったことがあると言った。

老婆はまた、宋秉畯が書いたという掛け軸を出してきた。この老婆が、宋秉畯が後日ソウルで料亭を構えてやったという日本女性ではないかと思ってもみたが、朝鮮に行ったのは宋秉畯と一度釜山に行っただけだというので人違いのようだった。

下関にいる間はここに泊まっていけばいいと言ったが、それ以上聞き出すことはなさそうだったので外に出た。

宋秉畯のような人が就航当時、関釜連絡船の一等賓客として、しかも釜山から下関ではなく、下関から釜山に渡ったということには、関釜連絡船の象徴的な意味があった。

当時は、いわゆる乙巳(ウルサ)保護条約の締結において国論が沸騰していた。国内は「是日也放聲大哭」[3]の状態であり、また閔泳煥(ミンヨンファン)の自決に続き多くの志士が憤死していた。閔泳煥は宋秉畯の恩人である。

宋秉畯は彼の家で食客（しょっかく）となり、彼の勧めで官吏を務め、彼の力で死刑を免れ、それどころか出世の道を歩むことになったのである。そんな恩人が国運を悲観して自決し、まだ葬儀も行っていない喪中にあったというのに、宋秉畯は臆面もなく関釜連絡船の一等賓客として迎えられ、意気揚々として釜山港に入ってきたのだった。

確かに日韓併合は避けられないことだった。だが、たとえそうだとしても宋秉畯のような人間の活躍で成されたというのは、朝鮮にとっては恥辱であり、日本にとっても不幸なことだと思われる。李（イ）容九（ヨング）、宋秉畯、李完用（イワンヨン）さえいなければ日韓併合は成り立たなかったかというとそうではない。このような者たちさえいなければ、併合されるにしても民族の威信は損なわれずに済んだのではないか。その中でも宋秉畯が最も卑劣で邪（よこしま）な人間であったことは、記録を総合して見てみるとよく分かる。

李容九はかつて東学党の中心人物であった。東学の蜂起が日本の介入によって失敗に終わると、国の命運を自分勝手に判断し、日本との合体をとおして民族の活路を構想した。その構想の正否はさておいて、自分勝手な信念に従って行動したのである。併合直後、日本政府は宋秉畯、李容九に爵位を授与するという意を伝えた。李容九は敢えてこれを拒否し、口先だけにしろ次のように述べた。

「併合は成し遂げられたが、将来において朝鮮の皇室は安泰なのか、同時に二千万人の同胞は幸福

（3）一九〇五年十一月二十日、張志淵（チャンジヨン）は『皇城新聞』に載せた論説文の中で、日露戦争に勝利した日本が大韓帝国の外交権を剝奪するために、強制的に締結した乙巳保護条約の不当性を批判し、まさに慟哭すべき日であるとした。

に暮らしていけるのかを見守ることが今後の私の責任である。新政が敷かれた時に不幸にも私の期待に背くことが生じれば、国家と国民に対して顔向けができなくなる。このような不安を抱いたまま栄爵を賜れば、私はこの栄爵が欲しいがために国を売った奴だという悪評を買っても弁明する余地がない。まして今日の目的を達成できたのは、多くの会員〔一進会〕の惨憺たる犠牲と身を粉にした努力があってこそである。私はその会員たちに対する義理を考えても、栄爵を賜るわけにはいかない」

　ところが宋秉畯はあっさりと爵位を手にした。宋秉畯には道義も体面も、ましてや信念などというものはなかったと断定できる証拠がある。

　宋秉畯は日韓併合を急いだ動機を自らこう語った。

「朝鮮の皇太子のお供で東京に行った時、天皇陛下に謁見し、そのお人柄に触れたところ、不屈の心を抱いていた私もその荘厳さに圧倒され、全身が麻痺するほどに感動し、その後は崇敬の念が日に日に増していくのを感じた」

　それから明治天皇が病に伏せっているという知らせを聞くなり、彼は毎日明け方、南山洞（ナムサン）の自宅から倭城台（ウェソンデ）〔ソウル市中区回賢（フェヒョン）洞一街〕にある神宮まで裸足で歩いて行って参拝し、帰ってくる途中、明石将軍の官舎に立ち寄って、天皇陛下の容態に関する公報はどうなっているかと聞くのを一日も欠かさなかったそうである。

　宋秉畯はこのように日本の天皇には至極尽くしたが、朝鮮の皇帝に対しては陰険なことこの上なかった。

　ハーグ密使事件を盾に取って、統監である伊藤は高宗（コジョン）皇帝を廃位させる計略を巡らし、宋秉畯にその音頭を取らせた。

　宋秉畯が皇帝の謁見室に入ると、そこには護衛の力士がいた。宋は「重大な時機に際し、彼らが皇帝の側にいては話が漏れる恐れがある。外に出せ」と軍部大臣に言いつけた。だが力士らは「陛下の命令」だといって、その場を離れようとしなかった。すると宋秉畯は「陛下の命令が何だ？　早く出て行け」と怒鳴りつけた。力士らが出て行ったあと、宋は皇帝に譲位を勧めた。高宗皇帝は「君たちはなぜこれほど朕を苦しめるのか。朕はもう死んでしまいたい」と悲痛な言葉を吐いた。この時、宋秉畯は「願わくば死んでいただきたい。いま陛下が死ねば、国と宗廟〔李朝時代に歴代の王と王妃または追贈された王妃の位牌をまつった場所〕は生かしておけます。しかし陛下が死ななければ、我々臣下たちが死ぬことになる。ですが我々臣下が死んだところで国にとっては何の利益もなく、宗廟とともにすべて滅んでしまうだけ。陛下の死でもって国を安泰にしていただきたい。願わくば早く死んでくださいますよう」

　世界の歴史上、いったいどこの国の君主が自分の宮殿の中でこのような無礼な言葉を聞いたことがあるだろうか。宋秉畯はまた高宗皇帝の退位を強要するために、次のようなことを言って脅迫した。

「官職を金で売り、民を虐待してきた陛下のことをよく思っている者は、この国には誰一人いやしません。天意人心はすでに陛下のそばを離れたのです。名実ともに譲位を決心しなされ。あれほど諫めておいたのに、なぜまた朴泳孝のような者を宮内大臣の座に就けたのです？　事がこうなれば日本がどれだけ多くの要求をしてくることやら。日本の軍艦が仁川に停泊しているいま、陛下は日本に拉致されることもありえるのですぞ。詐欺師の言うことを聞いて後悔されぬよう」

このように無礼を働き急かせなくても、皇帝とともに国事を憂い、客観的な事情を詳細に報告することで君主の思惑どおりに成し遂げられるものを、日本の勢力を信じ、伊藤博文の威勢を借りてやりたい放題だったというのは、人間として許し難いことである。宋秉畯は国の命運について苦悩した形跡すらない。一身の栄達のためには、それ以外のことなど一切眼中になかった。

似たような類の人間には違いないが、李完用の場合には多少納得がいかないわけでもない。李完用は併合問題において、一進会の運動に正面から反対した。併合条約の調印をする際も宋秉畯の脅迫に勝てず、気の進まない行動をしたという記録がある。自発的であれ受動的であれ、日韓併合に限っていえば、彼自身が負うべき責任はあるにしろ、人となりは宋秉畯と区別しておくべきだと思う。受動的ではあるが、彼が日韓併合に同意した動機には次のようなことが作用していたようだ。

大韓帝国時代、李完用が全権公使としてアメリカに渡った。ある時、船の中で食事を頼んだところ、日本人ボーイが魚のフライを運んできた。そのフライは不快な匂いがしたので、日本語が分からない李完用は手を振って、要らないという仕草をした。すると自覚のないボーイは、それを向かい側の席に座っていたアメリカ人の前に置いた。そのアメリカ人は皿を投げつけて怒り狂った。「朝鮮人も食わんものをどうしておれのところに持って来る？　無礼な奴め」。このため意気揚々だった李公使の面目は丸潰れになった。

この他にも李完用はアメリカでひどい侮辱を受けた。ある日、李完用は劇場に行った。観覧席に座った李のスタイルが純朝鮮式だったので、周りの観衆らの目を引き、非難の的になった。その中には極端な言葉もあったが、幸か不幸か、米国語が堪能ではない李完用は自分が何と言われているのか知る由もなかった。ただ「豚、豚！」という言葉だけは耳に残っていた。公使館に戻った李完用はそのことが気になって、同行していた通訳の徐載弼（ソジェピル）に尋ねた。徐載弼は次のように答えた。

アメリカ人A：あれはどこの国の人だね？　なに、朝鮮人だと？　そりゃまた可笑しなことだ。朝鮮という国があるのかね？　朝鮮は中国の一部だろう？　属国だ。そんな豚のような劣等民族がわがアメリカに全権公使を派遣するとは、身の程知らずにもほどがある。

アメリカ人B：豚というのは言い過ぎじゃないか……。

アメリカ人A：言い過ぎだと？　豚は不潔な動物だが、肉は人間の食用になるし、それに骨やら毛は装飾品として使えるのだ。それから糞尿は肥料に使える。だが朝鮮人は人間なのだから、その肉を食べることもできなければ、骨や毛を利用することもできない。その無知蒙昧さを見ると、人間としては下等で、その不潔さは豚に引けを取らない。中国人も不潔だという点では似たようなものだが、彼らには勤勉精神がある。それに蓄財に長けている。朝鮮人にはそれすらもない。これでは豚にも劣る民族ではないか。

李完用はこのような侮辱を受けながらアメリカに四年間留まった。その後、李完用は当時を振り返るたびに涙を流したという。

このような体験が李完用に世界の劣等民族を視察研究させることになる。まず最初にアメリカに開国以前から暮らしていたインディアンの部落を視察した。ところがそこに行って驚いた。彼らは朝鮮人より桁外（けたはず）れに優秀な民族だった。それでも彼は劣等民族に関する研究を怠らなかった。メキシコにも行き、インドにも行き、ポーランドにも行ってユダヤ人に対して深い関心を寄せた。だがその結果、朝鮮人より劣った人種を発見することができなかったのである。

日露戦争の結果、日本の勢力が韓民族に及んで統監政治が行われ、ついには日韓併合論が台頭し、朝鮮の朝野がその可否をめぐって騒がしくなると、李完用は自ら心に決めたところがあったというが、彼の日韓併合に対する見解は次のとおりである。

民族の自尊心を持ってどれだけ急いだところで、現在はもちろん、近い将来にも、いまのような力量では韓民族は独立国家としての体面を維持することも、人類の幸福を享受することも不可能である。ならば、併合か亡国かという二者択一が韓民族に残された必然的な運命となろう。仮に併合を選んだとすれば、その相手国は日本をおいてほかにあり得ない。

なぜかというと、欧米人はひょっとしたら韓民族を憐れに思ったり、愛情を抱くこともあるかもしれない。だが欧米人の目に映る朝鮮人は豚か、あるいは豚よりも劣った人種である。したがって、仮に憐れに思ったとしても、愛情を抱いたとしても、犬豚を憐れんだり愛したりする程度に過ぎないことは誰の目にも明らかだ。

だが日本人はこれとは根本的に違う。朝鮮人が豚なら日本人も当然豚だろうし、我々よりはましだとはいえ、少し先に進歩した程度だ。もちろん彼らに対して不満がないわけではない。くだらない文句を言ったり、彼ら特有の道徳を振りかざしたりする。小憎たらしくもあり、うっとうしくもある。だが、これは彼らがこういう態度を見せるのは朝鮮人を同類として扱っているからこそである。彼らは進取的で聡明だ。我々韓民族が世界の先進文明に参加できるよう導いてくれるであろう唯一の適格者である。この道をおいて我々民族が豚のような境遇から抜け出す方法はない。　日韓併合の可否云々とはもっての外である。

口実のない墓はない〔責任を避ける口実はいろいろある〕という諺の、その口実の匂いが強く漂っているような気もするが、李完用の言い分にも一抹の真実があることは認めなければなるまい。

だが宋秉畯には少しの真実も、苦悩の跡さえも見られない。

隆熙三年といえば西暦一九〇九年、韓国併合の一年前である。この年の一月から隆熙皇帝は全国各地を巡遊した。宮中から出たことのない国王が突然、国中を訪ねて回るのは異例の出来事であり、国民はみな一体どういうことだと不思議がった。実際は伊藤統監の政略の一つで、悲しい旅だった。この巡遊に随行した宋秉畯に関する記事が、当時の『大韓毎日申報』に掲載されている。直訳すると、

内部大臣の宋秉畯と、侍従武官〔大韓帝国時代、侍従武官府に所属し、皇帝を警護した武官〕の魚潭両氏がこの度の西道巡行の際、平壌地方で争ったことは広く知られていることだ。この事実について詳しく聞いてみたところ、魚氏が女官と列車に同席しているところに泥酔した宋氏がやって来て魚氏にこう言った。女官と同席するとは無礼極まりない。これに対して魚氏は答えた。私の職場であるここに、閣下はなぜこれほど酔っ払っていらっしゃったのですか。すると宋氏が不意に一方の手で魚氏の服を摑み、もう片方の手で腰にさしていた刀を抜き、魚氏の頭を斬ろうとするのを陪従諸員が必死で抑えた。

国王を平気で脅迫するのだから、国王に従う旅の途中で乱行に及んだとしても何の不思議もないが、それが悲しい旅になることを唯一知っていた宋秉畯が、随行の途中で酒を飲み、女官を冷やかそうとして侍従武官と喧嘩になったというのだから開いた口が塞がらない。

「いくらならず者でも最小限のエチケットはあるものだが、この者にはそれすらないようだな」

宋秉畯に関する資料を読んでいた日本人の学友Eはこう呟いた。

「こういうのを人間のクズというんだよ」

僕はこう答えながらも恥ずかしくなった。

「この者への世評はかなり辛辣だったろうな。それに関する資料はないのかい?」

「もちろんあるとも」

僕は『大韓毎日申報』に載った宋秉畯にあてた風刺詩を翻訳して読んでやった。風刺詩の題目はまさに「宋秉畯よ」となっている。

南山竹を切り出し/東海水を注ぎ/椽(たるき)のごとき大きな筆を抜き取って/内務大臣宋秉畯の/前後罪悪を羅列し/世界万国の怒れる者たちに/一度供覧に付そうじゃないか

宋秉畯よ、よく聞け/無頼の輩を嘯集(しょうしゅう)し/一進会を組織したとき/狂言妄説をでっち上げ/あ

またの良民を駆り立てて／魔窟の中へと陥れた罪がまず一つ

宋秉畯よ、よく聞け／おまえは卑しい民で／朝鮮の臣民であるのは確かだが／国の恩恵に背いて／甘んじて他国の奴隷となり／宣言書を発表した罪が二つ目なり

（……）

宋秉畯よ、よく聞け／閔忠正宅の家庄田土を／一つ残らず略奪し／残された孤児と寡婦の情景に／草木禽獣も悲しみ／神をも悲憤させた罪が五つ目なり

宋秉畯よ、よく聞け／貪欲は肥えてまさに天を突かんとし／外国人と内通し／莞島郡（ワンド）のあの森林を／売渡するのを承認し／斡旋した罪が六つ目なり

（……）

宋秉畯よ、よく聞け／国王すら目に入らないおまえの心臓／尊厳地で剣を抜き／無闇に衝突し／内外国を往来し／重大な国法を無視した罪が八つ目なり

大逆不道の宋秉畯よ／一大妖魔の宋秉畯よ／あらゆる罪悪を犯した宋秉畯よ／史家の筆は森厳で／烈士の舌は沸騰している／おまえがたとえ鉄人であろうと／三尺王章を免れるものか

〔一九〇九年二月二十一日『大韓毎日申報』による〕

この他にもこういうものもある。

大逆不道の宋秉畯は／内外国に出没し／諸般の凶計を実行し／民国を滅ぼした上に／何の禍をまた起こそうと／欧米各国を遠しとせず遊覧するのか

内務大臣宋秉畯は／皇帝陛下南巡事で／趙重應と李完用を／逆敵、大敵と殴打し侮辱したというのは／人を責むるは則ち明らかなり

〔一九〇九年四月十七日『大韓毎日申報』による〕

これに対するEの感想はこうである。

「非常に露骨で率直だが、統監政治の時代に、しかも宋秉畯が権勢を握っている時代にこれだけの批判ができたということは、実は当時の朝鮮には言論の自由があったんじゃないか？」

言論の弾圧は厳しかった。にもかかわらず当時の言論人は命をかけて主張した。それだけではない。『大韓毎日申報』は英国人アーネスト・ベッセルが経営する新聞だったため、統監政府はこれを寛大に扱わざるを得なかった。

「朝鮮にはテロもなかったのかい？　伊藤は殺しておいて、なぜ宋秉畯は殺さなかったんだろう」

Eがそう言った。僕も同じような疑問を抱いた。テロなどいくらでも横行していたのに、なぜ宋秉畯を七十歳近くまで生かし、安らかに天寿を全うできるよう放っておいたのだろう。

「なにしろ邪で、機略に長けていたから、テロに関しては事前に警戒していたんだろうね。だが宋秉畯を消そうという意図を抱いていた者は多かったみたいだ」

僕はEに次のような昔の新聞記事を見せた。

隆熙三年十二月十九日に日本の下関を出帆して二十日釜山に入港する壱岐丸に一人の朝鮮人青年が搭乗したのだが船客名簿にある記録によれば日本留学生元周臣とかいう者で歳は二十歳、二十日午前六時頃船が対馬沖に至るや忽然として船尾の甲板にて着物を脱ぎ捨てるとなんと青海原の怒濤に投身したとのこと、遺留物は鞄に入った数十冊の書籍のみなる上に例の印が押されたページは破棄されたれば、死因は日本在住の宋秉畯を銃殺するために日本に渡ったもののその目的を遂行できないまま帰国することに羞恥を覚え鬱憤に勝てないゆえに自殺をしたという。

〔一九〇九年十二月二十四日『大韓毎日申報』による〕

Eはこの記事を見るや、目を輝かせて僕の手を握った。

「この元周臣とやらの身元を探ってみないか？　三十年も前のことだけど何とかなるさ。数万年前のことも調べようと気負っている考古学者だっているんだから」

このEの言葉に僕は礼を言った。だが「僕はもともと周王室の臣下」という意味の別名を使うことで、〔周王室の臣民のように〕あくまでも朝鮮の忠実な臣民であることを示し、しかも書籍に押された検閲印の跡まで破って捨てるほどなら、その身元を探るのは容易なことではないと言った。だが僕も元周臣という人物と、その事件の内容を詳細に知りたいと思った。その後、僕たちは三十年前に玄界灘で投身自殺をした元周臣を探ることに夢中になった。

＊　＊　＊

Eが送ってきた柳泰林の手記はとりあえずここまでだった。

ひょっとしたら柳泰林の手記の中に出てきたEが、私に手記の写真を撮って送ってくれたEではないかという思いがした時、柳泰林の手記をそっくり送ることはできないと言ったEの心情がわかるような気がした。

Eの言うように、これだけのことを書くために柳泰林が費やした努力は並大抵ではなかったであろうことも察しがついた。

同時に、玄界灘に投身した元周臣に関する探索はその後どうなったのか、興味も湧いてきた。それを知るためには私も柳泰林の記録を書き急がねばならない。

濁流の中で

柳泰林（ユテリム）がC高校の教師として赴任することを承諾した数日後、町で偶然、民青という左翼系青年団体の幹部である朴昌学（パクチャンハク）と、共産党C市党支部文化責任者という噂の姜達鎬（カンダルホ）に出会った。

幼い頃から柳泰林と親交のあったこの二人とは、もちろん私も面識があった。ちょうど柳泰林に会いに行くところだという朴昌学が、私に、

「柳君がC高校の教師になるという話を聞いたよ。喜ばしいことじゃないか。李先生も今後、柳君に何でも相談して彼の指導を仰ぎ、進歩的な方向に進むよう努力されるといい」

と消化不良になりそうな聞き苦しい言葉を投げかけてきた。

相談しろだの、指導を仰げだの、進歩的な方向に進むよう努力しろだのという言葉自体、聞いているとむかむかし、癪に障ったので、ひと暴れしてやりたかったが、遠ざかって行く彼らの後ろ姿を見ていると、それを通り越して奇妙な感情に駆られた。

奇妙なのは、彼らが柳泰林を頭から自分たち側だと信じて疑わないその態度だった。

（柳泰林は朴昌学や姜達鎬の側なのか？　仮にそうだとしたら、柳泰林を呼ぼうと急いだ校長と僕

たちは肩透かしを食らうことになる。いま以上に微妙な立場に置かれやしないか？）

私は往来のど真ん中に突っ立ったまま、そう考えずにはいられなかった。柳泰林がもし彼ら側だとしたら、今後のC高校の事態はさらに混乱するだろうし、私自身の立場も危うくなるのである。

私はその日、もともと他の用事があって町に出掛けて行ったのだったが、そんな用事は差し置いてひとまず李光烈（イグァンニョル）に会おうと思った。

李光烈は、朴や姜とともに柳泰林ともっとも親しくしている友人の一人であり、政党や団体に加担してはいないが、右翼側に立ってめざましい活動をしている青年であった。

私は李光烈を電話でT喫茶店に呼び出した。

彼は額の上に落ちてくる長髪を右手でかき上げながら姿を見せると、

「急ぎの用とは何だ？」

と言って座った。

「朴昌学氏は民青の幹部で、姜達鎬氏は共産党の文化責任者というのは事実だな？」

私はまずこう尋ねた。

「なにしろ口の堅いやつらでね。ひょっとしたら立場が変わったかもしれないが、おれが知っているかぎりではそのとおりだ。あらたまってどうしたんだ？」

こう聞き返す李光烈の大きな目には、悪意など微塵も感じられなかった。

私は、柳泰林を自分たちの側だと信じて疑わない朴昌学と姜達鎬の言動をざっと説明し、もしそれが本当なら、厄介なことになりかねないという私の不安な心情を付け加えた。

李光烈は私の話を聞くなり豪放に笑った。

「君は柳泰林がそんないい加減な人間だと思ってるのかい？」

「しかし……」

と再び私が言葉を続けようとすると、李光烈は手を振りながらきっぱりと言った。

「この世の人間がみんなアカになっても、柳泰林だけは違うさ。そんな心配はしなくていい」

「だが、柳先生はあの二人とかなり親しい間柄だぞ。彼らが猛烈に働きかけたら、結果的には柳先生が消極的な態度を取る危険性はあるんじゃないか」

私のこの意見には李光烈も無視できない様子だった。彼の眉間にうっすらと皺が寄った。

「柳泰林はもともと積極的な性格じゃないからな。そうなる恐れもなきにしもあらずだ。だが状況によっては、おれなんかと比べものにならないほど積極性のある男だから、心配しなくていいよ。どっちみち彼はアカになるような人間じゃないさ」

「なら朴と姜はなぜ柳先生が自分たちの側であるような言い方をしたんだろう。彼らだって柳先生の性格を理解しているはずだろ？」

「わかりきったことじゃないか、彼らの考えていることなんか。彼らは教養があって学識がある人間なら、当然自分たちの側につくもんだと思っているのさ。教養も学識もある者が自分たちの側でなけりゃ、意識的な反動分子だ。彼らの目から見た場合、柳泰林はかなりの利用価値があるからね。だからなんとしてでも味方につけたいんだよ。そのためにも最初から自分たち側じゃないかもしれないなんて疑ってはいけないんだ。このおれにもこんなことを言ってたぞ。おまえは聡明だからいつかおれたちの陣営に入ってくるだろうってな。こういう点は耶蘇教徒と共産主義者は似てるよな。耶蘇教の信者らは決まって、自覚のある人間は当然イエスキリストを信じるべきだと思っている。信じないのは何かが間違っているんだと。自分たちだけが真理を知っているという一種の独善意識には、まるっきり勘違いしていることを正しいと信じる力があるらしい。ともかく、柳君に関しては大丈夫だ。今朝会ったときも、何も心配するような形跡はなかったからな」

李光烈の話を聞きながらも私が、本当にそうだろうか、と半信半疑の表情を浮かべていたのか、光烈は話を続けた。

「消極的だとか積極的だとかいうのは事態の進展の如何によるものだから、前もってそこまで心配することもあるまい。要は原則なんだ。だが、おれは柳泰林がC高校で左翼右翼の争いに巻き込まれるようなことには反対だな。彼を大切に思うからこそ、消極的でいいから争いなんかには一切関わらないで欲しいよ」

李光烈は運ばれてきたコーヒーを白湯（さゆ）でも飲むようにズズっとすすってから立ち上がった。

そして、

「朴昌学と姜達鎬はいまごろ柳君の家にいるんだろうな。よし、おれも行ってみるか」

と言って、そそくさと出て行ってしまった。

その後ろ姿を見ながら、私の前ではあれほど断言していた李光烈も、胸の内では多少の不安があるのだろうと思わずにはいられなかった。

柳泰林がC高校に来ることになったという噂が広まった頃、学校内は奇妙な雰囲気に包まれていた。

P、M、Sら、優秀な教師を筆頭にした左翼教師たちの間で交わされる言葉の端々には、例外なく柳泰林を自分たちの側だと思っている節があった。唯一彼らの気掛かりは、柳泰林がC高校に来ることになった経緯に、私とB教師が介在しているということだ。

私は胸の内をB教師に話した。B教師は静かな語調で、それでいて力強く「それはありえないだろう」と言ったが、私の耳には客観的な判断によるものではなく、そう信じたいと自分に言い聞かせているように聞こえた。

九月下旬のある日、柳泰林の着任式が行われた。早くも涼しい秋の風が感じられる朝、露の宿った、埃ひとつ立たない校庭に千数百人の学生が整列した。偶然かもしれないが、いつもはろくに列も作れない無秩序で乱雑な朝礼なのに、この日は不思議なことに整然と並び、しかもかなり厳粛な雰囲気さえ漂わせていた。

柳泰林の他にも三人の新しい教師が就任したが、校長は柳泰林の紹介に、よりアクセントを置いた。通例にしたがって紹介したあと、

「諸君、この三万坪余りの運動場と、校舎を囲む堅固で高いあの塀は、先ほど紹介した柳先生がかつてこの学校に入学したときに、柳先生のお父上が記念として寄付したものであります。この学校に奉職している先生方、そして学生諸君はその恩を忘れてはなりません。柳先生をわが校にお迎えした日に、このような事実を諸君に伝えることができることは意義深いことであります」

と校長が話を続けた時、校庭には奇妙な空気が流れた。それは学校に高くて長い塀を贈ったことに対

する感謝の気持ちではなく、寄付するだけの余裕があったからじゃないか、それを何だ、いまさら恩着せがましく、という不満混じりの感情が作用したものだった。この点で校長は、柳泰林を持ち上げようとしたつもりがかえって悪い結果を招いてしまった。

しかし、柳泰林はこのような校長の失敗を機知でもってカバーした。柳泰林は簡単にあいさつをしたあと、次のように付け加えたのだった。

「先ほど校長先生がこの学校を囲む塀のことについておっしゃいました。その話はするべきではありませんでした。あの塀は父が息子の入学記念に寄付したものではなく、万が一入学試験に落ちたときのことを考えて賄賂として贈ったものなのです。したがってあの塀は私にとっても、みなさんにとっても恥ずかしいものであり、決して名誉なものではありません。まして恩云々などとんでもない。むしろ私の方が謝罪をすべきなのです。しかし、いまとなっては過去の出来事ですので、どうかお許しいただきたいと思います」

柳泰林が話し終わると、校庭には波のように笑いが起こった。思いがけないことに、柳泰林の教師としての出発はユーモラスな事件となった。

柳泰林が着任した当時、C高校の編制は初級部三学年で、各学年五クラスあったので計十五クラスだった。高級部は一、二学年しかなく、一年生は五クラス、二年生はひとクラス、合わせて六クラス。学校全体では二十一クラスあった。高級部二年生がひとクラスしかないのは、もともと四年制学校だったので大抵の学生は四年で卒業するが、学制の改編とともに学校に残ることを望む学生がいたためなのだが、学生数はひとクラスにも満たなかった。高級二年生は全部で三十三名。彼らは問題を起こす総本山で、粒揃いの志士たちだった。

柳泰林は高級一年生の三クラスに英語を教え、高級二年生に倫理という科目を新設し担当することになった。高級一年生の残りの学級と、高級二年生の英語はB教師が受け持った。

ところが柳泰林は生まれて初めての授業で、少なからずの衝撃を受けた。

柳泰林が出席簿と教科書を持って高級一年生のCクラスの教室に入った時、教室の真ん中辺りに足を机の外に出して座っている学生が目についた。柳泰林が教壇に立つと、級長の号令で全員が起立して形式どおりのあいさつはしたものの、その学生は座るなりまた足を外に出すという不遜な態度に戻った。よく見ると、詰襟のホックとその下のボタンも外していた。

泰林は見て見ない振りをするべきか、態度を改めよと注意すべきか迷った。いずれにしても見過ごすわけにはいかない。泰林はできるだけ優しい声でその学生に向かって口を開いた。

「君の名前は？」

その学生はちらっと柳泰林の方を見やると、

「鄭（チョン）サムホです」

と言って口を尖らせた。高級一年生、つまり昔の中学四年生に当たるのだが、それにしては体格のよ過ぎる男だった。

「鄭君、足をそうやって机の外に伸ばさないで、中に入れることはできないのかい？」

「机が狭いから無理ですね」

「狭いだと？」

「机と椅子がくっついて奇妙な形をしてますから」

よく見ると、本当に机と椅子がくっついたおかしな形だった。

運んだり掃除をしたりする時に不便だろうに、どうしてまたこんな風に作ったのだろうと不思議に思いながらも、

「だが他のみんなは机の内にちゃんと足を入れてるじゃないか。鄭君もやってみたまえ！」

「できないって言ってるでしょうが」

鄭サムホはぶっきら棒にこう言い放つと、窓の外のあらぬ方に視線を向けた。

柳泰林は高ぶる感情を抑えながら、

「できるかできないか試しにやってみたらどうだ」

と冷静に言い聞かせた。

「チェッ！」

と言って鄭サムホはいきなり立ち上がり、机の内側で足を揃えてから、ドスンと尻餅をつくように座って見せたが、どういう細工をしたのか、机とともに左に倒れてしまった。

教室には、ワァっと喚声が上がった。鄭はようやくそこから抜け出す真似をして起き上がると、机を元どおりにし、

「これで気が済みましたか」

と言って、足をさっきよりも外に投げ出して座った。柳泰林は込み上げてくる怒りを必死で抑えて言った。

「ならホックを留めろ。それからボタンも……」

「いやはや、俺に恨みでもあるみたいだな。無理なことばかりさせるのを見ると」

柳泰林は強張った表情に無理やり笑みを浮かべた。

「恨みなどあるわけないだろ。ただ服装をきちんとしろと言っているんだ。早くホックとボタンを留めろ！」

「首が太くて留まらないんですよね。ほら、ごらんのとおり」

と言いながら鄭はわざと首筋を膨らませて見せた。ここまでくると柳泰林も声を荒立てないわけにはいかなかった。

「ならどうしてホックやボタンが留まらないような服を着ているんだ？」

「体はどんどん成長するんですよ。服が小さくなるのは当たり前でしょう」

「体に合った服を学生らしくきちんと着たまえ」

「誰かさんみたいに金持ちの息子だったら、体に合う服をこしらえることもできるでしょうがね。なんせうちは貧乏ですから」

柳泰林は、さっきまでは腹を立てながらも、服装や態度を気にする自分の行為が、ひょっとしたら日本の軍隊生活で無意識のうちに影響を受けたものかもしれないと思い、できるだけ感情を抑えようと努めていたのだが、その学生の口から出てきた言葉に悪意のようなものを感じ取ったとたん、感情が激化した。

このような学生を野放しにしておいては、教育も何もあったものではない。このまま事態をうやむやにしてしまったら、教師としての権威は永久に取り戻せないのではないかとも思った。教師に権威など無意味なものではあるが、教師が教師としての職分をまっとうするためには最小限度の権威は持ち合わせていなければならない。柳泰林は教師生活の第一歩にして、重大な試練にぶつかってしまったのだ。彼はその場で、今後も教師生活を続けるべきか、それともあきらめるべきかの決断を下さなければならないと考えた。そこで鋭い語調で鄭サムホを呼んだ。

「前に出て来い」

鄭はばかばかしいとばかりに周囲を見回してから、またあらぬ方に目をやった。

「鄭サムホ、前に来い！」

柳泰林は自分でも驚くほどの大声を張り上げた。

その剣幕に驚いた鄭は、席を立って教壇の前に出て行った。

「おまえは学生か、それともやくざ者か」

「……」

「答えろ。学生か、それともやくざ者か」

「学生です」

「学生だと？　学生がそんな態度でそんなことをしていいと思ってるのか」

「僕がどうしたっていうんですか。ただ机が狭いから片足を外に出して、体に合った服を買う金がないからボタンを外しただけじゃないですか。それが間違っているんですか」

「その口の利き方と態度が間違っているんだ」

「僕がへいこらしないからですか？　いまは民主主義の時代なんですよ。帝国主義の時代はもう終わったんだ」

「民主主義の時代なら学校の規則を破ったり、教室の中で不遜な態度を取ってもいいのか」

「僕、何か不遜なことでも言いましたっけ？　こんなに大人しくしているのに」

「教師が人間のできていない学生に注意してどこが悪い」

「人間ができていないというのは、ちょっと言い過ぎだと思いますけどね」

「ならおまえは人間ができているのか」

「人間ができていなければ、なんだっていうんですか」

「おまえは学生じゃない。やくざ者だ。学ぶ意思もないくせに学校に何しに来ている？」

「僕がやりたいようにやっていることに口出ししないでくれますか」

ひと山越えてまたひと山だ。この事件の行く末を見守っている他の学生たちの視線を感じ、泰林はうろたえた。

「口出し？　おまえのような者は学校に来るな」

「追い出すのか」

「そうだとも。おまえのようなのは追い出してやる」

泰林は自分の言っていることがすでに支離滅裂になっていることに気づいた。ただ追い出してやるとばかり言い続けた。むしろ鄭サムホの方が泰然としていた。

「ふん、できるもんならやってみな。植民地時代にも追い出せなかった俺を、いまさら追い出せるもんか」

この言葉に柳泰林はすっかり自制心を失った。目の前にあった分厚い出席簿を振り上げて、鄭の顔面を叩きつけた。鄭は不意の襲撃を受けて一瞬怯んだが、すぐに立ち向かうような姿勢を取った。

柳泰林は教壇から下りた。

「さあかかってこい。おれはまだおまえに単語の一つも教えてないのだから、教師でも何でもない。同等な立場で戦おうじゃないか」

と言って柳泰林は出席簿で鄭の胸を突いた。しかしどういう訳か鄭は対抗しようとせず、口をつぐんだまままただ打たれていた。

「なぜかかってこない。おれはおまえのような若造にはとても我慢できないんだ。見たところ相当な腕っ節がありそうじゃないか。さあ、かかってこい」

泰林が他人に暴力を振るうのは初めてだった。殴られたことはあっても殴ったことはなかった。日本の兵隊生活でも自分より下の者に手を出したことはなかった。そんな柳泰林が、教師として初めての授業で学生を殴ったのだから呆れ返る話である。

対抗してこない者をただ殴り続けるわけにはいかなかった。柳泰林は鄭に自分の席に戻るように言った。おかしなこともあるもので、彼は素直に席に戻ると、狭いと言っていた机の内に両足を入れて大人しく座った。それから流れる涙を拭き、フックとボタンをきちんと留めた。

そのような鄭サムホの態度が、鬱憤に耐えられない無言の抵抗を意味するのか、それとも過ちを悔いている態度なのか、あるいは何か陰険な報復をもくろんでいるのか、柳泰林には見分けがつかなかった。

泰林は何もかも放り投げて教室から逃げ出したくなったが、そうする機会をなかなか摑むことができなかった。泰林は黙って教壇の前に立ったまま興奮を静め、取り留めのない話をし始めた。

「私は教師になろうと思ってこの学校に来た。今日、生まれて初めて教師として教室に入ってきた。それが初めての授業でこのざまだ。これを自分には教師の資格がないものとして受け止めるべきか。あるいは教師をするなという警告なのか。いずれにせよ、不幸なことに初対面でこんなことになってしまった。私は再び教師としてここに立つことがあるだろうか。それは自分なりに充分考えてから決めることだが、これが最後だという前提において、ひと言だけ言っておきたい。教師としてではなく、諸君の先輩としてだ。人と人が会うときには、たとえそれが教師と学生という関係でなくとも、礼儀は守らなければならないと思う。敵(かたき)どうしでない限り、今日みたいなことはあってはならない。初対面の際は初対面らしく丁重に接する。付き合いが長くなれば次第に甘えたり喧嘩をしたりすることもあるだろうが、そうなれば和解できるだけの土台がすでにできているのだから、喧嘩をすることで一層互いを理解することもありえる。だが初対面での決裂や喧嘩は永遠に物別れしてしまいかねない。不幸なことだ。私もそうだが、君たちも今後とりわけ心して欲しい」

そう言って柳泰林は職員室に戻ってきたのだった。

彼の憂鬱そうな顔を見たB教師が、何かあったのかと尋ねた。柳泰林がだいたいのあらましを話したところ、B教師は鄭サムホという名前を聞くなり、暗い表情をしてつぶやいた。

「悪いのに引っ掛かったものだ。頭痛の種だ、あいつは」

「左翼系の学生なのか?」

柳泰林が訊いた。

「左翼というわけじゃないが、そっちの学生たちとは親しくしているようだ。それはそうと、やつが飛び掛かってこなかったのは不幸中の幸いだぞ。なんせこの学校だけでなく、C市の学生の中で一番腕っ節が強いやつだからな」

柳泰林はその日、授業をする気力を失った。B教師と私が交代で柳泰林が担当する時間に教室に行っては、彼の体の具合が急に悪くなったという理由をつけて休講の言い訳をした。

柳泰林はこの衝撃によって、教師という職業に興味を失ったように見えた。教師生活一日目にして我慢できずに辞めるということをどれだけ恥ずかしく思っているのか、私にもB教師にも伝わってきた。

B教師は、

「君はいつも君のために動いてくれる人の中で暮らしてきたから、今日のような抵抗に我慢ならなかったんだ。そういう意味で君にはいい勉強になっただろう。もう少し堪えてみろよ」と諭したが、柳泰林は「今晩一杯やらないか?」と言うだけで、それ以上は何も言わなかった。

しかし心配する必要もなかった。その晩、高級一年生Cクラスの級長と鄭サムホが柳泰林を訪ねてきて平謝りに謝り、鄭サムホはもう二度とあんな真似はしないと誓うことで、柳泰林の翻意を願った。

この事件は柳泰林にとって二つの意味がある。あとで記すつもりだが、鄭サムホと柳泰林はこの事件を機に特殊な関係に置かれ、そのため校内に紛争が起きるたびに柳泰林が巻き込まれる原因となった。そして誰もが手を焼いていた鄭サムホを就任早々こっぴどく殴ったことが校内に広まり、柳泰林は相当手強い教師だという評判が立った。

明日にでも革命が起こりそうな風潮が捏造されていた。それに伴って、革命が起こればいま学校で勉強していることなど何の役にも立たないという雰囲気が漂っていた。このような風潮や雰囲気を捏造するにあたっては、共産主義に基づいた人民共和国の樹立が急務だという左翼系列の主張が強く働いていた。そのため、まずは勉強する気風を作らねばならないという、学校としては常識以前の問題が、出発地点から厚い壁にぶつかったのである。

一方、左翼系列に張り合えるような主張を掲げて、理論においても行動においても闘争すべきだという意見もあった。だが柳泰林はこの意見に賛成しなかった。左翼系列の主張に対抗するということは、それこそ彼らの望みどおり、闘争のベースを学校内に設けることになる。それだけでない。理論の正否はともあれ、もともと闘争的な共産主義の理論に対抗するためには、深みにおいても広さにおいても、ひいては説得力においても彼らを圧倒するような理論が必要なのだが、それは容易なことではないというのが柳泰林の意見であった。

「なら、彼らがやっていることをただ指をくわえて見てろってのか」

と私がつぶやくと、柳泰林は、

「指をくわえて見ているしかない時だってあるさ」

と言ってから、次のような提案をした。

「いまの学校の状況を見ると、学級担任が来て、この時間は学生どうしで議論をするから授業に出なくていい、と通告してきた場合、授業の担当教師にはそれは駄目だと言う権利がない。だから正常の授業時間内に勉強する気風を作るのは、いまの実情では不可能だ。なら、こうしたらどうだろう。英語でもいい、国語でも数学でもいいから、勉強したい学生が来て勉強できるように課外の時間を設けるんだ。まずはそれを希望する学生がどれだけいるのか確認する。自分は勉強したいのに、周りが勉強はやめて会議でもやろうと騒ぎ立てるあまり、嫌々ながらついていく学生も多いはずだからな。少々手間がかかるのを覚悟で、学生が一人でも二人でも集まれば課外時間を設けようじゃないか」

B教師がまず賛同の意を述べた。私も賛成した。その他にも二、三人の教師が呼応した。

柳泰林は課外クラスを拡大させることで勉強する気風を作り、それを橋頭堡として授業の正常化を狙おうという意図も付け加えた。

まず英語、数学、国語、科学の四科目に対して課外クラス新設の掲示を出したところ、初日にして五クラス相当の学生が集まった。大成功だ。柳泰林と意を共にする教師たちは、この大勢の学生をどう案配するべきかについて案を練る一方、学生たちの興味を学問の方向に呼び起こすにはどうすればよいかを研究し、互いの経験を語り合った。

「三人寄れば文殊の知恵というだろ？　学生たちが興味を持てるように教授法なんかも研究していこうじゃないか。政治運動をやっている教師や学生には一切干渉せず、我々は課外授業に集まった学生に対してだけ情熱を注げばいいんだ」

このような柳泰林の意図と並行して、左翼系列の方では同盟休学の計画を着々と進めていた。それ

を聞いた柳泰林は、

「同盟休学というのは正常授業をしないということだから、課外授業とは関係ないだろう」

と言って、同盟休学という事態に対してはまったく無関心な態度を取っていた。校長と教頭、B教師と私で、彼に同盟休学防止にもっと力を尽くすべきではないかと相談を持ちかけたが、柳泰林は淡々とした表情で次のように言うだけで、これといった反応はなかった。

「やりたいようにさせておきましょう。阻止しようとするから無理が起こるのです。こっちが何の抵抗もしなければ面白くないからそのうちやめるでしょう」

私はこんなことを言う柳泰林が理解できなかった。赴任して以来の動きからして我々側であるのは確かだが、政治に対する消極的な態度、学内外の左翼系列運動に対して無反応であることからして、左翼と内通しているのではないかという疑惑の念を、当時としては消せなかった。


たしか十月の最初の日曜日だった。私と柳泰林はB教師宅に遊びに行った。柳泰林とB教師は碁を打ち、私はそのそばで見ていたのだが、開いていた表門から鄭サムホが任ホングという学生を連れて入ってくるのが目に留まった。庭を通れば、わざわざ玄関に回らなくても我々が遊んでいる広い板の間の部屋に来られるようになっていた。鄭サムホは近くまでやって来ると、

「柳先生に会いに来ました」

と言って、連れの任ホングを柳泰林に紹介した。

「ぼくとは一番親しい友人で、高級二年生です。もともと同じ学年でしたが、ぼくが一年つまずい

たので学年がずれてしまいました」

「高級二年生の教室には一度も行ったことがないから、任君と会う機会がなかったんだね。私は二年生の科目を一つ受け持っているが、みんな毎日会議に追われて勉強する時間もないらしい」

柳泰林がこう言うと任ホングはふっと笑った。

もともと言葉数が少ないようだ。

「それより私がここにいるのがよくわかったな」

「あちこちさがしました」

「何のために？」

「さっき会議を終えてきたところなんですが……」

「会議？」

「明日、学生大会を開いて同盟休学を行うことになったので、その事前会議です」

「ということは君たちも首謀者なのか」

「首謀者というわけではありませんが……」

「それなら、なぜそんな会議に？」

「それで相談に来たんです。同盟休学を行うのは正しいですか、それとも正しくないですか」

この単刀直入な鄭サムホの質問に、気のせいか柳泰林の顔に狼狽の色が見えた。それからしばらくして重い口を開いた。

「正しいのか正しくないのか、私にもわからない」

「先生もご存じないと？」

鄭サムホは意外だという顔をして、任ホングの方にちらっと視線を投げかけた。

「要求条件というのがあるだろ。何だ？」

B教師が訊いた。

「第一に国大案〔国立ソウル大学の設立案〕への反対、第二は学園の民衆化、第三は無能な教師を排斥する……」

「無能教師というのは誰のことだ？」

B教師が口を挟んだ。

「それは明日、学生大会の総意によって決まるらしいです」

「そこそこ内定してるだろ？」

「それはよくわかりません」

「ならその次の要求条件は？」

「ぼくに科された学校側の処罰を取り消せというものです」

「君に科した学校側の処罰というのは、この前決まった停学処分のことだな？」

今度は柳泰林が問い詰めた。

「はい、そうです」

「では聞くが、君は歯が折れるほど人を殴った自分の行為が正しいと思うか？」

柳泰林が睨みつけながらこう言うと、鄭は首(こうべ)を垂れた。

「学校が下した処分は君の暴行に対するものだ。過ちを犯したのだから、堂々とその罰を受けるべきだろ。それなのに同盟休学を餌にして逃れようとは卑怯じゃないか。私には同盟休学の是非について答えることはできないが、要求条件の中に君の処分を取り消せというのが入っているのは不愉快だな。それは君の意のままにできることだから、いますぐ首謀者に会いに行って、その条項だけは外してくれと頼んでみたまえ。君の名誉に関わることだぞ」

鄭はそうすると言いながら、

「先生は同盟休学について可とも非ともおっしゃいませんが、一つだけお訊きします。同盟休学が敢行された場合、先生は支持されますか。その要求条件を出す側に立ちますか」

私は柳泰林の口を見つめていた。柳泰林は短く言った。

「反対もしなければ支持もしない」

その言葉を聞いて、鄭は任を連れてそそくさと帰っていった。

柳泰林の他に仮にも教師たるものが二人もいる場で、ひと言の意見も問わずに柳泰林の話だけを聞いて帰っていった鄭の態度が私には不快だった。B教師も同じことを思ったに違いない。

二人が帰ったあと、柳泰林は任ホングのことを問うた。私は、任が鄭と肩を並べるほど腕っ節が強く、音楽の素質がありブラスバンドの楽長を務めていることを説明した。

それからB教師が柳泰林に向かって言った。

「同盟休学に対してなぜ確実な答えをしてやらなかったんだ?」

「あれ以上どうやって?」

「左翼系列が煽っているに決まっているじゃないか。その点を明確にしておくべきだろ」

「たとえ左翼系列の扇動だとしても、この目で直接見ていないのなら単なる推測に過ぎないからな。推測では何も言えないよ」

「慎重な態度を取るのもいいが、学生には何事もはっきりさせておくほうがいいと思うけどな」

「そうだろうか」

と言って柳泰林は何か考え込んでいる様子だった。

「仮に学生たちがやろうとしている同盟休学が悪だとしよう。悪だからといって学生たちと対立するのは教育者としてあるまじき態度だと思わないかい？　それは扇動された行為だったとしても同じだ。推測でものを考えちゃいけない。いま彼らを説得して、もし問題が落着するのなら、未然に災いを防ぐのもいいだろう。しかしもし推測どおりなら、何か強力な組織を背景にした計画であり、その実践ということになる。それに対抗するためには学校側にもそれ相応の組織と力がなければならない。こういうときは学生との対立は避けて見守ってやったほうがいい。同盟休学という経験をとおして彼らが自ら学べるように。同盟休学の結果をとおして、あんなことをするのはばかばかしいことだった、と思えるように見守ってやるんだ。だから、扇動されてるんだぞ、と騒ぐ必要もない。扇動されるだけの素地があったからそうなったんだ。こっちがあれこれ言って慌てたら、のちの結果に対して扇動者と責任を分け合うことになる。そうなるとあとの始末が面倒だ。たとえ扇動されて騒動を起こしたとしても、こっちが知らない振りをしていれば、彼らに、自分たちは扇動されたがために過ちを犯したんだと言い訳する機会を残してやることになる。相手は敵じゃなくて学生だ。いつかは和解しなきゃならない学生だという点を忘れないように。どうせ和解するなら、彼らに弁明の余地を残しておくべきだろう。さっき同盟休学は正しくないと断定して言わなかったのは、あの二人が同盟休学に加担する場合のことを考えてのことなんだ。きっぱり是非を言ってしまったら、彼らは僕のことを教師ではなく敵と見なすだろう。敵に回したら和解の道は閉ざされてしまう。いってみれば僕なりの教育的な対応をしたんだよ。断定的な態度を取らなかったのは、もちろん学生との激しい対立を避けたいという意味もあったけれど、その他にこうも思った。学生時代に同盟休学をやってみるのもいいんじゃないかってね。それをとおして何かしら学べるものがあるはずだから。僕たちも植民地時代に同盟休学をやったの覚えているかい？　あの頃といまとでは質が違うかもしれないが、若いからこそできる遊びという点ではおんなじだ。学校当局は学生たちの同盟休学を恐れるよりも、そうした事件がなぜ起こるのか、現状の分析とその判断に重点を置くべきだと思う。僕は反対もしなければ支持もしないと言ったけれど、これは教育的な意味だけじゃない。まず要求条件の第一に挙げられている国大案だが、僕自身、どう判断したらよいかわからない。もし国大案がわが国の大学の発展に支障をきたすものだとしたら、案の内容が何かも知らない学生を動員してでも反対してもいいんじゃないか？　ただ、僕は国大案そのものに対して判断がつかないんだ。学園の民主化はもっともな要求だし、無能な教師の排斥も充分にありえることだ。扇動云々という問題はすでに話したとおりだ。それに彼らには過ちをとおして学ぶことのできる若さがあるという点を合わせて考えた場合、同盟休学のことにあんまり慎重になる必要はないいんじゃないか」

納得のいく部分もあれば、さっぱり分からない件（くだり）もあったが、柳泰林の話を聞きながら私はあらためて柳泰林の人となりが分かるような気がした。同時に、彼に対して一時的ではあるが疑惑を抱いていたことを恥ずかしく思った。

B教師宅の庭に夕日が射してきた頃、柳泰林は外で一杯やらないかと言った。そしてこうつぶやいた。

「毎日酒でも飲まないことにはやってられないとは、教師の仕事というのも大層なもんだな」

私も同感だった。教師をとおして堂々とした生活人になることもできなければ、教育者としての自分を高めることもできない。一体自分は何をやっているのだろうという後悔の念がすでにマンネリ化した日々、酒は逃避するための、便乗するための手段になってしまっていた。

その翌朝、朝会が終わると、事前に用意されていた合図によって、学生らがどっと講堂に流れ込んだ。学生大会を開くという。前日に柳泰林から話を聞いていたので、私は講堂に押し寄せていく学生の群を比較的穏やかな心持ちで眺めていたが、職員室に戻ってからもずっと講堂の方が気になっていた。

教頭は不安そうな面持ちで校長室に出たり入ったりし、左翼系列の教師たちは期待に満ちた目をしてうろうろしていた。柳泰林は平然と本を開いていた。

じきに会議を始めるので教師たちは席を離れないように、と教頭が校長の命令を伝えたまさにその時、学生大会が始まって三十分ほど経っていただろうか、講堂の方から喚声が聞こえてきた。教師たちは一体何事かと講堂の見える窓ガラスの方を眺めた。講堂から学生たちが溢れ出たかと思うと、激しい叫び声があちこちで起こった。

教師の一人が興奮した顔で職員室に飛び込んでくるなり、「神聖な学園にテロがあっていいものか」と激しく息を切らしながら言った。彼の話によると、鄭サムホと任ホングが学生大会の議長を壇上から引きずり下ろして殴りつけ、学生大会を開けないように講堂から学生らを追い出したというのだ。壇上に座っていた数十人の学生が鄭と任に殴られて傷を負った。猛獣のごとく襲い掛かってきた二人の拳の前では、全校生徒の三分の二を掌握していたという学生同盟も無力だったのである。

私は柳泰林の方を振り返った。柳泰林は血の気の引いた蒼白な顔をして木像のようにぼうっとしていた。この不意の事態を自分の責任だと思っているに違いない。昨日、柳泰林を訪ねてきた鄭の言動が脳裏に浮かんだ。

私の推測は正しかった。あとで分かったことだが、鄭は最初からすべて柳泰林の指示どおりに行う了見で訪ねて来たのだった。柳泰林が同盟休学を支持しないというのを聞いて、鄭は自分なりに判断を下し、友人である任とぐるになって学生大会を流会させるために非常手段を使ったのである。

学生大会は流れたが、事態は思わぬ方向に展開した。憤慨した左翼教師らは緊急職員会議を開き、校長に鄭と任の退学処分を要求した。

「神聖な学園にテロなどありえない」

「いますぐテロ分子を処分しなければ、我々教師は同盟罷工を敢行する」

「テロ分子を処断しなければ、校長の扇動と見なし、校長の排斥運動を展開するまでだ」

このような要旨で左翼教師らが校長に食ってかかるものだから、気弱な校長は二人の処分を宣言する意向をほのめかした。

こうなったからには柳泰林も黙ってはいられなかった。

「鄭サムホと任ホングは当然、処罰を受けるべきである。しかし、そういう行動を起こすに至った原因は、不法の学生大会を開こうとしたことにある。したがって二人のことは、学生大会を謀議した一連の事件を処理する際にともに取り上げるべきだ。学生大会の問題は差しおいて、二人の行動ばかりを問題視するというのは公正なやり方ではない」

柳泰林がこう言うと、P教師が反論した。

「問題をうやむやにしてはいけない。いかなる場合にも学園の中でテロを容認してはならない。前後左右関係なしに、暴力を振るったという事実だけでも充分だ。学生大会のことはその黒白をはっきりさせるのに時間が必要だが、テロ問題はいますぐ処理しなければならないし、そうできる別個の問題だ」

M教師が口を出した。

「あの二人はもともとやくざ者だし、学生として受け入れがたい存在だ。どういうことか柳先生もすでに経験したと聞いている。学園を暴力から守り、闊達な教育環境を作るためには、そういう分子はただちに取り除くべきだ」

S教師が乗り出した。

「学生大会と鄭、任の問題をともに取り扱うべきだと柳先生は言ったが、これは言語道断だ。正義と真理に燃えている学生の行動と、それを妨害する暴徒を同じく扱うことなどできるものか」

柳泰林は再び立ち上がって、学生大会の性質を究明するまでは断固として二人を処罰してはいけないと主張した。それに対し左翼教師らは、表決に付すべきだと言った。

「教育を表決でもってすることはできない」

柳泰林の反駁だった。

「民主主義は表決主義だ。意見が対立しているときは表決に付すほかないだろ」

左翼教師らはこう叫んだが柳泰林は屈しなかった。

「表決はそうできるだけの土台があってはじめて効果が得られる。ともかく、鄭と任の処分はいまの状態では無理だ」

こうして延々五時間に渡り舌戦が続いた。挙げ句の果てには柳泰林は校長に食ってかかった。

「こんな職員会議、やめさせてください。学生の処分は校長に権限があるのだから、校長先生の教育的な良心にお任せします」

校長は柳泰林の気迫に押されて、左翼教師たちがただちに二人の処分を宣言せよと声を上げているにもかかわらず、職員会議をやめさせた。二人の処分は保留となった。

柳泰林は慎重に身を処すつもりが、鄭と任の行動によって、不本意ながら左翼教師と正面から対立することになってしまった。あらためて運命の悪戯を思わせたのは、柳泰林が鄭と衝突していなければ彼らは特殊な関係に置かれることもなかったであろうし、そうなれば鄭が学生大会を流会させようと決心する動機も生まれなければ、教師である柳泰林が闘士としての面目を発揮する機会も永久になかったかもしれないからである。

二人の行動は学生同盟としても、学校全体としても思いもよらぬ出来事だった。C市のような狭い町では、この事件の噂があっという間に広まった。月初めに起こった左翼系列の暴動、いわゆる大邱（テグ）十月事件[(4)]の余波の中で、一般市民がC高校の動向にそれだけ関心を寄せていたせいでもあった。噂というものは概してそういうものだが、柳泰林の行動も誇張して伝えられた。

その晩、柳泰林と私とA教師、B教師は某料亭で盛大に酒席を設けた。昼間のことで興奮していたせいもあったし、今後のことについて話し合うつもりでいた。

ところが柳泰林は、事件に関する話は一切封じ、妓生（キーセン）の歌でも聞いて、心ゆくまで酒を飲もうと言うのだった。噂を聞いて宴会に駆けつけた李光烈（イグァンヨル）はひとしきり弁舌を弄するつもりでいたようだが、それも柳泰林が阻（はば）んでしまった。

「李光烈が来るなら朴昌学（バクチャンハク）も一緒に来るべきだよ。朴昌学のいないところで李光烈がたった一人で演説するなんて考えられないからな。それは李光烈もいないのに朴昌学が一人演説するのとおんなじことさ。今日は純粋に酒飲み会といこうぜ」

李光烈が来た時にはすでに酔いが回っていた柳泰林はこう言い放つと、まずは短歌から始め、チニャン調〔パンソリを歌う際の最もゆっくりしたリズム〕からチュンモリ〔普通の速さ〕へ、それからチュンジュンモリ〔チュンモリより少し速くてリズミカル〕、興打令（フンタリョン）の順に、格式を整えて歌うように妓生に言いつけた。

（4）一九四六年十月、左翼勢力と民衆が米軍政の実情を批判し、是正を要求するために起こした大規模な事件。大邱（テグ）を起点として全国に広がる。

「今日は僕らの祖父や、親父たちがそうしたように、C市の妓生の格式に合わせて楽しもう」

柳泰林は不自然なほど快活さを装っていた。

「暴動やら学校の騒動やらで町全体が騒々しいときに、あんまり騒ぎ立てない方がいいんじゃないか」

B教師が慎み深い意見を出した。

「チェッ、何だよ。喧嘩したいもんは喧嘩して、死にたいもんは死んで、酒を飲みたいもんは飲めばいいんだよ。俺たちがなぜC市全体の心配までしなきゃならないんだ?」

B教師の慎重論にA教師が反駁した。

「そうだ!」

と柳泰林が大声を上げた時、太鼓（プック）やら琴（コムンゴ）が運ばれてきた。宴（うたげ）の支度は整った。

まずは小舟という妓生が短歌を始めた。

「天下泰平ならば武を偃（ふ）せて文を修むるが、世が乱れると砲煙弾雨であるのは誰でも知っている……」

これは「鴻門宴」という柳泰林が最も愛する短歌である。楚と漢の故事、とくに項羽と沛公（はいこう）の鴻門之会を詠んだ歌だが、妓生である小舟はその意味を知るはずもない。だが、まだあどけなさの残る小柄な体からよくそれだけの迫力ある声が出るものだと思うほど、小舟の唱（チャン）は聞き応えがあった。

「……山を抜き世を蓋（おお）う。そのころ豪傑、楚覇王は最高の地位に上り、黒袍（こくほう）、綸巾（かんきん）に玉玦（ぎょっけつ）を身につけ、白髪蒼顔で飄然として座っておられるのを見ると、家にいながら七十歳にて奇計を好み、神技妙算を自負していた范増（はんぞう）に違いない」

歌は続いた。そして、

「……大丈夫は生涯の望みを叶えながら人生を楽しもう」

で終わった。

「この、生涯の望みを叶えながら楽しもうというところがいいなあ」と李光烈が興に乗って膝を叩いた。

「望みを叶えずに楽しもう、にすりゃもっといいのに」

柳泰林が李光烈に言い返した。

ひとしきり杯を交わしたあと、「春香伝」がチュンモリ叙唱から始まった。

「山川の精気を受けて絶対佳人が生まれ」

名唱の貫禄を見せる中月という妓生の歌が流れた。

「松岳山（ソンアク）が秀麗で黄真伊（ファンジニ）が生まれ、陽川（ヤンチョン）草堂が絶勝たるゆえに許蘭雪軒（ホナンソロン）が暮らし、綿嶽（ミョナク）山脈の桃（ト）花洞（ファ）は沈清（シムチョン）を生み出した……」

このチュンモリ叙唱に、一紅（イルホン）という妓生のチニャン調が続いた。

「そのときの李夢龍は南原府使の息子で芳年十六だが……」

「やつめ、十六で女とは。早熟だぞ」

これはA教師の戯（おど）け。

「中国の代表的な演劇は『三国志演義』、日本は『忠臣蔵』、そしてわが国の代表作はこの『春香伝』だ。『三国志』や『忠臣蔵』は刀を振り回したりして殺伐としているが、『春香伝』は情痴のドラマだ。

東洋の三か国の中では我々がいちばん平和を愛する国民だということだろうな」

と言うのは柳泰林。

　客が戯けようが話をしようがかまわず、歌を歌い続けるのが朝鮮の宴会のスタイルである。唱はチュンジュンモリの房子（バンジャ）〔李夢龍の下人〕の場面になり、一花春という妓生がその才能を見せていた。

「家の外に出れば錦水清風に白鷗が飛び回る……若は喜んで言う。広寒楼に行くからロバに鞍をつけろ」

　ここからがいわゆるチンジンモリ〔劇的な場面に使われる速いリズム〕である。柳泰林は妓生から太鼓を奪い取ると、興に乗って拍子を合わせて叩いた。いつ習ったのか腕前は一流だった。妓生たちがみな柳泰林に好意を持っていたのは、他でもなく彼がそれだけ彼女たちの才能を理解していたからだった。

　妓生たちの歌をよそに、李光烈とB教師の間では激しい討論が繰り広げられていた。要点はなぜ鄭と任の問題を柳泰林だけに押しつけて、BとA、そして私はただ傍観していたのかということだった。

「柳泰林が断固とした態度を取ったのはいい。だが先頭に立たせるにはまだ早すぎやしないか」

と言う李光烈は、酒に酔った目を血走らせていた。李光烈の言葉が聞こえたのか、柳泰林は太鼓をさっきの妓生に返すと、強い口調で言った。

「光烈、学校のことには口出しするな。さっき言っただろ。朴昌学や姜達鎬（カンダルホ）がいないところじゃ君の演説もありえないって。右翼の演説は左翼がいてこそ成り立つものだし、左翼の演説は右翼がいてこそなんだ。さあ、次は僕が歌おう。『広寒楼の風景』でチニャン調だ。これまで二年に一度は歌ってきたが、君たちに聞かせるのはこれが最後になるかもしれないな」

「なんてことおっしゃるの」

柳泰林を好いていて、柳泰林の方も好いている蘭珠（ナンジュ）という妓生が泰林の膝を抓（つね）りながら叱った。

「いまの世の中おかしなことばかりだから、そう言いたくもなるさ。さあ、では……」

柳泰林は咳払いをして喉の調子を整えると、歌い始めた。

「赤城山には朝遅くまで霧がかかり、緑樹のある晩春の風景は花柳東風に囲まれ、瑤軒綺構何崔嵬〔玉のように美しい楼閣はなぜにあんなにも高いのか〕は臨高台のことをいうが……」〔唐の詩人王勃の『臨高台』を引用している〕

上手いのか下手なのか私に分かるはずもないが、物哀しい調べだった。柳泰林はしばらく歌い続けたが、途中で歌詞を忘れたといって詰まってしまった。蘭珠がその後に続いて歌った。

「この世にこれほど切迫した唱法を持った民族がいるだろうか。黒人霊歌だって我々の歌に込められた、哀切さ、凄絶さという面においてはかなうまい」

無我の境地で歌っている蘭珠の口元と、縦に太く筋が盛り上がったり消えたりするか細い首を眺めながら、柳泰林がつぶやいた。

「ここまでくれば芸術なんてもんじゃない。荒々しく激しい声を腹の奥底から絞り出す。とっくに芸術を超えたものだよな」

休みなく返されてくる酒の杯を断るわけにはいかない。遅らせるわけにもいかない。杯を下ろすと罰として二杯飲まされ、量を誤魔化せば三杯、愚痴をこぼしたり泣きごとでも言おうものなら四杯飲まされるのだからどうすることもできない。

いいところだけを選りすぐって歌っていた「春香伝」が終わると、次は「興打令」である。「興打令」は男女の間で歌を交わす相聞歌である。

「笑って暮らしても一度きりの人生、泣いてばかりはいられぬ……」

柳泰林のいる酒の席にはいつも時調が欠けていた。私にしても時調のもつ美しさとその風情が理解できないわけではないが、柳泰林の言葉を借りると、時調を聞いて楽しむには、

「平均年齢が百二十歳、一日が四十八時間にならない限りは」不可能だというのである。

時調が欠けている代わりに「鳥遊び」というのをやった。「鳥遊び」は植民地時代の末期、料亭で歌舞音曲が禁じられていた頃、部屋の外に声を漏らさずに歌って踊れるものとして妓生たちが考えついた。

料理の皿を並べた膳の周りに客人と妓生が一列になり、二拍子に合わせて――手のひらを叩くのではなく、手のひらをかすするだけ――ぴょんぴょん飛びまわる。そして歌う時は母音は聞こえないように子音の部分だけを生かす。

「鳥よ鳥よ青い鳥、緑豆の木を揺すぶるな、花が落ちたら青餔売りが泣いて行く[5]」

二拍子手をかすり、それに合わせて青い鳥の歌を繰り返し歌いながら、料理の周りをぴょんぴょん飛び回っている男女の姿を想像すると、狂っているかと思うかもしれないが、完全に酔いが回った時にこれをやると、天真爛漫な幼子に戻り、涙が出そうなほど哀しくて、それでいて愉快になるのである。

大皿を空けてそこに酒を注ぎ、みなで回し飲みをしたあと、柳泰林が「鳥遊び」をやろうと言い出した。歌舞や音曲が禁じられている状況でもないのにその必要があるかと思ったが、それをすると植民地時代の悲しい記憶が蘇ってくる。

しかもその晩はそれぞれ辛い思いを抱いていた。私たちは通行禁止の予備サイレン〔一九四五年九月から約三十七年間続いた〕が鳴るまで、青い鳥を歌いながら遊んだ。

「鳥よ鳥よ青い鳥、緑豆の木を揺すぶるな、花が落ちたら青餔（チョンポ）売りが泣いて行く」

宴会が終わったあとの部屋は乱雑たるものだった。私はどっと寂寞感が押し寄せてきた。柳泰林も同じ気持ちだったようだ。

「蘭珠の家に行ってもう一杯やらないか」

柳泰林はこう言いながら、帰る支度をしている私たちを見やった。いつもは物静かで落ち着いたB教師が反対した。

「明日のこともあるし、家に帰ったほうがいいだろう」

柳泰林も無理に二次会に行こうとは言わなかった。

表通りに出て他の友人たちは帰って行き、私は柳泰林と二人並んで歩いていた。ふと、柳泰林がつぶやいた。

（5）甲午農民戦争の先導者である全琫準（チョンボンジュン）（緑豆将軍（ノクツウ）ともいわれる）を偲んで歌い継がれているもの。青餔は緑豆で作った寒天状の食べ物。

「歓楽極まりて哀情多し。漢武帝の『秋風辞』に出てくるだろ？　僕たちのこれは歓楽といえるだろうか。むしろ自らを死に追い込んでいるんじゃないか？」

四つ角で私たちは東西に別れた。柳泰林が私を引き止めた。

「李君、うちの親父がこの前、郷校〔朝鮮時代の地方教育機関〕の詩会で一位になったそうだ。親父は暗にそれを自慢するんだが、僕はどうせ親父の酒目当ての人たちが政略的に一位にさせたんだろうくらいに思っていた。それがあとでその詩を見て驚いた。七言絶句で、前の三句はともかく、結句が『歌罷詩成月在山』だ。どうだい？　歌罷詩成月在山！　なかなかいいだろ？　夜更けまでやれ酒だやれ歌だと騒いでいるうちに、しだいに酒にも歌にも飽きてきた、急に辺りは静まりかえり詩心が湧いてきた。それで西の山をふと眺めてみると月がかかっていた……。意味はどうとでも取れるが、いいと思わないかい？　歌罷詩成月在山。僕はそれを読んで親父を愛せると思ったね」

そう言うと、気をつけて帰れと背を向けて歩き始めた。後ろ姿からは酒に酔った形跡はまったく感じられなかった。いつもならそれだけ飲めば多少の酔気は見られるものだが。私は街灯の光に照らされたかと思うと暗闇に消えながら遠ざかっていく彼の姿を、しばらくの間眺めていた。

柳泰林の後ろ姿には、酒を飲んでも酔わない何かが漂っていた。そして日を追うにつれ、酒のエキスパートになっていく柳泰林の一面を果たして堕落と見るべきか、それとも正常と見るべきか、判断に迷いながら私も歩き始めた。

翌日、校内の空気は予想どおり尋常ではなかった。校庭のあちこちで学生たちが集まってひそひそ話をしていた。教師がそばを通っても見て見ぬふりをする学生もいた。

職員室の雰囲気も同じだった。机に腰かけて煙草を吹かしている教師もいれば、深刻な顔を寄せ合って何やら議論しているグループもいた。学校の職員室というよりは、公開入札を待っている商人たちの待合室のようだった。

柳泰林は自分の席で腕を組んだまま、私を見ても目礼するだけだった。柳泰林の机の前には、白墨（はくぼく）を持ったJ教師がいつものように立っていた。

J教師は朝出勤すると真っ先に柳泰林のところに行き、彼の机の上に白墨でいくつか英語の単語を書いて、その単語の意味を訊くのだった。そんな奇妙な単語を一体どこからさがしてくるのだろう。ともかく、我々の中では一番実力のある柳泰林でも、毎朝五つほどの単語の中で言い当てられる数は一つ、よくて二つだった。Jは単語を一つ書いて、

「この単語は何でしょう」と尋ねるのだが、

「わかりません」と柳泰林が答えると、

「へへっ！」と奇怪な声を出し、顔を奇妙にしかめて笑った。つまり柳泰林は毎朝、このけったいな笑いを二、三回は聞かされるのである。

いつだったか私は見るに見かねて、なぜこっぴどくどやしつけてやらないんだ、毎日そんな目に遭わされているくせに、何なら僕が代わりにこらしめてやろうか、と言ったところ、柳泰林は断固として反対した。

「おかげで毎日着実に英語の勉強になっているんだ。余計なことはしないでくれ」と言うのだった。

それにしても今日のような日にまでやることはないだろうと、私はJ教師の方を睨みつけた。だが

彼はそれくらいのことで引き下がるようなお人ではない。

「もし左翼の世になったら英語教師としての食い扶持がなくなるから、僕は左翼には反対」と憚りなく言う。Jには誰かが自分を侮りやしないかと心配すること以外には何の悩みもなかった。

書いて見せた単語が分からないと柳泰林が言うなり、J教師が奇声を帯びた笑いを上げているところに、M教師が近寄った。相談したいことがあるからどこか静かなところに行かないかと言っているのが聞こえた。柳泰林は嫌な顔もせずそうしようと言った。Mと柳は昨日、鄭と任の問題をめぐって辛辣な言い争いをしたが、それくらいのことで気分を害する人たちではなかった。

柳泰林が私の方を見ているのに気づいたM教師は、

「李先生も一緒にいかがですか」

と私の顔色をうかがった。Mは私を必要としていなかったが、泰林が望んでいるようだったのでついていくことにした。

私たちは旧講堂裏の人気のない場所に行き、プラタナスの傍にあるベンチに座った。まだ十月初旬だというのにプラタナスの葉があちこちに落ちていた。

「もうすっかり晩秋ですね」

と言ってM教師はプラタナスの木のてっぺんを見上げた。私は彼の視線につられて見た。木は講堂よりずっと高くそびえ立っており、幹の太さはひと抱え以上ありそうだ。葉と葉の間に澄み渡った秋の空が広がっていた。

「私がこの学校に入学したとき、この木は私の背よりも少し高いくらいでした。プラタナスという木は実によく育つ木だ。十年余りの間にこんなに大きくなるのだから……」

Mの言葉には少しの飾り気もなかった。Mもまたこの学校の出身で、柳泰林よりも三年ほど先輩になる。Mは郵便配達夫の息子で、苦労の末ようやく中学を卒業したあと、彼の才能を惜しむある篤志家の好意で、当時の朝鮮半島きっての一流専門学校に入学した。真面目で誠実な人格の持ち主として知られている。

「よく育つ木だというのも確かですが、それだけ月日の経つのが早いのでしょう」

柳泰林もひと言付け加えた。

これがきっかけで少しの間、思い出話に花が咲いた。入学して数か月後にMの存在を知ったと柳泰林が言うと、Mもまた、その頃に柳泰林の存在を知ったと話した。具体的なことを持ち出して話していることからして、とおり一遍のあいさつではなさそうだった。

「当時この学校は、ある意味でたいへん民主的でした。私がこの学校に入ったのは十三歳のときでした。結婚して子どももいるような五年生の先輩たちが、私に対していねいに敬語を使ってくれたのがとても印象に残っています。敬語は敬語でも、しなさい、来なさい、などではなく、なさってくださいい、おいでくださいい、そうなのですか、という具合に最上級の敬語でした」

柳泰林がこう言うと、M教師も、

「それでいて上級生と下級生が互いに思いやり、とても仲がよかったですね」

と言った。

実際そうだった。私も当時の学校生活を鮮明に思い出すことができた。上級生が下級生を殴ったりいじめたりし始めたのは、軍事教練が導入されてかなり経ってから、つまり植民地時代末期のことだった。

「私は三年生のときに日本の中学に転校したんですが、驚きました。上級生が下級生をやたらと手下のように扱うんですからね。そこであらためてこの学校が立派だということに気づきました。それから学生が優秀であることにも」

M教師は柳泰林の意見に共感しながら、話題を変えた。

「それだけ素質のある民族なら希望もあるでしょうね」

あれこれ話しているうちに、私は同級生どうしならではの心暖まる雰囲気に巻き込まれていった。しかしその一方で、もしこれが意識的に作り上げた雰囲気だとしたら、Mという人は大した人物である。私には左翼やら右翼やらというものが、つまらない悪戯くらいにしか思えないが、Mと接する時は先輩として、あるいは同僚としてではなく、まずは左翼教師の頭であることに重点をおいて接していかなければならないと思った。

「いくら誠実な人格者でも、自分の政治的な目的のために学生を扇動するような人を誠実といえるだろうか」

私は頑なにそう考えながら、Mと柳泰林が交わす言葉に耳を傾けた。

M「柳先生が鄭サムホと任ホングを扇動したと思っている人がいます。もちろん誤解でしょうが、誤解されるのは悔しくないですか」

柳「昨日、私が鄭君と任君の処分を保留せよと言ったからでしょうね」
M「もちろんそうでしょう」
柳「私としては彼らを擁護したのではなく、道理にかなったやり方で事態を処理すべきだと思ったまでです」
M「テロ行為を行ったやつらの処分を保留するのが、どうして道理にかなったやり方で処理することになるんです?」
柳「彼らが妨害行為を行う前に、すでに学生大会を強行しようという動きがあったからです」
M「学生大会は大多数の学生の意見によって決まったんですよ。それを二人の不良学生がテロ行為によって妨害したんじゃありませんか。なのにどうして同じように扱わなければならないのか理解に苦しみます」
柳「……」
M「柳先生、良きにつけ悪しきにつけ、多数の意見にしたがうのが民主主義でしょう。学生たちの動きが、それが多数の学生の動きである場合は決して妨害してはいけないのです」
私はこのような発言を聞いて黙っていられなくなり、自分の意見を述べた。
「M先生、そうおっしゃっては困ります。良きにつけ悪しきにつけ、というのはおかしいでしょう。悪いと思ったらやめさせるべきです。それが教師としての態度ではありませんか」
M「要はいま、学生たちの動きに対して良い悪いの判断基準をどこに置くかです。我々が悪いと思っても実は正しいかもしれないし、いいと思ったことがかえってよくない結果を生むかもしれない、そういう状況ではありませんか」

柳「M先生、これまでいろいろ相談もして、ご指導を仰ぎたいと思っていましたが、どうした訳かゆっくりお話しする機会がありませんでした。私は昨日の自分の言動が正しかったとは思っていません。昨日は少し言い過ぎて学生大会を非難するようなことも言ってしまいましたが、私は学生大会が良いか悪いかを判断する前に、いや、学生大会に対して正しい判断をするために、教師どうし、議論の場を設けるべきではないか、そう思っていました。仮に学生大会が不純なもの、あるいは悪いものだとしましょう。さっきM先生のおっしゃったことからすると、その場合は鄭君と任君のテロ行為自体は悪いものだとしても——もちろんその方法は間違っていますが——動機や目的という点においては正しかったというべきでしょう。言い換えると、彼らの行為を罰するべき部分と褒めるべき部分とに分けて考えなければならない場合もあるのです。ただ罰を与えるべき部分だけを取り上げ、極端な処分を科すのは控えた方がいいというのが私の本意です。いったん処分を科してから修正するくらいなら、初めから慎重になれという意味だったのです。生意気なことを言うようですが、教育的な観点からすると、必要以上に学生の処分を急ぐこともないではありませんか」

M「柳先生、柳先生は心から今回の学生大会が不純で悪いものだと評価されうることもあると思っているんですか」

柳「そうですね。多数の学生たちが積極的にやっているからといって、無条件に正しいとは言えませんから」

M教師は深く息を吸って、長く吐き出した。憂鬱な影が彼の顔に漂った。自分の気持ちを整理している様子だったが、また口を開いた。

Ｍ「柳先生、もっと腹を割って話そうじゃないですか。我々がいま生きている現状をありのまま肯定できますか。米軍政が支配しているこの現実に黙って追随しろとでも？ 違いますよね？ いけませんよね？ 学生たちの動きを部分的に裂いて局部的に観察すると、道義的で教育的な立場では許せない点は一つや二つではないでしょう。私もそれは充分承知しています。だから悩みました。しかし、それが現実に対する民族の否定的な姿勢であると総括した場合、大きな意味を持つのです。柳先生もそのことはおわかりだと思います。一つの巨大な流れを前に、力を合わせるためには、父子の倫理を超えなければならないこともある。民族の大きな目的のためには、因習的な学園の道義を無視しなければならない場合もあるのではないですか。それなのに柳先生は些細な道義、人間の絆、そんなものに重きを置いて、無条件に鄭と任の肩を持とうとばかりするのだから気の毒でなりません。たかが二人のために、千人を超える学生たちの意志を挫折させてもいいというのですか」

柳「……」

私は黙っている柳泰林に不満を覚えた。そこで私が口を挟んだ。

「Ｍ先生、それは政治的な見解によって違うでしょう。全面的に米軍政に抗するのが正しいのか、それとも解放の恩人であり民主主義の宗主国ともいえるアメリカの政策に協調しつつも、我々民族に有利な方法を模索するのが正しいのか、考えてみる価値のある問題です。そういうときに、頭から現状を否定してかかるのは正しいといえるでしょうか。そのうえ学生たちを扇動してまで一方的な政治的見解に追従させようというのはまずいと思いますが」

M教師は固い表情で私を睨みつけた。だが、語調だけは柔らかく言った。
「李先生の考えはよく承知しています。ただ私が知りたいのは柳先生の考えであって、李先生に問うているのではありません」
私はMの言葉に少なからず侮辱を受けた。それなら私はこれ以上話をする必要もあるまいと言おうとしたところに、柳泰林が口を開いた。
柳「なら私も正直に言いましょう。お恥ずかしいことですが私の政治的な見解は曖昧です。これは思想の問題である以前に信念の問題です。米軍政に抗するのが正しいのか、追従して利用するのが正しいのか。あるいは米軍政に全面抗拒することがそれだけ意味のあるものなのか。それとも追従したり利用したりする態度が果たして所期の成果をもたらすのか、私には判断がつかないのです。したがって私自身手に負えない範囲のことは一切保留し、私につとまる範囲、例えばこの町、この学園で起こったことであれば、そのときは領域内で最善を尽くして対応するしかないと思っているのです。かといって私のこんな態度が正しいとは思いません。できるだけより高く、より広い視野の政治的、または人間的な見識を持つように努めなければならないと思っています」
M「柳先生のおっしゃることはわかります。ならその問題は今後また機会があれば討論することにして、いま当面している問題、つまり学校の事態はどうするおつもりですか」
柳「私がどうにかできるような問題ではないでしょう」
M「柳先生の態度一つで解決できることもあります」
柳「鄭君と任君の退学処分に同意しろということですか」

M「それもそうですが、それは二の次として、柳先生、これだけは納得していただきたい。柳先生が正直におっしゃったので、私もはっきりお話ししましょう。柳先生は全体的な問題に対する判断は保留するとおっしゃいましたが、ならこれだけは私の意見を酌み入れてください。柳先生は米軍政に対して全面的に抗することに懐疑を抱いている分、米軍政に無条件に追従することにも懐疑を抱いておられるでしょう。さっきおっしゃったことをこう整理してみるのはどうでしょうか。そうすれば、私が言っていることの半分くらいは納得がいくと思います。十月一日からこのC市で起こっている人民の抗争のことはご存知ですよね。この抗争はC市だけではなく、全国的な規模を持った一大抗争です。米軍政に我々の民主の力量を見せる画期的なチャンスなのです。だからこの抗争の規模が大きく、動員される人間と機関が多いほど、彼らは我々の力量を知り、その分我々の意思が反映されるというものです。今回の学校の事態も、この人民抗争の規模と関連があるんです。わが高校は光州（クァンジュ）学生事件〔一九二九年、光州を基点に全国的に広がった抗日運動〕以来、抗争する気骨という面においては伝統ある学校です。そのような学校がこんな重大な時期に呼応できなければ、面子が丸潰れなのです。さきほど柳先生の話に、米軍政に追従し利用する場合を想定したことが出ましたよね。そういう場合も今回の人民抗争は意味をもつのです。この抗争を我々の思惑どおりに最後まで推し進められなかった場合、米軍政に追従して利用する道を模索している者たちが、この抗争の結果を利用することもありえるということです。そうでしょう？　アメリカの最も忠実な奴隷になるのではなく、アメリカの支配下で少しでも自主権を確立しようものなら、この人民抗争を彼らなりに利用しない手はないでしょう。もしかしたら逆利用するかもしれませんね。このようにどの面から見ても重大な抗争に、伝統あるわが校が参列できないように阻止しているのが、まさに柳先生だということを知っておいていただきたい」
柳泰林の顔に暗然とした影が過(よぎ)った。私は多少毒のある言葉を吐かずにはいられなくなった。
「M先生の言うとおりにしようものなら、右翼たちもこの暴動に加担しなければなりませんね。そして積極的に暴徒に殴られて死ぬんでしょうね。いわゆる人民抗争の成果を逆利用するために……」
M「長い目で見るとそういうこともありえるということです。李先生はどうも私の言葉を感情的に解釈しようとなさる。残念ですな」
柳「鄭と任が妨害をして学生大会が開けなかった。その二人を私がかばっている。それは私が学生大会を反対していることを意味する。そういうことですか」
M「そうです。しかし柳先生が反対したり、鄭と任が妨害したところで、結局は学生大会は開かれますし、同盟休学は行われるんですけどね」
柳「だったらわざわざおっしゃる必要もないでしょうに」
M「柳先生に理解してもらいたかったのです。それに……」
柳「それに？」
M「学生たちは鄭と任の妨害を阻(はば)むために決死隊を組織したようです。二人がまた妨害するようなことがあれば、今日はまたどんな不祥事が起こることやら」
柳「それで私にどうしろと？」
M「そういう事態だということをお知らせしたまでです。あとは柳先生が判断なさることですから」
私はM教師の言葉尻をとらえて攻撃しない柳泰林の優柔不断な態度に、一種の怒りを感じた。Mは自分の正体を暴露したというのに。学園を政治の道具にはできないと、なぜきっぱりと言い切れないのか。私の怒りをよそに、柳泰林とMはのんきな話をし始めた。

M「柳先生はスペイン内戦の際、アンドレ・ジッドが発表したメッセージを読んだことがありますか」

柳「あります」

M「そこにこんな言葉があります。人民大衆を敵に回したら生きていけない、と。私はそれが第二次ソビエト紀行文のあとに発表されたものだからこそ重要だと思っています」

柳「M先生はジッドの第二次ソビエト紀行文をどうお考えですか」

M「思想の限界というものを見せてくれる記録です」

柳「出自による思想の限界ということですね」

M「そうです。私がジッドを持ち出したのは、出自はどうであれ、知識人としての良心や道義感があれば、広範な人民戦線の隊伍からは逃れることができないのではないか、そんなことが言いたかったのです」

柳「人民戦線といいますが、もしそれを連合し操縦するマスターマインドが共産主義の場合、そしてマスターマインドの究極の目標が共産革命にあるとしたら、共産主義に対してある程度の信仰がある者でなければ加わったりしないでしょう。単なる良心、純粋な道義心だけでは不可能なことです」

M「正直に言うとそうです。しかしわかっていて利用されるだけの雅量があれば可能かもしれませんね。ところで柳先生、共産主義の勉強をするつもりはないですか」

柳「暇をみつけて勉強しています。しかしある人に言われましたが、植民地時代によくない勉強ばかりしたものですから、勉強してもなかなか成果が上がりませんね。初めから批判的な目で読んでいるせいでしょう。共産主義、いやマルクスに説得されるにはまだまだ時間がかかりそうです」

M「まずは虚心坦懐(きょしんたんかい)に読んでみることですね。批判はあとでいくらでもできますから」

柳「あるマルクス哲学者がこんなことを言っていました。ブルジョア哲学、つまり観念哲学者たちは、哲学を学ぶときには心を白紙状態にすべきだというが、それはおまえたちを欺くための手段だ。本を読むときは、おまえ自身の経験や意見をすべて目覚めさせて、それを総動員して批判的に読め、と。そのくせマルクス哲学は批判せずに謙遜して読めというのは理に合わないですね」

M「それもそうですね」

柳「共産主義は、まだよく知らないときもその印象からして嫌でした。ある新聞の隅に出ていたドストエフスキーの家族に過酷な仕打ちをしているという記事を読んで、ソビエトに対して悪感情を持ったのです。その後、ソビエト政権がピリニャークを殺害したという消息を聞き、すっかりその政権を嫌悪するようになりました。ご存知のとおり、ピリニャークはトルストイの伝記を書いた人です。そんな人が強盗や殺人を犯すはずもないのに、なぜ死刑という極端な刑を科せられるのか。おそらくトロツキー派だったという理由以外に彼の死を説明できる材料はないでしょう。その他にもキーロフの殺害をはじめとする粛清事件の内容を知ってからは、私はソビエト政権に対して恐れを抱きました。そんな政権を築いた思想とは一体何だろう、そう考えるとき、マルキシズムに対する嫌悪感もともに芽生えたのです」

M「そのことを否定するつもりはありません。またそれが正しかったと主張するつもりもありません。いかなる政権であれ不正は働きます。ただ、共産政権がとりわけその類の不正を起こしたというわけではありません。試行錯誤というものは、どこの社会にも、いつの歴史にもあるものです。だから試行錯誤した部分だけをクローズアップして全体を評価することはできないと思います。

ところで、柳先生と私は非常に面白いことに対照的ですね。私は共産主義が何かを知る前に、その思想に憧れを抱いたのですから。我々が生きている社会のすべての価値体系を覆すには、共産主義による実践しかないと思っていました。いい悪い、正しい正しくないなどということを考える必要……いや、そんな心の余裕もなかったのです。たとえ悪い方向に転がったとしても、まずは現状を変えなければならない、そのためには思想としての武器は共産主義しかない、そう思ったわけです。もちろん根本には、絶対に悪くなるはずはないという信仰がありましたけどね。だから共産主義に関しては、私と柳先生は正反対の位置に立っていることになります。しかし、互いに誠実でありさえすれば、いつかどこかのある地点で必ず合流するものと信じています」

柳「私の目的意識は倫理にあり、M先生は革命にあるのだから、合流は難しいでしょう。言い換えると、私も変わらなければならないし、M先生も変わらなければならない。仮にM先生が変わっても、M先生が模範としているソビエト政権が変わらなければ、私の倫理意識と共産主義の革命理念が一致することはないでしょう」

M「悲観することはありませんよ。ソビエトが変わらなくても、中国共産党の成長が柳先生の倫理感と共産主義の革命理念を結びつけてくれるかも知れませんから」

柳「難しい問題です」

M「難しく考えているから難しいんです。もっと簡単に考えるべきでしょう。今日は文学青年のように話をしましたが、柳先生だからこそ、こうやって腹をわって話ができたのです。いずれにせよ、学校が当面している問題についてはよくお考えになったうえで処理してください」

親しい友人どうしのように三人でゆっくり散歩を楽しんだ。旧講堂の角を曲がった時、突然Mが足を止めた。

「柳先生、一番早く紅葉する木は何かご存知ですか」

「さあ」

そう言って立ち止まった柳泰林の方を振り返ったMは、私たちの行く手を塞いでいる銀杏の木を指差した。

「まずはじめに紅葉するのは銀杏の木です。あれを見てください」

常緑樹林の中に混じっている二本の銀杏の木の葉は、Mの言ったとおりすっかり紅葉していた。濃淡の異なる緑色の木々の中に、黄金色に刺繍をしたような銀杏の葉が早くも落葉していた。

私はそれを見ても何の感興も湧かなかった。Mの高等戦術に柳泰林が引っ掛かったような気がして不快だったのだ。そこでMと別れるなり私は柳泰林を問い詰めた。なぜ決然たる態度を取らないでくだらない話を聞いていたのかと。だが柳泰林は意外な返事をした。

「いや、今日は実にいい話を聞いたよ。僕も率直に話したけれど、M先生も率直だった。いろんなことを学んだな。M先生の人となりもわかったしね。今後どんなことでも、さっきのように対話ができたらどんなにいいか」

そう言うものの、柳泰林の表情は決して明るくはなかった。

職員室に戻り柳泰林は自分の席に座って本を開いたが、本を見ている風でもなく、何か考えごとに耽っているのだろうかと思った矢先、彼は給仕を呼んだ。

「いますぐ早くハイヤーを一台呼んでくれ」

そう給仕に言いつける泰林に私は尋ねた。

「車を呼んでどうするんだ?」

「李先生も一緒に川狩りに行かないか?」

「川狩りだって?」

「田舎の小川に行って鮒(ふな)や鮠(はや)を釣ろうじゃないか」

「よりによってなぜ今日なんだ?」

私がもっと詳しい事情を聞こうとした時に、P教師が柳泰林のそばにやって来て、昨日は失礼したというようなことを言い、続いてS教師が来ると何やら小声で囁いた。

(Mの仕業だな。柳泰林をどうしようってんだ。昨日は争ったが、今後は仲良くしようってのか?)

給仕がやって来て、車を呼びました、と言うと柳泰林はもう一度給仕に言いつけた。

「鄭サムホと任ホングをいますぐさがしてくれないか。見つかったら入り口の前で待っているように伝えてくれ」

次に教頭が、そしてA教師とB教師も柳泰林のところに行き、何やら囁いた。だが柳泰林は口をつぐんだまま、ただ話を聞いていた。

車が来たという給仕の声を聞いて、柳泰林は席を立ちながら私に目配せをした。私は彼のあとをついて行った。

柳泰林は車のドアを開け、玄関の前に立っていた鄭と任に乗れと言った。彼らは訳もわからないまま車の中に入った。そのあと柳泰林は車に乗りながら、私にも乗れと言った。

車が校門を出た頃、柳泰林はようやく口を開いた。

「今日は一緒に田舎の小川で魚釣りでもしようと思ってね」

鄭と任はそれを聞くなり、私の方を振り返った。その理由を私に聞きたげな表情だった。

「よりによってなぜ今日なんだ?」

彼らを代弁するかのように私が訊いた。

「授業もなさそうだし、天気はいいし、釣りをするにはちょうどいいじゃないか」

柳泰林は無表情な顔で言った。

「それはだめです。学校に戻りましょう」

鄭が真顔になって叫んだ。

「そうです。学校に戻るべきです」

任も叫んだ。

ためらっている運転手の様子を見て、柳泰林はきっぱりと言いつけた。

「運転手さん、まっすぐH村に行ってください」

「だめです」

「だめです」

鄭と任がほぼ同時に叫んだ。

「何がだめなんだ」

柳泰林の声は怒りを帯びていた。

「僕たちが学校にいなければ学生大会が開かれます。それに同盟休学も決まってしまいます」

鄭が慌てて答えた。

「好きなようにさせておけばいいじゃないか」

二人は呆れ返った顔をした。柳泰林が静かに訊いた。

「君たちはなぜ学生大会の妨害をするんだい？」

「学生の本分は勉強ですから」

この鄭の言葉を聞いて私は大声で笑った。任もつられて笑った。どうすれば勉強しなくてすむか、そんなことしか考えていないような行動をしてきた彼の口から、学生の本分は勉強などという言葉が飛び出したのだから、笑わずにはいられなかった。

笑っている私を見て彼はすねたように言った。

「どうして笑うんですか。僕の言ったこと、間違ってますか」

柳泰林は笑わなかった。そして強張った顔で質問を続けた。

「もし学生同盟の中に君たちより腕力の強い学生がたくさんいたとしても、君たちは殴りかかっただろうか」

鄭と任は言葉に詰まった。

「どうだ、正直に言ってみろ」

一瞬、緊張した空気が流れた。

「当然じゃないですか」

しばらく経ってようやく任が慎重に口を開いた。

「僕たちはただ、学生大会とか同盟休学をしちゃいけない、そう思って行動に出ただけで、自分より強いやつがいるかいないかなど考えたこともありません」

「強い者などいないことを知っていたからだろ。私の訊きたいのは、仮にいたとしたらどうしたのかということだ」

「死ぬ覚悟で飛びかかったでしょうね」

すぐさま鄭が答えた。

「一対一では僕たちより強いやつはいないでしょうけど、仮にも数百人を相手にするんですから、殴られる覚悟は当然していました」

今度は任がそう言った。

「私が愚かな質問をしたようだな。それじゃ、もう一つだけ訊こう。君たちの妨害行為と、この前の日曜日に私が話したことと何か関係があるのかい？」

鄭と任はなかなか答えようとしなかった。

「簡単な質問じゃないか。あるのかないのか。どうなんだ？」

「ないとはいえません」

鄭が答えた。

「任君、君はどうだ」

「僕は学生同盟がやっていることには無関心でいようと思っていました。あいつらが偉そうに振舞ったり出しゃばったりするのを見ると癪に障ることもありましたが、国が解放されたんだからあれやこれやと騒ぎ立てるのは当然のことだ、そう思ってきましたが……」

「そう思ってきたが、何だ？」

そう尋ねる柳泰林は苛立っていた。

「鄭君が急に僕のところにやって来て、先生のことを言ったんです。重大なことだから先生の意見を聞こうじゃないかと」

「わかった。もういい」

柳泰林は任の話を遮った。

「信念を持ってやったんだったらいい。君たちには無責任なことを言うようだが、私の考えを正直に言うと、学生大会をやったり、それを妨害することは充分ありえる。ただ、学園内で討論と説得をもってやるべきことに暴力を用いてはいけない」

「あいつらはやりたい放題やってるのに、僕らが正義のために非常手段を使ってなぜ悪いのですか。正義の戦争があるように、正義の暴力もあっていいんじゃないですか」

「正義？」

柳泰林が低い声でつぶやいた。

車はいつの間にか市街地を抜け、川筋に沿ってH村の方に走っていた。

「先生、学校のことはどうしたらいいですか」

鄭の声は焦っていた。

「学校のこと？」

柳泰林は窓の外の風景に目をやったまま、無関心を装いながら言った。

「私たちがいなければ同盟休学に突入してしまいます」

「やりたいようにやらせておけばいいじゃないか」

「先生は同盟休学をしてもいいとおっしゃるんですか」

鄭がなじった。

「してもいいというのと、やりたいようにさせておくのとは違うだろ？　何でも無理強いはできないもんだ。今日のところは楽しく魚でも釣ろう」

私は柳泰林の魂胆をようやく見抜いた。柳泰林はM教師の話を聞いたあと、鄭と任が学生同盟側の学生たちと衝突事件を起こすことを恐れて連れて出た。柳泰林のこのような行為は賢明なのか、間違ったことなのか早急な判断は下せなかったが、私は一抹の不安を消すことができなかった。柳泰林は明らかにMとP、そしてSらの非情なほどに冷ややかな計算を理解していなかった。

「先生、戻りましょう」

鄭の顔には悲壮な決意が現れていた。

「魚釣りがしたいのなら先生たちだけでどうぞ。僕たちは学校に戻ります」

任も断固として言った。

「運転手さん、引き返してください」

鄭が大声を張り上げた。

「運転を続けたまえ」

ためらっている運転手に柳泰林が怒気に満ちた声で言った。

「花郎(ファラン)同志会のみんなが待っているんです。僕たちは学校に帰ります」

鄭が泣き面になった。

「花郎同志会とは何だ？」

柳泰林が緊張した顔つきで尋ねた。

「花郎同志会というのは……」

と任は鄭の顔色をうかがいながら説明した。

「学生同盟に反対する団体なんですが、人数も少ないうえに、力の強い者もいないので、いまのところまだ何の力もありません。いままで何度も僕たちに指導してくれと言ってきましたが、ばかばかしくて相手にもしませんでした。それが昨日のことがあって彼らがまた押しかけて来たんです。僕たちは学生同盟とははっきりと一線を引いたので、彼らと協力することにしました。今日のことにも備えました。僕たちが抜けたら彼らは困ります。引き返しましょう」

「大将がいなけりゃ兵士たちは待機するだろうよ」

柳泰林のこのいい加減な言葉に、鄭はカッと腹を立てた。

「そんな無責任な話がありますか」

「何かひと言でも言っておかないことには僕たちはどこにも行けません」

任も火照った顔で叫んだ。私はひと言口添えするべき立場にいたが、魚釣りに行く方が正しいのか、引き返さねばならないのか判断がつかなかった。

「君たちは昨日、非常手段を使っただろう？　今日は私の番だ。人間はこの世の重荷をたった一人で背負っていくことはできない。花郎同志会だか何だか知らないが、彼らも君たちがいなけりゃ行動に出ることもあるまい」

「だったら僕たちは卑怯者になっちゃうんですよ」

鄭は込み上げてくる怒りをどうしてよいかわからない様子だった。

「どうしようもない場合もあるさ。私に拉致されたのは動かしようのない事実だろ？」

柳泰林の語調も荒くなった。

タクシーは山の斜面を上り下りしたり、野を突っ切ったりした。

澄み渡った空、澄んだ秋の太陽の下で、黄色く実った稲穂が黄金色(こがねいろ)の波のように、手前の山の斜面から向こうの斜面まで、田んぼにぎっしりと貼りついていたが、おかしなことに人の気配が感じられない。村を通り過ぎる時もそうだった。草葺き屋根の上で絡み合った蔓の間に腰を据えている瓢箪やら、柿の葉にぶら下がりひときわ強い光沢を放っている赤い柿が目に留まるだけで、人の影は見えなかった。

H村の西浦洞に着いた時にやっとその謎が解けた。

十月一日を期して起こった暴動は二日ほど沸き立ったが、三日目になると警察隊と米軍部隊がやって来て、手当たり次第に暴徒たちを検挙し始めた。何しろこれといった標的がないため、目に見える人間を片っ端から捕まえた。そのため暴徒はもちろんのこと、何の関連もない人たちもとりあえず身を隠さざるを得なくなり、若い男たちはどこかに逃げてしまい、年寄りと女たちは人目につかないようにひっそりと家の中に隠れていたのだった。

そんな中、魚釣りなどする気分になれなくなった私たち一行は、行く当てもないので西浦洞にある柳泰林家の下人の家に行き、縁側に座って暴動の話を聞いた。

二言目には柳泰林のことを坊ちゃんと崇める老人の話によると、その暴動は十月一日の明け方、突然、戦争のごとく襲いかかってきたという。朝日が昇った頃には、鍬やシャベル、竹槍、棍棒を担いだ暴徒たちが田畑いっぱいに立っていた。

その間、面長〔村長、面は行政単位〕は石に当たって死に、巡警の一人は竹槍に刺されて死んだ。暴徒に加担しなかった、いわゆる有志たちは廃鉱となった山に連れて行かれ、自分たちが埋められる穴を掘り、そのそばにうずくまっていた。もし米軍部隊の到着が一時間でも遅れていたら、H村だけでも十人余りの犠牲者が出ていたことであろう。

わが家と死んだ面長とは姻戚関係にあった。なぜ一週間が過ぎてもH村の噂が伝わってこなかったのか、私は不審に思った。柳泰林も同じことを考えている様子だった。

「H村でも暴動が起こったという話は聞いていたが、群衆がみな人民共和国万歳を唱えて治まったとばかり思っていたが、なんてこった」

私はこうつぶやいたが、その後主導者たちの名前を聞いてさらに驚いた。旗頭の崔(チェ)何某(なにがし)は私の普通学校〔植民地時代における初級教育機関〕の級友で、植民地時代には郡役所の書記をやっていた。副頭は同じくここの面長をやっている時に、鍮器(ゆぎ)〔真鍮の器〕を供出しなかったという理由で喪主の頬を引っ叩き暴れた権(クォン)何某であった。行動隊長は志願兵としてフィリピンに赴き、そこで九死に一生を得て帰ってきた李(イ)何某だった。

このような者たちによって、村の若者の三分の二が動員されたのである。実に驚くべきことだ。

私は人ひとり見えない田を、その田いっぱいに生えている稲穂をじっと見つめた。もうとっくに稲刈りが始まってもいい季節である。半年間苦労して育てた稲穂をそのままにして行方をくらました人々の気持ちを思いやった。

従順なだけの農民たちが鍬やシャベルを手に暴れたというのは恐ろしいことである。農民たちは単に何百年にも渡って先祖から受け継いできた鬱憤を巧みに利用されたに過ぎず、これといった思想や、特定の者に対する憎しみを持っていたわけではなかった。

この村は暴動の実質的なスローガンは供出反対だったらしいが、C市はどうだろうと考えてみた。C市ではむしろ配給をしてくれと、群衆が市庁に押しかけたのだった。

農村では供出に反対し、市では配給を要求した。そのように群衆を動員した張本人が実は同一人物だったと言えば、彼らの矛盾を指摘できるだろうか。それとも米軍政に立ち向かうためには、姿勢や規模、数が必要なのだから、こんな指摘は戯言（たわごと）に過ぎないのだろうか。

それはそうと、こんな時にこんな場所に魚釣りに出かけるとは何事か。それでも鶏を絞め、酒を手に入れてきた老人のもてなしを受けて、待たせてあった車に乗った時はもう辺りは薄暗くなっていた。

「こんなことで果たして左翼が勝利するだろうか」

私がこう訊くと、柳泰林は、

「到底無理だな」と短く答えた。

帰りの車の中で鄭は二百度、任は百度、興奮していた。徹底的に左翼をぶち壊してやると言った。左翼の正体がやっとわかったと言った。

「わかったって何がだ？」

柳泰林が寂しそうに笑った。

C市に戻って来た私たちは、その間、学校で起こった事態のことを聞いて驚愕した。学生大会を開き同盟休学を決議するところまでは予想どおりだったが、私たちが驚いたのは、同盟休学の決議があったあとすぐに、職員会議で電撃的に鄭サムホと任ホングの退学処分を決め、それを校長が承認宣告したという事実であった。

そしてもう一つ驚いたことは、花郎同志会の学生たちが学生大会を妨害しようとしたところ、学生同盟員らに集団暴行を受け、何人か重傷を負ったということだった。

柳泰林は鄭と任に対する責任を逃れようとしていたのが、これで否応なく彼らの責任を負わざるを得なくなったばかりか、花郎同志会の負傷者の責任まで背負うはめになった。

「しかたない、正面切って闘うか」

こう言うと柳泰林は鄭と任に、いますぐできる限り多くの学生に連絡して明日学校に出てこさせるようにし、とくに課外学習を志望していた学生に、たとえ同盟休学のために正式の授業はないにしろ課外授業は行うので登校せよ、という張り紙をするよう指示した。

翌日、学校に行って見ると、五百人もの学生が登校していた。ほとんどが課外授業を志望している学生であり、そのうちの百人ほどは花郎同志会系統の学生のようだった。

「正式の授業ができない代わりに、課外授業を行おうと思う」と柳泰林は校長をはじめ、教頭やその他教師たちに通告した。

二時間の授業を終え学生たちを帰すと、柳泰林は校長のところに行った。校長は柳泰林が鄭と任の処分問題に我慢できず、なじってくるとばかり思っていたが、柳はそれに関してはまったく触れず、父兄と同窓生、そして教職員に呼びかけ、連席会議を開こうと提案した。その真意を察した校長は、

「左翼は父兄の中にも相当いる。それは同窓生も同じことだ。連席会議をしたところで所期の目的を成し遂げることはできまい……」と難色を示した。

「所期の目的を云々する前に、いま学校は緊急事態なんですから、何か方法をさがすべきでしょう」

と柳泰林は反論した。

ところが同盟休学は無意味なものになっていた。学校に対する要求条件というのは①国大案反対を支持すること、②学生活動の自由を保証すること、③鄭サムホと任ホングを退学処分すること。以上の三項目だが、①と②ははっきりとした表明がありえない項目であり、最も具体的なのが③、つまり鄭と任の退学問題である。だが、③項の要求はすでに聞き入れられたことになっているので、同盟休学は実質的な意味を失ったのである。しかも三分の一に該当する学生が登校したのだから、失敗に終わったといえるだろう。

校長はこのような点を楽観しており、父兄や同窓生と連席会議などをして新たに事件を起こすようなことは避けたかったのである。

案の定、同盟休学は三日も続かず、全校生徒が登校した。こうなったのは左翼教師らが勧めたからである。鄭と任を退学させることで第一段階の成果を上げたものとし、ぐずぐずしていると離脱者が増えるだろうから、とりあえずは校長の前で協力しているふりをしようという策略だった。

ところが柳泰林は力ずくで連席会議を成立させてしまった。そして二人の処分を取り消すことを提議した。

この提議をするなり会場は修羅場と化した。

「学生の処分は教職員会議で扱う問題であり、権限を握っているのは校長だ」

という反対の発言が左翼教師の側から出ると、柳泰林は、

「この学校は教職員のためだけの学校ではない。同窓生の学校であり、父兄の学校でもある。教職員が学校を正しく運営しているときならともかく、いまのように乱脈状態を処理するには同窓生と父兄の協力が必要だ」

と言い返し、

「一事不再議の原則というものがある。一度決めたことを再び翻すことはできない」

という意見には、

「革命を支持する者が一事不再議云々などとは片腹痛い。国家が革命を起こすこともあれば、憲法が修正されることもある。間違って決めたことであれば百回翻すのもよし。正しい教育とは、一度決めたからといってその形式に捕われないことだ」

と言い返した。また、

「一度決めたことを翻しては学校の権威にかかわる。効果的な教育を行うためには教権を確立するべきだ」

という意見に対して柳泰林はこう対応した。

「教権の確立とは同盟休学を可能にすること、しかもそれを扇動することだろうか。それとも授業の正常化を妨害する態度だろうか。誤った決定に執着せずに、過ちを改めることこそ教権を確立する道ではないか」

「過ちがあれば修正することもある。だが鄭と任のようなテロ分子の処分は百パーセント正しいことだ。なぜそれを修正する必要がある?」

「テロが過ちだというなら、学生同盟が集団暴行をして重傷者を出した事件をなぜうやむやにしておくのだ？　数百人を相手にした行為はテロであり、若い学生らに集団で暴力を振るった行為はテロではないというのか」

「多数で決まったことを一人で蹂躙（じゅうりん）しようとする行動は許せない。この会議を閉会せよ」というどよめきが起こった。あちこちで「閉会！」「閉会！」という喚声が相次いだ。

「私は鄭と任の処分そのものを取り消せと言っているのではない。退学処分を撤回せよと言っているのだ。どういう処分をするかは、同盟休学を仕切った首謀者の問題とともに決めればよい」

場内は騒然極まった。

柳泰林は校長に食ってかかった。

「あなたが本当に教育者なら、鄭と任の処分をいったん中止すべきです。それができないのなら校長の座を退いてください。これもそれも無理なら、私自身が同盟休学を計画します」

「閉会だ」

「閉会を宣言しろ」

だが柳泰林は最後まで食い下がった。

「処分を取り消してください」

「大多数の意見を無視して、個人の意見を聞き入れたりしたらただではおかんぞ」

罵声に似た脅迫の言葉も聞こえてきた。

この時、年老いた同窓生会長（この人は父兄会会長も務めている）が会議における左翼教師らの乱

脈な言動を猛烈にとがめ、
「今日、私がこの場で見聞きした限り、正しい教育者としての精神をもち、首尾一貫して節度と理性を失わずに発言したのは柳先生お一人だ。民主主義が何だかよく知らんが、学園の役割とは何ぞや、教師はどうあるべきか、そのくらいはこの私でも知っておる。聞くところによると鄭君と任君は数百人を相手に抗拒したらしいじゃないか。理由は如何せん、英雄的な学生だ。暴行をしたなら罰は受けねばならんが、退学は度をすぎておる。それに二人の暴行を糾弾した学生らが集団で年若い学生らを殴って重傷を負わせたそうだな？　これこそ卑劣な行為である。この学校はさっきも柳先生が言ったように、あんたら教師たちだけの学校ではない。数多くの同窓生たちの思い出の中に生きている学校であり、この学校の名誉は我々自身の名誉と直結しておる。校長先生、こんな騒々しいところでよい意見が出るはずもあるまい。ここはひとまずあんたの良心にお任せするから、今日一晩よくお考えになった上、いずれにせよ明日の朝には宣布するように」

このような老同窓生の発言で修羅場は水を打ったように静まり返った。会議はそれ以上続ける必要がなくなった。

翌日、校長は鄭と任の処分を無期停学に改めた。学生同盟側は動揺したが、それによって再び同盟休学を始めることもできず、学園は一時的に小康状態になった。だが学生同盟はその執念深い工作をやめなかった。ひと月も経たないうちにまた暴発事態が起こったのだった。

二人の退学は取り消されたが、任ホングは三十二人のクラスメート全員が学生同盟であるそのクラスに留まっていたくないと言い、同じC市にある他の高校に転校してしまった。

柳泰林はこの事件によって、反動という烙印を押されてしまった。韓国民主党の党員だという噂まで流れ始めた。

その頃、大邱（テグ）から客人がやって来た。

私にかかってきた電話だというので出てみると、徐敬愛（ソギョンエ）の声だった。柳泰林と会えそうな時間と場所を取り持ってくれというのだった。

この旨を告げると、柳泰林の顔からさっと血の気が引いた。蒼白な化石のごとく放心したまま、私をじっと見ながら呻（うめ）くようにつぶやいた。

「徐敬愛が僕に？」

柳泰林(ユテリム)の手記　二

元周臣(ウォンジュシン)（上）

Eから受けた刺激は大きかった。三十数年前の古い新聞に記録されている元周臣という名が、僕の心の一角に厳然たる位置を占めた。僕は何度もこの記事を読んだ。

隆熙(ユンヒ)三年十二月十九日に日本の下関を出帆して二十日釜山に入港する壱岐(いき)丸に一人の朝鮮人青年が搭乗したのだが船客名簿にある記録によれば日本留学生元周臣(ウォンジュシン)とかいう者で歳は二十歳、二十日午前六時頃船が対馬沖に至るや忽然として船尾の甲板にて着物を脱ぎ捨てるとなんと青海原の怒濤に投身したとのこと、遺留物は鞄に入った数十冊の書籍のみなる上に例の印が押されたページは破棄されたれば、死因は日本在住の宋秉畯(ソンビョンジュン)を銃殺するために日本に渡ったもののその目的を遂行できないまま帰国することに羞恥を覚え鬱憤に勝てないゆえに自殺をしたという。

主語が何度変わっても途中で切らずに、一つの事件を一文で叙述したこの古色蒼然（こしょくそうぜん）たる文体にユーモアを感じながらも、一方で大韓帝国末期の暗く焦燥した雰囲気を出すのにぴったりだという気もした。何よりこの文章の彼方に元周臣という青年のイメージが、消えてゆく霧の中に浮かび上がる島影のごとく、くっきりとした輪郭で想像の中に現れたのだった。

十二月ということは寒い冬だ。しかも午前六時といえばその季節ではまだ暗い。十二月の冷たい風に吹かれ、足元には玄界灘の潮騒を聞きながら立っている投身直前の元周臣。二十歳ならいまの僕と同じ年頃だ。僕には彼の後ろ姿が見える気がした。

だが、疑問が謎のように残る。遺された本には検閲の部分を破った形跡があったという。ということは、元周臣という名は一種の仮名だとも考えられる。宋秉畯を殺害しようとしたが果たせず自殺した行為は、そういう志を抱いた人間にとっては、歴史に名を残すものだと自負してもよさそうなのに、なぜあえて仮名を使ったのか。

これに対する常識的な答えとしては、本名を明かすことで家族や同志たちに累を及ぼしやしないかと憂慮したことが挙げられる。また一方でこんな推測も成立する。印が押された部分を裂いてしまったのは、その本が自分の所有物ではなく、友人あるいは同志のものだったからである、つまり元周臣という名は本名なのである。

いずれにせよ、元周臣という名は家族や同志はもちろん、周りの人にも知られていたのではないだろうか。元周臣が投身自殺したのは一九〇九年、当年二十歳だったとしたら、一九四一年の現在、もし生きていたとしたら五十二歳になっている。ひょっとしたらこの年齢層の中には元周臣を知っている人がいるかもしれない。

しかし、彼らをさがすにはどうすればよいのか。元周臣の正体を探ろうと急(せ)いているEに、それがいかに難しいことかを、草むらに撒いた水銀をさがすようなものだと例えたところ、Eが一枚上手に出た。

「草むらで水銀をさがすのが難しかったのは昔の話だよ。柳君は科学の勉強をしたこともないような言い方をするんだね。水銀が落ちた場所がだいたいでもわかれば、そこを中心にして、一尺四方だろうが十尺四方だろうが、その区域の草を土とともに根こそぎ引き抜くんだ。それからそれを一定の器に入れて分離作業をすれば、水銀は簡単に出てくる。まあ水銀代と作業費との差額は問題になるだろうけど、さがすのはわけないさ。科学の発達によって一つの格言が静かに埋葬されたわけだ。しかし、元周臣をさがし出すのはそんな簡単なことじゃないだろうな」

「なら不可能だってことじゃないか」と僕はつぶやいた。これに対してEは答えた。

「だからやってみる価値があるんじゃないか。抽象的な思索とか、でっちあげた話なんか、もううんざりだ。何でも実体のあるものをさがさなきゃ、人物にしろ骨董品にしろ。元周臣はそういう意味でちょうどいい対象なんだ」

次に浮かんできた疑問は、元周臣がなぜ宋秉畯の誅殺(ちゅうさつ)をあきらめて自殺してしまったのかということである。自殺したことから考えて彼自身、死を恐れる人物ではなかったようだ。いったん志を立てたからには、事不利なることで殴り殺されたり逮捕されることになったとしても、最後まで耐え抜き、立ち向かうべきなのに。なぜむざむざと投身自殺などしてしまったのか。

　これに対してEはこのように解釈した。

「元周臣は自分の中で宋秉畯を殺す名分を失ってしまったんじゃないだろうか。こうも考えられる。当初は宋秉畯を消すことが国と民族のためだと思って行動に出たが、世の中の動き、事態が発展していく状況を見守っているうちに、元周臣の考えに変化が起こったんだ。宋秉畯のやっていることは確かに卑劣で汚いが、結果的にはやつの意のままに落ち着くんじゃないか、正しい行動とは言えなくとも、避けようのない大勢を反映しているってね、そんなことをあれこれ考えているうちに元周臣はジレンマに陥ってしまった。そういう想像も可能じゃないかな？　宋秉畯を殺したところで大勢を変えることはできない。かといって本来の志を曲げることもできない。その結果が解決できないジレンマを自殺でもって放棄してしまおうという厭世行為だったと。宋が死んでも世の中は宋の意のままに動くだろうと思うと、純情な青年である元周臣は耐えがたい強迫観念に駆られた。殺すことでかえってやつを英雄にしてしまいかねないからな。ともあれ、元周臣は重い荷を背負いこんでしまったんだ。『伯夷・叔斉の節義』を手本にした行為とも考えられるかな。もしそうだとしたら、もともと周室の臣下という意味で元周臣にしたのではないか、と言っていた君の推測も当てはまるじゃないか」

　僕の考えはEと違った。充分な資金もなければ効果的な武器もない。あるのはただ憂国の情熱だけだ。そんな青年が宋秉畯のような大物を追っているうちに、自分ごときの力では到底不可能であることを悟り、湧き立つ激情を抑えきれず、腹立ち紛れに身を投げたのではないだろうか、と。

　だがEの話を聞いてみると、僕の考えは単純すぎると思った。それだけEの解釈には鋭いところがあった。だがその反面、度の過ぎた点もなくはなかった。二十歳にしかならない青年、元周臣に、果たしてEが言うような大局を把握する見識があっただろうか、という点も疑わしかったし、何より宋秉畯の取った行動は避けられないものだったと断定するEの意見に、容易に同調したくないという反発もあった。それを感じ取ったEはこうも言った。

「情熱なしに歴史を読むべきではないけれど、歴史を読むときはある程度、主観を客観化させようとする必要があるよな。君のおかげで僕は日本と朝鮮半島が併合する当時の資料をかなり読んだが、その結果、得た結論はこうだ。宋秉畯という人間は卑劣で、用いた策略も汚いこと極まりないが、彼の行動や立てた目標は無視できなかったのではないか、と。実際にいまそうなってるじゃないか。他に道はないんだ」

その証拠としていまこうなっていると言われたら、返す言葉もない。だが何かその意見に同調したくない気持ちが湧き起こった。僕は宋秉畯のようなやつさえいなければ、歴史は変わっていただろうにとひと言添えた。

「クレオパトラの鼻がもう少し低かったら！　ということかい？」

こう言うEの口元に笑みが浮かんでいたが、決して嘲笑しているわけではなかった。Eは僕の言った内容よりも、むしろ僕が極力言葉を出し惜しんでいることに注目しているようだった。だからこう言ったのだろう。

「柳君は僕のことを警戒しているみたいだが、頼むからよしてくれ。僕は日本人の代表でもないんだから友人として接してほしい。僕は君との友情を育みたい。君が半島人だからじゃない。同い年の学生として言ってるんだ。僕たちだけでも真実を恐れずに付き合おうじゃないか」

僕がこの問題に関して言葉を惜しんでいたのは事実だ。だがそれはEを警戒していたからではなかった。「宋秉畯のようなやつさえいなければ」のあとにすぐ「日本の野望さえなかったら」と言葉を続けるつもりだったのが、そんなことを言うこと自体、恥だと思ってやめたのだった。

弱肉強食の生存競争で、弱者が強者の野望を責めることほどみっともないことはない。大国と強国の意のままに世界地図が刻々と変化している状況において、ただ日本にのみ道義と人道主義を要求することはまったく馬鹿げたことである。朝鮮半島の悲劇と不幸は朝鮮人の責任として扱う問題であって、他人のせいにするものではない。だから日本を責めるような言葉を出し惜しんだのであった。

こういうことを話したところ、Eも納得したように「柳君こそ朝鮮人としての真のプライドを持った人」だと言った。

これも僕にとって思いがけない言葉だった。僕はこれまで一度も朝鮮人としてのプライドを意識したことがなかったからである。恥ずかしい話だが事実だった。Eは僕の怪訝な表情に気づいてか、自分がY高校に通っていた頃の話をした。Eのクラスには二人の朝鮮人学生がいた。一人は底の高い下駄を履き、腰には手ぬぐいをぶら下げるなど、周りの日本人を真似、日本語は日本人以上に上手かった。Y高校がある山形は東北地方の小都市であることから、その分、東北の方言を使う学生が多かったのだが、そんな中でも彼の日本語は標準語であり、しかもかなり洗練されていたので、名前を明かさなければ誰も彼が朝鮮人だとは思わなかった。ところが彼は何でも日本人の学生より勝っていないことには我慢できない性格だった。実際、秀才だった。だが人はみな何でもできるとは限らないもので、すべてにおいて秀でていなければ気がすまないその学生の言動は、学友らに反感を買った。ついには彼の長所であるはずの日本語の才能まで疎まれるようになった。それで自然とクラスメートとは疎遠になってしまったのだが、それもまた優秀な自分に対する日本人の嫉視と思ったようで、周りに対しておかしなポーズを取った。もう一人はこれとはまったく対照的な学生だった。校友会誌などに発表した文章を見るかぎり、日本語をかなり駆使するが、話をさせるとめちゃくちゃだった。話しかけたくてもその頭の痛い発音を聞くのが嫌で顔を背けてしまうほど下手だった。下駄を履くこともなければ手ぬぐいをぶら下げることもなかった。この世の中の悩みをすべて自分が背負い込んだかのように深刻な顔をして、いつも一人だった。

Eによると、朝鮮から来た二人の間にはまったく交流がなく、互いに軽蔑し合うことを自分たちのプライドとしているような印象を漂わせていたらしい。

「しかし僕は彼らを蔑(さげす)んだりしなかった。朝鮮人だということがそれほど苦しいものなのだろうかと考えた。これまで僕は朝鮮人学生のタイプは二つしかないもんだと思っていたよ。もし僕が朝鮮人の学生でも二つのうちのどちらかだろうと、そう思っていた。だが君に会った。ぜんぜん違うんだよな……」

僕は、そんな照れくさい話はやめにして、元周臣をさがす具体的な計画でも立てようと言った。

Eと僕は第一段階として次のような合意を得た。

①東京と大阪、そして朝鮮内の大手新聞に、簡略に事情を書いて送ろう。

②朝鮮半島にある中等学校上級学年の級長に、『大韓毎日申報』の記事を謄写したものとともに、

全校生徒を動員して元周臣を知っている人を探してくれという要請文を送ろう。

③朝鮮総督府職員録を参考に、各面（ミョン）の国民学校の朝鮮人教員の中で最も地位の低い教員に②項と同じく要請文を出そう。

①②③に関しては懸賞金をかけようというアイディアも出たが、金額の問題もあったため、目的とする人物を探し出した人には適当な費用を支払うとし、

④長い休暇を利用して下関と釜山に留まり、当時の関釜連絡船の従業員を訪ねよう。

⑤その他、折々思いつくままに手段を講じよう。

このような計画を立てただけでも、僕たちは何か成し遂げたかのように愉快だった。その日Eは、上野にある一茶という高級料亭で夕食をおごると得意げに言った（一茶という料亭は定食専門店で、ふつうの食堂なら一人三十銭で食べられるものを五円もとる料亭である）。

一茶に向かう途中、EはどうせならHも連れて行こうと言った。僕はかまわないと言った。するとEは、朝鮮の友人の中で招待したい人はいないかと尋ねた。僕は思いつく友人が二、三人いたが、どうもその席には似つかわしくないような気がして遠慮した。

Hは流行作家として次第にその成果を上げている舟橋聖一（ふなばしせいいち）の弟である。Hの前歴を知った教練教官が彼の退学を要求したところ、文科教授一同が総辞職を覚悟でこれに対抗したため、退学要求が撤回された。その事件――極秘裏に行われたので一般の学生は知らないが、僕は知っている――の直後だったので、積もる話もあるだろうからと招待したのだった。果たしてその晩、H本人から詳しい話を聞

けたのは有意義なことだった。

Hははじめ自分の過去をなかなか話そうとしなかったが、僕とEが執拗にせがんだせいで渋々口を開いた。田舎の年寄りのように訥弁だったが、少しずつ積み上げていくような話術が彼の魅力だった。

「いまから五年前、つまり昭和十二年、支那事変が勃発した年のこと。当時、僕はM高校の二年生だった。すっかりマルクス主義の虜になって、何人かの友人と読書会をやっていたんだ。もちろん学校当局には秘密で。それくらいはたいしたことじゃない。ばれても停学処分になるだけだから。だが、日本の政治が急速に反動化に向かっていったせいで、僕の意識もたちまち尖鋭になり、アカデミックな読書研究の中だけに収まっていたくなくなったんだ。何としてでもこの泥沼のような戦争から日本の人民を救わねば、と焦り始めたんだよ。いま考えるとちゃんちゃら可笑しいんだけどね、そのときはかなり真剣だったんだ……。どうすればいいのかじっくり考えた末、本格的な実践運動をやるんだったら、プチブルジョア的な学生の身分を捨てて労働者になるべきだと考えた。同志八人のうち四人は第一次実行派に選ばれた。僕は志願してその中に入れてもらったんだ。純粋だろ？

翌年の一月、僕ら実行派は奥日光にスキーに行くといって出かけた。だが実際は、残留派の一人に奥日光でカムフラージュする葉書を送らせ、満州に渡ったんだ。父と母は、いくら待っても息子が帰ってこないから、山で遭難したにちがいないと警察に捜索願を出したらしいけどね。満州に行ってしまった僕らを見つけ出せるはずもない……。相当心配かけたみたいだ。両親を悲しませるつもりは毛頭なかったけれど、相談したところで許してもらえるわけもないし。だから非常手段を使うしかなかったんだ。

僕らは奉天市の南市場という満人街にアパートを借りた。その界隈は売春窟やら麻薬窟などがひしめいている薄汚いところで、日本人だってばれたらどんな目に遭わされるかわからない。

そこで僕は宮田製作所という工場に見習い工として入った。当時そこは軍需工場で、主に戦闘機を作っていた。僕が任されたのは飛行機の翼と部分品に塗料を塗ることだったから、仕事自体はそれほどしんどくはなかった。

こうして僕は労働者になったわけだが、労働運動をするにはどうすればよいのかさっぱりわからなかった。労働組合なんてものもなかったし、しかも労働者のほとんどを占める満人は絶対に日本人を信用しない。こっちから親しみを示すほど、かえって警戒するんだからどうしようもないさ。

僕らが実践運動の拠点として満州を選んだのは、満州は日本帝国主義の侵略を受けた土地だし、そういうところで労働運動をしてこそ意義があると思ったからだ。だが僕らの夢はあれよあれよという間に完全に挫折してしまった。情勢を甘く見すぎていた。それから半年ほどして日本に帰ってきた。

僕らの目標は重工業の労働者になって、その中で革命的な組織を作ることだった。そういう目的で今度は名古屋にある三菱重工業に入ろうと思った。そのために僕はまずある下請工場で旋盤工の見習いになった。

昭和十四年六月、ある暑い日のことだった。遅くまで寝ていた僕は突然名前を呼ばれて目を覚ました。出し抜けに四、五人の男が襲い掛かってきたかと思うと、僕を押さえつけて手錠を掛けた。彼らは特高刑事だった。僕がピストルでも持っていると思ったのか、服もろくに着ていないのに縛りつけ、名古屋の門前警察署の留置場に放り込んだ。

一週間後、僕は東京に護送されて、築地の水上署に翌年の二月まで、七か月間留置された。その後、巣鴨の未決拘置所に移され、それから六か月後、つまり一昨年の八月に保釈になったんだ。その間僕は本をむさぼり読んだ。もちろん拘置所にある本は限られている。宗教や教育関連の本ばかりだ。ヴィクトル・ユーゴーの『レ・ミゼラブル』が、ジャン・ヴァルジャンの脱獄する件（くだり）があるという理由で許可が下りないんだぞ。だが、それまでマルクス主義の本ばかり読んでいた僕には、仏教哲学や自然科学の本は新鮮な感動があった。

その年の十二月、東京地方裁判所で公判が開かれ、僕は懲役二年、執行猶予三年の判決を受けた。罪名は治安維持法違反。君たち、この治安維持法が何だか知っているかい？ 第一条はこうなっている。

国体ヲ変革スルコトヲ目的トシテ結社ヲ組織シタル者又ハ結社ノ役員其ノ他指導者タル任務ニ従事シタル者ハ死刑又ハ無期若ハ七年以上ノ懲役ニ処シ情ヲ知リテ結社ニ加入シタル者又ハ結社ノ目的遂行ノ為ニスル行為ヲ為シタル者ハ三年以上ノ有期懲役ニ処ス

僕が引っ掛かったのは第一条の最後の部分、つまり共産党の目的遂行のための行為を行った者というところだ。だが正直言って、いったい僕は何をやったんだろう。学生の身分を捨てて労働者になっただけじゃないか。実践運動をやろうとしたけれど、それを実践に移す前に検挙されたんだから。検事局は公訴維持のために罪状の体制を整えようとしたんだろう。これは僕の場合だけじゃなく、僕と同じ時期に検挙された大内兵衛たち教授グループや、唯物論研究会のメンバーに対してもかなり頭を悩ませていたようだ。

僕らは結局、中国共産党と結託して反戦運動を起こす目的で満州に行ったかのように事件が捏造された。そうなると罪は重い。ともすると一種の奔敵行為とみなされて、軍刑法に引っ掛かる恐れもあるんだ。

だから僕は執行猶予の恩典を施してくれた裁判長に感謝しているんだ。公判が終わってから僕は保護監察を受ける身分になった。特高はつねに僕をマークしている。君たちは僕と一緒にいるととんでもない誤解を受けるかもしれないぞ。充分に気をつけたまえ……。

あれから本を読んだり映画を見たり、毎日ぶらぶらしている僕を見て不憫に思った兄が、僕をこの学校に入れてくれたんだ。おかげで柳君とE君に知り合えたんだからありがたいことだよ」

Hが長い話を終えた時、僕は尊敬の気持ちをこめて酒を注いだ。僕より二、三歳年上で、思想の良し悪しはともかく、その経験の深刻さに自然と頭が下がった。Eも同じだったようだ。ぼんやりと机の上ばかり眺めていたかと思うと、

「配属将校の問題はどういうことなんだい?」と尋ねた。

「身上調査や履歴書に執行猶予中だということを記載しなかったんだ。あとになって配属将校が知ったんだ。そのことでひと悶着あったみたいだけど、まあ無難に解決したよ。配属将校が僕を呼んで、立派な兄上の名誉を汚さないように忠良な市民になれと訓示を垂れてね。もちろん最善を尽くしますと答えたよ」

Eはしばらくためらっていたが、勇気を出して再びHに尋ねた。

「いまもマルキシズムへの信仰は変わらないのかい?」

「いや、とっくに転向したよ」

Hはきっぱりと答えた。あまりの決然さにEは戸惑った顔をした。Hが話を続けた。

「検事の前で転向したのは、正直に言うと一種の偽装だった。なぜ一種の、かというと、転向してもいいという気持ちはあったんだけど、理論的に自分自身を納得させるだけの転向の根拠がなかったんだ。それがこの学校で小林先生の講義を聞いて完全に転向したよ」

「小林先生の講義に共産主義、いやマルキシズムを完全に克服するだけのものがあったのか?」

眼鏡の奥でEの目が光った。

「誰が共産主義を完全に克服したと言った? 僕は完全に転向したって言ったんだぞ。共産主義は克服するものでもなければ克服できるような類のものではない。そこにはまってしまうか脱するか、近寄るか遠ざかるか、信奉するか転向するかというだけで、それは良きにつけ悪しきにつけ、一般論では克服できない思想なんだ。つまり、反対したり賛成したりすることはできても、克服したり否定したりすることはできないということさ。だから僕の場合は、正しくは共産主義を克服したんじゃなくて転向したんだよ」

「克服しない転向なんて自己欺瞞じゃないのか?」

Eは慎重に言った。

「富士宮に行くのに、富士山を越えずに身延線に乗るのは自己欺瞞だろうか。京都に行くのに、東海道線に乗らずに北陸線で行くのは自己欺瞞だろうか。共産主義がどうなろうと、それとは関係なく人生を生きようと決心するのは自己欺瞞なのか？」

いつもは冷静なHも興奮気味だった。

僕はHとEのやりとりを聞きながら突拍子もないことを考えていた。H自身は自分のやったことを大したことではないように話すが、二年の懲役に三年の執行猶予は、S高校での読書会事件に比べたら寛大すぎる処分である。故郷を懐かしむ詩を一つ書いて二年の実刑を受けた朝鮮の友人がいた。それくらいの差別待遇は甘受すべきなのか。僕は急にEとHが遠く感じられ、酒がまずくなった。

EとHの討論は終わることがなかった。

H「そういう意味で僕にとって小林先生は重要なんだ。先生の講義を聞いて共産主義を克服したんじゃなくて、共産主義と関係のない思想によってむしろ人生を楽観的に捉え、日々新たな気持ちで生きていける啓示を受けたんだ」

E「砂の中に光る真珠のような、そういうものが小林先生にはあるよな。だが一縷（いちる）の真実はあるにしろ、小林先生を通じて真理に達するとは思えないんだが……」

H「その一縷の真実が大切なんじゃないか。僕が衝撃を受けたのもそういう真実からだった。小林先生は史観を地図に例えている。唯物史観も一種の地図のようなものだっていうんだ。地図はそれがどんなに精巧に描かれていても、実際の土地とは違う。アメリカの地図を見てアメリカがわかったといえるだろうか。同じように唯物史観という地図を持っていたとしても、歴史を理解したことにはならない。だが共産主義者たちはただの地図を絶対的なものだと信じている。それだけならまだいいんだが、それがまさに歴史そのものであるかのように他人にも押しつけるんだから困ったもんだというわけだ。僕はその言葉を聞いて、あんなに魅力的だった唯物史観がぼろ衣装を纏(まと)った案山子(かかし)のように見え始めたんだ」

話はいつの間にか、小林秀雄と三木清の比較論になった。

Eは三木を、Hは小林を高く評価した。

Eは、

「小林は作家の作品を、あたかも一流の料理人が食材を扱うかのように、卓越したセンスでもって美味そうに皿に盛ってみせる名人に過ぎないが、三木は世界の問題の中で最も本質的なものを摘み出し、それをテーマに独創的な真理を発掘しようとする哲学者」だと言うと、

Hは、

「三木こそ先人が指示した路線にそって誠実に歩みながら、卓越したセンスで思いもよらない成果を上げる名人だ。小林はというと、まずは鋭い感性で問題の核心を把握し、それを世にも稀な知性によって分析し、再構成することで時代を指導する一流評論家だ」と張り合った。

Eはまた、

「小林は修辞(レトリック)を追求する過程にメリットが現れるが、三木の場合はメリットがレトリックを同伴する」と言えば、

Hは、

「小林のレトリックはメリット本来の光彩として現れ、三木のレトリックは時に成功する場合もあ

るが、大抵は木に竹を接いだように不自然だ」と答えた。

終わりそうもない討論を聞いていた女中が、そんな難しい話はやめて面白い話でもしてくださいまし、と控えめに言った。

Hは、

「いま我々は現代日本の最大の問題をめぐって討論中である」と言ってプッと笑った。

「結果はどうなんだ?」

Eが語勢を強めた。

「少なくとも三木には人生をどう生きるかという問題意識が強く作用している反面、小林には、人生にどう処すべきかという処世意識しかないと思う」

「そういう分け方は無意味だろ。要はどれほど徹底しているかだ。人生をどう生きるかという問題意識も、徹底していなければ何の意味もないし、処世意識も、徹底していれば正しい生き方に通じるんじゃないのか?」

Hはここまで言うと、僕の方を振り返って、

「審判は柳君に任せよう」と言った。

実際、小林と三木の問題は現代日本の最大の問題だった。日本では学生ならみな小林の弟子になるか、あるいは三木の弟子になった。だが僕は二者択一を迫られると困ってしまう。

同じテーマを扱ったものを例に取ると、三木には『パスカルにおける人間の研究』というのがあり、小林には「考える葦」に関する考えや、その他パスカルに関する断片がある。三木はハイデガーの分

析的な方法と解釈的な方法を駆使して、パスカルが考える人間存在を立派に浮き彫りにさせた。ところがこれはあくまで啓蒙だからこそ意味があり、教養だからこそ価値がある研究なのである。それだけ啓蒙、教養という範疇を超えられないということなのだ。

一方、小林はパスカルが言った「人間は考える葦」というものを「人間は弱いが考える力がある」という風にではなく、「人間は葦のように考えなければならない」と解釈すべきだと言ったことは、パスカル的思考の核心をついていると思われる。

三木は啓蒙的にパスカルにおける人間存在を抽出した反面、小林は三木の著書の十分の一にもならない量でパスカル的思考の中心を解明した。この点が二人を比較する上でとくに重要である。

三木は路線を決めて着実に鉱脈を掘り当てるが、小林は真実があると思ったところならどこでも掘り起こす。かといって前者は体系があるからよくて、後者には体系がないから欠点だとは言いきれない。二人の死後に評価される問題である。体系というものは必ずしも長所になるとは限らない。いまはあちこちを掘り返して散らかっているようでも、人生の幕を閉じる時にはそれが立派な広場になり、素晴らしい建物が建てられるかもしれないからである。

大雑把に言うと、三木はいまだに明治以来の啓蒙的で教養的な線上にいるが、小林は文化的な局面に躍り出て、華やかな活躍をしているといえるだろう。だが小林の活躍は、三木のような啓蒙的で教養的な努力をたゆまずしている存在を前提にしてこそ実を結ぶものだと思う。したがっていまは彼らの優劣をつける段階でもなければ、ましてや二者択一などできるものでもない。二人とも同じように師として仰ぐべきなのである。

僕がざっと以上のように述べると、Hは僕をまじまじと見つめた。Eは多少不満ありげだった。

「小林は月日が経つと色褪せていくペイントで描く画家、三木は何千年もの歳月にも持ち堪えられる建築家だ」

と言ってEが言いがかりをつけようとするのを、Hは、

「審判の判定も出たことだし、討論はこのくらいにしておこう。僕の負けだよ」と受け流した。

話題は元周臣をさがす問題に移った。Hの考えはこうだった。

「いい歴史の勉強になるかもしれないな。ただ外で材料をさがすと同時に、内でも元周臣をさがさなければなるまい。柳君の内にいる元周臣を見つけてこそ歴史が成立するんだ。だからといって内だけでさがして外部の材料をないがしろにすれば小説になってしまう。僕もできるだけ協力はするよ。それと、材料収集をする際、表向きにはEが乗り出す方がいいだろうな。柳君の立場も微妙だし、僕の立場も見てのとおりだから……」

次に恋愛の話題になった。三人とも愛に飢えた青年なので、恋の話には切々たるものがあった。だが、これはまたの機会に記録することにする。

ほどよく酔いが回って上気した頬をなでる上野公園の初夏の夜の風は、爽やかで柔らかだった。西郷の銅像の下で小便を垂れながら、さっきまでの気炎はどこへ行ってしまったのか、

「聞いた話だとアカたちは、転向した者もしていない者も軍隊に入れてソ満国境まで連れていき、背後から銃でバーンと撃ち殺してしまうらしいぞ」

そう言うHの声はすすり泣いているようだった。

誠実に生きることはそんなに難しいのか？　思わず涙が頬をつたった。日暮里の方を向いて立っているEの後ろ姿も泣いているように見えた。

いま通っている学校にいる朝鮮人の友人に相談してみようかとも思ったが、僕がこう決心した動機をきちんと説明するのも億劫なのでやめた。ボードレールやらジッドやらに夢中になっている彼らに、元周臣などというカビ臭い人物の話を出したところで十中八九通じないだろう。

だが、崔(チェ)君と黄(ファン)君には相談しようと思った。二人は僕がS高校にいた時の同級生だ。読書会事件で懲役に服したが、釈放されたあとも東京に残っているのはこの二人だけだった。黄は「アテネフランセ」に籍を置いて遊んでいたが、家がそれほど豊かではない崔は阿佐ヶ谷で牛乳配達をしていた。食いはぐれない程度に金を稼げばいいという彼は、朝夕に二、三時間労働をすれば勉強する時間を作れる牛乳配達を選んだのである。

僕は崔君と黄君を呼んで元周臣をさがしたいという話を持ち出した。承諾してくれたら牛乳配達をして稼ぐ金の倍を出すと言った。一本気な崔はそんな賄賂のような金は受け取れないと、僕たちがいくら援助すると言っても断った。僕が詳しい話をしたあと、崔はケラケラ笑った。

「僕をもう一度刑務所に入れるつもりか？」

僕は純粋に学問的な好奇心でやろうとしているのだから、そんなことはありえないと言った。

「僕たちが京都でやっていた読書会も、純粋な学問的好奇心そのものだったじゃないか」

崔は急に沈鬱な顔をした。

「柳君！　今日も刑事が来たんだ。まったくうっとうしいったらないよ。幸いにも牛乳屋の主が江戸っ子で俠気のある人だから、刑事らを追い払ってくれて、ちょっとひと息ついたところなんだ。こんなときに、元周臣とやらをさがしてみろ。あれこれいいがかりをつけてくるに決まっている」

崔の言うとおりかもしれない。この時、僕の表情に一種の迷いが表れたのだろう。崔はまたこう言った。

「Eって言ったか？　その日本人。彼を先に立たせろ！　君は彼を助けるふりをしたらいい。だったら迷うことはないさ。僕は無理だけど、Eがそうしてくれるんだったら、まずは警察の妨害は避けられるだろうな。それから僕もそれとなく探ってみるよ」

黄は黙ってじっと座っていたが、ふと、こう尋ねた。

「元周臣をさがす目的は何だ？」

僕はこれといってすることもないし、当時の状況を知ることも兼ねて、自分たちの境遇を歴史的に明らかにしたいと思っている、目的がはっきりしているわけではないと言った。

黄は手を振りながら、

「やめておけ。僕らは歴史なんか知らない方が身のためだ」

と言ってから、

「知らなければどうにかプライドを保つことができる。我々の不幸、我々の悲運を他人のせいにして、哀しい民族として生まれた青年のジェスチャーを取っていられる。だが歴史を知ってしまったら、卑屈になってしまうだろう。卑屈になったら、弱気になったら、今度は奴隷根性が芽生えてくるかもしれない。頼むから、僕たちの歴史を知ろうとしないでくれ」と泣き声になっていた。

驚くほど大人しくて気の弱い黄君の性格は知っていたが、さっと聞き流してしまう話ではなかったので、なぜそう言い切るのかとなじった。自分はべつに歴史を理解して民族主義者になるつもりでいるのではないと前置きをしてから。

黄は静かに次のような話をした。

「二月前だったか、僕は李相佰（イサンベク）先生のお宅を訪ねて行ったんだ。先生は歓迎してくれた。僕はこう尋ねた。僕たちが誇りを持って見ならったり、外国に紹介することで僕たちのプライドにできる人物がわが国の歴史にいるかと。すると先生はにっこり笑って、パイプをぷかぷか吹かしてばかりいるんだ。君たちも知っているだろ？　李先生の癖。僕はもう一度訊いた。いるかいないかだけでも教えてほしいと。先生はそれでもただ笑うだけなんだ。もう一度訊いたときにやっと、見ならうべき人物がいないはずがあろうか、と言うんだよ。僕たちが見ならいたいと思う程度を超えて、世界に誇れるような人物のことだと言うと、一瞬哀れなやつだと言いたげな顔をしたが、また笑みを浮かべながら、君の故郷の村に大木はないかね？　と訊くんだ。僕は、あると言った。すると、その木にも学べるものはたくさんあるし、正しくその木の教えを受け、徹底してその意味を理解しようとすれば、木をとおしても世界に誇れるものを理解することができるという話だった。もっともな話だとは思うが、正直がっかりしたよ。狡賢いと思わないか？　正しい方向に導いてやりたいが、具体的な話をしたばかりにあと始末に手が負えなくなるような境遇には陥りたくない、かといって誤った指導はできない……。僕が膨れっ面をしていると、この頃はなかなか手に入らない洋酒だといって酒を注いでくれるんだ。僕は茶でも飲むように五、六杯飲んだよ。その様子を見ていた先生がこう言った。プライドは歴史の中でさがすんじゃなくて自分の中にさがすもんだ、と。それから趣味は何だと訊くので昆虫だと答えると、昆虫学者もいいんじゃないか、と言うんだよ。僕は李先生の背後にある大きな書架を見渡しながら、後輩にこんなことしか言えない人にあの多くの本はどんな意味があるのだろうかと思うと気がめいった。それから立ち上がり、貴重なお時間を頂戴し申し訳なかったとあいさつをすると、先生は少し待っていろと言って奥の部屋に入っていき、漢書を一包み提げて出てきて、持って帰って読んでみろというんだ。家に帰って開けてみると丁茶山（チョンダサン）の『牧民心書』(6)だった。することもないし読めといわれたので読んでみた。驚いたなあ。どっちみち滅びる国だったんだ。らい病に癲疾（てんかん）病、肺病やら癌など、伝染病という伝染病にすべてかかった体をどこの名医が治せよう。僕はわが国が滅びたのは当然のことだと思ったとたん、鬱憤が破裂しそうだった……。それはそうと、李先生はなぜそんな本をくれたのだろう。丁茶山のような迫力があり、鋭利で博識な学者を紹介することに意図があるのか、それともどっちみち滅びる国だったのだから、民族だの祖国だのという観念をきれいさっぱり洗い流してしまえということに意図があったのか、訊きたいとは思わない。訊いたところでどうせどこ吹く風と相手にされないにきまってる」

---

(6) 李朝時代、丁若鏞（チョンヤギョン）（一七六二～一八三六年　雅号は丁茶山（チョンダサン））が地方の官吏たちの弊害を除き、地方行政の刷新を図るために事例を挙げて示した指針書。

「どういう内容なんだい？」

崔君が尋ねた。

「話したくもないね。とにかく悲しい本さ。旧約聖書にもかなり悲惨な件(くだり)が出てくるが、また質が違うよ」

「話してみろよ」

崔君が責めるように催促した。

「どうしても知りたきゃ、うちの下宿に来いよ。飛ばし飛ばしでも一緒に読んでみよう」

僕たち三人は阿佐ヶ谷で省線に乗り、田端にある黄の下宿に行った。


『牧民心書』というのは、朝鮮時代後期の実学者である丁若鏞(チョンヤギョン)が行政の改革を図り、行政官の態度を改めさせる目的で書いた書である。行政の改革を図るためには、当時の行政を批判することは免れず、批判するためには行政の実態を詳細に記録しなければならなかった。その記録をとおして我々は、李朝の末期がどれだけ病んでいたかを知ったのである。


黄君はまず、李朝末期の兵役制度がどうなっていたか見てみろと、『牧民心書』のある部分を指した。

そこには次のように記録されていた。

①両班(ヤンバン)の子弟は兵役義務が免除される。したがって少しばかり金のある平民は、金で両班の族譜(ぞくふ)を買ったり、そこに割り込んで兵役から免れた。
②国法では五歳以下の幼児や、十四歳以下の子どもを軍籍に登録すると、関連の公務員は問責を受

けることになっている。しかしこのような法を無視して、生まれて三日にしかならない赤子まで軍籍に登録させ、税布、税米を課した。

③国法では親子三人が共に入隊する際には、父親は免除され、親子四人以上が兵役に該当する際は一人は免除になるとされているにもかかわらず、実際は七人だろうが、八人だろうが一人残らず徴発した。

④国法では一人を二つ以上の兵役に徴発できないことになっているが、すでに正軍に登録されている者を別隊や官役に編入させるなど、重い負担を強要した。

それだけでなく、召集と選抜を担当している官吏が勝手にいかさまをするかと思えば、入隊した後、上官らが集まって「新入礼」〔新兵が上官につくす礼〕や「知面礼」〔新兵が上官に払う金〕を強要し、新兵だけでなく、その家族をも虐げた。この他にも六十を過ぎたら除隊させなければならないが、兵役の終わる年齢を早め「降年債」というものを徴収し、死亡者に対しては「物故債」といって子孫にまで「白骨徴税」を課した。

黄君は別の巻をめくって、「穀簿」というところを指差した。

穀簿は「還上」の悪弊を暴露した件（くだり）である。還上とは春窮期に農民に穀物を貸与し、秋の収穫期に返納させる制度だが、これがまた民を収奪する手段となった。

茶山の指摘するところによると八乱がある。

①穀名乱　出納する穀物の名称が乱れている。

②衙門乱　衙門〔官庁〕が多すぎて乱れている。
③石数乱　穀物の石数が一定していないため乱れている。
④耗法乱　耗穀〔元穀の消耗分を勘案して策定する利子〕の比率が乱れている。
⑤巡法乱　配穀の時期が乱れている。
⑥分留乱　貯蔵してある穀物の配給と在庫量の比率が穀物ごとに異なり乱れている。
⑦移貿乱　官吏が売り買いする際に不正を図り乱れている。
⑧停退乱　還穀の徴収を停止する方法が乱れている。

以上のような八乱の状況があることからも、民の事情を充分察することができる。人間の頭脳で考案できる最大限の方法でもって民を収奪したのである。

丁若鏞は「反作」やら「加分」、「虚留」などという名前をつけて、当時の腐敗した吏道〔官吏として行うべき仕事〕と、民の凄惨な有様を隈なく暴露している。

ざっと読んでも目の前が真っ暗になりそうだった。黄君の言ったとおり『牧民心書』とは実に悲しい書であった。

古今東西、これほど理不尽で無慈悲な政治が行われた国が他にあろうか。

「だから僕は、我々民族は偉大だと思うんだ」

煩わしそうな顔でごろっと寝転びながら、崔君が叫んだ。

「偉大だって?」

黄君(ファン)が書を閉じて押しのけながら言い返した。

「そんな過酷な状況でも礼儀を守り、親孝行をし、友を喜んで迎え、隣人と仲良くし、ここにいる僕たちのような錚々(そうそう)たる青年を生んだんだ。それこそ偉大じゃないか」

「崔君の言うことにも一理はあるけれど、そんな過酷な人生を生きるくらいだったら、いっそのこと親孝行でもして、友人と仲良くして、隣人ともうまくつきあっていこうと思ったんじゃないかな。生きるための最後の手段としてさ」

「ともかく、僕はわが民族が偉大だと思うね」

崔君の言葉には度の過ぎた自虐と自嘲の色があった。

僕は丁茶山という人は徹底した虚無主義者だと思うと言った。そうでなければどうせ治らない病名をこれほど克明に抉(えぐ)り出し、並べ立てることなどできないと思ったからである。

「丁茶山はそのすべての病弊を治せると思ってたんだよ」

黄君が答えた。

もしそうなら相当根気のある人物だろう。李相佰(イサンベク)先生が黄君にその本を読んでみろと勧めた心情が分かるような気もした。だが、丁茶山のような現実主義に処した人が虚無主義に落ち行くことがないとも言い切れない。もし仮に自らの虚無主義を胸の奥に秘めたまま、改革の可能性を信じるふりをして『牧民心書』を書いたとしたら、それこそ偉大だと言わざるを得ないだろう。

黄も崔も僕の意見に同意しているようだった。

『牧民心書』を読んでいると、東学党の乱〔一八九四年に起こった農民の内乱〕がなぜ起こったのかよく分かる」

　これを聞いて崔がいきなり立ち上がった。

「なら丁茶山は朝鮮のマルクスだ。その『牧民心書』とやらは『資本論』に当たるんだ……。だったら丁茶山は絶対に虚無主義者なんかじゃないよ」

「むやみに比較しない方がいいぞ」

　黄が反駁した。

「考えても見ろよ。マルクスは科学的に資本主義社会を分析しただろ？　それが共産革命の火種になったわけだ。丁若鏞も科学的に李朝社会の生活を分析した。それが東学党の乱に繋がったんだよ……」

　崔が興奮してこう言うと、

「マルクスの『資本論』を読んでからそういうことを言うんだな」

と黄が笑いながら言った。

「読まなくても分かるよ。天才だからね。『大学』にあるだろ。学んでこれを知り、だの、生まれながらにしてこれを知り、だのってのが。僕は、生まれながらにしてこれを知り、の方なんだ」

「たいした人だよ」と黄が言った。

「やはり柳君の言ったとおりかもしれない。茶山は配流されたり、天主教（カトリック）に入信したりしたらしいからな……。いずれにせよ、死ぬときは虚無主義者として死んだだろうよ」

　ひとしきり勝手なことを喋ったあとは空虚な気分になった。

黄君が突然、「行こうか！」と言った。

黄君の言う「行こう」というのは、あそこに、夜の女たちがいるところに行こうということだ。

「おかしいよな。わいわい喋ったあとは僕の中に必ずそういうことを言い出すやつが現れる」

口ではそう言いつつも黄君の顔は恥じらいの色を帯びていた。

僕も行こうと言った。玉の井に黄君の行きつけがあったが、そこは一度に二人しか入れない。三人が一緒に入るには吉原に行かなければならない。

髪を膨らませて結い、二寸ほどのぶ厚い白粉を塗り、睫毛には墨を、唇には紅いペンキを塗った人形をポン菓子のように膨らませた女たち。吐き気を催すほどおぞましい女たちのいるところに行きたいと思わせる力とは一体何なのか。

三人が女を一人ずつ連れてそれぞれの部屋に入った。情緒などこれっぽっちもない、ただ昆虫の末梢神経のような痙攣！　事を終えるが早いか外に出ると、崔は服を着たままで女と花札をしていた。僕を見るなり崔は気まずそうに笑った。相変わらずだった。

崔は粗野で荒々しいところがあり、黄は物静かで大人しかった。だがその反面、黄は大胆で崔は意気地がなかった。そこで何しているのかと聞けばおそらく、

「せっかくいままで童貞を守ってきたからな」と崔は頭を掻くだろう。

そこから大通りに出た僕たちは小さな店に入った。どんぶりで日本酒を引っ掛けると、一気に酔いが回った。よろけながら家に帰る道中、「鳳仙花」〔一九二〇年に発表された歌曲〕を歌った。僕と黄はそれなりに曲に合わせて歌ったが、崔はいままで何百回も歌ったはずなのに調子外れだった。

「崔君の歌は変調だよな」

とからかうと、崔にも言い分があった。

「君たちは垣根の下に咲いている鳳仙花を庭に咲いているみたいに歌っているが、僕のは垣根の下にあっても庭の外側に咲いているんだ。だから僕の歌は君たちのとは違うんだ」

「まったく屁理屈をこねるやつだな」

こんなことを言ったりもしたが、曲に合わせて歌う黄や僕の歌よりも、調子外れの崔の歌の方がいつも胸を打つのだった。それは確かに、崔の歌だった。五線紙に採譜する方法のない、崔の悲しみと憂鬱な気持ちが織りなす、誰も真似ることのできない崔だけの独特な歌だった。六尺近い長身の男が、童貞という名の下に鬱積した二十五歳の青春が、追放され疎外された境遇で歌う歌なのである。聞き取れない歌詞、奇抜な声を道行く人たちは奇妙な面持ちで眺めたり振り返ったりするのだが、東京の夜の街で崔は怖いもの知らずだった。

「垣根のもとにぃ、立っているぅホーセンカァよぅ、おまえの姿はぁなんて物寂しいんだぁ……」

夏休みが始まるまでに急がなければならなかった。朝鮮総督府の職員録が手に入った勢いで、新聞広告は後回しにして、まずは手紙を出すことにした。

『大韓毎日申報』の記事を謄写したものを同封し、この記事に出てくる元周臣という者を知っている人を見つけてくれたら後日謝礼をするという旨を記し、発送人はE氏方、金某とした。

崔とHの忠告どおり万が一の場合に備えたもので、警察に訳を聞かれたら、Eが日本と朝鮮との関係を研究するために必要だと言い、金某というのは朝鮮人の協力を得るための手段だと答えることで話をまとめた。

何やら大層なことを始めたような軽い興奮を覚えながら、ボストンバッグいっぱいに詰めた手紙を郵便局に振り落とすと、僕とEは下関に向かった。Eはその足で朝鮮旅行をすることにしていた。

列車に乗って席を取ったEは、

「何だか探偵旅行みたいだ」

と言って、コナン・ドイルの『シャーロック・ホームズの冒険』という本を開いた。

「それを読めば探偵にでもなれるのかい?」

僕がそう咎(とが)めると、

「気分だけでもな」

そう言ってEは愉快に笑った。

初夏の東海道線沿いは眩しいほど美しかった。だが、僕はEの愉快な気分についていけなかった。玄界灘を渡れば、夏の太陽のもとに悲しくて貧しい朝鮮の風景と暮らしが広がると思うと胸が痛んだ。

日本では夏の太陽が、自然の美しさと、慎ましやかな人間の生活の美しさを照らし出す。しかし朝鮮半島では、禿げ山や干上がった小川をはじめ、いまにも倒れそうな藁葺(わらぶ)きの家などが、どうすれば人間と自然と、そこの生活をこうもみすぼらしいものにしてしまうかと思わせる。

(それはすべて日本の植民地政策のせいだと言えるだろうか)

僕は日本の、木の生い茂った山、整然と区画整理された青い田んぼ、屋根の高い白壁の農家、そんな風景を見ながら、朝鮮半島の農村を思い浮かべ、心の中で溜息をついた。

沼津を過ぎた頃、列車が突然ある農村で停まった。窓の外に見える農家の花壇には、真紅のカンナと臙脂（えんじ）色のダリアが炎のように咲き乱れ、花壇の向こうには手入れの行き届いた庭に二羽のガチョウがのんびりと散歩しているのが目に入った。

京都で一泊。

京都で僕はEを、数年前に僕が下宿していた花園（はなぞの）町に連れて行った。花園町は京都駅で電車に乗って西ノ京円町（にしのきょうえん）で降り、禅道場として日本全国に知られている妙心寺の方に歩いていったところにある。府立二商の角を曲がり、近道を通って花園町に出た時、僕は故郷に戻ってきたような感慨に耽った。暮らしたのはわずか一年余りだが、僕にとっては深い愛着のある町でもあった。

長い歳月を思わせる、苔の美しく生えた一階もしくは二階建ての木造の家屋が、未来に向かってというよりは、昔の追憶の中で息づいているように佇む静かな通り。その通りから奥に入っていくと、電車の音はもちろん、市街の騒音は一切聞こえてこない。時折ハイヤーなどの自動車が狭い路地を通ることもあるが、古都の気品が濃厚なここでは、道を間違って入ってきた怪物のような違和感を醸し出す。

僕が下宿していた家が近づいてきた頃、路地で防空演習をしている人々を見かけた。みな見覚えのある顔ぶれだったが、あいさつをするのはばつが悪かった。一列になって水の入ったバケツを渡している人の中に、僕はまゆみという女性を見つけた。まゆみは僕がしょっちゅう出入りしていた菓子店の一人娘だ。片方の足を若干引きずっていたせいで、明け方に学校へ向かい、夕方暗くなってからやっと家に帰ってきていたということをのちになって知った。薄暗い電灯の下で本を読みながら、店番もしていた、隠花植物を彷彿とさせるその高等女学校の学生に、僕は淡い恋情のようなものを抱いたこともあった。そんな僕の気持ちが通じるはずもないが、たまたま視線がぶつかった時など恍惚とした陽炎が立ち上った。

僕は防空演習をしている一団のそばを通り過ぎながら、血の気のない、卵色をしていた物静かなまゆみの顔がトマト色に紅潮し、体にふっくらと肉がついているのを見て、きっと結婚したんだろうと思い、寂しい気持ちになった。

下宿に立ち寄ったところ、奥さんがびっくりしながら迎えてくれた。息子二人を戦地に送り、老夫婦だけが残された家で、僕は実の息子のように世話をしてもらった。僕が学校を辞めると言った時、一番悲しんだのも彼らだった。

主人は留守中で、ちょうど一人退屈そうに団扇で扇いでいたところに僕たちが現れたのだから、それはもう大喜びだった。僕はEを紹介し、故郷に帰る途中に寄ってみたのだというと、奥さんはそれなら京都にいる間だけでもぜひ自分の家に泊まるようにと言った。息子たちがいつ帰ってきてもいいように部屋はきれいに片付けてあるし、寝具も整えてあると言いながら切実に請うた。

実は僕もそのつもりで、京都駅に下りるなりまっすぐこちらに向かったのだと言った。それが奥さんをさらに喜ばせたようだった。

「そうどすえ、そうどすえ」

京都特有の言い回しを繰り返しながら、奥さんは熱い番茶を入れた。暑い日ほど熱い茶を出す慣わしは相変わらずですね、と僕は久しぶりに甘えた声を出した。

風呂が沸くまで待ちきれずに冷水を浴び、僕はEを妙心寺に連れて行った。数百年経つ槐の木や欅、伊吹、杉が鬱蒼としている中で、寺は昔と変わりなく門をしっかり閉めたまま、威厳ある静けさを保っていた。

中庭や芝生では、近所の子どもたちが駆けっこをしたり、かくれんぼをしたりして遊んでいた。子どもたちがどんなに大騒ぎをしても叱りつけてはいけない、と言ったという住職は、まだ生きているのだろうか。子どもたちが紙や棒切れなどを所構わず捨てても、ここの僧たちは一切干渉しない。黙って彼らが片付けた。

僕はEに、数年前、学校の試験も終わった中秋の名月の夜、この妙心寺の中庭で数人の学友たちと酒を飲んでいたのだが、池に酒を一本注いでみたところ、池に住む亀が酒に酔ってよろめきながら出てきたという話をした。

暗くなるまで妙心寺で遊んでから下宿に戻ると、帰宅した主人も僕たちを待っていた。食事をしながら昔話に花を咲かせた。奥さんは近所に住んでいた京子という女性が、訳あってこの家に毎日、自分宛ての手紙を取りに来ていたことがあったと話した。あとになって分かったことだが、実は京子が自分宛てに書いた手紙だったというのだった。僕がまさかと言うと、奥さんは、

「みぃんなうちのつくり話や思わはるんやったら、それはそれでよろしおすけど……」

と言い回しの複雑な京都弁が続くので、僕は顔を赤らめながらも認めるしかなかった。

そういえば、京子という丸くて平べったい顔をした女学生が毎朝手紙を取りに来るのを奇妙に思ったことがあった。たしか僕が手紙を渡してやったことも一度や二度ではなかった。僕は京子よりも、同志社大学に通っていた兄の方が印象深かった。背の高い美男子であるうえに制服を格好よく着こなし、外に出ると、近所の女の子たちがヒソヒソ噂話をしながらその後ろ姿を見つめるほど、この界隈では人気があった。

その学生の消息を尋ねたところ、言い渋っている奥さんのそばで主人がひと言、

「戦死した」

僕は肝の冷える思いがした。あのスマートな青年が、この町の人気を独占していたと言ってもいいあの青年が、これほど虚しく戦死したとは信じがたかった。奥さんも顔を強張らせていた。主人を咎めるような目で見ていた。僕はその訳が分かった。

(ああ、この家では戦死という言葉は禁忌(タブー)になっているんだな。息子二人を戦地に送った母親の胸の内とはそういうものだろう)

僕は話題を変えるつもりで京子の消息を尋ねた。

「ほんでもよそに引っ越さはったみたいぇ。おとうはん、仕事かわらはったみたいやし……」

と奥さんが答えた。

もう一つ尋ねたいことがあった。それは大木篤子(おおきあつこ)という琴を弾くのが上手い女性の消息だった。篤子はこの下宿屋の向かいから数軒離れたところにある家の娘だ。歳は僕より二、三歳上で、女学校を卒業したのち上級学校に進まず、家で琴ばかり弾いていた。時折、この下宿屋に遊びに来ていたので

僕とも親しくなった。

僕は彼女をとおして琴の美しさを知り、また六段（ろくだん）やら千鳥（ちどり）の曲、それに「春の海」等の名曲に触れただけでなく、宮城道雄の名前、「黒髪」という素晴らしい歌詞を覚えた。

何より注目すべきは、大木篤子に朝鮮の民族音楽を紹介したいために、僕自身が朝鮮固有の伽耶琴（カヤグム）をはじめとする唱（チャン）や、鼓の打ち方を習うことになったことである。

ある年の長い休みなど、それを習うのに丸々費やした。

すっかり病みつきになって、東京に行ったあとも李花中仙（イファジュンソン）〔一八九八～一九四三／パンソリの名唱〕という唱の名手が本所（ほんじょ）に住んでいるという噂を聞いて、訪ねていったほどだ。

余談ではあるが、僕が訪ねていった時の李花中仙はどん底まで落ちぶれていた。アヘン中毒になり、本所の貧民窟で無残なりで伏せていた。故国を懐かしむ同胞の感傷に往年の名声でもって便乗し、時折、朝鮮の人たちが多くいるところで歌を歌って延命している彼女には、もう何も教わるものがなかったし、教わることもできなかった。

大木篤子の安否も訊けないまま、Eと僕は二階に上がっていって、すでに敷かれてあった布団の上に寝転がった。

京都で見たり聞いたりした話をしている時に、Eが突然こんなことを言った。

「どうだ、柳君、君は日本の女性と結婚するつもりはないのかい？」

僕はあまりに突然のことで言葉に詰まった。

「僕は朝鮮の女性と結婚したいと思うが、どうかな」

今度も何と答えたらよいか分からず困っていると、Ｅは話を続けた。

「朝鮮人と日本人とでは人種的には混血にならないが、精神的にはそうなるだろ？　一世代目の混血児は優秀だっていうじゃないか。どうだ？　僕の提案は」

僕は笑みを交えて、君はいつから今後生まれる子どもの心配までするようになったのかと皮肉った。

「いや、ふと思ったんだ。君は表面には見せないけれど、朝鮮と日本との関係に対していまひとつ釈然としないものがあるようだ。君の息子にそういうものを譲らないためにも、どうだろう、ここで思いきってみては」

京子という女学生が僕宛てに手紙を書いたという話と、僕が唱や鼓を習うことになった動機を聞いて、Ｅのやつ、大げさな反応を見せているんだな、と思ったが、そんなことまで言う必要もなく、ただいつからまだ生まれてもいない子どもの心配までするようになったのかと皮肉り続けた。

「僕の話をもっと真面目に聞いてくれよ。古臭い民族意識なんか克服すべきだよ。精神的にもそんな意識は清算してこそ有益だと思うな。もし君が望むなら、まずは僕の従妹を紹介する。交際してみて嫌だったらいつでも放り出していいから。冬になったらうちに遊びに来いよ。スキーもして従妹にも会って……」

話がこうなると下手に答えられなくなった。

僕はすでに結婚している身だ。それもずっと昔に。できればその結婚から逃れたかったが不可能だった。意識的には未婚のつもりでいても、社会的にはすでに結婚しているのだから、僕は恋愛もできない。恋情を抱いていても恋愛ができない状況だ。だから僕はできるだけそういうことは考えないようにしている。こんな話を切り出すと長くなる。僕はさっさと話を切り上げて、いまはまだ結婚などするつもりはないと言い切った。

言い切ってしまうと、Eの誠意を無視するようで申し訳なくなり、この先、結婚問題を考える時があれば相談すると付け加えた。Eもそれ以上その問題には触れなかった。

下関。

Eと僕は山陽ホテルに入った。山陽ホテルは駅のすぐ前に位置しており、何かと便利なので選んだ。風呂に入り茶を飲んでから、片付けをするために入ってきたボーイにEは相当な額の金を握らせて、三十年以上関釜連絡船で働いた人ならどんな仕事でもいい、現役だろうが退職していようが構わないから、さがし出して会わせてくれと性急に頼んだ。

「人数は多いほどいいに決まっているが、無理なら一人だけでもいい。少なくとも一人はさがしてくれ」

相当な額の金を手にしたボーイは満足したのか、

「たぶんさがせると思います」と快く承諾した。その背に向かってEは叫んだ。

「その人にも充分な謝礼をするからそのつもりで」

その光景を見て僕は、コナン・ドイルのシャーロック・ホームズに教わった知恵とは、せいぜい金で人を釣る手段だったのかとからかった。

「そのうちわかるさ。これからが始まりだ」

まずはEの術策が成功を収めたように見えた。食堂で夕食を取って戻ってくると、さっきのボーイがロビーで二人の男が僕たちを待っていると言った。

二人は七十前後の老人だった。身なりからしてそれほど無学には見えなかったし、卑しくもなかった。一人は給仕から給仕長に、その後は船長室担当の船員として働いていたが、数年前に辞めて、いまは煙草屋を兼ねた雑貨商をやっている笹木という人で、もう一人は雑役夫として三十年以上勤続し、昨年退職、現在は妻のやっている船員相手の食堂を手伝っているという河田（かわだ）という人だった。

Eはその場で尋ねた。

「壱岐（いき）丸という船を知っていますか」

「もちろんですよ。わしの関釜船の船員生活はその船から始まったんじゃからの」

笹木が答えた。

E「では、宋秉畯（ソンビョンジュン）という朝鮮の名士を知ってますか」

笹木「はて」

河田「知りません」

E「いまから三十二年前、元周臣という人が自殺をしたのは知ってますか」

笹木「とにかく自殺する人は多かったから、いちいち覚えておらんよ」

E「自殺事件の件数はどのくらいになりますか」

笹木「数えたことがないもんで正確には言えんが、わしが見たものだけでも数十件にはなる」

E「数十件？」

河田「そりゃそうですよ。新聞に出たものだけでも相当の数になるんだから。まあほとんど発表はせんがね」

（……）

E「朝鮮と日本が併合するまさに一年前に起こった事件で、併合を推進した宋秉畯を殺そうとしたんですが、その志を遂げられず投身自殺をした人がいるんです、元周臣という。よく思い返してみてください」

河田「投身自殺をしたのか、誰かが殺して死体を投げたのか、あるいは後ろから蹴り飛ばしたのか、わかったもんじゃない」

E「殺したって、誰が……」

しきりに勧めたウィスキーのせいか、言葉がすらすら出始めた。

河田「警察ですわい。拷問をしているときに死んだり、あとでややこしいことになると思ったら、自殺を装って海に放り投げてしまう場合もあるんじゃから」

E「あなたの目で見たことがありますか」

河田はたじろいでいるようだった。

E「僕たちは学生だし、純粋に元周臣について知りたいと思っているだけで、他のことは口外するつもりもないので安心してお話しください」

河田「二回見たかねえ」

E「笹木さん、あなたは？」

笹木「はて、わしは話に聞いただけで」

河田「もし。雑役をやっていた自分が二件も見たというのに、支配人のあんたが知らないはずはあるまい。一人だけ身を引いたりせんと、この学生さんらに隠さず話してやったらどうじゃね」
笹木「この目で見ておらんことをどう話せというんじゃ」
笹木は明らかに警戒している様子だった。河田を捕まえて訊くしかなかった。
私「あなたが見たことを話してください」
河田「一つは三等室のとなりにある特高刑事室で朝鮮の人がひとり死んで、もう一つは甲板の上で誰かが人を刺したんじゃよ。刺した人は警察に連れて行かれたが、そのあとどうなったことやら。ただ刺された人は、おそらく重傷を負っても息はあっただろうに、さっさと筵(むしろ)に巻かれて海に捨てられてしもうた」
E「それが元周臣だったと？」
河田「そりゃどうだか。元周臣という人のことはまったく記憶にないからね。ただ自殺と発表されたものが実は他殺かもしれないということを言うておるまでで」
笹木「いまでもはっきり覚えておるのは、朝鮮の有名な女の歌手が金持ちの息子と心中した事件じゃ。名前は忘れてしもうたが、もうかれこれ十五、六年経つか。とにかく大きな事件だった」
Eが僕を振り返った。その事件なら僕も知っているという顔をすると、Eは今度は特高刑事の行為について訊き始めた。
この問題に関しては彼らは口を開こうとしなかった。朝鮮人の僕がいるからではないかと思って、僕はその二人をEに任せて表に出た。

僕は朝鮮の人に会っていろいろ尋ねてみるつもりだった。

山陽ホテルから市街地に向かって五、六十メートル歩くと、東西に開けた繁華街に出る。道を渡り、通りに沿って東に百メートルほど歩いて右側の路地に入ると、朝鮮の人たちが経営する、朝鮮人相手の食堂が軒を並べていた。

僕は適当な店に入り、酒を一杯頼んでから主を呼んだ。

五十過ぎの女主人が出てきた。

僕はこの辺りで一番長く商売をやっている店はどこかと尋ねた。女主人の答えから要領を得ることができなかった。だがまとめると、自分の店が二十年余り商売をしてきた最も古い店であり、あとは二、三年毎に主が変わるのでわからないとのことだった。

連絡船が発着する時間帯はかなり混む場所だが、その時はひっそりしていた。むやみやたらに雑巾がけをするせいで畳みは真っ黒に汚れており、いまにも崩れそうな壁をカムフラージュするつもりで貼り付けた壁紙の一部は破れ、狂った女のスカートの裾のように垂れ下がり、その中からカビの生えたくすんだ壁がのぞいていた。奥の間では誰かが賭博をしているようだった。

こんなところで何かを聞き出そうとすること自体、愚かだと思い、腰を上げようとしたところ、女主人が僕の耳元で囁いた。

「だんなをさがしに日本にやってきたんだがね、会えずに引き返そうとしている若妻がいるんだよ。今晩、楽しむつもりはないかい？」

僕は顔がかっと火照るのを感じた。夜遅くこんなところを訪ねる者は大抵そういう目的を持っていると怪しまれて当然なのだろうが、そんなことも知らなかった僕は、侮辱されたようで不快だった。

「器量のいい若妻だけど、旅費もなくて気の毒なんだよ。一晩楽しんで連絡船の船賃でもやってくれないかね、兄さん。ちょっと連れてきてみようか？」

うまい言葉で言い寄る女将を怒鳴りつけてやりたい衝動に駆られたが、ぐっと我慢して何も言わずにその場を離れた。少々高すぎるとは思ったが、言われるままに金を払い表に出ようとした時、女将がもう一度勧めた。

「二等品だよ、一等品。長いこと旦那に慰めてもらってないんだから処女みたいなもんさ」

大人しく出てきた僕の背後で女将のつぶやく声が聞こえた。

「最近の客は薄情だねえ。昔はこんなんじゃなかったのに」

昔の人は愚かで彼らにやすやすと乗せられたが、いまはそうでないということなのか。異国に来てまで同胞を騙して生きていく彼女の人生とは何だろう。

ホテルに戻って来ると、Eもいささかがっかりしていた。どんな方法を使っても、核心にせまることができなかったらしい。

したがって下関で得たものは、次のような公式的な事実だけだ。

一九〇五年　就航　壱岐丸（一六九二トン）　対馬丸（一六九一トン）
一九〇八年　薩摩丸（一九三九トン）
一九一一年　うめが香(か)丸（一九四〇トン）

これによって昼夜船便となる。

一九一二年　同前、門司港で沈没、日本郵船会社において弘済丸に代替
一九一二年　高麗丸（三〇二八トン）、新羅丸（三〇三二トン）の就航を開始
一九二二年　景福丸（三六一九トン）、徳寿丸（三千トン級）の就航を開始
一九二三年　昌慶丸（四千トン級）の就航により、高麗丸、新羅丸は貨物船として用途変更
一九四〇年　各七五〇〇トン級の金剛丸、興安丸就航、時速十九ノットとなり、従来十一時間かかった釜山・下関間の航程を七時間に短縮、今年（一九四一年）初めに天山丸、崑崙丸（各七五〇〇トン級）が就航

関釜連絡船の尺数とトン数が膨らんでいくのは、日本の国力がそれだけ増大している証拠である。

以上のような事実を図表にして、日本が強くなっていくのは好ましいことじゃないかと言ったところ、Eはこう答えた。

「衰退するより強くなるのはいいことだ。しかし方向性というものがあるだろ、方向性」

それからEは舌打ちしてつぶやいた。

「新羅丸やら昌慶丸、壱岐丸、対馬丸、どれもいい名前だ。金剛丸まではまあいいとして、興安丸というのは何だ？　天山丸とは一体……。崑崙丸にいたっては理解に苦しむ。三万トン、四万トンの船に浅根丸という名前をつけておいて、たかが七千トン級の連絡船に興安、天山、崑崙などと名づけるなんて。天山ってのはヒマラヤだぞ。ヒマラヤと崑崙山がなぜ出てくるんだ。征服でもしたの

か？　それともこの先征服しようってのか？　誇大妄想に精神錯乱、精神分裂まで重なったざまを見ろよ。常識が欠けてるだけならまだわかる。さもしくないか。要は方向感覚さ。チェッ、恥さらしだ！」

その翌朝のことだ。

けたたましくホテルの部屋のドアを叩く音で目が覚めた。素早くベッドから飛び降り、Eがドアを開けた。

「朝早く失礼します」

先頭に立っている人がこう言った。一行は三人だった。いきなり押し入ってきた彼らの態度は「失礼する」という言葉と似つかわしくなかった。僕は彼らがどういう人たちなのか一目で分かった。案の定、

「警察の者です」とそのうちの一人が手帳を取り出してEに見せた。僕は一瞬ひやりとしたが、何とか気持ちを落ち着かせて服を着た。Eは平然と、

「どんなご用件です？」と言って、パンツ一枚でベッドに腰を掛けた。

「夕べ、ここに人を呼びましたね？」

刑事の一人が尋ねた。

「呼びましたよ」

Eは答えた。

「あなた方は誰ですか」

さっきの刑事が聞き返した。

「私はEという者です」

「どういうお仕事をされてますか」

質問する人を決めてあるのか同じ刑事が尋ねた。

「学生です」

「身分証を見せてもらえますか」

Eはテーブル脇のソファに脱ぎ捨ててあった上着から身分証を取り出し、彼らに見せた。身分証を握ったまま刑事が訊いた。

「どういう目的で彼らを呼んだのですか」

「学問上、調べたいことがあったからですよ」

「自殺した者の数を訊くのが学問上、何か意味があるのですか？」

刑事の顔に揶揄するような色が浮かんだ。

「自殺した者の数が知りたいのではありません。ある歴史上の人物を調べているのですが、どのように端緒を摑んだらよいかわからないので色々尋ねたまでです」

「歴史上の人物とは？」

「元周臣という人です」

「元周臣？　朝鮮人じゃないか」

「そのとおりです。朝鮮人です」

「あなたは内地人ですな」

「そうです」

「内地人が朝鮮人について何か調べることがあるのですか」

「私は歴史を勉強している者です。とくに日韓併合史を研究しています。それが悪いとでも？」

「誰も悪いとは言っていない」

「なら、なぜこんな朝っぱらから騒ぎ立てるのです？」

「だからさっき失礼すると言ったでしょう」

「言っていることと態度が違うじゃないですか」

「警察官の職務というものがあるんですよ」

「警察官の職務というものは、学問をするために資料収集して回っている者を罪人扱いすることですか」

「君、そんなに興奮しないで」

三人のうちでもっとも年上に見える刑事が進み出て言った。

「これらはすべて国家の安寧と秩序を維持するためなのだから。正体不明の学生風な者が現れて、関釜連絡船で船員をやっていた前歴のある人を探しているとか、ボーイに過分なチップを渡したという情報が入ってくれば、我々警察としては当然取り調べなければならないことですからね」

そう言われると無理もない話だった。Eも同感したのか、

「はじめからそうおっしゃればよいものを、いきなり尋問調で責められると気分悪いですからね」

と言いながらズボンを穿き、刑事たちにソファを勧めた。

「ところで元周臣とはどういう人なのか、もう少し詳しく説明願えますか。ひょっとしたら我々もお役に立てるかもしれませんからな」と年配の刑事がソファに座りながら言った。

Eは元周臣に関する新聞記事の話から、元周臣の正体を調べることになった動機の説明までをもっともらしく羅列した。それから、

「蚤(のみ)の片目を研究して医学博士になった人がいるくらいですから。玄界灘に投身自殺した朝鮮人青年のおかげで歴史学、つまり文学博士にもなることもあるんです」と冗談めいたことまで言った。要約すると、純学問的な問題であって、他意はないという点を強調したのだった。

刑事らは失望しつつも安心した様子で、

「我々もまったく知らなかったことだが、可能な限り警察にそのような資料があるかどうか探して見ましょう」とまで言った。

Eは東京の自宅の住所を記しながら、

「些細な資料でもいいから元周臣に関することがわかれば、こちらに連絡ください。東京にいらしたら私が酒でも一杯ご馳走しましょう」と冗談交じりに答えた。

Eの機知で僕と刑事とはひと言も交わさず、その朝の騒動はユーモラスな喜劇として終わった。

刑事たちが出て行くとEは、

「これでよし。これで面倒なことは切り抜けたも同然だ。これからは刑事に対する対策は、博士になるための努力だと強調すればいいいな」と当初の不快さを洗い流したような明るい語調で喜んだ。

だが僕の心情は違った。Eが日本人だからそれくらいで済んだのだ。もしEが朝鮮人だったら警察署に連れて行かれ、散々な目に遭わされ、下手をすれば数か月の間留置場の世話になり、そのあとのことも予測できない事態になるだろう。Eは自分の見事な対応で刑事を追い払ったと思っているようだが、実はそうではないのである。

そのことを話そうかと思ったがやめた。やめた代わりに、元周臣を探すのはもうよそうと言った。

Eは僕をちらっと振り返ると、僕が言わんとしていることも、胸の内で思っていることもすべて見抜いているかのような顔をした。

「だから僕に任せておけって。責任はすべて僕が負うから。君は陰で努力しろよ。表に僕がいればいいじゃないか」

その後、Eとボーイの間でひとしきり諍い(いさか)が起こった。

「人間として卑怯だと思わないのか」。夕べのボーイが部屋に入ってくるなり、Eは大声を出した。それでもボーイは静かに笑みを浮かべていたが、

「一介のボーイのくせにこんなことをやるとはな」という悪たれ口が重なると、ボーイは真顔になって、

「僕が何をやったっていうんだ」と食ってかかってきたのだ。すると、痩せて弱そうだが中学高校時代に剣道の選手として名を馳せていたEは、その実力を誇示するかのように、ボーイの頬を見事に引っ叩いた。

「自分たちのホテルに泊まった客をこれといった根拠もなしに警察に密告しておいて、何も悪くな

かったってのか？」

極度に興奮したEに、ボーイもさすがに飛び掛かりはしなかったが、「怪しいやつを告発するのは国民の義務だ」と大声でわめき立てた。

この騒動を聞いて飛んできた支配人が、ボーイを怒鳴りつけて部屋から追い出したあと、丁重に謝罪をした。

「お許しください。こんなことが巷に広がりでもしたら、私どもホテル業はおしまいです。ですが、あの者たちの苦しい立場もわかってやってください。警察が義務的にさせたことですし、彼らの頼みにさからうようなことがあればボーイすらできなくなります。理由は何であれ、正確に判断するべきだったのですが、学生さん方に対して誤った判断をしたようです。連絡船乗り場のすぐそばにあるものですから、危険分子が侵入してこないともかぎりません。その点をご理解し、お許しください」

僕たちは父親ほどの年齢の支配人にここまで謝られると、それ以上どうすることもできなかった。Eは、こんな日こそ日記を書くべきだとつぶやきながら風呂に入った。

下関に留まっていたところで、それ以上得るものはないように思えた。僕たちはすぐに釜山へ向かうことにした。問い合わせた結果、夜間の船に乗るしかなかったのだが、今度は僕とEとの間に乗船券をめぐってひとしきり激論が起こった。

僕は二等券を買おうと言ったが、Eは三等券を買うと言って聞かなかった。僕が二等券を買おうと言ったのは次のような理由があった。特高の監視が三等に比べて二等の方がはるかに緩かった。三等に乗った日には間違いなく、僕は特高の命令でトランクを開けて持ち物検査を受け、うっとうしい質問に答えなければならない。そうなれば十中八九、卑屈な姿を晒すことになる。日本人であるEは、日本人だという身分を提示すれば、難なく関門を越えられる。難なく関門を越えたEの好奇心に満ちた目の前に、僕の卑屈な姿を見せたくなかった。もう一つの理由は、日本人も三等客の場合は同じだが、三等船倉や、倉庫のような船室に荷物のごとく積まれている同胞の老醜をEに見られたくなかったからである。しかしその訳を話すこともできず、僕はとにかく三等室に乗ると甲板に出ることができないという点だけを挙げた。

Eはせっかく関釜連絡船に乗るのなら、悪名高き三等船室に乗ってこそ意味のある体験ができるのだと言って譲らなかった。

僕はそんなEの態度を安っぽいセンチメンタリズムだと言い、Eは是が非でも二等船室に乗ろうとする僕の態度を青臭い貴族趣味だと非難した。

青臭い貴族趣味どころか腐りきった俗物根性だと言われても、僕は二等に乗りたいと言い張ったが、Eは断固として譲ろうとはしなかった。

「列車でも船でも、一等に乗る人間ほど嫌味な輩はいない」という極論まで持ち出し、それならむしろ一等に乗れと言った。

一等は高位高官、または貴族でなければ乗れないのだと言うと、なら何があっても三等に乗ると断言した。あきれた僕は、ちびのくせになんて強情なんだと皮肉を言った。それに対する答えがまた手強かった。

「官軍に対抗したところで自滅することがわかっていながら、会津藩に軍資金を用立てた祖父さんの孫だぞ、僕は……」

正攻法が無理なら奇襲作戦だ。

僕は関釜連絡船に乗るのは一度や二度ではないが、Eは初めてなので切符を買うのは僕が請け負った。そのチャンスを利用するつもりだった。僕はEの主張に降伏したふりをして、煙草を買いにいくと口実をつけて部屋を出た。そしてさっき謝罪しに来た支配人をつかまえて、釜山までの切符を二枚頼んで戻って来た。

帰って来るなりEは六感が働いたのか、切符を買いに行った方がいいのではないかと僕に尋ねた。僕は三等室の切符は船に乗る時に買っても遅くないと空とぼけた。実は当時、乗客が込み合っていて三等切符は前の日に、しかも夜の便だと早めに買って置かなければならなかった。

食堂に下りていって朝食を取っているところに支配人が現れ、船の切符を二枚テーブルの上に置いた。

Eはすかさず切符を取った。

Eは眼鏡の奥の目を怒らして僕を睨みつけた。僕は陽気に笑った。久しぶりに、本当に久しぶりに長いあいだ陽気に笑った。そして付け加えた。

「さっき言ったよね? 君は会津藩に軍資金を用立てた祖父さんの孫だって。僕はね、葉銭(はぜに)〔真鍮(しんちゅう)で作った昔の銭の一つ〕一枚——葉銭一枚というのはいま僕たちが使っている一銭の金の十分の一の貨幣価値しかない——夜道で失くしたから、翌朝さがすつもりで虎の出る山奥で夜を明かした祖父さんの孫だ。わかったか？」

ここまでくるとEも我を折るしかなかったようだ。

フォークを握った手をさっと上げ、仏頂面をしてひと言。

「本日天気晴天なれども波高し」

船が出る時と、船が着く時の埠頭は、一種の式典のような雰囲気だった。誰が主催するわけでもなければ一定の順序に従ったものでもないが、埠頭に漂う雰囲気には式典に似た荘重さと騒がしさがあった。

その式典では、誰もが自分自身が主賓であるかのように感じるのだった。

未知の運命に向かって旅立つ人は、その運命を前にして高鳴る胸の中で自ら主人公になり、長い放浪を終えて帰る人は、未知の世界へ向かう時よりも不安な心持ちで故郷を思う主人公になる。希望を抱いて旅立つ人はその希望によって、絶望を抱いて帰って行く人はその絶望によって、しばらく埠頭を舞台に繰り広げられる式典で、誰もが主賓になった自分を思う。

言葉を変えて言うと、船を前にすると誰もが感傷的になるということだが、下関と釜山の埠頭は異国ではないといいつつも異国でしかない国の間を行き来する連絡船の発着地として、その感傷は色々なバリエーションに染まる。関釜連絡船にまつわる数多くの民謡や流行歌が生まれたのも偶然ではない。

その晩の下関の埠頭にも式典の雰囲気が溢れていた。日本各地から集まってきた群衆は、それを実感させるかのようにみな色々の服装で、それぞれの方言で喋りながらごった返していた。国民服の格好をした男は新聞を「すんぶん」と発音したり、浴衣を着た男に声をかけるとその男は「そうやさかい」などという関西弁で答えたり、「ばってん」を連発する男がいるかと思えば、語尾に「がんす」をつける男もいた。「ばってん」は長崎の方の言葉で、「がんす」は広島の人たちがよく使った。

もちろん騒音の中には朝鮮の方言も交じっていた。「荷(チム)」を「荷(ディム)」と発音したり、「停車場(チョンゴジャン)」か「停車場(トンゴダン)」になる平壌(ピョンヤン)の方言、「クロタンケ」「クロタンガ」〔「そうですか」の意〕などと言う全羅道(チョルラド)の方言、つっけんどんな慶尚道(キョンサンド)の方言などが入り乱れ、日本人の騒がしさに勝るとも劣らない勢いだった。

この群衆たちの騒がしさの上に「愛国行進曲」の力強い調べが「見よ！　東海の空明けて」と叫んだり、「勝って来るぞと勇ましく、誓って故郷(くに)を出たからは」と故郷を離れる時の「出征軍人の歌」が悲しく響く。

その夜も兵隊たちがいた。公用の腕章を巻いて一般旅客の中に紛れている兵士や将校たちもいたが、一般人が溢れているところから少し離れた隅の方で、カーキ一色に密集して息を殺すようにして乗船を待っていた。

島国である故国を離れ、これから大陸の戦地に向かおうとしている彼らの複雑な心情が、僕の胸にまで染みてくるようだった。僕は連絡船を待っている兵隊を見るたびに、膨張する日本の国力を感じながらも、歴史の大きな歯車に踏みにじられる犠牲について考える。だが日本としては高貴な犠牲である。その犠牲に靖国神社が軍神、または英霊と名づけて後々まで祭ったのである。

（朝鮮出身の李仁錫上等兵も靖国にいる）

二等室と三等室に分かれるところで待っている間、Ｅは一人の少年をつかまえて話しかけていた。

「どこに行くんだい？」

「満州です」

「故郷はどこだい？」

「長野です」

「満州には何の用で？」

「満蒙開拓団として行くんです」

「どこにあるんだ、それは」

「孫呉にあると聞いています」

「孫呉？」

「北満州にあるそうです」

「歳はいくつ？」

「十六歳です」

「ご両親は健在なのかい？」

「母は亡くなりました」

「開拓団というのは何をするんだい？」

「満州の広野を開拓して、天皇陛下に忠誠を尽くす団体です」

少年の答えは明晰だった。だがまだあどけなさが残っている、何かに怯えているような目と表情は、勇敢で明晰な答えとはまるで違っていた。Eはその少年から目を背け、僕に向かって、

「あんな少年まで動員するのか」

と低い声でつぶやいた。そしてもう一度少年の方を見やると、体に気をつけてぜひとも成功してくれ、と言い聞かせるのだが、その語調や態度はひどく感傷的だった。

あとで知ったことだが、EはKという高名な批評家が書いた孫呉にいる開拓少年団に関する本を読んだことがあったので、そこが少年たちにとってどういう場所なのかすでに知っていたのだ。その文章には、経験も方法もない、ただ野心に燃えているだけの自称、指導者らのせいで犠牲になった少年たちの惨憺たる状況が書かれていたようだった。Eが暗記している部分に次のようなものがある。

少年には大人たちのように困難に打ち勝とうとする意志がない。その代わりに困難を困難として感じない若いエネルギーがある。希望に生きる才能を持ち合わせていない代わりに、絶望のような観念的なものを作り上げる才能もない。そんな無邪気さを少年たちの顔にはっきりと読み取った時、僕は衝撃を受けた。おそらく彼らの反抗も、服従も、無邪気なのである。その点、指導者は少年を指導するどころか、むしろ彼らに振り回されている。欠乏もまた一種の訓練だという、そんな大人たちのロマンチシズムを無邪気な少年たちが理解できるわけがない。便所は屋外にあった。柱とアンペラと竹でできていた。小便をしている時に、便所の中から少年たちの屁の音や尻に力を入れている音が聞こえてきて、不覚にも僕は涙を流してしまった。ここまですることが必要なのか、と思っ

たからではない。ここまでしてやらなければならないこととは何なのか、と痛切に感じたためである。

淡く星が敷かれた夏の夜空の下、舷全体にびっしりと電灯をつけた七千五千トンもの重さの興安丸は、十時二十分定刻に汽笛を高く鳴らしながら下関の埠頭を離れた（著者注：その後、一年も経たないうちに関釜連絡船はこのような華やかな出帆ができなくなった。舷全体に灯りをつけるどころか、乗客の煙草の火をも警戒しながら、密輸船のごとく出入りした）。

連絡船に初めて乗ったEは、星を戴いてデッキにもたれ、黒い波が船端にぶつかって真っ白な飛沫を上げながら散っていく光景を見ていたかったようだが、出帆直後は甲板に出てはいけないと船員たちがうるさいので、仕方なく船室に戻った。

二等船室とはいえ、とくに施設がいいというわけではなかった。三等は船底に広い畳が敷かれていて仕切りがないが、二等は一部屋に七、八人ずつ収容できるように仕切ってある点と、甲板に楽に出て行けるという点、それからボーイに頼んで酒を自由に買えるという点が違うだけだ。

三等は乗客が重なり合って座らなければならないほど多かったが、二等は意外にも閑散としていた。僕とEを除いて、僕たちに指定された部屋には五人の乗客しかいなかった。僕はボーイにたっぷりとチップを渡しながら、船が沖ノ海に達した時に甲板に出られるように図らってくれと頼み、トランクを枕にして寝転がった。Eも僕にならった。

奥の壁にもたれた僕たちは退屈そうに座り、あとの三人は部屋の真ん中で酒盛りをしていた。

船のリズミカルな振動が足の先から頭の天辺まで広がった。これも一種の快感だと思える軽い刺激だ。ふと見ると、Eは深刻な顔をして天井を見つめていた。

君は何の哲学をやっているんだ、と僕が訊いた。何を考えているのかという意味で僕たちは、何の哲学をやっているのかと訊く癖があった。

「孫呉に行くと言っていたさっきの少年のことを哲学している」

どういう結論になりそうなのかと訊き返した。

「無結論の結論。ただこういう結論は得た。関釜連絡船、それは日本人にとって必ずしも栄光の道ではないし、朝鮮の人にとっては必ずしも屈辱の道ではない」

そういう意味のことを僕も言ったことがあるじゃないかと言うと、

「君が言うのと僕が言うのとは、言葉は同じでも意味が違う」

君の方がより哲学的なのかと訊くと、Eは、

「君の言葉はシニカルで、僕のは歴史的だ」

もっともらしい表現だと思った。だが僕はそれ以上何も言い返さず、ただ押し黙って船の振動に僕の思考の振動を任せていた。

「それはそうと」とEの言葉が聞こえてきた。「僕たちはまだ、朝鮮に渡ってしなければならないことを全然決めてないよな」

僕は朝鮮の諺を言った。風の吹くままに、波打つままにいこうじゃないか、と。

「それもそうだな」と言ってから、Eは話を続けた。「そういえば僕の知り合いが釜山の中学校で地

理の教師をやっているらしい」

名前さえ分かれば中学校は数校しかないのだから簡単に探せるだろうと言うと、Eはさっと起き上がって叫んだ。

「合田(ごうだ)だ、合田」

釜山に着いたらすぐ探してみようと言うと、そこまでする必要はないと言いながら、合田という者がどれだけ間抜けなやつか、そんなやつが教師をやっていれば朝鮮の学生が日本人をみくびるのも当然だと言いながら、Eは合田についての話をとぎれとぎれに並べ立てた。

歯を磨かないからいつも黄ばんだ歯をさらけ出している、興奮して喋る時は口元に泡を吹いている、そんなんだから服装もみすぼらしい、等々……。

実際、朝鮮にいる日本人の教師たちはおおむね実力がなかった。例えばある数学教師を例に取ると、教科書以外のもの、あるいは教科書にあってもまだ習っていない部分を質問すると、大半は解けなかった。僕の狭い経験範囲では断定しがたいが、教師の資格は持っていても実力がなくて本国では就職できないから、朝鮮に逃げてきたのではないだろうか。その中でも驚くほど実力がある教師がいるとすれば、例外なく変態だった。僕が習った教師の中に草間(くさま)という英語の教師がいた。広島高師を経て京都帝大を出たという経歴を持ったその教師は、一定の下宿を構えていなかった。いわゆる本拠地と呼べる場所があるにはあったが、そこで寝起きする日はほとんどなかった。学生たちの家を転々としながら食わせてもらい、寝泊りするのだった。そこまではまだいい。時として二階に泊めた日には湯飲み茶碗に小便をし、新聞紙に糞をひって、窓の外に投げ捨てた。このようなことを一つ取っても、その人がどれだけ変態なのかが分かる。ところが英語の実力だけは相当なものだった。英語だけでなくドイツ語、フランス語、ギリシャ語、ラテン語に通じていると聞いたが、こちらにテストするだけの実力がないので実際どうなのか分かるはずもない……。僕が同じような例を手当たりしだい拾い出し、これが二年生の時に故郷の中学を辞めて日本に渡った理由の一つだと付け加えると、Eは一流学校を除けば日本国内の学校も似たり寄ったりだと言いながら、日本の中学に移ってからはどうなのかと問うた。僕は日本の中学校に移ったことを後悔もした。だが後悔したところでどうしようもない。学校には通わず、結局は検定試験を受けて中学を卒業したのだった。

あれこれ話をしているうちに、その合田という教師に会って、彼の目に映る朝鮮の学生の様子などを調べてみようということで合意した頃、

「おい、そこのうるさい学生ども！」という大声に驚いて、僕は飛び起きた。

その声はさっきから酒を飲んでいる三人の中から聞こえてきた。きょとんとしている僕たちに再び大声を浴びせかけた。

「そこの学生ども、ちょっとこっちに来な。船に乗ったら旅行者らしく酒の一杯でもあおったらどうだ。小娘みたいに喋ってばかりいやがる」

ちぢみのステテコを穿き、チョゴリを着た熊襲（くまそ）のような毛むくじゃらの手足を出した太った男が、自分たちもさっきからずっと喋っているくせに、むしろ僕たちの方がうるさいと非難するのだから呆れ果てる。かなり酔いが回っているようだった。

「早くこっちに来い」

その男はもう一度酔っ払った声を張り上げた。Eは僕の、僕はEの顔色をうかがった。僕たちは状況からして、その酒の席に行かざるを得なかった。

隣に行って座ると、見たところ四十過ぎのその男がグラスをさっと突き出し、ビールをもりもり注いだ。遠慮しておくだの、もう充分だのと言う暇もなかった。

「俺の名は甘粕。アジアを牛耳る風雲児だ」

僕は目を剝いて、驚いた顔で彼を見た。甘粕だって？　甘粕大助〔甘粕正彦の誤りだと思われる〕？　怪物じゃないか。アナキストの指導者、大杉栄とその妻、伊藤野枝を日本刀で斬り殺したというのに釈放され、満州でのさばっていると噂されている伝説的な人物である。僕は怪訝な顔をEに向けた。Eの顔にも同じく疑いと驚きの色が見えた。だがそう思ったのも束の間、その男は豪放に笑いながら、

「おまえらは俺が甘粕と聞いて、大杉栄を殺した甘粕大助だと思ってるようだな。そりゃ誤解だ。俺はそんなテロリストじゃない」

僕はそれを聞いて安堵の息をつきながら、その一方で男があの甘粕でないということに軽く失望した。

「私はEといいます」

「私は柳といいます」

自己紹介をしながらも、相手は僕たちをおまえと呼んでぞんざいに扱っているのに、こちらは敬語を使ったことにかちんと来た。

（僕のほうこそ度胸や勇気などこれっぽっちもない、やくざなやつだ）

豪放笑いの男は僕たちのあいさつを聞いてから、

「今度は俺が紹介してやろう」と、そのうちの一人を指して「こちらは権(クォン)先生だ。高等文官試験に合格した秀才で、もうじき郡守になる」と言い、もう一人を指して「沖(おき)さんだ。目下、満鉄調査部の赫々(かっかく)たる幹部だ」

権という人は二十七、八歳くらいに見え、黒っぽい肌が艶々していた。Eの表現を借りると、高等文官試験という人生の最大目的が達成されるや、自愛ぶりが髪の毛の一本一本にまで反射しているような人であり、沖という人は広い額の下に鋭い目が光る、誰が見ても知識人だと思わせる人であった。

「満鉄調査部が何だか知ってるか」

豪放笑いの男がそう尋ねるのだが、僕やEがそんなことを知る由もない。

男は僕たちの無知を諭(さと)すように言った。

「満鉄調査部というのはアジアの運命を調査したり予見したり……つまりだ、アジアの運命を左右する機関だ。それだけ知ってればいい。それ以上は必要ない。そういう点では沖さんは怖いお人だ」

こう言われても沖氏はただ微笑んでいた。彼の風采と容貌からして、自分がやっていることに自信があり、満足している人特有の物静かさと活発さ、鋭利さが感じられた。

「どこの大学ですか」

権という人が訊いた。僕は一瞬ためらった。だがEは正直に答えた。

「A大学です」

「学科は?」

「文科」

権の顔に寛大な笑みが浮かんだ。三流大学に通う取るに足らないやつらだと、口で言うよりも明らかな意思表示だった。Eも同様に受け取ったようだ。

「あなたはD大学ですか」

「そうだが」

余裕綽々としてよどみのない返事だった。

すると甘粕がしゃしゃり出た。

「沖もD大学だろ？」

「そうです」

「目の前にいる権君と沖君は除いてだね、D大学に通うような者の中にろくな人間はいないぞ。そういうやつらがいまの日本の上層部を占領してるんだから片腹痛い。アジアの経営にきたす支障はちょっとやそっとじゃない。気宇壮大で度量は海のごとくあるべきだが、ばかばかしい優越意識にとらわれ、計算の中の奴隷になって身動き一つできない有り様だ。人生において学校で学ぶことなぞ、時間的にだけじゃない、あらゆる面からしていくらにもならないんだ。例えば女と寝る方法を教えてくれるかい？　わかっていながら騙されるふりをする方法を教えてくれるか？　一番大切なことは外して、無駄なことばかり教えるところが学校だ。にもかかわらず、たまたまそんな学校を出たからって優越意識を鼻にかけてるんだからな！」

「私はそんなことしませんよ」

「誰も沖のことを言っているんじゃない。沖は除く、って言っただろ?」

「失礼ですが先生はどちらの大学を出られたのですか?」

権が物柔らかに尋ねた。

「俺か?」甘粕が声高に言った。

「俺が出た大学は多いぞ。十三、四歳のことだったか、菓子屋の使い走りをやっていたからな。それでしょっちゅう大学に出入りしていたんだ。自転車に乗って正門から入り裏門に出ることもあれば、裏門から入って正門に出ることだってある!」

Eが何を思ったのかボーイを呼んで、ビールを一ダース持って来いと言いつけた。

「私にご馳走させてください」

「何だと?」

甘粕が怒鳴りつけた。

「学生のくせに酒をおごるだと? 生意気な。親の脛をかじってつまらぬ勉強をしているくせに、酒をおごるだと? 人間ができておらん! さっきもおまえたちを懲らしめてやろうと思ったんだ、本当は。学生の分際で二等室に乗るとは何ごとだ。だがボーイの話じゃ三等は立錐の余地もないらしい。それでまあ許してやったのが……」

「私はどうせなら一等に乗ろうと思いました。それはできないと言われて仕方なく……」

Eが無邪気な微笑を浮かべてこう言うと、甘粕の興奮は絶頂に達した。

「何だって? 一等に乗るつもりだったと?」

「もちろんです」。Eが言った。「でも誤解しないでください。私は親の脛をかじって勉強しているわけではありませんから」

「それならいい。だが酒をおごるのは反対だ。この甘粕が学生の買った酒など飲めるか。酒代の心配はせんと好きなだけ飲め」

「大変失礼ですが、先生のお仕事は何ですか」

Eがこう尋ねると、甘粕はまた豪快に笑った。

「俺の仕事か？　そこにいる沖君に訊いてみたまえ。あえて名前をつけようものなら大東亜共栄圏の建設技術業とでもいおうか」

「甘粕先生は……」と沖という男が口添えした。「従来は豪傑なら頭脳が薄く、知識人は心臓が弱いというのが通念のようになってるだろう？　その通念をくつがえした指導者だ。遠大な視野を持ち、理想は高く、緻密な頭脳があるというのは稀に見る素質だね」

「本人を前にしてそんな気恥ずかしいことを言うなよ。それはそうと、君たちも学校を出たら大陸に雄飛（ゆうひ）するといい。あそこには理想があって、夢があるぞ。俺たちの能力を試すことができる鍛錬の場もあれば、男の一世一代の抱負を生かせる舞台もある」

「我々みたいな人間も大陸にいけば何か使い道があるでしょうか」と権という人が言った。

「もちろんだとも。だが、その古臭くてご立派な法律の条文なぞは忘れることだ」

「国家は法治国家で社会も法治社会です。法律を否定して文化社会が成り立ちますか」

権は自分なりにはかなり理論的なことを言っているつもりだった。

「法律よりもまずは道義だ。いま日本は、法律という罠の中で道義が窒息する寸前だ。その窒息状態にある道義を大陸で蘇らせようというのが俺たちの抱負だ」

「日本の道義を大陸で蘇らせるには、日本の遵法精神を普及させてこそ大きな効果を得られるのではないですか」

「そんなことしか言えないから高等文官試験とかいうもんに受かったやつが嫌いなんだ、俺は。俺の友人に憲法学者とやらがいる。こいつが言うには、社会を支配するのは法律だ、法律の頭(かしら)は憲法だ、自分は憲法を研究する学者だ、したがって自分が一番だ、というわけだ。俺はそいつに言ってやったさ。細菌学を研究する学者は汚いのかと……」

それでも権は自分の主張を最後まで曲げなかった。自分がどれだけ賢いのか見せつけようとした。それが鼻についたのかEが権に訊いた。

「朝鮮には日本の国法に背いてまで独立運動をやっている人たちがいると聞いていますが、権さんの法律観から見ると、彼らはどうなるんですか」

「朝鮮を独立させようと運動している者たちは、大抵が常識欠乏症にかかっているか、精神が錯乱していると言えるでしょう。それ以外の者たちは外国で暮らす手段としてやっているのです。正しい精神状態にある者たちはみな、内鮮一体に向けて努力しているのだから。したがって朝鮮独立を云々する者たちは法を犯したと見なさなければならない。大和魂に帰一すること以外に我々の生きる道はないのです」

ふと見ると、沖が甘粕に奇妙な視線を送っていた。Eの笑った目の光が僕の方に注いでいた。僕は権のてかてかした額を見つめた。そして立派な見識だと思った。勇気ある態度だと思った。僕もああいう明快な観念を持ち動揺してはいけないのである。

「センチメンタリズムを民族主義と混同し、自分の意識を曖昧にすることを知識人の得手だと考えている者たちがいます。我々は素直にヘーゲルの哲学を信じればいい。現実的なものは合理的で、合理的なものは現実的ですからね」

座中が静かになったのは自分の弁舌に敬服したためだと思ったのか、酔いも重なって権は意気揚々とした顔になっていた。

「ともかく大陸が必要だ。権君の言う内鮮一体は、満州をはじめとする大陸で成し遂げられるのだ。日本国内における労資の衝突やら矛盾も、大陸で止揚されるのだ。権君の明快な思想も日本と朝鮮という版図内では少数の先駆的な思想にはなるかもしれないが、現実を打開する鍵にはならないからな。さあ！　みなの衆、満州に行こう。中国に行こう」

甘粕は豪快に杯を空けると、僕に差し出しながら言った。

「君は口がきけないのか、何か言え」

うろたえる僕を見て、Eが救いの手を伸べた。

「柳君は哲学者ですから。哲学者は観察したり思考することはあっても、むやみに騒がない人種のようです」

僕を哲学者と言ったものだから、そばにいた権の目がじろっと僕を見た。沖も眼鏡を直すふりをして僕を盗み見た。甘粕だけは正面から僕を睨みつけ、再び口を開いた。

「こりゃちょうどいい。俺の望みは哲学者に会って、俺の抱負を哲学的に検討してくれと頼むことだった。どうだ、こういう言葉があるじゃないか。人類は自ら解決しうる問題のみを問題とする。マルクスとかいうやつめ、これだけはうまく言ったもんだ。そこでだ。俺が設定した問題は解決できるのか、そうでないのか教えてほしい」

甘粕はここで一度話を切って、大きく息を吐いてから次のように話を続けた。

「俺の理念は、大東亜共栄圏を作らないかぎり、目下日本のやっている努力は大義名分を持つことができないというところにあり、俺の抱負は大東亜共栄国、、――国家の国だ――この大東亜共栄国を作ることにあるんだ。いまから俺の言うとおり考えてみてくれ。東海の向こうに日本国がある。いまの日本列島を版図にしたものだ。玄界灘、いま渡っているこの玄界灘を越えたら朝鮮国がある。鴨緑江を越えたら満州国がある。山海関の向こうには華北国がある。珠江一帯の南方には華南国がある。雲南、貴州、青海、新疆を合わせて華西国を置く。安南はそのまま安南国とし、シャムはタイ国のまま、ビルマは独立させてビルマ国とし、マレーももちろん独立させてマレー国とし、そこにフィリピン国も入れる。これが連邦体となった大東亜共栄国だ。このすべての連邦が日本の天皇の精神的支配下で各自の発言権をもって共存共栄するのだ。最高統治機関は各連邦国で一人ずつ選出した代表が集まった最高会議とし、その会議の議決にしたがって各国の王、または大統領、首相が一切の行政権を持つ。つまり全体的な安全保障、物資計画以外は独立国と何ら変わりはない。最高会議の議長は輪番制でもよい。こうなれば、それこそ理想的な大東亜共栄圏ができあがるというものだ。どうだ、若い哲学者。この理念は哲学的に可能か？」

沖はにこにこ笑っていた。権は深刻な顔をしていた。僕は、おそらく当惑した表情になっていただろう。Eだけは甘粕と同じような愉快な顔をしていた。

「どうだ、若い哲学者」

甘粕は僕を問い詰めた。

「もしそうなれば、哲学的に可能かどうかなど問題にならないでしょう」

ようやく僕がそう言うと、Eが口を挟んだ。

「どうせならインドネシアも入れて、インドもエジプトもアフガニスタンも、ペルシアも入れたらいいと思います」

Eの言い方には明らかに揶揄する色があったが、甘粕はそれに気づいたのか気づかないのか真顔になって答えた。

「それは無理だ。黄色単一体が崩れるからな。近い将来、世界は黄色、黒色、白色の三大色別圏にわかれて競うことになる。そういうときに中東のどっちつかずの人種を入れてしまうと後々困ることになる。マルクスの最大の誤算は歴史を階級的においてのみ理解し、人種の色別をなおざりにした点だ」

「それはいけません」と断固とした語調で権が進み出た。「天皇陛下の御稜威（みいつ）に服従してこそ大東亜共栄圏は可能ですし、いまの皇軍の活躍を見ても間もなくそれが実現するでしょう。しかし、独立軍体制にして連邦を作るのは不可能ですし、私は反対です。しかもさっき天皇陛下以外に最高議長に最高の権限を与えるというような話がありましたが、これは大権の侵害であり、大日本帝国の憲法上、決して受け入れることのできない思想です」

甘粕はまた豪快に笑った。

「君には朝鮮の郡守よりも、東京に連れていって枢密院の議長でもさせた方がよさそうだ」

権の顔が高潮したのは酒のせいだけではなかった。沖がにっこり笑いながら一言付け加えた。

「夢の話でそんなに興奮することもないだろ」

「権君の忠誠心をからかったんじゃない。権君に会ったのは今日が初めてだが、朝鮮の青年官吏の中に君のような人物を見つけたのは、今回の旅の大きな収穫だよ」

こう言ってから甘粕は再び僕に矢を向けた。

「柳君も朝鮮の人だ。権君の話を聞いてどうだい？　こんな先輩を見習わなきゃな。それで感想は？」

僕は満座の視線が自分に注がれているのを感じた。何か答えなければならなくなった。

「考えてみます、色々なことを。先生の大東亜共栄国は実に興味深いです」

続いて共栄圏の話に花が咲いたが、ここに全部書き記すことはできない。さっき頼んでおいたボーイがそばを通り過ぎながらサインを送ってきた。僕とEはちょっと失礼すると言って席を立った。便所でEが言った。

「大東亜共栄圏。いい思想だ。しかしあんな者が口にすると汚らわしくなるんだ。それはそうとあの権とかいう人、日本の教育は成功を収めたな」

ついに沖ノ海。

夏でも夜の海風は冷たい。暗い波の向こうにぼんやりと黒い輪郭が見えた。微かな星の光のような灯火が、その黒い輪郭に見え隠れした。

灯台の光はこの上なく孤独だ。

連絡船のエンジンの音と、連絡船が撥ねつけていく波の音が聞こえるだけで、辺りは寂寞としていた。巨大な波がうねっている光景が、目が暗闇に慣れてくるにつれて、怪物が身悶えているように見え始めた。

僕は元周臣のイメージを描こうとしたが、目の前に広がる黒くて巨大な海が見せる寂寞として漠々とした光景に圧倒され、思いに耽ることもイメージを膨らませることもできなかった。

強いて言えば、海が大きすぎるため、人間は海に関する思想を作り上げることができない。元周臣とて悠久の歴史の中の、小さな一つの点に過ぎない。その歴史もこの海に広げたら、一筋のか細い糸に過ぎない。

沖ノ海、いや玄界灘に立ってなぜよりによって元周臣なのか。新羅や高麗の頃にこの海を越えた先人たちの姿を思い浮かべてもいいものを。蝗の大群に似たという蒙古兵も、この大海においては水の泡とともに浮遊している木切れや塵と何の変わりもない。

沖ノ海を通過する約二十分間、Eと僕はひと言も言葉を交わさなかった。背後にボーイが立っていたからではなく、玄界灘には人の口を封じてしまうような何かがあるのかもしれない。

船室に戻ってきてしばらく経ってからやっとEが口を開いた。

「君は玄界灘で、死の誘惑とでもいおうか、言ってみればそれに似た感情を持ったことがあるかい？」

僕はまったくそういうものを感じたことはないと言った。

「僕もそうだ。してみると僕たちは相当な楽天家なんだろうな」

僕はその海に投身する場合を考えてみた。だがどんなに頑張っても想像すらできなかった。死の恐怖に先立って、身を投げる動作、そしてその下に待ち受けている海に対する恐怖のせいで身動ぎ(みじろぎ)一つできなさそうだった。こういう意味のことを話すと、Eはこう答えた。

「同感だ。わずかの誤差も過不足もなく同感だ。今日から海に投身自殺した人たちを尊敬することにしようか。何よりその勇気だけでもすごいよな。少なくとも三つの恐怖に打ち勝ったわけだ。死の恐怖、海の恐怖、投身の恐怖……」

僕はここで尹心悳(ユンシムドク)の自殺について語ることにした。

好奇心の強いEは何でも質問攻めにする。自分ではソクラテスの方法だとうぬぼれているが、相手にとってはうっとうしく煙たいことである。だから僕は、黙ってただ聞いてくれと言った。

尹心悳という女性歌手と金祐鎮(キムウジン)という劇作家がいた。いま生きていたら二人とも四十四歳。彼らが三十歳の時、つまり一九二六年、下関から釜山に行く途中、まさにさっきの玄界灘に身を投げた。

尹心悳は東京音楽学校を出た声楽家だったが、のちに流行歌手に転向した。金祐鎮はW大学の英文科を出た劇作家で、東京で朝鮮人留学生の「同友会」という演劇団体を組織した。二人が知り合ったのはかなり以前のことだが、親しくなったのは同友会の巡回公演のために朝鮮の津々浦々を回っている頃ではないだろうか。

だが二人が自殺するまで、誰も彼らがそんなに親しくなっていたことを知らなかった。

同友会の公演の際、尹心悳が最もよく歌った歌は「死の賛美」、脚本・演出金祐鎮の「金永一(キムヨンイル)の死」

に出てくるものだった。「死の賛美」という歌は、その後、短い間だったが一世を風靡した。「金永一の死」は虚無主義的な傾向を帯びたもので、最後は主人公の自殺によって幕が下りる。つまり二人の愛は死をテーマにした作品をきっかけに始まって、死を育てることで愛をはぐくみ、死でもって愛を完成させたといえる。

「それで死因は何なんだ?」

Eの最初の質問の矢だった。虚無主義的な思想だろうと言うと、Eはすぐに、

「人間はそんなに簡単に死ねるものかな」と訊き返した。金祐鎭には妻がいた。それゆえ彼らの恋が世俗的に結ばれるためには一波乱を巻き起こすことになる。それも一因になったのではないかと言うと、Eは、それも死に導く原因にはならないと言った。それで、

「それじゃ君は、かの子式解釈でなければ満足しないんだな」と僕は皮肉った。

かの子式解釈というのは、女流作家、岡本かの子の著作「鶴は病みき」のことである。岡本はこの作品で、芥川龍之介の自殺を、芥川が中国を旅した時に上海でうつされた国際的な梅毒のせいだと描写している。

「君は聡明だから話が早い。金という人が梅毒を尹心悳にうつしたんだ。そのせいで尹心悳は声を出せなくなった。そこで虚無主義気取りの金は、尹の自殺に同行せざるを得なかったのさ。どうだ、これくらいの解釈がないことには話が成り立たないだろ?」

Eが冗談半分で言っていることが分かっていても、密かに腹が立った。

「E君、君は実に困ったものだ。そこまでシニカルになれるとはね。さっき何と言ったっけ? 投

身自殺をした人を尊敬しようかと言ったよな。厳粛な死を遂げた人たちをそんなに冒瀆するもんじゃない」

「そんなに腹を立てることないだろ。さっき柳君がかの子式解釈だったら満足するかと言うから、それに便乗してみただけだよ。それにかの子式、かの子式というが、芥川は自分自身の手法から復讐を受けたも同然だ。芥川の『将軍』という作品や『或日の大石内蔵助』もすべて、一般的に認められている権威や神秘を世俗的な解釈でもって暴露したものだからな。岡本かの子は芥川の手法を借りて、彼の自殺を偽悪的に暴露したんじゃないか？」

僕はそれ以上Eと言い争いたくなかった。ただ、こう付け加えた。彼らが自殺した当時、多くの人々は偽装自殺だと考え、彼らがイタリアの方に逃亡したと思っていた。そして金祐鎮の作品は今日誰も関心を持たないが、尹心悳が死ぬ間際まで歌ったと伝えられている「死の賛美」は、いまでもある層の人々の心には根強い感動を植えつけている、と。

「『死の賛美』というのはどんな歌だい？」

「イヴァニヴィッチの『ドナウ川のさざ波』というワルツ曲がある。その曲に朝鮮の言葉で歌詞をつけたんだ」

「その歌詞、知ってるか？」

「荒漠たる広野に走る人生よ……とか何とか」

「さえない歌詞だな」

「日本語に訳したらそうかもしれないが、内容は幼稚でも朝鮮語の語感がその曲とそりゃよく合うんだよ」

Eは「ふうん」という顔でしばらく黙って天井をまじまじと見つめていたが、こう訊いた。

「金祐鎭という人がいま生きていたらどうなっていただろう」

「かなり多くの作品を書いたようだが、これといったものが残っていないのを見ると、大した作家にはなっていないだろうな」

「尹心悳がいま生きていたら?」

「関屋敏子〔ソプラノ歌手、作曲家〕ほどではなくとも、関種子〔ソプラノ歌手〕くらいにはなっていたかもな」

「だったら」とEが言った。「尹と金の自殺事件は、その原因が何であれ、単なるエピソードに過ぎない。これに比べて僕たちのさがしている元周臣はまさに歴史そのものだ。やはり元周臣は魅力的だ」

徐敬愛（ソギョンエ）

徐敬愛が訪ねて来たという知らせは、柳泰林（ユテリム）にとってかなりの衝撃だったようだ。彼女に対する感情が複雑であろうことは推測できるが、衝撃を受けるとは意外であった。私は柳泰林が一瞬、うろたえる様子を横目で見ながら、以前、徐敬愛が訪ねて来たと彼に告げた時のことを思い出した。無関心としか言いようのない冷淡な反応だった。その時は徐敬愛が話題にさえ上らなかった。

当惑していた柳泰林は落ち着きを取り戻し、

「たしか李先生は徐敬愛に会ったことがあったね」

と訊いた。

夏に会ったと言ったじゃないかと答えると、柳泰林は窓の外の、遠くの方に目をやりながらつぶやいた。

「ふつうの女とはちょっと違うだろ?」

気品の高さ、物静かな知性を感じさせる女性だと、私は言った。柳泰林は「しかし」と言ってから少しためらった。私はしかし？　と訊き返したが、これに対しては何も答えず、

「彼女には徐ジンスという兄さんがいる。僕たちが学徒出陣している間に死んだらしい。実に優秀な人だったのに」

と言って回想に耽っている眼差しで話を続けた。

「S高校といえば数学の伝統がある学校だ。だから数学の秀才たちが集まっていた。その中でも徐ジンスは飛び抜けていたんだ……。僕たちに数学への情熱を注ぎ込んでくれたのも彼だった。徐君が回覧雑誌に『数学の故郷』というのを載せたことがあったんだが、数学とは確かに非情な学問ではあるけれど、故郷があるという内容のものだった。日本の警察がそれに言い掛かりをつけたんだ。まったく忌々しい奴らだよ！　彼は留置場でかかった病がもとで死んでしまったようなもんだ……。いまもし生きていたら……」

いま生きていたら左翼の闘士になっているかもしれないね、と私はわざと味気ないことを言った。

柳泰林は不服そうな顔をした。

「政治をやるような人じゃないさ。いつどのような場にいても真理の側、真実の側に立つ人だったから」

その真理とか真実とやらが食い違っているから問題なんじゃないかと、私は皮肉った。

「それはそうと李先生、人を見るときに左翼か右翼かを見定める癖はやめてくれないか」

泰林はさも丁重に言うのだが、私には私なりの考えがあった。世の中がそうさせているんじゃないか。周りの人間がそういう目で僕たちを見ているじゃないか。

その日も学校では騒動が起こっていた。Kという左翼系列の教師が、Sという小邑（村）の学校に転勤させられることになり、学校は不穏な空気に包まれていた。明日にでもまた学生大会が開かれ、要求条件が貼り出されるだろうが、どういう戦術と名分を掲げてくるかに関心が集まった。徐敬愛から電話がかかってきたのがまさに、私たちがその話に熱中している時だった。こんな時勢に人間を左翼右翼に分けるなと言うこと自体、そもそも無理な話である。

学校の問題をめぐって話し合いをしようと教頭が言い出したが、柳泰林と私はその前に徐敬愛に会うことにして学校を出た。喫茶店や食堂のような人の多い場所は避けたいという徐敬愛の意を汲んで、私の婚約者である崔英子(チェヨンジャ)の家で会うことにした。英子の家を使うことは私自身気が進まなかったが、他に適当な場所がなかった。時間は午後五時半頃とした。

途中、私は何かしら胸がときめいた。数か月前に一時間ほど会っただけなのに、わずか一時間でそれだけ強烈な印象を受けたのかと思うと不思議だった。私だけでなく柳泰林の顔も緊張していた。

急に柳泰林が自分の結婚について語り始めた。初めて聞く話だった。私は当初、彼が何のために突然そんな話を持ち出したのか怪訝に思った。大体こういう内容である。

泰林は幼い時に結婚した。だが彼の表現を借りると「自分の行動に責任を負わなくてもよいほど幼くはなかった」という。泰林はその結婚を、自分の軽率さが招いた過失だとも言った。

「僕には小さいときから他人の目を意識したり、他人に気に入られたいために不本意なことでもする癖があったらしい。祖母さんに、うちの泰林はいい子だと言ってもらいたくて苦い薬もよろこんで飲んだし。さすがはあの家の息子だけある、と褒められたくて両親や目上の人に従う癖……。僕の結婚もその癖が引き起こした行動に過ぎないんだ」

泰林に少しでも分別があれば、世の中のことに対して多少の見識があったら、その時そんな結婚をしなくても済んだのだ。泰林が「ノー」と言えば、家族はみなそれを受け入れたであろうから。

「僕は結婚を祖母さんの言うように、わが家門に主婦を一人連れてくる、両親の嫁を連れてくる、それくらいにしか考えていなかった」

したがって見合いなども一切しなかった。両親が気に入ればそれでいいじゃないかと思っていた。結婚してからも泰林の妻は実家で暮らした。泰林は学校に通っていたのでいつも外地にいた。結婚したという実感が湧かなかった。

東京で知り合った朝鮮人の女学生が、柳泰林が結婚しているという事実を知って嘆息を漏らしたことがあった。

「あなたが好きだからじゃなくて一般論を言うのだけれど、私と同じ年頃の女性はもう結婚しているのに、勉強を理由に年を取ってしまった私たちは一体どうすればいいのかしら。先輩たちが後妻に入ったり妾になったりしているのを見て内心軽蔑していたけれど、そういう事情があるなら無理もないわね」

だがこういうことを言われても、柳泰林自身は結婚の意味が分かっていなかった。嫁は実家に住まわせて、必要なら第二、第三夫人を連れてくればいいじゃないかなどと、柳泰林の知能水準を知っている人間なら到底納得のいかない、とんちんかんな考えを持っていたのである。

それが、

「いつの年だったか、ある日の黄昏どき、東京の銀座を歩いているときにふと、自分の結婚が何を意味するのかに気づいたんだ。何がきっかけだったかはっきりしない。ただ、一瞬通り過ぎていった少女の美しさに心を奪われつつも、次の瞬間、ああ、あの少女の美しさは僕とは何の関係もないんだという意識が、稲妻のように脳裏をかすめたからかもしれないな」

その頃から柳泰林は悲劇を感じるようになり、悩み始めた。恋は何度も柳泰林を通り抜けて行った。恋は決して実ることはない、という先入観念のせいで、培うこともできなければ、培おうとも思わないうちに泡のごとく生まれては消えていった。こういうことが度重なるにつれ柳泰林の生活は堕落してゆき、泰林自身、陰鬱な人間になっていった。

「その後、突然ある少女が僕の前に現れた。ある四月の朝、東京で僕が下宿していた家の玄関に、その少女はまさに昇ったばかりの太陽の光を背後に浴び、影のさした顔に大きく見開いた目で僕を見つめて立っていた。僕はその少女を見るなり直感的に悲劇を感じた。僕たちはこの世に生まれてくるよりもずっと昔から、互いに結ばれるべき運命だったんだ。まだ肉体を持っていない霊の世界からこの世にやってきた日には、互いを見つけ出し、ひとつの人間になろうと誓い合った、まさにその相手が僕の目の前にいたんだ。少女のその大きな瞳は、すでに妻を娶った僕をなじるかのように光っていた。その後も僕はその少女に会うと罪の意識を感じた。肌が触れるだけで刃物で切られたような傷がつき、血が流れそうになった。僕はその少女とそれ以上近づかず、それ以上遠ざからないように距離を取りながら過ごした」

一方で柳泰林は妻との離婚を考えた。故郷に帰ってそれとなくその旨を仄めかしたこともあった。だが不可能であることを知った。少なくとも一世代上の年長者たちが生きている間は、いわば鉄壁を貫くようなことだった。わが国の結婚は個人と個人の結合ではなく、家と家とを結びつけるものだ。数千年も続く族譜というものを大事にしている家は一つの大きな有機体だ。この有機体に属する個人という存在は、家を離れると一介の動物と化してしまう。結婚はこの大きな有機体どうしの結合だ。結婚と同時に先祖代々の関係が錯綜し、利害関係があたかも糸に飴が絡みついたようになっているとくれば、離婚するなどもってのほかである。

しかも柳泰林の結婚は祖母の意向によるものだ。祖母と柳泰林は祖孫という関係を超えた不思議な絆で結ばれていた。だが、その祖母もすでにこの世の人ではなかったので相談することもできない。

柳泰林は全力を尽くし、ありとあらゆる手段を考えた。家と孤絶すればいいじゃないか、法律上どうであれ、一生故郷に帰らず日本かヨーロッパに暮らせばあの少女との結合は可能ではないか、という思い……。

「そうしているうちに事件が起こった。僕の力ではどうすることもできない出来事だった。僕は自分をなじり叱責し、昼も夜も悩み身悶えしながら泣いた。ちょうどそのとき学徒兵の問題が降りかかってきたんだ。何もしないでじっとしているよりは、僕は自分自身を死地に追い込んで、そこで運命と決着をつけようと思った……」

そのあと祖国は解放を迎えた。柳泰林がまず最初に思ったのは少女との関係だった。どんな手段を使ってでも離婚をして、少女に求婚をしようと心に決めた。泰林は上海にいた当時、その意志を数人の知人に話して意見を求めたことがあった。知人たちはみな協力すると申し出た。中にはふざけて柳君離婚推進委員会とやらを作った者もいたが、柳泰林本人にとっては決して冗談ではなかった。帰国したら、鉄は熱いうちに打てというように急ぐつもりでいた。

「故郷の家に戻ってくると、中門に立って僕の鞄を受け取るなり泣き崩れた女がいた。僕の妻だ。僕はまさか妻が実家を出てうちに来ているとは夢にも思わなかった。それが何年もの間、夫である僕の帰りをずっと待っていた妻だと思うと、その瞬間、僕の決心は崩れてしまった。僕に何の権利があって離婚するだのしないだのと言えるだろう。日本の軍隊であらゆる圧制を受けながらも生きてきたのに、解放された自分の国では少々のことは我慢して生きていくべきではないか。その日から僕はその少女を胸の内からきれいさっぱり消してしまうことにした。決心したところでできるはずもないが、僕なりに必死で戦っているんだ。自分はすでに中国のどこかの谷間で死んでしまった身だと言い聞かせながら、歯を食いしばっている。その少女には罪を犯してしまったが、僕がこうして苦しむことで償えるのではないかと思ったりもした。それにいま、妻は身ごもっている……」

出し抜けに結婚の話をなぜするのかと思っていたが、「その少女」の話で謎が解けた。その少女が徐敬愛であることは言うまでもない。徐敬愛が訪ねて来たという話を聞いて衝撃を受けたのも理解できる。

英子の家が近づいてくると、柳泰林は店に入ってサイダーを買い、瓶ごと飲み干した。

一幅の風景画、枯れかかった菊の花を挿した花瓶、螺鈿を散りばめた鏡台と、本棚の付いた机……。こんな野暮ったい英子の部屋で、濃い灰色のウール生地のスーツを着た徐敬愛が端正な姿で座っていた。彼女の身辺には香しく、洗練された都会風の空気が漂っているように見えた。

夏に会った時と同じく化粧気はなかったが、短く切った髪を無造作にとかした少し浅黒い顔には、前回にはなかった精気と魅力のようなものが漲っていた。そんな敬愛と並んで座っている英子を見るのは苦痛だった。同じ年頃で同じ程度の教育を受けているはずなのに、こんなにも違うものなのかと深い溜息が出た。

私は徐敬愛とあいさつを交わしながら、この人は決して愛を乞いに来たのではないと確信した。それだけ身のこなしが優雅で活発だった。

その反面、私は敬愛と柳泰林の対面に、新派劇に見られる一種の愁嘆場のようなものを予想していたが、そんな様子はまったくなかった。態度にしても言動にしても淡々としていた。それに比べ、柳泰林の方が不自然な態度を取った。

「なかなかお会いできなくて」

と徐敬愛が笑みを浮かべた時、泰林は落ち着きのない様子で何やらつぶやいたが聞き取れなかった。

しばらく経ってから再び口を開いた。

「お兄さんが亡くなったという話は聞きました」

「……」

「お悔やみにも行けなくて」

「死んでいる者たちに自分たちの死者を葬らせなさい、と言いますからね」〔マタイ福音八章二十二〕

この言葉を聞いて柳泰林は頭を上げたが、また視線を違うところに向けながら言った。

「ところで母上はいかがお過ごしですか」

「母も亡くなりました」

「亡くなった？　いつ？」

「昨年の冬のことです」

ここでまた泰林が言葉に詰まった。

私は英子に目配せして表に出た。あとについて出てきた英子は、夕食の支度を手伝う様子で台所に入り、私は英子の母親へのあいさつも兼ねて奥の部屋に行った。

英子の母親は予想どおり、結婚の日取りのことを訊いた。今年中にすませたいという提案だった。私は家を新築し終わるまで延ばすしかないと言って白を切った。だがこれは口実だった。少し前に柳泰林に結婚の話を聞いたからではなく、私自身、結婚というものに対して懐疑を抱いていたからである。もちろん崔英子との婚約を自ら破棄する勇気はなかったが、結婚を急がねばならないという気持ちはとうの昔に萎えてしまった。

その原因は？　その原因は崔英子という女に幻滅したというよりは、彼女に理想を見出せなかったからである。二十六歳で結婚をするのに、たとえ一時的な錯覚であれ、相手に理想を見出してこそ結婚に踏み込めるというものだ。

英子への情熱が冷めてしまった理由に、徐敬愛の存在があるといってもいい。前回、徐敬愛に会って以来、私は崔英子を思う時に徐敬愛のことばかり考えた。心の中でこのような比較を何度もしているうちに、いつしか英子に対する情熱は冷却していたのである。

英子の方も私に対する態度が変化していたように思う。彼女もふいに現れた徐敬愛から柳泰林への熱烈な恋の話を聞いてからというもの、彼と私を比較するようになり、私に対する情熱が冷めたに違いなかった。だからといって私が徐敬愛を愛しているわけでもなければ、英子が柳泰林を愛しているわけでもない。正直なところ、その時まではそうだった。太陽が現れたせいで周辺の星が光を失うように、徐敬愛の出現で英子の光がかすみ、柳泰林のせいで私の影が薄くなったというだけである。ただ、その時はまだ自覚していなかった。

ともかく、こんな事情を英子の母親に話すわけにはいかない。私が「年が明けてからゆっくり決めたいと思います」と言うと、英子の母親もそれ以上は何も言わなかった。

三十分ほど経っただろうか。

私と英子は泰林と敬愛のいる部屋に入った。座っている姿勢からも、部屋の中の雰囲気からしても、これといった話の進展はなかったようだ。灰皿に煙草の吸殻が溢れているだけだった。

私たちがそばに座ると柳泰林は私を振り返って、

「彼女は当分の間、大邱（テグ）に戻れない事情があるらしい……」と言って語尾を濁した。それから、私の何でだ？　という訝（いぶか）しがる表情を見て、

「大邱十月暴動の先鋒に立たれたそうだ」

と、暴動という単語にアクセントを置いて言った。徐敬愛はただ微笑んでいた。

私は徐敬愛が左翼だということに一瞬ひやりとしたが、他の部類の者とは違って敵愾心（てきがいしん）は湧かなかった。

「ということは徐敬愛さんは左翼の闘士であられるんですね」

と言ったところ、徐敬愛はこう答えた。

「ちょうど退屈していたときに仲間たちが女盟〔民主女性同盟〕に加わらないかって誘ってきたんですよ。承諾もしなければ断りもせず保留のままにしておいたんですが、身に余るような地位に立たされてしまって。そうなるともう反対する理由もないですよね。もともと国を作り上げるために相応の努力をしなければならないとも思っていましたし。ただ、責任が大きすぎるのが心配でしたが、断ってしまうと道理も立ちませんし、自分なりに最善を尽くしたところが十月抗争の先頭に立つことになったんです」

私は徐敬愛が抗争という言葉にアクセントを置いたのを見逃さなかった。

「失礼ですが、一つお尋ねしてもよろしいですか」と私が話しかけた。

「そんな失礼だなんて。何でしょう」

徐敬愛はあっさりとそう答えた。

「徐敬愛さんは共産主義の信奉者ですか」

「私は共産主義者ではありません。正確にはまだ共産主義者に達していないと申し上げたほうがよろしいでしょう！」

「共産主義者でもないのに女盟の幹部になれるものですか」

「女盟は共産党とは違います」

「しかし女盟は共産党の指令を受けて動く団体ではありませんか」

「いまのところ目的が同じなので協力し合っているんです」

「ただそれだけですか」

「それだけなのか、それ以上なのかはわかりませんが、私自身はそう思っています」

「政治の話はやめないか」

柳泰林が不快そうに言った。

「大邱を離れていなければならない事情というのは、女盟をやめるということですか」

私としてはどうしても訊いておきたかった。

「当分の間はそうですね」

「当分の間？」

「今後どうなるかわからないでしょ？　永遠にやめることになるか、明日にでもまた始めることになるか、情勢を見て決めることですから」

「なら、このC市に留まるのがよいでしょう」

と言って、私は泰林と敬愛の顔色をうかがった。

「ぜひそうなさって」

と英子も進み出た。

「ここにいらしたらいいのよ。わが家は女ばかりですから」

「そんなにご迷惑ばかりおかけしては……。C市にいるなら、秘密を守れる下宿のようなところがあればいいんですけど」

「それは駄目、駄目よ」

英子が慌てて乗り出した。

「もうすこし研究してみましょう。英子さん、どういうつもりですか。暴徒をかくまって、もしひどい目に遭わされることにでもなったら……」

柳泰林の言葉には多分に棘があったが、徐敬愛は闊達な表情をして黙って聞いていた。

「大邱のことがここでばれるわけないでしょ？」

英子はしきりに勧めた。

「徐敬愛さんがこのC市に留まるのなら、この家をおいて他に適当な場所はないでしょう」

と私も口添えした。

「もう少し研究しようと言っているのに、二人ともどうしたんだ」

柳泰林がつっけんどんに言い放ったせいで、その場は白けてしまった。

かなりの時間が経った後、私はその不自然な沈黙を破らなければと思った。

「しばらくぶりに会ったのだから、何か面白い昔の思い出話でもしませんか」

こう言う私を泰林はちらっと見やると、やはり無愛想に言った。

「柳泰林が反動の手先役を買っているという噂が大邱にまで広がっているそうだ」

「手先という言葉は取り消してください。私はそんなこと言っていません」

やわらかく徐敬愛が言った。

「そういう感じがしたけどね。徐敬愛さんはそんな僕を、反動になった僕を咎めるためにやって来られたそうだ」

「いいえ」と言ってから、徐敬愛は落ち着いた声で話を続けた。「柳先生を知っている人は大邱にもいます。その方たちがそういう意味のことを言っていたんです。もちろん手先だの、そういう表現は使いません。話のついでに言っただけなのに、咎めるために来たなんて」

「卑怯だよな！　よく知りもしない他人のことをあれやこれやと評価しやがる。僕が何に対して反動だっていうんだ。わが校の事情もろくに知らないくせに。知っていればそんなことが言えるもんか」

最後まで不愉快そうな泰林をたしなめるように徐敬愛が言った。

「だから柳先生には大人しくしていてほしいのです。誰が何をしようと黙って見ていればいいでしょう？」

「僕も柳先生も、もとより黙っていましたよ。あちらから言い掛かりをつけてきたんです」

泰林を庇うつもりで言ったのだが、泰林は声を荒立てた。

「大人しくしていろだって？　それは死んでろということだろ？　あなたは僕に大人しくしていろと言うために来たのか？」

「それは誤解です」

徐敬愛の語調には悲しみが混じっていた。

「本当のところ私は、柳先生に、先生も私も政治的なことには一切口出しせず、自分たちのことだけを考えて生きていこうと言うつもりでした。私も私なりに苦労しましたし、柳先生も柳先生なりの苦労をなさったじゃないですか。人は一生のうちある時期に懸命に努力をしたり、社会のために犠牲になったら、それ以外の時間は自分のためだけに使ってもいいと思っていました」

「僕は学園問題に対して努力はしても、政治的なものには口出しするどころか関わるのもまっぴらだ。敬愛さんはすでに政治の前面に立っておられる。そのくせそういう発言をするのは矛盾しているだろ。僕は僕の道を歩むしかないんだ。それから僕のことを反動と言いやがったのはどこのどいつだ？　決着をつけてやる」

泰林がこんなことを言うのは必要以上の興奮からだった。徐敬愛を前にして一種の圧迫感のようなものを感じ、その圧迫感から抜け出そうとする努力が、過度の興奮として現れたのではないかとも考えられる。

徐敬愛は柳泰林の様子をじっと見守っていたが、しばらくして口を開いた。

「所信にしたがうべきでしょう。大人しくしていてほしいというのは私の欲です。ただし人民の敵になってはいけませんわね」

柳泰林の目に閃光が走った。今度は本気で腹を立てたようだ。

「人民の敵だって？　僕はそういう言葉が一番嫌いだ。人民の敵とは何だ？　具体的に言ってみろ。罪のない民を蹴り飛ばすやつだとか、民の財産を盗むやつ、嘘をついて民を騙すやつ、密告するやつ、指導者としての良心も能力もないくせに指導者ぶっているやつ、自信もない方向に民を導こうとするやつ、ってふうにな。だがこれだけでも人民の敵を規定するには抽象的すぎる。敵というからには、具体的で明確な規定があるべきだろ？　それでこそ人民の敵を云々するやつらがむしろ人民の敵だったり、口癖のように愛国を云々するやつらがむしろ国を滅ぼす者だったりすることが証明できるというもんだ。それから、さっき人民の敵になってはいけないと言ったが、じゃあどうしろってんだ？　それも具体性が必要だろ？　左翼のやつらの言うがままになればいいのか？　彼らの言い分だと、僕は生まれながらにして人民の敵でしかない階級に属するが、理にかなうことを言えよ。それに抽象的で漠然とした目的を掲げて、次に起こる事態に対応する策も施さず、あたかも羊の群れを追うかのように大衆を追い立てる行動に同調していれば人民の敵にはならないくせに、何事にも是非を正し、狭い生活環境においても人間らしく平和に生きていこうと努力する者は人民の敵なのか？　十月事件があった数日後、僕は田舎に行ってみたよ。収穫の真っ盛りであるはずの田畑を空にして、農夫らは山に隠れていた。その結果はどうだ？　立ち上がればあたかも農民の思いどおりになるかのように扇動しておいて、実際にはそれどころかむしろひどい目に遭わせているとしたら、扇動した者をどう評価しろというんだ？　大邱では多くの人が死んだと聞いている。当然その死に意味を持たせるような何かを、その事件を企んだ扇動者たちはやっているんだろうな？　死んだ息子の死体を抱いた父親が暴動を扇動した者のところに行って、息子を殺したおまえこそ私の敵（かたき）だ、おまえが人民の敵だと言ったら何と弁明する？　軍政庁官吏が銃を撃って殺したんだから自分には関係ないと言うのか？　世界のどの国のどの歴史で、占領軍が自分たちの管理している官庁を壊そうと襲いかかる群衆の恣意に任せて眺めているだろうか。米軍を聖軍だと思ったならあまりに楽天的だし、そういう結果を招くであろうことを知りつつやったのなら残忍すぎる。僕はその後の事態に対応するざまを見ているとほとほと呆れてものが言えないね。人民の敵は確かにある。だが無闇に使っていい言葉じゃない」

「柳先生は革命を否定なさるおつもりですね」

低いが断固とした声で徐敬愛が訊いた。

「僕は一般論には関心がないんだ。断言するが左翼のそんなやり方では革命の状況を作り上げることはできない」

「なら米軍政庁の言うとおりにするのが賢明だとでも？」

「賢明なやり方と不可避なやり方とは違うんだ。抗拒するにしても効果的な方法で、みんなで結束してやるべきだろう。左翼はアメリカ帝国主義の威力を恐ろしいものだと口では言いながら、行動ではアメリカを侮るようなまねをする。秩序維持に対する観念の差があるだけで、アメリカは日本以上に強硬な国だということを知るべきだ。日本の統治下で不可能だったことが米軍政時代には可能になるなどと考えるのは、とんでもない錯覚だ。その錯覚でもって民衆を引っ張ったところでどうなる」

「簡単に言って、あなたは米国絶対主義者ということですわね。ともかく、人民が人民らしく生きていこうと努力している方向を妨害しないでほしいのです」

この言葉はまた柳泰林の神経を逆なでした。

「人民が人民らしく生きていこうと努力している方向だって？　権勢欲にとらわれた一握りの人間たちの頭脳でしぼり出された指令のことか？」

「植民地時代から抗拒運動をしてきた指導者たちの頭脳もあるんですよ」

徐敬愛がこう言ったのは、泰林の暴論を阻もうとする善意よりも、自分自身の鬱憤をぶつけたものだった。

柳泰林もそう思ったのか、自分の興奮をかろうじて鎮めて言った。

「つまり日本の学徒兵に行ったようなやつは、植民地時代に抗拒運動をしたあなたの前で下手なことは言うなということだな」

徐敬愛はぼんやりとしばらく柳泰林を見ていたが、あわててポケットからハンカチを取り出して目頭を押さえた。涙がどっと溢れ出た。

「なぜ柳先生は私の言うことをそんなに誤解ばかりなさるの?」

その場は急に気まずい雰囲気に包まれた。柳泰林の沈鬱な声が聞こえてきた。

「僕が誤解しているのなら許してほしい。あまりに久しく会わなかったせいか、色々な考えが頭をめぐって興奮しすぎたようだ」

徐敬愛はハンカチで目頭を押さえたまま、何も言わなかった。

「時間のあるときにまた会いましょう」

と言って柳泰林は立ち上がった。夕食の支度ができていると英子が知らせたが、強いて遠慮すると表に出てしまった。私は立ち上がろうとする徐敬愛を引き止めて、今日の柳泰林は尋常じゃないから明日あらためて訪ねて来ると約束して家を出た。

長い路地を抜けたところに柳泰林と英子が立っていた。辺りはすでに暗かった。冷たい風が吹いていた。

二人の間に何か言葉のやり取りがあったようだったがあえて気にもせず、私は英子とこれといったあいさつもなしに柳泰林と歩き始めた。

「今日は柳先生らしくなかったぞ」

と話しかけてみたが、何の返事も返ってこなかった。

灯りの明るいところで見た泰林の顔は恐ろしいほど歪んでいた。消化できない感情と思想が胸の内で煮えくり返ると、人間の顔はこんなふうになるのだろうか。私は泰林が言い出す前に人気のない飲み屋に入った。そして雰囲気を和らげようとつまらないことを言った。

「嶺南（ヨンナム）〔慶尚道（キョンサンド）〕のC市は実に住みやすいところだよな。酒飲みにはまさにパラダイスだ。どの店に入っても酒がある。もし酒は置いていないと言われたら、隣の店に行けばいい。飲み屋をさがし回る必要のないのがここC市だよ」

だが泰林の顔の筋肉は少しも緩まなかった。

温めてある清酒を一合は優に入るグラスになみなみと注いで泰林の前に押し出すと、泰林は一気に飲み干してしまった。呆気に取られた私が、やかんを持ったまま酒を注ごうか注ぐまいか迷っていると、

「こう見えても東京の『びっくり』屋の主をびっくりさせた実績があるんだぞ、僕には。もっと注いでくれ」

とグラスを差し出した。

そのびっくり屋という店は私も知っている。値段が安くて量が多いため客を驚かすという意味でびっくり屋というのだが、その店には一風変わった景品があった。一升半の酒が入る杯にもりもり注いだ酒を一息に飲んだら、酒代はもちろん、連れの分まですべてただになるのだった。だが一升半という量を一息に飲み干すのは至難の業である。その景品の恩恵を受ける者はひと月にせいぜい一人

だった。柳泰林はそこに行ったことがあるだけで景品をもらったわけではなかった。柳泰林が酒を飲むのは何か言いたいことがあるからである。私はただその時を待っていればいいのだ。


「李先生、さっき何と言ったっけ？」

「柳先生らしくないと言った」

「どういうのが柳泰林らしいんだい？」

「さあ」

「さあ、とは何だ。話してみろよ」

「四、五年ぶりにやっと会えた人に、しかも女性に見せる態度としては大人気ないということさ」

「大人気ないだと？」

「そうだ」

「この世で一番正しいのは自分だと言わんばかりに取り澄ましている、彼女のそういう態度が嫌なんだ」


急に酔いが回ったらしい。柳泰林の目元が赤くなったかと思うと、瞳が潤んできた。

「柳先生の勘違いだ。敬愛さんはそんな人じゃない」

柳泰林は私を恐ろしい目で睨みつけた。

「李先生はあの女のことを知らないからそう言うんだよ。恐ろしい女だ……。僕はあの女が憎い。女というものは弱くなければならない。男を愛せなきゃならない。だがあの女は愛し方を知らないんだ。あるのは意志だけで、愛情なんかないのさ」

私はとんでもないと責め立てた。そんなことを言うのは徐敬愛の真の気持ちを知らないからだと言った。

「真の気持ちと愛とは違う。心から愛する男がいたら、その男のために一生陰で生きていく覚悟もすべきだろう？　正直なところ妾にだってなれる女でなけりゃな。徐敬愛が妾になると思うか？」

泰林の意外な発言に、私は一気に酔いが覚めるような気がした。そんな侮辱があってよいものか。それで私は、君個人の気分で高貴な女性を侮辱するなとどやしつけ、そんなたわごとを言うのなら先に帰ると怒鳴りつけた。

「帰りたいなら帰れ。僕の言い分、間違ってるか？　妾になるのを嫌がる女は男の愛し方を知らないという僕の哲学は間違ってるかってんだ」

私は立ち上がった。今日の君は正常じゃないから相手をしたくないと言って、勘定を済ませ出て行こうとすると、柳泰林が飛び出てきて私を押さえた。

「僕が悪かったよ。僕が悪かった。もう少しここにいてくれ」

そこまで言う彼を振り払うこともできず、私はもとの場所に戻って座った。柳泰林は額にあてた手の肘をついて、しばらくの間黙りこくっていたが、頭を上げた。

「彼女が植民地時代に懲役に服していたのは知ってるよな？」

私は知っていると答えた。

「僕はこれまで誰にも罪を犯したことはない。だがあの女にだけは罪を犯した……。僕は、日本軍のあの強圧な環境の中でかぎりなく卑屈だったが、それ以外で卑屈になったことはない。それなのに、あの女に対しては卑屈で、卑劣だった」

すべては運命だったんだと、私は泰林に慰めの言葉をかけた。そこまで自分を責める必要はないと言った。

「いや。僕は彼女がなぜ捕まったのか知らないふりをしていたが、本当は捕まったという噂を聞いてすぐにわかったんだ。誰かに訊いたんじゃなく、直感でピンときた。ある本のせいだと聞いてさらに確信を持った。まさに僕が貸した本のせいなんだよ。その本を貸す数日前だったか、僕は徐敬愛の部屋に行ったことがあった。そのとき僕の目に映った本は教科書と参考書だけだった。本に関する僕の観察力はふつうじゃないからな。たいした数もない彼女の本を、僕は一つ残らず観察した。確かに危険な本はなかった。そもそもそんな本を買ったりもしないだろうが。兄さんのせいで喪に服している家の娘だったし、彼女自身、学校の勉強にだけ熱中できる性分だったことを考えても、僕が行った後にそんな本を買ったとは思えない……。つまり僕が貸したイリーンの著書以外に問題になる本はないと判断できる。僕は彼女が連行されたことを十日ほど経ったときはじめて知ったんだが、それまで僕には何の危険信号もなかったんだ。拷問は最初の一週間が峠だというから、もしその峠を越えていたら僕はもう安全なんだと思った。消息を聞いておそらくあの本のせいだろうと思ったときに、本当ならその足で警察署に飛んで行き、か弱い彼女を救い出すべきだよな。だが僕はできなかった。彼女を見捨てて破滅させてしまったんだ……」

これは重大な告白だった。泰林は自らの人格を賭けて自分を批判しているのである。そうやって苦悶することで、犯した過ちは償えるのではないかと言おうと思ったが、どうも空虚な感じがしたのでやめた。

「そのあと何度も自首しようと思った。少女を救い、僕自身を救う道は自首するほかにないと思った。もし自首したら、その本を買ったところがロンドンで、税関もすんなりと通過した点からして、一年ほどは留置場の世話になるかもしれないが、おそらく執行猶予で釈放されるだろう。だが放っておけば出所を言えない徐敬愛は重刑が科せられることになるだろう。それなのに、時間が経つにつれ自分の身の安全が保障されたという意識が固まってくると、なかなか警察署に足を踏み入れられなくなってくる。その一方で僕は、自分とは関係のない事件だと信じたがっていた。調査が尾崎秀実(おざきほつみ)、ゾルゲ事件にまで及ぶのを見て――そんなことは絶対ありえないと思っていても――自分とは関係ないと言い訳ばかりしてきたんだ。僕は戦々恐々とした日々を送った。初めは徐敬愛が真相を明かすんじゃないかとひやひやし、そのうち良心の呵責を感じ……学徒兵の話が出たときにさっさと自首するべきだったのに、わざわざ出陣して要らぬ苦労した。僕はこんな卑怯な人間だ。だがもう過ぎたことだ。これから先、僕は徐敬愛に対して何をすべきなんだろう。周りはみな僕に抗議し、非難の目で見ている。彼女に会っていたたまれなかった。僕の犯した罪をどうすればいいと思う？　彼女に対する僕の卑劣さをどう償えばいいんだ？」

私は徐敬愛は柳泰林を咎めるために訪ねてきたのではないこと、柳泰林への愛を育むことで日本の警察の拷問に耐えたという、徐敬愛の話を伝えた。

酔いも一気に吹き飛んで蒼白な顔になった柳泰林を見るのは苦しかった。私はできるかぎりの言葉を動員して、彼の気持ちを落ち着かせ、慰めようとしたが無駄だった。

愛と罪悪感。確かに重い十字架である。私はこの日の夜、初めて柳泰林に同情し、同時に友情を感じたのだった。

翌日の朝、柳泰林は学校に来なかった。体の具合が悪くて出勤できないという電話があったと小間遣いから聞いただけで、それ以上の事情は分からなかった。

ところが事件が起こってしまった。その日は運動場で朝礼のある日だったが、左遷発令を受けていたKという教師が、これから朝礼が始まるという時に、学生たちの見ているところでB教師の頬を殴ったのだった。理由はB教師が密告したせいで自分が左遷されることになったから、その密告者を糾弾するというものだった。

だがこれはとんでもない言いがかりだった。K教師は前学期の初め、奨学士〔教育行政機関〕一行が学校の視察に来た時、初級部一年生の英語の授業で「イエス」と「ノー」を逆に教えていた過失を摘発された教師である。そのことは道庁奨学士らの間で物議をかもした。初級一年生の英語を、しかも最も基礎的で初歩的なこともまともに教えられない教師をどう処理するべきかと。しかもC校は道内でも指折りの名門校である。こんな教師を放っておけば奨学士の役割は何ぞや、と問われることになる。

その結果K教師の左遷が決まったのであって、B教師が関知するところではなかった。ならば、なぜB教師に突っかかってくるのか。それこそが左翼系教師たちの策動だったのである。

B教師はC校で最も立派な教師だった。学力はもちろん、校務行政を推し進めるのになくてはならない人物だった。それだけ校内での比重も大きかった。左翼の教師たちがB教師を好ましく思っていないのは、B教師が左翼でないせいでもあるが、それよりもB教師が彼らの正体を一番よく知っていたからである。

信託統治問題に対する共産党の態度が変わった頃だった。某教師がB教師を自分たちの集会に連れて行った。時局に関する懇談会だと言うので、B教師もそれなら一度行ってみる価値もあるかと思い誘いに応じた。しかし実際は市内の中学・高等学校の教師たちだけの集まりで、その目的は信託統治を支持するビラを貼る件について議論するものだった。B教師はその場を払いのけるようにして出て行った。

このことがあってから、左翼系の教師たちはありとあらゆる手段を使ってB教師を追放しようとした。しかし名分がなかった。どこから見ても優秀な教師を、左翼でないという理由だけで追放するのは無理な話である。

そんな時、K教師が問題になったのだった。奨学士の中にはちょうどB教師の友人がいた。それにかこつけて密告説をでっち上げたら、それこそBは人間としての威信を保てなくなるだろうし、そのうえストライキをするのに格好の言い訳になると考えたのだ。K教師のB教師に対するいやがらせには、つまり二重の目的があった。一つは恥をかかされたら本人が耐えられなくなって学校を辞めるかもしれない、二つ目は同盟休学の要求条件としてBの追放を掲げることもできるということである。

朝礼は瞬く間に学生大会となり、前もって準備してあった決議文が採択された。決議の内容は、密告を事とする卑劣なB教師を追放せよ、左遷されるK教師を留任させよ、それができない時は校長が退けという三項目だった。

緊急の職員会議が開かれた。あれほど騒ぎ好きの左翼系の教師たちはいっせいに口をつぐんだ。その他の教師たちは呆れて言葉を失った。教頭だけが何か収拾策を講じなければならないと力説したが、誰も何の反応も示さなかった。校長は深刻な視線を主のいない柳泰林とB教師の席に送っていた。しばらくして、明日までに各自研究してくるようにと言って散会した。

私がその足でB教師宅に行ったところ、B教師は穏やかな顔で、これを機に学校は辞めるつもりだと言った。私は呆然として言葉が出てこなかった。それからすぐ柳泰林を訪ねて行かずにはいられなかった。

（徐敬愛のことやら、学校の問題に巻き込まれて、柳泰林はどうするつもりなのだろう）

柳泰林の家の門をくぐると、泰林の父親がよろこんで迎えてくれた。

「ちょうど君に会いたいと思っていたところだったよ」

そう言う彼の表情は尋常ではなかった。そういわれてみれば、家の中にただならぬ空気が漂っていた。何かあったに違いなかった。

泰林の父親は私に自分の部屋に入るようにと言った。この家には何度も来たことがあるが、彼の部屋に入るのは初めてだった。

部屋の中は想像以上に質素だった。書窓の向かいに小さな文匣（ぶんこう）が一つ置かれてあり、その後方の壁には掛け軸が掛けられ、オンドルに近い方には十二幅の山水画の屏風が立てられているだけで、それ以外にはこれといった物は目に留まらなかった。

泰林の父親は楽にしろと言って、枸杞(クコ)茶を注いだ湯飲みを私の前に置いた。だがなかなか口を開く気配がなかった。私に会おうとまでした人の態度にしては妙だった。かなりためらっているように見えた。私の方から話を急かすわけにもいかない。しかたなく私は文匣の上方に掛かっている掛け軸に目をやった。

短い文なのになかなか読み取れなかった。篆書体(てんしょたい)だということだけは分かった。前後の文脈で推測した結果、「天貴其明、地貴其光、君子貴其全也」と書かれているようだった。落款(らっかん)上には許眉叟(ホミス)という名前が見えた。一目でかなりの年代物であると感じたが、果たしてそのとおりだった。私はそれとなく訊いた。

「許眉叟といえば三百年ほど前の人ですよね」

「粛宗(スクチョン)〔李朝の十九代王、一六六一～一七二〇〕の時に亡くなったのだからそのくらいになるだろう」

泰林の父親は淡々と答えた。だが私がその掛け軸に関心を持ったのを知ると、自分の関心事はひとまず保留する態度を見せ、次のように説明した。

「眉叟先生はわが先祖の党派とはちがう南人〔李朝時代の四色党派の一つ〕なんだが、それがどういう縁で先生の書いたものがわが家にあるのかはわからない。書庫に放ってあったものを先日取り出して掛けてみたのだ」

「何か特別な動機でもあったのですか」

「特別な動機などあるはずもないが」と言葉を切り、少し間を置いてからこう続けた。

「当時は四色党争〔思想や理念の違いで分裂した党派どうしの争い〕がひどかった時代で、許眉叟先生はその熾烈な党争の先鋒に立ちながらも九十歳近くまで生き、天寿を全うされた。他の党派の首領たちのほとんどが賜死（しし）〔自死を命ずる刑〕を受けたり、横死、あるいは厄死しているのに、たいした運の持ち主だ」

もしかしたら泰林の父親は、いまの時代も三百年前の党争と派争が深刻だった時代も同じだと考え、その時代に天寿を全うした許眉叟の命にあやかりたい、そんな切実な祈りの意味を込めて、掛け軸を書庫から引っ張り出し、埃を叩いて自分の部屋に掛けたのではあるまいか。その祈りの根底には、おそらく自分よりも息子の泰林を思う気持ちの方が強くあるだろうと思ったが、そんなことを言うわけにもいかず、掛け軸に書かれている文章の出典を訊いてみた。

「浅学な私にそんなことはわかるまいが、鄭寅普（チョンインボ）（雅号は薝園（タムオン））先生によると『荀子』の勧学篇にある言葉と聞いておる」

「荀子といえば孔子と孟子、とくに孟子の説に反対した人なのに、世の中が乱れ混乱を極めていた時代になぜまた許眉叟がそんな出典の文を書いたのでしょう」

「鄭寅普先生もそう言っておいでだった。ひょっとしたら許眉叟先生を陥れ（おとしい）ようとして反対派が偽筆したのではないかという説もあった。だが篆書の第一人者である眉叟の偽筆は容易いことじゃあない。あれこれ鑑定をした結果、親筆に間違いなかった。もっとも文の意味は孔子や孟子にも通じる無難な真理だからたいした問題はなかったのだろう」

「そんな簡単なことではないでしょう。植民地時代末期の例を見てもそうです。いくら無難な言葉でも、マルクスやレーニンから引用したとわかれば大変なことになったものです」

泰林の父親は「ふうむ」と溜息をつきながら、また思いに耽った。私はそのまま黙っていられなくなり、こちらから話を切り出した。

「泰林君はいま家にいますか」

彼の顔に当惑の色が現れた。そしてようやく決心がついたのか、私の方に少し身を乗り出し口を開いた。

「李君、夕べ泰林と一緒だったのかね？」

「はい」

「そのとき息子の態度におかしな点はなかったかい？　何か言ってはいなかったか？」

私は何と答えたらよいか分からなかった。昨日あったことをいちいち告げ口するわけにもいかず、かといって一部分だけ説明したところで要領の得ない話になるだけである。

私が急に緊張したのが態度に表れたのか、泰林の父親は詰め寄って訊いた。

「親子の間で何か隠しごとをしてはいけない。何もかも話してくれ。泰林のためにもそのほうがいい」

ここまでくると私も口をつぐんでいるわけにはいかなくなった。慎重に徐敬愛のことをかいつまんで話した。もちろん昨夜、柳泰林が喋ったことは一切省略した。

それだけで充分だった。柳泰林の父親は私が話したことだけで事態の真相を理解したようだった。

それからまた考えに耽るのだった。

私は泰林に会わせてくれと言った。

「いま家にはいない」

泰林の父親は沈んだ声で言った。

「いないとは？　どこに行ったんですか」

「君が来る二、三時間前に何も言わずに出て行ってしまった。問いただすこともできなかった……」

「では私がさがしてみます」

と言って立ち上がろうとすると、泰林の父親は私の腕を押さえて座らせた。

「話したいことがあるんだが」

私は座って彼の言葉を待った。

「こんなことを言うとわが家の恥だが、君と息子とは何でも打ち明けられる気安い間柄だから、正直に話そう」

そう前置きをしても、次の言葉がなかなか出てこない様子だった。煙草をまたくわえてから、ようやく話を続けた。

「昨夜遅く帰ってくるなり騒ぎを起こしたのだ。これまで一度もやらかしたことのないみっともない真似をしでかした。呆れてものも言えん……。訳もなく自分の妻を夜中に追い出そうとするとは。あいつはならず者か、人間の仮面をかぶった者がやることとしか思えん。妻が出て行かないのなら自分が出て行くと言う始末だ。泰林が部屋で大騒ぎをしている間、私はここでじっとしていた。私が割り込んだら父子の衝突が起こりかねない……。隣近所に合わせる顔もなく、一睡もせずにこうやって座っていたのだ。

妻が止めようとしても頑として受けつけない。狂ったように食ってかかる……。わが家門に代々こんなことはなかった……。正直なところ、息子は気がふれたのではないかと心配していたが、君の話を聞いてみるとわからないこともない……」

そう言って嘆き悲しむ父親の沈痛な面持ちを見るのは忍びなかった。私は礼儀上、慰めの言葉をかけた。

「あまり心配なさらないでください。一時的な興奮ということもありますから」

「徐敬愛とかいう人がここに来ているというのに、一時的なものでは済まされないだろう」

言われてみるとそうだった。徐敬愛が存在するかぎり、そう簡単に解決できる問題ではないだろう。

「李君、何か方法はないだろうか」

その語調には藁にもすがるような哀願が込められていた。

「方法ですか?」

「徐敬愛とやらをなだめて帰すなり、その他に何か解決方法を講ずるなり……」

私は徐敬愛に関してもう少し詳しく説明した。そしてこの問題を解決する鍵は徐敬愛にあるのではなく、泰林自身の心の中にあるのだと言い、

「徐敬愛という人は、心から泰林君がうまくいくことを願っているだけで、自分にどうしてほしいなどという要求はぜんぜんないように見えます」

と付け加えた。

「それならなおさら気の毒ではないか」

泰林の父親は嘆息を漏らした。

「泰林君がどれだけ覚悟を決めているのかわからないので何とも言えませんが、徐敬愛が大邱（テグ）に帰って月日が経てば自然と解決されるでしょう」

「そうだろうか」

と言いながらも信じられない様子だった。泰林の父親はしばらく黙って座っていたが、何やら希望を得たかのように目を輝かせながら言った。

「どうだろう、私がその徐敬愛とやらに会ってみるのは」

「徐敬愛にお会いになると……?」

私は驚愕した。

「会ってどうなさるおつもりで……」

「息子のせいでそんな苦労をした人なら、父親として当然詫びて礼儀も尽くすべきだろう。しかも息子のことを好いてくれているというのだから、人として当たり前のことだ……。事情が許せば娘のように世話をすることもあるかもしれん。いや、面倒を見るのは当然のこと……。李君、その人に会わせてくれ。いますぐでなくてもかまわん……」

私はそうすると答えた。父親が、息子が愛している、そして息子を愛している女性に会いたいと言っているのに阻む名分や理由があるだろうか。

「あとで知るのはかまわんが、その人と私が会うことを前もって泰林には知らせないでくれたまえ。それから泰林の居場所をさがして、できるだけ早く家に帰ってくるよう言い聞かせてくれ」

泰林の父親は何度もこう頼むのだった。私は二、三日後に連絡すると約束をして家を出た。

すっかり暗くなっていた。初冬の寒さが身に染みた。

　泰林がこういう状況で家を飛び出したとしたら、行きそうなところは大体予想がついた。私はまず蘭珠(ナンジュ)という妓女を訪ねることにした。蘭珠は泰林が贔屓(ひいき)にしている妓女だ。そういえば徐敬愛とよく似ていた。体格、容貌、言動、品位などどれを取っても似通っていた。徐敬愛に比べて蘭珠がもう少し繊細とでもいおうか。蘭珠は国民学校しか出ていなかったが、生まれつき鋭利で妓女としては教養のある方だった。

　学生や教師の身分で妓生(キーセン)宿に出入りしているといえば、他の土地の人なら素行がよろしくないと考えるかもしれないが、ここC市でそう判断されては困る。C市において妓生宿は享楽の場所でもあるが、それよりも青年期に差しかかった男たちが世間を学び人生を学ぶところでもある。C市の親たちは息子がそういう場所に出入りしてもそれほど心配しない。ごく一時的なものに過ぎないと考える。月日が経って一家の当主となれば、自分たちよりも堅実になるであろうことを、親たちは自らの経験をとおして知っているからである。

　C市の妓生たちは、もちろん例外もあるが、権番〔植民地時代に設置した妓生を養成する場所〕で先輩からかなり厳しい教育を受ける。そのため妓生たちと遊ぶのはマイナスもあるが、学校や家庭で教わらないことを学んだりもする。それだけの理由ではないだろうが、C市出身の大学生が長い休みに帰省すると、ある親にいたっては息子が自由に遊べるようにと田舎の家に身を避(よ)けたりもした。

　したがって柳泰林が蘭珠のところにしょっちゅう行ったとしても、C市では誰も咎めることはないのである。

蘭珠の家の門を叩いた。幼い女中が出てきた。蘭珠はいるかと訊くと、いると答えた。その時間まで権番に行っていないのをみると、泰林と一緒にいるに違いなかった。

蘭珠が出てきて、私に入れと言った。

泰林は厚い座布団に座り、酒の膳を前になかなかの上機嫌だった。陰鬱そうにしかめっ面をしているとばかり思っていたが、想像とはまるで違う面持ちで、私を見るなり朗らかな笑みを浮かべた。

「夕べは大変失礼した」

「とんでもない」

と言って私は蘭珠が勧める座布団に座った。

蘭珠がいる前で彼の父親と交わした話をするわけにもいかず、かといって蘭珠に席をはずしてくれとも言いづらいので、まずは学校の話をすることにした。私の説明を聞いた泰林は、それでB教師はどういう態度を取っているのかと訊いた。

「学校を辞めるそうだ」

「じゃあ僕も辞めよう」

泰林はこう言い放ち、それならもう学校の問題は気を遣う必要もないじゃないかという顔をした。

B教師が辞めて、泰林まで辞めたら自分はどうすればよいのだろうと思った。だがそんな理由からではなく、私は泰林の意見に反対した。

「そんなに簡単に降伏してしまうのかい？　僕が思うにこれは一時的な降伏じゃすまない。終生の降伏になりかねないよ」

「棄権と降伏は違うだろ?」

泰林が言った。

「棄権? じゃあこれまで与えられた環境で最善を尽くそうと言っていたのはどうなるんだ?」

私がむきになってこう言うと、泰林は何かを考えている様子だったが、

「それよりB先生を呼ぼう」

と言った。私はそうしようと言った。

人に頼んでB先生を呼びに行かせている間、私たちはB教師を最後までとめるべきかどうかについて話し合った。泰林の考えは、B教師の性格からしてそんな屈辱に耐えてまで学校にいないだろうという悲観的なものだった。

私はそんな話を交わす一方で、昨晩の事件に対する泰林の態度をうかがった。不愉快そうな様子もなく、大騒ぎをしたというわりには悩んでいるようでもなければ、父親が心配していることを知っていながらもまったく悔やんでいる素振りを見せないのは奇妙なことだった。

私は泰林の態度から少なからずの決心、あるいは覚悟のようなものを感じた。自分なりに、当面しているジレンマから抜け出す確固とした方針を立てたに違いない。

(ということは、離婚を強行するつもりなのか? 徐敬愛と一緒になるということか?)

私は泰林が教師としての進退問題と家庭の問題を一括りにしているのではないかという気もした。

B教師が来た。部屋中に杯や皿が散らばっているのを見るなり皮肉った。

「堕落もここまでくると終わりだな」

「先輩、どうぞ」

と泰林は自分の席をB教師に譲った。それから言うことには、

「だから僕たちには何も心配事することはないんです。落ちるところまで落ちたんだから、何が起こってもいい方向に進むでしょう」

学校のことが話題に上った。学校を辞めるというB教師の覚悟は確固たるものだった。学校を辞めて何をするつもりだという質問に、B教師は、

「国防警備隊に入ろうと思っている」

と言った。

「国防警備隊?」

泰林も私も驚いた。驚く私たちを見て、B教師は断固とした語調で言った。

「国防警備隊はこの先、国軍になる。僕の専攻は法律だから、そこに入って法務官にでもなろうと思ってね」

泰林は深刻な面持ちになった。それからつぶやいた。

「よりによって軍人になるなんて」

「僕が受けた屈辱を思い出してみたまえ。黙っていられるものか。僕はどんなことをしても共産党の正体を明かしてみせる。誰が本当の愛国者なのか知らしめてやる。どのみち烙印を押されているんだ、正面きってやってやろうじゃないか」

B教師は少し興奮しているようだった。泰林はそんなB教師を悲しそうに見つめた。

「もちろん屈辱は耐えがたいものです。しかし軍に入るというのは人生の重大事です。もう少し時間の余裕をもって考えてみたらどうですか」

「孔子の言葉に、三軍も帥（すい）を奪うべし、匹夫（ひっぷ）も志を奪うべからず、というのがある。僕の問題はこれで落着するだろう。それより柳先生はどうなんだ。柳先生こそ学校を辞めることをもう少し考え直してみたらどうだい」

「僕の志は匹夫ほどにもならないということですか」

こう言う泰林の顔は強張っていた。

「そうじゃなくて柳先生はもう一年ほど留まって、やつらの行動にブレーキをかけてやる必要があるんじゃないか、という意味だよ」

続いて色々な話が出たが、結論はこうなった。

B教師が辞めたあとも私と泰林は学校に残り、左翼系と最後まで対決してみようと。柳泰林はこの機会にC市での生活を清算して他郷に行ってしまうつもりでいたが、一方で左翼系の策にそうやすやすと引っ掛かってなるものかという意識も強く働いたようだ。またせっかく教師になって学校に足を踏み入れたというのに、何度か挫折をしたからといって、来るなり辞めるというのは卑怯であるだけでなく、千人を超える学生たちにおかしな印象を残すだけだという意識が彼を躊躇させているようだった。

蘭珠を母親の部屋に追い出し、布団を敷いて横になっても、私たちの話はなかなか終わらなかった。国の将来、自分たちの将来をそれこそ真剣に討論した。たとえ妓生宿で酔って寝ていても、私たちの頭は明快で、心は純粋だった。

　その日の夜、柳泰林が自分に言い聞かせるかのように次のようなことを言ったのを、私はいまでも記憶している。

「僕は共産主義理論を徹底的に研究してみようと思う。その主義の生理と病理を極めてみたい。彼らの正体を明かすために、彼らが掲げた理想と、採用している方法との間にある矛盾を掘り起こしてみるつもりだ。帝政ロシアの皇帝政権に反対する各界各層の反抗勢力をボルシェビキはまんまと横領し、ツァーリ政権に勝るとも劣らない専制政権を立てた。いま共産党は、解放のよろこびに次いで混乱している民心を横領しようとしている。僕は横領の方法をも究明するつもりだ」

　これに対してB教師の嘲るような意見も耳に残っている。

「虎を捕まえようとして、かえって虎に食われることがないようにしたまえ」

　寝るには遅すぎる時間だった。いくらなんでも真昼間に妓生宿を出るわけにはいかない。私たちは朝飯をB教師宅で食べることにして、明け方、蘭珠の家を出た。

　戸を閉めて商店沿いを歩いていると、左翼系列が貼り付けたビラが目に留まった。電信柱という電信柱に、商店の雨戸という雨戸には、殺伐としたスローガンが氾濫していた。

「米国は撤退せよ」「李承晩（一八七五～一九六五／大韓民国初代大統領）は米国の走狗だ」「悪質な地主、民族反逆者は粛清せよ」等々……。

　だが私たちはこのような脅威も恐れず、初冬の朝の突き刺すような寒さにも堂々としていた。なぜかこの日の朝は、私たちが二十代の青年であること、前途有望な青年だという自負を強く感じた。

Ｂ教師宅で朝飯を食べ、私と泰林が学校に着いたのはまだ早い時間だったが、職員室に入ると教師たちはほぼ全員出勤していた。

柳泰林と私が炉辺に座るとＭ教師が話しかけてきた。問題のＫ教師は私たちのすぐ前の席に座っていた。

「柳先生、昨日は出勤されませんでしたね。それでいま相談しようと思うんだが……」

と言ってＭ教師は連判状のようなものを取り出した。そして話を続けた。

「柳先生もご存知のようにＫ先生の左遷はどう考えても悔しいことです。学生たちも先生を尊敬する気持ちから決起しているときに、我々同僚がただ指をくわえて見ていられますか。そこで我々もＫ先生の処分を取り消してほしいという陳情書を出そうと考えています。柳先生と李先生が判子を押してくればほぼ全員一致になります」

泰林はＭの顔を見もしないで言い放った。

「そんな汚い真似はほどほどにしましょう。私はそんな陳情書に判子を押したくない」

取り出した陳情書を広げようとしていたＭが、

「柳先生、何てことをおっしゃるんだ」

と楯突いた。

「考えてもみてください」

泰林の声は落ち着き払っていた。

「そこにＫ先生もいらっしゃるので正直に言いましょう。他でもなく教師という点から見るとＫ先生はB先生の相手になりません。B先生に非があるとしたら、それはあなた方の思いどおりに動いてくれなかったということだけでしょう。それなのに学生たちはK先生の転勤に反対する一方でB先生を排斥しようとしている。可笑しくないですか。それが教師を尊敬する態度ですか？　ストライキどころか学校を封鎖することになっても、学生たちの態度を決して許してはなりません。それなのに仮にも教師たる者が学生の行動に同調しようとしているのです。私は陳情書に署名しないのはもちろん、陳情書自体を認めません」

M教師が何やら言おうとしたが、泰林は、

「言いたいことがあればのちほど職員会議のときに」

と言って自分の席に戻っていった。

三十分ほど経って職員会議が開かれた。議題は昨日宿題にしてあった同盟休学に関する対策だった。左翼教師らは順番に立ち上がって、学生たちの要求条件を聞き入れることだけが唯一の解決策だと力説した。彼らがそれぞれひと言ずつ演説したあと、泰林が続いて立ち上がった。

「私はB先生の辞表を預かってきました。B先生の辞任の意志は断固たるものです。よって辞表の受理問題は否も応もありません。丞相（じょうそう）〔君主を補佐する最高位の官吏〕のような高い地位でも、嫌なら何の意味もないのですから。したがって同盟休学の要求条件は、結果的に貫徹したことになるでしょう。私がこれを校長先生にお渡しする前にここで公開する理由は、校長先生がB教師を引き止められないようにするためです。この結果を学生たちが知れば同盟休学を撤回するのではないですか」

「もう一つ要求条件がある」という声が湧き起こった。

「それは何ですか」

と柳泰林は訊き返した。

「K先生の左遷発令を取り消す問題だ」

怒気混じりの大声が聞こえてきた。

「K先生の左遷発令は道庁で出されたものです」

柳泰林がこう言うと、

「それは形式的なもので、実際は校長の意思にかかっている」という反論の声が出た。

「形式だろうが何だろうが、いったん発令したものを取り消すには道知事の意思がなければならない。たとえ無能な官庁でも、すでに発令したものを取り消すにはそれ相応の理由が必要であるうえに、時間も必要になるでしょう。それまでひと月でもふた月でも同盟休学の状態にしておこうというのですか」

「校長が確約すりゃいい」

どこからか聞こえてきた声に柳泰林は興奮した。

「校長が確約を？　それはできません」

「おまえが校長か？」

と野次が飛んだ。

柳泰林は声を高く張り上げた。

「K氏は学生の見ているところでB先生を殴ったんですよ。B先生はそれに屈辱を感じてこの学校を辞めることにした。当然のことでしょう。恥を知る人はそんな屈辱に耐えられないものです。教師が喧嘩をしてはいけないとはいいません。しかし少なくとも場所をわきまえるべきでしょう。場所もわきまえないで身勝手に喧嘩を吹っかけてくるような教師を、仮に校長が許し、しかも転勤まで取り消すとなれば、私はそんな校長を教育者として認めません。そんな校長を認めたらこの学校はK氏のような格闘家がのさばるところとなり、少なくとも恥を知る教師はいられなくなるのです。喧嘩をする場所もわきまえない、言ってよいことと悪いこともわきまえないK氏のような行動を容認したら、この学校は一日にして崩壊するでしょう。日頃から正義だの愛国だのを掲げておられる先生方がこの問題をどう考えているのかわかりませんが、B先生が勇退することでこの事件を収拾するのが賢明だと思います」

柳泰林は以上のことを始めから終わりまで言えたわけではない。所々に揶揄が入り反論があり、嘲笑する者までいた。

だがいったんこれで学生代表と折衝することにし、職員会議は午後三時まで休憩となった。

左翼系列にとってK教師の転勤取り消しは同盟休学の動機であって、目的ではなかった。目的はB教師を退陣させることにあった。K教師の転勤取り消しが可能だとは、彼ら自身も考えていなかった。ただ難関だと思っていたB教師の問題があまりに簡単に解決したため、Kに対する体面上なにかと言いがかりをつけたのである。

午後の職員会議では、同盟休学の終結と、明日から学生が登校するという報告があった。ところがその席で柳泰林はついに爆発してしまった。

同盟休学の総本山である高級二年生を受け持っているP教師をなじったのだった。

「自分が受け持っているクラスの一つもろくに統率できない人が、担任教師としての資格があると思いますか」

柳泰林の射った矢を受けて、ふだんは寡黙なP教師が顔を真っ青にして立ち上がった。

「学生もれっきとした人格者だ。彼らの大多数の意思を無視しろとでもいうのか？」

「だから引きずり回されて当然だというわけですか」

私は驚いて泰林をじっと見た。彼の性分からして思いもよらぬ発言だった。

「僕は彼らの意思を尊重する民主的な教師だ。ファッショ教師なんかではない」

「ならそのうち毎日、同盟休学するようになるかも知れませんね」

教頭は双方をなだめようとした。だがすでに遅かった。極度に興奮したP教師は、

「日本の兵隊にいただけあって、弾圧教育に味を占めているようだな」

と皮肉った。

泰林も負けてはいなかった。

「学生の本分を守ってやれないのなら、せめて教師としての責任は果たすべきだろ」

「学生の本分を守ってやれないだと？」

「なら同盟休学を扇動してばかりいるのが正しいことか」

「誰が扇動しただって？」

「あんただろ、他にいるか？」

この時、M教師が喧嘩を止めに入った。

「いま柳先生はK先生の行動を非難しましたね？　先生は拳を振るうテロだけがテロで、言葉のテロはテロではないとでもお思いですか」

「教師としての責任を果たせないでいるので、私は同僚として忠告しているのです。職員会議というのはそもそも忠告し、忠告されるための広場ですからね」

「忠告と人身攻撃とは違う」

Mが怒鳴りつけた。

「自分が受け持っているクラスの一つもろくにコントロールできない教師に責任追及するのが、人身攻撃だというのですか」

今度はPが言った。

「じゃあ君は自分のクラスをコントロールする自信があるのか？」

「もちろんだとも」。泰林は厳かに言った。

「任せてくれさえすればコントロールくらいお安いご用だ」

「もしできなければ？」

「その時は潔く退場しよう。だからあんたもそのクラスから手を引くんだな」

「よろしい、手を引こう。なら、いま僕が受け持っているクラスを君が受け持つ気はあるのか？」

「そうしよう。命令が下り、先生方の不満さえなければ、私が受け持とう」

事前に相談したわけでもないのに、満場一致で「いいぞ！」という喊声が上がった。

「ならさっそく明日からでも受け持とう。それはそうと、校長先生と教頭先生のお考えはどうですか」

泰林がそう尋ねると、

「興奮しているときに焦って決めないで、ゆっくり考えてみてはどうですか」

と教頭は慌てていた。それが火種となって、ようやくもみ消した同盟休学の火の粉がまた飛び散る恐れがあったからである。

だが左翼系教師たちは黙っていなかった。本人がやると言っているのに妨害する必要があるかと怒鳴りつける教師もいれば、コントロールする自信がある者に担任を任せればよい、ゆっくり考える必要などあるもんかと騒ぎ立てる教師もいた。

校長も勇断を下さざるを得なくなり、明日から泰林を高級二年生の担任にすると言い渡し、職員会議は終わった。

事態が思わぬ方向に発展したことに、私は唖然とした。高級二年のそのクラスは、解放後一年半余りの間に担任を六人も学校から追い出した実績を持つ。そうした理由の一つに、PやM、あるいはSを自分たちの担任として迎えたいという目的があった。

校長も教頭も薄々そのことに気づいていたので、おいそれと彼らを担任にしなかったのだが、先任教師を次から次へと排斥する騒動を引き起こすものだから、今学期の初めに仕方なくP教師に任せることにしたのだった。

そのようなクラスを泰林が自ら受け持つと乗り出したのだ。教頭でなくても無謀なことだと思われる。左翼教師らが喊声を上げてまで柳泰林を支持したのも、「さて何日持つかな」という下心があったからである。

そういう考えを伝えると、

「虎穴に入らずんば虎子を得ず、という諺があるだろ?」

と言って、自分が高級二年生を受け持つために、わざとP教師を咎め、彼の感情を損ねたのだと付け加えた。

翌日、泰林が私の家で朝飯を食べていた時、教頭が訪ねて来た。

そしていきなり、

「一週間、いや今日だけでも学校に来ないでくれんか、柳先生」と言うのだった。

訳を尋ねる泰林に教頭がこう説明した。

「昨夜、学生同盟全員が集まって会議をしたそうです。柳先生が教室に入ってきたら思いきり面罵し、それからP先生を復帰させ柳先生を排斥する決議文を出し、学校側が聞き入れない場合は再び同盟休学に入るというのです」

「予測していたことです」

と言いながらも泰林の顔は青ざめた。

「予測していたことですし、こういうことになることがわかっていながら私が受け持つと言ったのです。教頭先生は心配せずにお帰りください」

「じゃあ今日は学校に来ないんですね。出張命令を出しておくので、どこかで遊んできてください」

教頭のこの言葉に泰林は腹を立てた。

「教頭先生は私を侮辱しているのですか。今日からあのクラスを受け持つと断言しておいて、いまさら尻尾を巻いて逃げろとでも？　そんなことはできません。何があっても私の信ずるとおりにやるつもりです」

教頭は粘り強く泰林を止めたが無駄だった。温厚な教頭は顔には出さなかったが、不機嫌そうに帰って行った。

その日は教室の朝礼がある日だった。始業時間を知らせる鐘が鳴ると、柳泰林は出席簿を並べてある棚の前に行き、高級二年生の出席簿を引き抜いた。職員室でうろついていた教師全員の目が泰林の背中に注がれていた。教頭が泰林のそばに行って何か耳打ちした。おそらく、いま教室に入るのを控えてくれと言ったのだろう。そこそこ落ち着いてから行けばいいじゃないかと勧めたに違いない。

柳泰林は引き抜いた出席簿をもとの場所に入れ、持っていた白墨箱を下ろしてふいと出て行ってしまった。教頭は自分の話を聞き入れたと思ったのか、自分の席に戻った。私は何かあるのではないかと心配になって廊下に出た。泰林は便所の方に歩いていた。あとをつけて行った私は、泰林と並んで小便をした。泰林は用を足してから手を洗い始めた。

蛇口を大きくひねり、ゆっくりと、ていねいに洗うのだった。私は彼の横顔を盗み見た。緊張して青ざめた顔、何かを懸命に考え出そうとしている人間の顔に見られる厳粛さと、清く固い意志のようなものが感じられた。いい顔だった。

手を洗い終えた泰林はハンカチで手を拭きながら、洗面所越しに見える空に視線をやり、

「今日もいい色してるなあ……。冬のこの時期になると空がきれいだ。ひんやりとしていて、澄んでいて……明晰な精神のようだ」。そうつぶやいてから、突然私の方を見て訊いた。

「状況構成、わかるだろ？」

「状況構成？」

「状況を構成するってことさ。やってみる価値はある」

教室朝礼が始まっているのか、廊下には学生の影も、教師の影もなかった。

高級二年生の教室は東西に伸びた廊下の西の端にあった。植民地時代は生物室として使っていた教室である。

私はその教室に向かって歩いていく泰林の後ろ姿を長いこと見守っていたが、彼が教室の戸を開ける瞬間まで見る勇気がなくて、急いで職員室の自分の席に戻った。

どうしたことか朝礼の時間だというのに、職員室には教師たちが残っていた。何かが起こるかもしれないという期待に満ちた、意地の悪い雰囲気が感じ取れた。誰もがうわの空で話をしているのをみると、明らかに彼らの関心は高級二年生の教室の方に注がれていた。

三十分過ぎたというのに何の音沙汰もなかった。いまにも廊下に靴の音を響かせて学生代表が職員室に乗り込んできそうな雰囲気なのに、高級二年生の教室は静まり返っていた。一時間目の終わりを告げる鐘が鳴った。依然として何の知らせもなかった。二時間目が終わっても同じことだった。左翼教師たちは次第に焦り始めた。

何が起こっているのか、みな気になっているくせに、誰一人として様子を見てくると言う者はいなかった。教頭さえも言い出せないようだった。

校長室に続く戸は固く閉まったままだった。校長もまた息を殺しているように見えた。

果たして高級二年生の教室で何が起こっていたのだろう。

それを説明するには、その時の状況を詳細に回想した柳泰林の教え子、張(チャン)君の記録を借りるのが手っ取り早い。張君はその記録に「ヒキガエルの話」という題をつけた。

ヒキガエルの話

万事整っていた。我々は柳泰林先生が現れるのを待っていた。まずはノッポの鄭(チョン)が柳先生に「この教室に何しに来たのですか」と質問をし、それに続き、小生意気な車(チャ)君が「僕たちを小作人扱いするつもりですか」と訊き、「元(ウォン)君は上品に「妓生宿(キーセン)にでも行けばいいものを、わざわざ愛嬌もない僕たちを訪ねてくるとは」という風に、からかいの言葉をクラス全員でひと言ずつかけ終わると、次はリーダーの李君が柳先生の反動的行為を列挙し、教師としての資格がないことを理路整然と話すことになっていた。そして最後に柳先生の退場を要求し、すでに選出された七名が校長室に行き、我々の決議書を提出するのである。

　まずは入ってきた柳先生の肝を冷やすために、教壇に続く引き戸の上に水を入れたバケツをぶら下げた。戸を開けると同時にバケツが落ちて、うまくいけば先生は頭から水をかぶることになっていた。そこまでうまくいかなくても、目の前に降り注ぐ水と転がっているバケツを見て、我々の敵意に気づいた先生は、背筋の凍るような思いをするはずだった。

雰囲気はいささか緊張していた。それぞれ悲壮な覚悟をしていた我々三十三名は、尊敬するP先生が受けた侮辱に対しての雪辱（せつじょく）を果たし、同時に反動教師を退治する計画だった。そのせいで教室内は水を打ったように静まり返っていた。戸が開きバケツの水が降ってきたら、一斉に大声で嘲笑うことにしていたので、そのタイミングをはかるためには一切の雑談も控えなければならなかったのだ。

ところが事態は思いがけない展開になった。柳泰林先生はバケツが掛かっている教室の前の戸を開けずに後ろから入ってきたのだ。その瞬間「スパイがいたのか」と思ったが、それはあり得ないことだった。水の入ったバケツを掛けようという意見はほんの少し前に出されたばかりで、バケツを掛けたあとは誰一人として教室の外に出ていないからである。それだけではない。三十三人が鉄のように固く団結している時にスパイなどいるはずがなかった。

入ってきた柳先生は教壇に向かわずに、後方の真ん中辺りで立ち止まった。我々の背後に立ったのだ。これもまた思いがけない、まったく予想外の出来事だった。

後ろの壁にもたれたまま、柳先生は黙っていた。我々は戸惑い始めた。教壇に行かずに壁にもたれている柳先生に揶揄を飛ばすべきなのか。もともと揶揄の中に「その教壇に立つ資格があるとでも思っているのか」という句が入っていたが、それはどうすればよいのか途方に暮れた。しかも背中を凝視されているというのは、何とも言い難いこそばゆい精神状態だった。次にどうすればよいのかを知りたくて、我々はただリーダーの李君と視線を合わせようとばかりした。静まり返っていた教室に少しずつ波紋が起こり始めた時だったと思う。

背後から低い声が聞こえてきた。

「ここに一匹のヒキガエルがいる」

「ヒキガエル？」

僕は耳を疑った。何を言っているんだ？　我々の当初の計画は柳先生の口を塞いでしまおうというものだったが、いきなりヒキガエルが飛び出してきたためにどう対応してよいか分からなくなった。リーダーの李君が隣の席に座っている鄭に何やら耳打ちをしたところ、それが教室中に聞こえた。その時だ。

背後から「前を見てみろ！」という叫び声が聞こえてきた。みなの視線がいっせいに前方に注がれるのが感じられた。僕の視線ももちろん前に向かった。

「空っぽの黒板があり、空っぽの教壇、空っぽの教卓がある。目を背けずにちゃんと見てみろ」

静かになった教室の中に、柳先生の低い声が染み込むように響いた。少し経ってからまた聞こえてきた。

「空っぽの黒板、空っぽの教壇、空っぽの教卓を、学生という名のおまえたちと、教師という名の私が見つめている。しっかり見ておけ！　これが今日（こんにち）の朝鮮の教育の実情だ」

咳払いする学生すらいなかった。柳先生の言葉が途切れると、教室は静まり返った。少し間を置いてから柳先生は話を続けた。

「誰をあの教壇に立たせるべきか、誰を迎えるべきなのか。あの空っぽの黒板、空っぽの教壇、空っぽの教卓は、指導者を待ち教育者を求める南の実情を象徴的に物語っている。ようく見ておけ。そしてしっかりと胸に刻んでおけ。今日のこの時間と、教室内の印象が、今後我々の人生に大きな意味をもたらすことになるかもしれない」

我々はいつの間にか魔術にかかっていた。前もって立ててあった計画を思い出す暇もなかった。リーダーの李君の肩が震えた。事態は柳先生の意のままに操られていた。誰にもそれを阻む術がなかった。

「私はおまえたちのクラスを受け持とうなどと思っていない。おまえたちの担任になるつもりもない。おまえたちとともにあの教壇に誰を迎えるべきかを考えるために来たのだ。その人が現れるまでおまえたちと一緒に待つためにな」

ここでまた柳先生は言葉を切った。柳先生に挑むのをあきらめたのは僕だけではなさそうだった。教室は依然として静まり返っていた。

「どういう人をあの教壇に迎えるべきか、ともに考えてみよう。待ってみよう。学識面でも精神面においても、おまえたちを指導し教育するのに不足のない先生が現れるのを待とう。おまえたちは真理や正義のためなら命も惜しくないと言った。私はそういう演説をことあるごとに聞いた。そういう精神で待つんだ。何時間でも、何日でも待ってみよう」

この時、リーダーの李君が席を立った。そして何か言おうとしたその刹那、

「座れ!」

という大きな声が柳先生の口を突いて出た。その時、クラス全員で柳先生に抗拒する喊声を上げる

べきだった。そしてリーダーの李君が演説を始めてさえいれば。ところが級友たちは大人しく、彼らの声援を得られなかった李君は何も言えずに席に着いてしまった。あの猛々しく怖いもの知らずの李君も、柳先生が作り上げた雰囲気の中ではなす術がなかったようだ。

続けて柳先生は言った。

「たったそれくらいも我慢できなくて、どうやって何時間も何日も待つつもりだ？　我々は誠実で立派な先生をあの教壇の上に迎えるために、忍耐強く待たなければならない」

僕は胸が締めつけられるような圧迫感から次第に抜け出し、柳先生の話にある種の魅力を感じ始め、学生生活十年間に一度も味わったことのない奇妙な感情を抱いた。空っぽの教壇が大きな意味を持って迫ってくるような気がした。

「李承晩（イスンマン）氏を教壇に立たせるのはどうだろう」

僕は誰かがすっくと立ち上がって柳先生を阻止しやしないかと冷や冷やした。だが何事もなかった。

「金九（キムグ）〔一八七六～一九四九／独立運動家、一九四四年上海で大韓民国臨時政府主席に選任〕氏はどうかな。おまえたちは気に食わないだろうが、彼のような人ならおまえたちの教師として何の不足もないはずだ。敵もまた教師として利用できるものだ」

僕は誰かが柳先生を妨害しやしないかと心配している自分に気づき、奇妙な感情に駆られた。

「朴憲永（パクホンヨン）〔一九〇〇～一九五五／共産主義運動家〕氏はどうだ？　教壇に迎えるのに不足のないどころか、おまえたちが最も歓迎する人じゃないか」

こう言ったあと、二、三分間を置いてまた話を続けた。

「この他にもあの教壇に迎えるにふさわしい、それどころか教壇を輝かせてくれる先生たちの名前をいくらでも挙げることはできる。だが我々民族が必要とし、待ち望んでいる彼らをいくら強く渇望したところで迎えることはできない……。ならば欲張ってそんな高名な方たちを望むのではなく、我々内部であの教壇に立つだけの資質を備えた人物をさがすしかない。どのような性格であるべきか、どれだけの学力を持っているべきなのか、学校の中で考えてみなければならない。私はそのことを一緒に考えようと言っているのだ」

僕は本当にそうだと思った。他の級友たちの態度にも僕と同じような反応が見られた。柳先生は依然として低い声で、ゆっくりと訴えるように言葉を続けた。

「おまえたちが私のことを嫌っているのはよく承知している。だから私はこの学校をいますぐに辞めるつもりでいた。だがそう決心してから悩んだ。訳もなく憎まれるというのは実に苦痛だ。おまえたちがどういう理由で私を憎んでいるのか知りたいと思った。私はこの学校に赴任してきて以来、一度もこのクラスで授業をしたことがない。おまえたちは私をどれだけ理解しているんだろう。教師と教え子という関係を超えてよい友人になれたかもしれないのに、実際に会って話をすることもないまま、他人の言うことを鵜呑みにして敵どうしになって別れるのは、あまりに口惜しいことだと私は思う……。教師になるために この学校に来て、教師になるどころかおまえたち三十三人に憎まれて辞めることになるとは、私の人生においてこれほどの損失があろうか……。

西洋の諺にこういうのがある。友人は百人いても多過ぎることはないが、敵は一人でも多過ぎる。

この諺には驚くべき真実があると思う。私はいま二十六歳だ。この歳ですでに三十三人の敵がいてよいものかと考えてみた。おまえたちは柳泰林のような人間を一人くらい敵に回したところで大したことはないと思うかもしれないが、人生とはそういうものではない。もちろん敵にならざるを得ない人もいれば、そういう関係もある。だが我々はまだ互いを理解し合う時間を持ったこともないし、敵に回さなければならない理由も見つけていない……。そこで私は勇気を出した。学校を辞めるにしても、おまえたちに一度会ってからにしようと。最後を急ぐ必要はないと。たとえ屈辱を味わうことになっても、おまえたちに私の誠意を、真実をぶつけてみよう、そう思って今日、私はこの教室にやって来た。クラスを受け持つ、受け持たないの問題ではない。おまえたちの胸の内に悪い印象を植えつけて去って行きたくないし、おまえたちを思い出すたびに不愉快で、おまえたちとのことを回想するたびに苦痛を感じる、そんな不幸を予見しつつ、黙っているわけにはいかなかった。いわば胸の内を打ち明けようと思ったのだ。私がこのクラスの担任として相応しくないというなら、どんな人を迎えれば不満がないのかという問題をともに話し合い、待ってみようというわけだ」

大体こういう話をしている時に、一時間目の終わりを告げる鐘が鳴った。鐘が鳴っている間、柳先生は言葉を切った。鐘が鳴り終わるや、

「さあ、休み時間だから便所に行って用を足して来い。私は他のクラスの授業があるやもしれないから見てくるとしよう。始業の鐘が鳴ったら、いまの姿勢で待っていろ。空いた時間があれば私

もここに来て、この場所で、あの空っぽの黒板、空っぽの教壇、空っぽの教卓を見ながらおまえたちとともに考え、本当に資格のある教師が現れるのを待とうと思う」

と言って柳先生は出て行こうとした。その時だった。ノッポの鄭が急に立ち上がって、柳先生の行く手を阻んだ。

「先生、行かないでください。私たちにもう少しお話しください」

誰かに言われたわけでもないのに、この言葉が合図にでもなったかのように全員が立ち上がった。過半数の学生が柳先生を取り囲んだ。そして口々に叫んだ。

「先生、行かないでください」と。

僕もその一人だった。我々はその時を逃すまいと柳先生の背中を押すようにして教壇に迎えた。その時のことを僕はおそらく一生忘れないだろう。無理やり教壇に連れて行かれた柳先生の顔も上気して真っ赤になっていた。

柳先生を教壇に立たせ、我々は自分の席に戻り、教室が静けさを取り戻した時、一体僕は何を仕出かしたのだろうと自らを振り返った。ありえないこと、やってはいけないことを仕出かしたような羞恥心も感じた。我々は敗北したのだろうかという思いも過った。昨夜、反動教師、柳泰林を追放しようとあれだけ熱を上げ、誓ったことが夢のようだった。そして一方で不安が雲のように湧いた。いわゆる学生同盟の指導部を形成している我々があまりに簡単に負けてしまったとわかれば、党の幹部、民青の幹部たちが何と言うだろう。そう考えると怖くなった。

だがそれでもいいと思った。新しい未来が開けたような予感がして胸が高鳴った。のちに聞いた話だが、他の級友たちもみな僕と同じ心持だったようだ。

柳先生を壇上に迎えてから三時間にも渡る討論が展開されたが、まったく退屈ではなかった。我々は前もって準備してあった話をすべて吐き出した。柳先生はそんな揶揄一つ一つに対して率直に、そして大胆に答えた。だがその時はすでに我々の言葉には毒気が失せていた。排斥するために用意しておいた言葉が、同じ内容なのに迎合し互いに理解を助ける言葉に変わりうるということにも斬新な感動を覚えた。

その時、柳先生と我々の間でどんな言葉が交わされたのか、ここでは考えないことにする。それから柳先生は我々が卒業するまでの約二年間、わがクラスを受け持った。その間、政治情勢の変化とともに幾度かの波乱があったが、いま思い起こしてみると、我々は幼稚で荒々しい振る舞いをしつつも、実に純粋だった。

——張君の回想終わり

その日のいきさつが知らされると、左翼系教師が絶対多数を占めている職員室は喪に服すような有り様になった。

この知らせはあっという間にC市を襲った。同志はもちろん敵ですら畏敬の目で泰林を見るようになった。それには高級二年生の学生たちが、自分たちが屈服した理由を人々に納得させるために誇張して説明をしたせいもあった。

私たちは友人どうしでその日の晩、柳泰林を英雄のようにもてはやし祝杯を上げた。だが泰林はその日を境に、新しく広がった茨の道を歩まなければならなくなった。そのような運命を彼自身も自覚していたのだろう。賑やかに祝杯を上げている友人たちに囲まれながらも、終始一貫沈痛な面持ちだった。

泰林の父親と徐敬愛が会う日時と場所を取り計らわなければならなかった。そのためにはまず敬愛にその旨を伝え、大体の事情も説明する必要があった。崔英子の家に行って、彼女に席を外させて話をするのも気まずいし、そうかといって彼女の前でそんな話を切り出すのもばつが悪かった。悩んだ末、私は徐敬愛に、二人だけで大事な話があるのでC楼の近くに出てきてほしいと言って時間を知らせた。

敬愛はすんなり承諾した。

冬だが暖かい小春日和が続いている日の午後のことだった。野には陽炎（かげろう）が揺らめいていた。

C楼に上り一抱えもある柱にもたれて、私は敬愛のやって来る方を向いていた。あたかも恋人を待っているかのように胸がときめいた。徐敬愛は定時に現れた。

C楼に上がってきた敬愛はあいさつをすると、私とは二、三歩離れたところに立って、すぐ下を流れるN川を眺めたり、向こう岸の白い砂浜と、砂浜に沿って鬱蒼と茂っている竹林に目をやったり、緩やかな線を描いて遠く南の空にこんもりと聳えているM山を見たりした。それから振り返って東の方にあるK山、北側のB山、西側のS台を見回してから、

「C市は本当に美しいところですね」と溜息を漏らすようにつぶやいた。

私は手すり近くに行ってその下に見える義岩を指差した。

「あの岩で論介(ノンゲ)という名の妓女が倭将〔日本の将軍〕の首を抱いて川に落ちたそうです」

「その倭将というのは？」

「民間の説によれば加藤清正ということになっています」

「加藤清正？」

「そうです。しかし加藤清正はその後、本国に帰ってからの活躍が歴史に残っているので、ありえないことです。ある記録には毛谷村六助(けやむらろくすけ)となっています。毛谷村は加藤の部将だったので、当時の人や後の世の人が彼を加藤清正だと勘違いしたのも当然のことでしょう」

「みな正史に記録されている話ですか」

「さあどうでしょう。私の先輩にJという人がいますが、彼の説によると正史には書かれていないそうです。論介に関する唯一の記録は、壬辰倭乱[7]の後に書かれたと推測される『於于(オウ)野譚』だけだといいます。もちろんJ氏が調査した範囲内のことですが。J氏は自分なりに研究した結果、ここで死んだはずの毛谷村六助の墓を彼の生国で見つけ、その墓のある寺の記録によって、無事に帰郷したのち病で死んだということを明らかにしたのです。それでJ氏は論介が実在の人物ではないと主張しようとしましたが、年寄りたちに大目玉を食らいました。C市の象徴である論介を曖昧な文献や推測で抹殺するとは言語道断だというわけです」

「実在の人物であれ架空の人物であれ、伝説として生きているのなら実在以上の価値があるのではないかしら」

「それはそうと、三百数十年前に倭兵が目の前の平野に潮のように押し寄せ、この城で戦ったことを考えると、不思議な感じがしませんか」

敬愛の胸の内に何やら感懐が湧いたようだった。川の流れを見つめている静かな目と、品のある横顔がそう語っていた。

「韓龍雲(ハンヨンウン)〔一八七九～一九四四／詩人、独立運動家、僧侶〕先生がこの風景を見て詠んだ詩があります。かなり長いものですが、その冒頭に、N川は流れずC楼は駆けていくという意味の文があります。流れるはずの川は流れず、聳え立っているはずのC楼がどこかに駆けていくという発想は見事だと思いませんか」

そう言って感慨を掻き立てようとした私に、川の流れから視線を逸らさずに敬愛が言った。

「韓龍雲先生はお坊さんですよね。そのような発想はむしろ仏教では平凡なのではないでしょうか。色即是空空即是色(しきそくぜくうくうそくぜしき)のバリエーションに過ぎませんからね」

知ったかぶりをしていたのが打ちのめされて顔が赤くなった。私はこの羞恥心から早く逃れたくて、徐敬愛にもっと眺めのよいS台に行ってみようと勧めた。

C楼からS台までの道は、N川を左手に柔らかな曲線と時折現れるカーブで編まれた一キロ余りの散策路だ。女たちが洗い物をしている背後から、軒を並べた家屋の間をくぐるようにして続いている

---

(7) 一五九二～一五九八年の間に二回にわたって起こった侵略戦争。朝鮮出兵のこと。

坂道である。

敬愛は沿道の景色を一つ残らず記憶に刻まんとばかりに、慎重な目つきで、言葉を選ぶように、周りの家と調和しない大きな現代的な建物が見えるたびに尋ねた。

「あそこの家は誰が住んでいるんですか」

敬愛がそう尋ねる家は、たいていが植民地時代に高官たちの住んでいた私宅、もしくは別荘だった。少し急な坂を上っていくと浄水場があり、そこからさらに三十メートルほど上るとS台があった。S台からはC市が一望できる。私はまず西の方に白い雪をかぶって聳えている連峰を指差した。

「あれは何という山ですか」

敬愛が息を切らせながら訊いた。

「智異山(チリ)です」

「ああ、あれが智異山なんですか。思ったよりかなり近くに見えるんですね」

晴れ渡っているせいで、智異山がすぐそこにあるように感じた。波のように起伏のある無数の支脈を抱え、銀色の山頂を青い空に付着させている智異山の威厳ある姿に感動した私は、胸が痺れた。徐敬愛もまた感動を受けたようだった。しばらくそこから目を離さなかった。

「智異山に登ったことがありますか」

「まだありません」

「すぐそこにあるのに?」

敬愛の口調は、すぐ近くに霊山があるというのに登ったことのない私の怠惰さを咎めているようであった。

「一度登ってみたいわ！」

敬愛がつぶやいた。

「一緒に登ってみましょう」

「そんな機会があるかしら」

そう言う敬愛は悲しそうな面持ちだった。

やがて智異山から西の方に伸びている道に視線を移すと、指差して言った。

「あの道はどこから来ているんですか」

「あれは河東（ハドン）からです」

と私は次々に道の説明を並べ立てた。

「あの刑務所の表から北側に伸びている道は山清（サンチョン）、咸陽（ハミャン）から続いているもの、刑務所の裏を回る道は陜川（ハプチョン）、居昌（コチャン）から、東に見えるあの峠を越える道は宜寧（ウィリョン）から、橋を渡って南に伸びている道は泗川（サチョン）、三千浦（サムチョンポ）、固城（コソン）、統営（トンヨン）、咸安（ハマン）、馬山（マサン）からの道で……」

それから私はこの交通状況からしても、C市は慶尚南道（キョンサンナムド）の西部の中心地として充分な貫禄を持っているだろうと付け加えた。だが、敬愛の表情はそんな話に興味を抱いているようには見えなかった。

暖かな日だったが、S台のような高いところを過ぎる風は冷たかった。長い間立っていられないので、私は敬愛を連れてS台を降りたところにあるH寺に入った。松林が生い茂っている坂道にこじんまりと佇んでいる寺の、日当たりのよい板の間に、私と敬愛は並んで腰を下ろした。

いつもこの時間になるとそうであるように、寺にはまったく人気がなく静かだった。廃寺でないことを証明するものは、すっきりときれいに掃かれた庭に残っている箒(ほうき)の跡だった。坂を流れるように生い茂っている松林の合間に民家の屋根が見えなければ、深山幽谷の山寺にいるような錯覚に陥ることだろう。

ついにあの大事な話を切り出す時がきた。どうやってきっかけを作ろうか迷っていた矢先、敬愛が口を開いた。

「学校はどうなりましたか」

C高校の事件のことは、崔英子から聞いておおよそ知っている様子だった。私は話題がそっちに傾いたことを幸いに思い、昨日あったこと、とくに柳泰林の見事な手腕、卓越した能力、素晴らしいプレイについて長々と話をした。

だが敬愛の顔には私が期待していた表情が現れなかった。むしろ冷ややかで強張っていった。私はその時、敬愛に左翼を感じた。左翼なら誰でも、昨日の柳泰林の行動に対してそういう表情をするであろう。そこで私は意識的に次のように訊いてみた。

「実に素晴らしいことだと思いませんか。敵意を抱いている三十三人の学生を一時間で屈服させたのですから」

と。

ところが、まったく思いがけない答えが敬愛の口を突いて出た。

「私は柳泰林さんがそれほど堕落した人だとは思っていませんでした」

私は自分の耳を疑った。堕落だって？　私は聞き返さずにはいられなかった。

「堕落とは、どういう意味ですか」

「良心もないくせに術策だけで学生の心を捕らえようとする態度を、堕落といわずに何でしょう」

敬愛の優雅な姿に似つかわしくない激しい語調だった。私は泰林を擁護するというより、私たち全体が侮辱されているような気がした。

「教育にも方法が必要です。教育するための方法と術策を混同してはいけませんね」

「私は教育の方法は純粋でなければならないと信じています。柳泰林さんの方法は不純なのです。だから術策だと言っているんですわ」

私は呆れ返った。だが黙っているわけにいかなかった。

「ふつうの方法では通用しない相手だということを念頭においてください。純粋に対応するには相手があまりに不純だということも忘れてはいけません。柳先生が仮にふつうの方法で純粋に行動していたら、教室に入るなり水をかぶり、恥をかかされていたはずです。それで対話が成立すると思いますか。何も言えないまままたっぷり侮辱だけ受けて帰ってきていたでしょう。そしてその結果は火を見るより明らかです。再び柳先生の排斥ストライキが起こって……」

「だから最初からそんな禍のもとを作ってはいけなかったのです。大勢を見ながら、冒険をせずに一歩一歩、確実に学生たちに歩み寄る機会を作るべきでしょう？　聞いたところによると、柳先生が職員会議のときクーデターのような方法でそのクラスを奪ったというではありませんか。そこまでする必要があるでしょうか。私が術策だと言うのは、その職員会議のときからの行動を指しているんです。そのときすでに、教室で弄する術策の脚本が柳先生の脳裏にできあがっていたのでしょう」

「柳先生は学校を辞めるつもりでいました。しかし就任してきて数か月しか経っていないのに学生たちに敵だという印象をあたえ、自分もまた学生に敵意を抱いて去っていくのが嫌だったのです。学生といっても高級クラスは私たちとそれほど歳の差がありません。若い者どうし、気持ちを通い合わせてから辞めるなら辞め、残るなら残ろうという心積もりでした。その勇気だけでも立派じゃないですか。それから術策などと簡単に言いますが、そういう術策も学生たちと心を通わせたいと思う誠意から出てくるものでしょう。そういう点から見て、敬愛さんの柳泰林君に対する批判は少々過酷だと思いますが」

「誠意だとおっしゃいましたが、柳泰林さんはそうやって学生たちをどこに引っ張って行こうとしているのですか」

敬愛の語調は柔らかかった。私はすぐに答えることができなかった。代弁するほど泰林の胸の内をよく分かっていないことに気づいた。敬愛はまた柔らかい語調で話を続けた。

「柳泰林さんが堕落したというのは言いすぎかもしれませんが、私が本当に言いたいのはこういうことです。柳泰林さんのやり方がたとえ立派だったとしても、私は彼がそんな方法を取るような人でなければいいと願っていただけに裏切られたような気がしたんです。それからもう一つ。左翼が学生たちを導こうとする方向が間違っていると判断するのなら、右翼の方向も決定的に正しいとは言えないはずです。柳泰林さんは左翼でも右翼でもないといいますが、左翼の方向に反対した以上、右翼に向きを変えたと見てよいでしょう。でもその方向が正しいことをこの期に及んでどうやって証明できますか。もし誠意があるのなら確信をもつべきです。どの方向が正しいかという確信を。左翼でもなく右翼でもないのなら、柳泰林さんの独特な第三の方向があるということになりますが、その第三の方向が今日どの程度の客観性と説得力と実現性を持ちうるでしょうか。そんな曖昧な信念は、信念でもなければ、つまり誠意でもないのです。厳密にいうと、柳泰林さんは信念も誠意ももたずに、ただ小細工を弄した術策でもって学生たちを惑わしただけではないかと言いたいのです」

「敬愛さんはつまり、一世を主導する思想や主義がないのなら学生たちと向かい合ってはいけないという結論になりますが、それは少々行き過ぎてはいないでしょうか。よくはわかりませんが、柳先生は学生たちと対話する道を開きたい一念があっただけだと思います。対話の道さえ開いておけば、教師としてやるべきことができる。知識の欠片を教えるなり、英語の単語を教えるなり……」

「私が言いたいのは、その対話の道を開くのに柳泰林さんが無理をしすぎたということです。いまに見ていてください。これによって今後彼の教師生活にかなりの難関が待ち受けることになるでしょう。心にもないことをしたり何の根拠もないジェスチャーを用いたり……。李先生は学生たちが屈服したとお考えですか。とんでもない。学生たちのセンチメンタリズムが一時的に柳泰林さんの術策に迎合したに過ぎないと私は思っています。彼らは自らのセンチメンタルな感情に屈辱を覚え、かえって激しく泰林さんと対立することになるかも知れません。学生の屈辱は一時的で、柳泰林さんの屈辱は恒久的なものになるやもわかりません。私はその結果がどうなるか心配なのです」

この言葉には私も同感だった。愛する人のことでなければ、ここまで考えが及ばないだろうとも思った。敬愛はまた話を続けた。

「柳泰林さんは周りの人たちが自分をどう見ているのか、気にしすぎていると思います。誰でもそうでしょうが、柳泰林さんの場合は度が過ぎてますね。誰に対してもグッドボーイになるのは大変なことであり、それでいて恥ずかしいことですのに、彼は自分に悪意や反感を持っている人がいるのに耐えられない性分なんじゃないかしら。それが昨日のような行為になって現れたんでしょう」

私はこの言葉を聞いてあらためて敬愛を見た。なんと鋭い観察力だろうと思った。敬愛の言うことは数日前、柳泰林が酒に酔って私に告白したことと一致したからである。

私はその時の告白を脳裏に思い浮かべながら、

「柳君自身もその点は反省しています」

と言うと、

「そうなんですか」

と振り返る敬愛の目に、悲しみに近い静寂が宿っていた。

それから色々話をしているうちに、いつの間にか陽の光が消え松林の影に抱かれていた。

私たちはまた坂道を上ってS台に行き、夕陽の中でいっそう堂々として見える智異山をしばらく眺めてから引き返した。

帰ってくる途中、私は柳泰林の父親が敬愛さんに会いたがっている旨を伝えた。

「柳泰林さんのお父さまが私に？」

敬愛はさして驚いた風もなく聞き返した。

「そうです」

「なぜ私のことをご存知なのかしら」

いかにも訝しげな顔をしていたので、私は大体のあらましを説明せざるを得なかった。敬愛と柳泰林が会った日の夜、何があったのかを、その内容は除いて雰囲気だけが伝わるように努めた。それから、

「次の日柳君が学校に出てこなかったので家に行ってみると、彼はいない代わりにお父さんがいました。その場で色々話をしているうちに敬愛さんの話になったのです」

と付け加えた。

すると敬愛の表情に当惑したような色が漂った。私の軽率さを咎めるような感じもあった。だが静かな語調で言った。

「お会いするのはたやすいことですが、とんでもない誤解をなさってるんじゃないかしら」

「だからその誤解を解くためにも……」

私は背中に冷や汗が吹き出てきそうだった。敬愛は何か考えに耽り、しばらくためらっている様子だったが、重大決心でもしたかのように口を開いた。

「誤解なさるといけないのでお話しします。わざわざお話しするまでもないことですが、先生だけは知っておいてください。ご迷惑でしょうけど、私たちの証人になってくださらなければならないときがあるかもしれませんし。必要ならば柳泰林さんにそのままお伝えになってもかまいません……。私が柳泰林さんに会いに来たのは、彼の愛を乞うためではありません。一度お会いしたかった、ただそれだけのことです。英子さんからお聞きになったでしょうけど、かつてあの方を愛したのは事実で

す。でもそれはあくまで想像の中の愛、観念上の愛であって、具体的な愛ではありませんでした。少女が空想の中で夢見た愛というのは、現実のものではないのです。実際、私は柳泰林さんに愛を告白したこともありませんし、そういう素振りを見せたことすらありません。それにこんな観念的で空想的な愛も、もう昔のことになってしまいました。なら、なぜいまさら訪ねて来たのかとお思いになるでしょう。その理由は簡単です。新しい生活を始める前に、夢の跡を一度辿ってみたかったんです。それに大邱(テグ)をしばらく離れていなければならない事情が重なったので……」

ここまで話して黙ってしまった徐敬愛の横顔を、その繊細な輪郭を盗み見ながら、私は恥ずかしさを押して尋ねた。

「観念の中の愛だったとしても、そこまで激しかった感情を簡単に消せるものですか」

「どんなに激しい感情でも、夢の中の感情は目を覚ましたときに終わるのです」

そう言う敬愛の口元には寂しそうな笑みが残った。

「柳君は悩んでいるようです」

「悩んでいる?」

「何をですか」

と敬愛は声を出して笑った。

そう言われると何も答えられなかった。友人を思って親切に説明したのが、友人を辱めることになりかねないからであった。

「心の中では敬愛さんに思いを寄せているようですが」

「同情はまっぴらです」

強い語調だった。そこで私はすかさず、

「本当の愛ならどうしますか」

と言ってみた。

「同じことです。すべて過ぎたことですから」

「無理にそう自分に言い聞かせているのではないですか」

「生意気なことを言うようですけど、私は自分の感情をコントロールできます。数年間を暗い監房の中で過ごしたことで、自分の心の状態や感情を見つめ、それを統制することに慣れていますから」

こう言った時、敬愛は笑みまで浮かべて見せた。

私はもう一度、失礼を承知で訊いた。

「もし柳君が離婚をして、敬愛さんに求婚したらどうしますか」

明るい面持ちをしていた敬愛が呆れ返ったように、

「あの方の離婚と私とどういう関係があるのでしょう」

と言った。

「ということは、昔のことはすっかり消し去ってしまったということですね」

「消す消さないの問題ではありません。想像の中の人物が実在の人物に似る必要はないじゃないですか。私は想像の中で柳泰林さんという人物のイメージを育てていただけです。実在の柳泰林さんと重ねて勝手に錯覚していただけなんです。私が空想の中で育ててきたその人と、実在のその人が重ならないということを知ってからは、私にとって意味があるのは想像の中の人物だけなのです。いってみればまったくの別人なんですから」

「思い出として残しておきたいというわけですね」

「思い出に残すとしても、それは私が想像した人だけで、実在の人ではないでしょう」

「納得がいきませんね。そのように分けて考えることができるものですか」

「私自身が分けて考えているのではなく、もともと分かれているんですからどうしようもないんです」

私には想像もつかない女心だった。しつこいと非難されるのを覚悟でまた尋ねた。

「それはそれとして、新しく登場した人間として柳君が求婚したらどうしますか」

「新しく登場した人物であるはずがないでしょう?」

「正直なところ幻滅したんですね」

敬愛はためらった。だが私は、

「いつか私が証人になるときがあるかもしれないとおっしゃったので、失礼は承知で訊いているのです」

と問い詰めた。

「では、はっきり申し上げます。柳泰林さんが私に求婚するようなことはないでしょう。それなのに、女の立場でありもしない求婚を前提にあれやこれやと言うのは可笑しなことです。でも先生に証人になっていただきたいとお願いしたからには、軽薄ながらそのような仮定に対してお答えしましょう。たとえ柳泰林さんに求婚されても、私は受け入れるつもりはありません。その理由については、こうお答えすることができます。思想と行動の方向がちがうからだと……」

この言葉に私は思いがけない大きな衝撃を受けた。柳泰林のためではない。知らない間に私の胸の片隅に芽生えていた豆粒ほどの火花が、この言葉が吹きかけた息によってあっさりと消えてしまったことを、あとになって気づいた。

「男女の愛において、思想というものがそれほど大きな比重を持つものですか」

確か私は呻くようにそうつぶやいたように思う。

「すでに成就している愛でも、思想のちがいで破綻することもあります。ましてこれから成就させようとしている愛が、果たして思想的に乖離したところで結びつくでしょうか」

私はひと言ひと言明瞭に発音する敬愛の言葉に、典型的な左翼系女性の一面を見たような気がした。

(左翼思想とはなんと恐ろしいものなのか!)

優雅で聡明な顔、魅力溢れる物腰をしたこの女性が、なぜここまで強硬な心を持つことができるのか。そう思うと哀れになり、その壁を突き破ることのできない自らの無力さにやりきれなさを感じた。

それで、

「あらゆる価値に先立つものが愛ではないでしょうか」

自分でも拙劣で初歩的な質問だとは思ったが、私はこう訊かずにはいられなかった。

「世の中が平和だったらそうでしょうね」

「ということは、いまは戦争中なんですね」

「戦争中でなければ何ですか」

「仮にそうだとして、戦争をしている間は愛も認めないのですか」

「戦力のために母親から一人息子を徴発し、妻から夫を奪い取るのが戦争というものなんですよ」

「愛を拒否してまで何をしようというのですか、一体」

「思想が異なるせいで愛を受け入れないのと、そもそも愛していないために受け入れないのとは違います」

どうやら、言葉では敬愛の強硬な心の壁を突き破るのは無理なようだった。だが私は取り留めのないことでも喋らずにはいられなかった。

理性が論理的な世界に執着してしまうと、その態度は空しい狂気の捕虜になるという、泰林から聞いたパスカルの言葉を引用した。

社会科学的な理論、つまり社会主義思想が成し遂げた業績とは、せいぜい人間を額縁の中の世界に縛りつけることだという、これも泰林から聞いたことを引用した。だが敬愛から返ってきた言葉は、

「反人間的な条件を除くためには狂気の捕虜になる必要があり、不合理すぎる社会を正すためにはさしあたり額縁の中の世界にも耐えなければならないと思います」という風に、断固として言い切るのだった。私は柔軟で高貴な魂をここまで強硬にさせた左翼の理論に対して、あらためて恐怖を抱いたのだった。

「討論はこのくらいにしましょう」

と徐敬愛のやさしい声で正気に戻った。

町に戻ってきた頃には、淡く敷かれた暗闇の上に電灯の光が花咲き始めていた。喫茶店に入ってあ

たたかい茶でも一緒に飲みたいと思ったが、徐敬愛は人の集まるところは避けたいと言うので、そのまま英子の家に向かうことにした。私は明日、柳泰林の父親と敬愛を会わせることを忘れてはいなかった。時間は午後二時、場所は考えた末、わが家に決めた。

徐敬愛を見送り、黄昏の町を一人で歩きながら私はふと、ある思いに駆られた。

（徐敬愛の強硬さは、左翼理論に原因があるのではなく、泰林にあるんじゃないか？）

泰林の父親と徐敬愛の対話は十五分も経たずに終わった。二人を会わせて私は庭に出たが、間もなくして泰林の父親が縁側に出てきた。短い対面だったが、互いに不快なものではなかったことが彼の表情から察することができた。

通りまで見送る私に、

「旅費の足しにでもするように」

と徐敬愛宛てに薄い封筒を差し出す泰林の父親は、厳（おごそ）かだが陰りのない明るい顔をしていた。

「くれぐれも失礼にならないように君から渡してくれたまえ」

と頼むのだった。そんな彼の後ろ姿が曲がり角に消えるのを見届けてから私は引き返した。

部屋に戻ってきてみると、敬愛は湯飲みを洗い、灰皿を空け、ちょうど家に帰ってきた女中の子に座布団を直させるなど、女性らしい気配りで客が帰った後の部屋を片付けていた。

それを見て、私は徐敬愛のまた違う一面を発見したような気がした。

（やはり女なんだな）

細かい身の回りのことには見向きもしない女性だろうと思っていただけに、そんなことにも繊細な気配りをしている様子を見て新鮮な感動を覚えた。このまま敬愛が私の妻になって残ってくれたらいいのに、という恍惚とした幻覚が一瞬起こった。私は顔がかっと火照るのを感じた。敬愛も何かいたずらをして見つかった少女のように顔を赤らめた。

私は座って、泰林の父親からあずかった、おそらく小切手が入っているであろう封筒を取り出し、徐敬愛の前に置いた。

「何ですか」

訝しげに敬愛の大きく見開いた目が私を見た。

「旅費の足しにするようにと、柳先生のお父さんが置いていったものです」

敬愛は呆れたような笑みを浮かべた。

「お返ししてください。旅費は充分ありますから」

「せっかくくださるのだから頂戴しておけばいいと思います。そうでなくとも、失礼にならないだろうかと相当気を遣っておられました」

敬愛は封筒を私の前に突き返し、きっぱりと言った。

「せっかくのものを断るのは心苦しいですが、このような事情ではいただけません」

「このような事情というのは？」

「さきほどお父様から、柳泰林さんにまつわるすべてのことを許してほしいと言われました。何のことやらまったくわかりませんでした。でも私は何も訊かずに、とんでもないお言葉ですとだけ答えました。とにかく何か誤解していらっしゃるようですけど、もしこのようなものを受け取ったら、私に柳泰林さんを許さなければならない事情があることになるのです。実際は何もないのに」

「そんなに難しく考えることはないでしょう」

「難しく考えているのではありません」

と敬愛はにっこりと微笑んで見せながら、

「ともかくこのようなものは受け取れません。お返ししてください」と言うのだった。

私は封筒を懐に入れながら訊いた。

「どういう話だったのですか」

「とくに何も。さっきお話ししたように、泰林さんにまつわるすべてのことを許してほしいと、意味のわからないことをおっしゃっただけで、そのほかにはひと言も話さず、黙って座ってからお帰りになりました」

そのひと言を言うために、泰林の父親は徐敬愛に会わせてくれと言ったのだろうか。私はあらためてよい父親だと思った。敬愛も同じように思ったようだ。

「泰林さんはいいお父様をお持ちですわね。本当にいい方だと思いました。それ以外は何もおっしゃらなかったけれど、温もりを感じさせるような方でした」

静かに敬愛がそう言うのを聞いていると、そんな人が舅になってくれたらどんなにいいだろうと願っているかのように感じられた。

「いい方です。まったくそのとおりです」

私もつられてつぶやいた。

敬愛は立ち上がろうとしたが座ったまま、私の書棚を見渡した。書棚といえるほど大層な本を並べているわけではない。

「どれもつまらない本ばかりです」

それには何も答えず、敬愛は、

「本を一冊貸してくださらない？　汽車の中で読むのに」と言った。

「いいでしょう。ここにある本ならどれでも。ところで汽車で読むということは、C市を離れるおつもりですか」

「ええ。いつまでもここにいるわけにもいきませんしね」

だが敬愛は、本を借りていこうとする様子もなくつぶやいた。

「思いきり勉強でもできたら……」

「難しいことではありません。いまからでも」

「どうでしょうね」

と言って敬愛は寂しそうに笑った。その笑いは、静かに勉強できる望みなどないという意味を匂わせていた。私は敬愛が勉強できない理由は何か考えてみた。

（政治運動？　組織？　もしそうだとしたらどのくらい政治運動に深く関わっているのだろう）

押し黙っているのがぎこちなかったのか、

「そういえば」と敬愛が話を切り出した。

「先生はなぜご結婚なさらないのですか」

「適当な相手がいませんからね」

私はもののはずみでそう答えた。

「英子さんがいるじゃないですか」

私は少々戸惑ったが、正直に言わざるを得なかった。

「婚約はしましたが、破約できないほど深刻な関係でもありませんし、それに……」

そう言って口を濁している私に、敬愛はそれ以上訊き出そうとはしなかった。思うに英子からも同じような意見を聞いたようであった。

「幸せに結ばれるっていうのは本当に難しいのね」

敬愛は溜息をつくように言った。その言葉は私と英子に向けたものではなく、おそらく自分と泰林のことを言っているのだろう。

敬愛は大変世話になったと言って立ち上がった。そして、汽車に乗らないで大邱(テグ)に帰る方法はないかと尋ねた。

「陜川(ハプチョン)の方に回るバスならありますよ」

「陜川?」

「海印(ヘイン)[8]寺のある陜川です」

(8) 慶尚南道(キョンサンナムド)陜川(ハプチョン)郡伽倻(カヤ)面にある寺院。高麗時代の八萬大蔵経(はちまんだいぞうきょう)が所蔵されている。

「海印寺！」

と敬愛は心に刻み込むように唱えた。

「海印寺は女学校時代に行ったことがあります。今回はそこに寄ってから帰ろうかしら」

そうつぶやきながら、書棚から文庫本を一冊抜き出した。チェーホフの戯曲『ワーニャ伯父さん』の日本語訳だった。

「大邱に戻ったら必ずお返ししますね」

「すぐに発つおつもりですか」

「ええ、いますぐ」

「そんなに慌てて帰らなくてもいいでしょうに」

「帰った方がいいんです。これ以上いたらよけいな誤解をされるだけですから」

「大邱に戻っても大丈夫ですか」

しばらくの間、大邱を離れていた方がいいと言っていたのを思い出してこう訊いた。

「せっかくだから海印寺に寄ってから帰ります」

敬愛は私の母に丁寧にあいさつをし、家を出た。そして見送るという私を引き留め、一人で行くと言って聞かなかった。

「一人でC市を歩いてみたいんです。B山にも登ってみたいですし」

女性が同行を拒んでいる時に男が急かせるわけにはいかない。私は少し前に泰林の父親を見送ったところまで同行して、敬愛と別れた。

海印寺に行くにも今日はもうバスがない。あとで柳泰林と一緒に行く旨を告げると、敬愛は来いとも来るなとも言わずに、ただ曖昧な笑みを浮かべながら踵を返した。

敬愛の後ろ姿には孤独が霧のように漂っていた。あの孤独な女性はこれからどこに向かおうとしているのか。そう考えると、人ごとではなく気が重くなった。

翌日の明け方、敬愛はバスに乗って海印寺に向かった。そのことを英子は午後になって電話で知らせてきた。英子は敬愛が発つ前に、泰林と私にそれぞれ手紙を残していったと付け加えた。

私がこの知らせを伝えると、泰林は腑抜けたようにしばらくぼんやりと私の顔を眺めていた。

敬愛が私宛てに書いた手紙には簡単なあいさつが書かれていた。自分のせいで時間を無駄にさせてしまったことを申し訳なく思っているという内容で、C楼をはじめS台まで散歩したことは忘れないとも書かれていた。その中でもうれしかったのは、私のような者に会えたことを幸いに思っているという件だった。

泰林は自分宛ての手紙を深刻な面持ちで読んでいたかと思うと、「読んでみるか?」と言って私に押しつけ、自分はさっと出て行ってしまった。他人の信書を読むのは気が進まなかったが、すでに二人の間に介入してしまった私としては、後日のことを考えて読んでおこうなどと理屈をつけた。

手紙は次のようなものだった。


いまさらこのようなお手紙を書くべき状況にしてしまった私の軽率さをお許しください。私さえここに来なければ、このような恥ずかしい手紙を書かなくてもすんだでしょうに。

今日、私は泰林さんのお父様にお会いしました。心あたたかい実にご立派な方だと思いました。お父様は息子のことをすべて許してほしいとおっしゃいました。何をどう誤解していらっしゃるのか、私にはいっこうに見当がつきません。もしお父様があたたかい人情を感じさせるようなお方でなければ、私がC市に来たのは何か目的があってのことだと早とちりをし、予防する意味でそうおっしゃるのだろうと疑ったかも知れません。

重ねて申し上げます。私がC市に来たのは、大邱で起こった十月事件のことでしばらく身を隠さなければならなくなり、その時にふと頭に浮かんだ場所がここだったというだけで、決して他意はありません。前回、夏に来たときに私が崔英子さんに話したことは、過ぎ去った昔のことを女どうしで語ったに過ぎず、いまでもその感情が残っているという意味ではありませんでした。

大体のことはご存知のようだったので李先生にもお話ししましたが、あくまでも昔の話であり、しかも観念的な想像の中のことであって、現実の話ではありません。私一人、胸の内で揉み消すべきだったことを口にしてしまったのは軽率でした。

誤解があるようなのではっきりと申し上げておきます。私は泰林さんのことを愛してもいなければ、今後もそのようなことはありません。だから何があってもどうか重荷に思わないでください。私のせいでご家族に破綻が生じてはいけませんので、格別にご配慮なさいますよう。

私の今後のことが気になっていらっしゃるでしょうから、心に決めていることなどを記してみようと思います。すでに一歩踏み出したことですから、私は祖国の民主的独立のためにできるかぎりの努力をしていこうと思います。家庭に入るべきか、勉強をするべきか、それとも政治運動をするべきか、この三つの岐路に立って悩みましたが、いまの私は政治運動というよりは建国運動、革命運動に命を捧げる覚悟でいます。その道が泰林さんの行く道とすれ違っていないことを切実に願っているものの、仮にすれ違っていたとしても理解していただきたいと思います。険しい道だということは承知しています。でもこれまでも険しい道を歩いてきたのですから、それくらいの困難に屈しない勇気も持っています。ましてどれだけ険しくても、多数の人民とともに歩む道です。それだけでも充分に意味のあるものだと信じてやみません。ある人が言っていました。人生には、幸福に続き、歓喜に続く道は一つではないと。でも私は了見が狭いせいか、この道をおいて他に道があるとは思えないのです。正義やら真理、そんな高尚な理想主義病にかかっているのではありません。ともにわが民族が生きていく活路をさがしたいと切実に思っているだけです。

この先いつまたお会いできるかわかりませんので、ここで泰林さんに次のような意見を述べたいと思うのですが、私のご無礼をお許しください。聞くところ泰林さんはその卓越した手腕をふるって、反対派の学生を屈服させたようですね。でも私が思うにそれは問題の発端であって、それで解決したことにはならないでしょう。問題の解決策は、泰林さんが学生たちを引っ張っていこうとする方向と誠意にあると思います。立腹されるかもしれませんが、それが祖国の敵、民族の敵が進む方向でないことを祈ります。つねに大衆側に立つよう努められますように。

私は泰林さんのいまの立場や行動を理解しています。不純な動機や非良心的な目的があるなんて思っていませんし、充分に純潔で人間的です。泰林さんが一番よくご存知でしょうけど、反動が無知や非良心によるものばかりでないように、革命も時には反人間的なやり方や、反道徳的な方法にまみれた濁流のごときものであることもご存知だと信じています。反動に光り輝く良心が見える場合もあれば、革命に邪悪さが表れる場合もあります。ですが、よりよい明日のために、より多くの人々の利益のために、反動を排撃して革命を選ぶこと、それこそがまさに歴史というものでしょう。生意気なことを言うようですが、C高校における泰林さんの活躍を聞いたとき、木だけを見て森を見ていないのではないかと不憫に思えてなりませんでした。森だけ見て木を見ない態度も正しいとは言えませんが、木ばかり見て森が見えないのも愚かで危険なことだと思います。

私は泰林さんの人格を信じ、良心を信じ、その人格と良心がいつの日か大衆のための大きな力になると信じています。取り留めのないことを書いてしまいました。こんな手紙を書かずに生きていけたらどんなに幸せでしょう。太陽と月にこの地球の運命を任せて、花を咲かせ、鳥のように歌い、風を吹かせて生きていけたらどんなに楽しいでしょう。あたたかい家、美しい庭、素晴らしい音楽、趣のある絵画……人間を幸せにさせる一切の条件から顔を背け、茨の道を歩まなければならないとしたら、たとえ束の間だとしても、なんとつらいことではありませんか。ましてや永遠に背を向けることになったとしたら……。

でも泰林さん、センチメンタリズムはきれいさっぱり清算すべきときが来たようです。目的に対する意識と意志だけを残して、埒もない感情など根こそぎ焼き捨ててしまうつもりです。

でも泰林さんはどうかお幸せに。ご自愛くださいませ……。

徐敬愛

私はこの手紙を読んで、孤独が霧のごとく漂っていた敬愛の後ろ姿を思い出した。手紙を最後まで読まずに出て行ってしまった泰林の意中も察しがついた。

徐敬愛は間違いなく人生の岐路でためらって、泰林を訪ねてきたのだ。思想がどうのというのは、思い迷っている敬愛の空虚な胸の内を埋めるための泡のようなものであろう。泰林がもし徐敬愛のあのか弱い体を力強く抱きよせ、愛を約束していたらどうなっていただろう。

祖国の民主的建設やら大衆やらという言葉を、敬愛がいくら誠意を尽くして使っても、私には偽りで虚しく見えた。

敬愛は虚妄に向かって自らの青春を葬るために去っていったのだ。私は敬愛のあとを追って海印寺に駆けつけていきたい衝動に駆られた。

泰林が不機嫌な顔をして帰ってきた。私は手紙を泰林に返しながらぼそっと言った。

「海印寺に行けよ」

「海印寺に何をしに?」

泰林は強情そうな目で私を睨んだ。

私は黙っているほかなかった。それ以上、一体何が言えるだろう。

その日の夜、私は敬愛を抱いて涙を流す夢を見た。

(以下、下巻)

著者紹介

李炳注（イ・ビョンジュ　1921-1992）

1921年、韓国慶尚南道河東（ハドン）に生まれる。日本の明治大学文芸科、早稲田大学仏文科に学ぶ。その後、解放された韓国に戻り、故郷の晋州（チンジュ）農科大学、海印（ヘイン）大学で教鞭を取り、また釜山にて『国際申報』の主筆兼編集局長を務める。44歳で小説家の道を歩み始めると、1992年に他界するまでの27年間、旺盛な執筆活動を続け、80冊を超える膨大な作品を残す。

1964年、中編小説「小説アレクサンドリア」を月刊教養雑誌『世代』に発表した後、『智異（チリ）山』（全7巻、邦訳東方出版、2015年）『関釜連絡船』（全2巻、本書）『山河』（全7巻）『小説南労党』『その年の五月』（全6巻）などの大河長編小説を次々と連載、その他にも数多くの中・短編を発表する。長編小説『幸福語辞典』（全5巻）は発表当時、多くの読者を魅了して熱狂的な支持を受け、テレビドラマ化された。

言論人としての長年の経験を土台として書かれた多くの作品は、一時代の優れた「記録者としての小説家」「証言者としての小説家」という評価を受けている。また、東京留学、学徒出陣を経て、南北のイデオロギー対立、朝鮮戦争、韓国単独政府樹立という波乱万丈な現代史を生き抜いた作家の個人的な経験は、歴史とは何かをめぐって深く苦悶し、それを文学作品として昇華させる原動力にもなったといえる。

「太陽が色褪せると歴史になり、月光が色褪せると神話になる」という言葉を好んだという李炳注は、人間に対して希望と愛情を持ち、歴史の表舞台には出てこない名もない人々を描き続けた。そんな李炳注の文学は、歴史意識の不在、文学の危機といわれる今日、再び注目を浴びている。

2006年、ハンギル社より『李炳注全集』（全30巻）が刊行される。

訳者紹介

橋本智保（はしもと・ちほ）

1972年生。東京外国語大学朝鮮語学科を経て、ソウル大学国語国文学科修士課程修了。日語日文学科専任講師を経て、韓国文学翻訳家。訳書に鄭智我『歳月』(2014年) 千雲寧『生姜』(2016年、共に新幹社) など。

関釜連絡船（かんぷれんらくせん）　上　　(全2分冊)

2017年2月10日　初版第1刷発行©

訳　者　橋本智保
発行者　藤原良雄
発行所　株式会社 藤原書店

〒162-0041　東京都新宿区早稲田鶴巻町523
電　話　03 (5272) 0301
FAX　03 (5272) 0450
振　替　00160 - 4 - 17013
info@fujiwara-shoten.co.jp

印刷・製本　中央精版印刷

落丁本・乱丁本はお取替えいたします
定価はカバーに表示してあります

Printed in Japan
ISBN978-4-86578-109-0